国家出版基金项目
NATIONAL PUBLICATION FOUNDATION

吉林大学出版社

国家出版基金项目
NATIONAL PUBLICATION FOUNDATION

吉林大学出版社

高长江 / 著

萨满神歌

与北方文化记忆

图书在版编目（CIP）数据

萨满神歌与北方文化记忆 / 高长江著 .—长春 : 吉林大学出版社 , 2019.12

ISBN 978-7-5692-6031-1

Ⅰ . ①萨… Ⅱ . ①高… Ⅲ . ①萨满教—祭祖诗—诗歌研究—中国 Ⅳ . ① I207.22

中国版本图书馆 CIP 数据核字 (2019) 第 278129 号

书　　名　萨满神歌与北方文化记忆
　　　　　SAMAN SHENGE YU BEIFANG WENHUA JIYI

作　　者　高长江　著
策划编辑　张树臣
责任编辑　张树臣
责任校对　邰玉乐
装帧设计　张树臣
出版发行　吉林大学出版社
社　　址　长春市人民大街 4059 号
邮政编码　130021
发行电话　0431-89580028/29/21
网　　址　http://www.jlup.com.cn
电子邮箱　jdcbs@jlu.edu.cn
印　　刷　吉广控股有限公司
开　　本　787mm×1092mm　1/16
印　　张　23
字　　数　400 千字
版　　次　2019 年 12 月第 1 版
印　　次　2019 年 12 月第 1 次
书　　号　ISBN 978-7-5692-6031-1
定　　价　180.00 元

前　言

　　"文化记忆理论"与"传播人类学"都是近年来国内文化传播理论研究领域引人注目的知识现象。之所以引人关注，是因为它们与传统的"传播学"和"文化研究"不同，不是把人类文化传播现象放到一个封闭的、理想化的模型内建构话语和理论，而是以一种开放的视野、"贴地式"的研究方法及人类文化传播的实践——仪式及其符号互动的视阈探寻人类文化传播的方式和效果。还有一个因素同样重要，这就是伴随着社会世俗化所导致的国民精神信仰的"祛魅"化以及信息传播电子化的发展，"网络地球村"和"电子原住民"俨然这颗小行星上高级灵长类动物的存在景观，不仅民族传统的节日仪式日趋消散而沦为历史档案馆的"遗产"，造成民族优秀传统文化体验的缺失，而且，新媒体与自媒体，无论是社交网络、SNS 还是微博、微信，虽在信息传播与互动方面具有超空间的特征，扩大了"文化"传播的空间，但其传播的文化信息平面化、微观化、娱乐化与传播方式的虚拟化、发散化，也导致共同体文化记忆的被遮蔽、被拆解、被娱乐。"祛魅化"与"电子化"正在造就一大批没有记忆、没有根系、精神流浪的国民。正是基于对当代中国集体文化记忆"黑洞"的"眩晕"式体验，无论是文化记忆理论还是传播人类学，一走进国门便受到了中国学界的高度重视。因为它们的"共同信念"（托马斯·库恩所说的"形上典范"）都是通过人类文化传播的传统媒介——仪式媒介传播情境的重现，理论地回答什么是文化记忆传播的本质，即它的"人类学"意义。它对于当代中国大众传媒面对文化传播形式多元化、媒介电子化、满足娱乐化的形势，应该创造什么样的传播者、传播媒介与传播形式，从而引导中华民族的精神寻根，增强文化自信以及中华文化的复兴具有十分重要的意义。

　　传播人类学以一种知识形态传入中国的时间并不长，迄今不过二十年左右的历史。就目前这一领域的发展状况而观，应该说尚处于引进与消化阶段。近年来发表的一些"本土化"研究成果，其路径亦基本是西方人类学传播学派的传统，即以人类学的民族志方法对某一族群文化传播现象的田野报告书写，而真正跨越人类学与传播学的学科边界，将二者的研究范式有机融汇，形成一种交叉性、本土化、原创性，具有理论高度和思想深度的研究成果并不多。可以说，传播人类学尤其是本土化研究范式及理论体系的建构，还有相当长的一段路要走。这部《萨满神歌与北方文化记忆：传播人类学的本土化场景与范式》可谓作者在这方面所做的尝试性探索。坦率地说，较之于体系建构，我更希望展现的是传播人类学"本土化"的研究场景，并通过对这一场景的"直观"——我指的是现象学意义上那种超越"经验的共相"而达到"本质的共相"的"洞见"，为未来本土传播人类学体系的构建提供可行的路径。

关于本研究，有几点我需要在此做一特殊说明。

第一，作为中国北方民族民间信仰的萨满教，同诸多中国民间信仰文化一样，如今俨然成为一种真正的"非遗"文化。研究者所做的"田野"调查充其量只能说是"表演"观赏。因此，本书所做的北方民族文化传播的"民族志"研究，很多都非"田野"知识而是对民俗志、地方志、民族史、宗教史文本研究的"文献"知识。如此，副标题中的"场景"一词也基本限于"历史场景"和"想象场景"；"场景"分析亦非现实分析而只能说是一种思想实验。但我并不认为这是"虚构故事"。通过文献研究，通过对建立在多少有根据基础上的"想象场景"的分析，通过逻辑推论，证明它们的存在，是符合人类认知和知识生产的规律的。意识科学、宇宙物理学、哲学形而上学研究基本都是这种范式，它们永远不可能成为完全的"实证知识"。我认同托马斯·内格尔的观点："有些事实并不存在于可用人类语言表达的论点的真实性中。我们可能无法陈述或理解这些事实，却不得不承认它们的存在。"[1]

第二，本书所运用的"人类学"范式，已经不再是传统人类学的"实证"研究范式，而是汇聚了当代人类学的诸多新思想、新观念，特别是认知人类学（cognitive anthropology）理论与方法的引入。我相信英国著名人类学家莫里斯·布洛克的观点是具有历史眼界的：所有人类学学科的从业者都必须将人类心智运作纳入研究领域。[2]尤其是在解释仪式或符号的传播效果时，没有认知科学提供理论支

---

① ［美］托马斯·内格尔：《人的问题》，万以译，上海译文出版社2004年版，第184-185页。
② ［英］莫里斯·布洛克：《人类学与认知挑战》，周雨霏译，商务印书馆2018年版，第8页。

持，其说辞就会令人怀疑。故本书在进行仪式、符号的传播效果分析时，虽然在知识类型上属于"人类学""生态学"等，但其理论"硬核"仍是认知科学，包括神经生物学、认知语言学、社会认知神经科学、认知心理学等。我相信，将认知科学理论运用于文化记忆理论和传播人类学研究，可以科学地解释人类文化传播过程中的"编码—译码"以及心灵体验的神经和心理机制、过程、规律，尤其是对于传播效果的实证研究，可谓传播心理学和记忆心理学所无法比拟的。如果冒险一点，也可将运用认知科学理论研究人类信息传播与接收的生物神经和心理机制的知识称之为"传播生物学"。读者不难发现，贯穿全书理论分析的"范例"，无论是传播者的仪式行为、仪式传播媒介的刺激力量、受众的信息处理过程，包括加工、体验、想象等，基本都是认知科学范式的。故本书"传播人类学"这一概念中的"人类学"，不仅仅是传统人类学的那种"贴地（田野）"知识，更主要的是认知人类学的"贴心（心智）"知识。

第三，传播人类学既不同于传播学，也不同于人类学，它是传播学与人类学嫁接孕育的"混血"知识，也可谓传播学的一场知识革命。按照托马斯·库恩的"科学革命"理论，科学革命是整体性的，这种"整体性"又根植于语言。[①]这也就意味着，作为传播学的新知识，传播人类学不仅要用人类学的最新思想装备自己，而且还要创造一套新的"符号通式"来描述对象世界。正如科恩所说，科学革命"要求建构精巧的装置，发展出一套深奥的词汇和技巧，精炼概念，使之不断减少与它们通常的常识原型之间的相似性。"[②]也正是基于这种认知，我在描述与阐释过程中，使用了一些既不同于经典传播学也不同于传统人类学学科的符号系统，尤其是改造和糅合了认知科学与文化科学的一些概念创造了一些新概念。我把它看作是传播人类学"本土化"的一种实验。我不敢保证这种"实验"能否成功，但我希望这些"实验"留下的那些或深或浅的足迹能够为未来的传播人类学"本土"化做好准备。

高长江

2019年2月于杭州

① ［美］托马斯·库恩：《结构之后的路》，邱慧译，北京大学出版社2012年版，第18-19页。
② ［美］托马斯·库恩：《科学革命的结构》，金吾伦等译，北京大学出版社2012年版，第55页。

目录

第一章

人类文化记忆与传播 / 001

第二章

萨满教：北方民族文化记忆的传播机制 / 033

第三章

神话景观：北方民族文化记忆的传播形象 / 117

第四章

语言符号：北方民族文化记忆的传播媒介 / 161

第五章

神歌表演：北方民族文化记忆的传播实践 / 279

主要参考文献

第一章

人类文化记忆与传播

按照文化记忆理论奠基人杨·阿斯曼的规划，文化记忆理论的宗旨系研究人类尤其是口述传统、古典社会的集体文化记忆传承的媒介及过程。在阿斯曼的文化记忆理论研究代表作《文化记忆：早期高级文化中的文字、回忆和政治身份》一书中，"回忆""认同"和"文化的延续"被阿斯曼视为文化记忆理论的中心课题。"回忆"，即以仪式媒介唤起集体记忆的行为；"认同"系文化意义的生产；"文化的延续"则是通过仪式进行集体文化记忆的传递。从这种意义上说，文化记忆理论与传播人类学具有很大的相通性。作为用人类学方法研究人类文化传播现象——仪式及其符号实践——的学科，传播人类学在理论视点及研究方向上与文化记忆理论有诸多相同之处，亦可谓于两个学科框架内研究同一个问题的"亲缘性知识"。因此，将人类文化记忆传承问题置于传播人类学的视阈中进行研究，无论是对文化记忆理论还是传播人类学理论的发展都将产生历史性的意义。

◣ 1 文化记忆：文化动物的存在之本 ◢

进入 21 世纪以来，国内学界有关社会记忆、集体记忆、文化记忆之类的话题悄然兴起，并在文学、历史学、民俗学、传播学乃至于人文地理学、旅游学等领域相继膨胀话语空间。当代中国学人的这一"文化记忆"迷思，也许不宜简单地理解为国内学人对海外学术思潮的追踪，也不完全似文化记忆理论奠基人杨·阿斯曼所解释的那样，系因那些历史重大事件见证人相继离世可能产生的历史记忆消失之担忧的反应①，当然更不是有些人所说的系当代中国传媒文化"记忆文化"热②的理论变种。我认为，剔除某些学科的话语炒作因素，学界这一理论思维的语境更多的是对当代中国社会所显像的文化记忆"集体失忆症"的忧虑以及重构中国文化记忆连续性的希冀。这里所说的"集体失忆"，我指的是人们对中华民族的"文化史诗"——不仅仅是中华文化流变的沉淀物，如文学、伦理、制度、文物等，更重要的是支撑这个古老民族从远古走到现代之精神装备的文化神话——的情感、记忆、认同、信仰的衰颓。早在 20 世纪 20 年代，奥地利著名诗人里尔克就敏锐地感受到，随着异质文化（他指的是美国文化）的侵入，奥地利民族"那些活过和活着的事物，那些分享我们的思想的事物，都正处于衰微之中，再也不可替代"。面对民族文化的日渐颓衰，里尔克疾呼："我们的责任不只是要保持对它们的记忆（那将是微不足道和不可靠的），而是要保持它们的人性的或'家神'的价值。（守护神意义上的'家神'）"③作为一个诗人和思想家，里尔克十分清楚，文化是一个民族的魂魄，它以及有关它的记忆的衰微，将导致民族失去心灵的守护神，成为灵魂无可归依的漂泊

---

① ［德］杨·阿斯曼：《文化记忆：早期高级文化中的文字、回忆和政治身份》，金寿福等译，北京大学出版社2015年版，第1页。
② 我指的是大众媒体和通俗文化所推动的"怀旧""寻根""乡愁"之类的话语建构。
③ ［奥］里尔克：《致维托德·冯·胡勒维奇》，《里尔克诗选》，黄灿然译，河北教育出版社2002年版，第5页。

者。我想特别提醒人们注意，里尔克在这里所使用的两个语言单位——"记忆"和"保持家神价值"——的不同内涵。如果我没理解错的话，他所说的"记忆"，指的是生物学意义上的神经记忆；"家神"则是个体和集体安身立命的文化神话，而"保持家神价值"就是对保持、维系民族文化想象与文化神话的记忆。

与里尔克当年所面对的异质文化对民族文化以及集体文化记忆的冲击、废黜的危险相比，当下我们所遭遇的文化记忆之"囊虫"更诡异、更恐怖，也更令人焦虑：我们不仅面临着文化全球化时代异质文化对中华民族文化传统的蚕食，更面临着当代中国社会转型所带来的"文化突变"对民族文化记忆与记忆文化①的肢解和压抑。精神世俗化、文化娱乐化、社会个体化以及文化载体数字化不仅使得上层建筑通过主流话语引导和维系社会文化记忆链条的损蚀和撕裂，而且也导致了华夏文化记忆的严重掏空。老街、老屋、纪念地的叙事以及宗祠祭祀、"荒野'盛大节日'"被逼上边缘，日渐淡出人们的知觉世界；而如"上帝之眼"的摩天大厦、洋派十足的城市广场和商业博弈的"文化景观"在声明"现代化"的同时则驱逐了"城市的鬼魂"。②尤其是随着新媒体行业自媒体的勃兴与扩张，虽使得集体文化记忆拥有了一个超时空的互动社区，但这却是一个观瘾癖的社区，"不去忆"的群体以及"安乐椅怀旧"之文化心理，其结果是社会文化乡愁的驱魔和集体回忆文化的终结。如果说，共同体文化记忆是一种纵向的历史宏大叙事，那么，自媒体则提供了一个横向的微观叙事；如果说共同体的文化记忆是一种严肃而虔敬的精神体验，那么，自媒体等则以娱乐游戏的方式，如埃及雕塑中王家夫妇美丽而又缠绵的目光，在诱引大众被欲望锁定的"怀想"之时而揉乱了人们的文化记忆和文化想象。作为"超越生活之大""凌驾凡俗之上"的文化神话，作为集体文化自我定义、文化认同稳固的意识形态，它需要通过庄重的实践与反复的展演刻写于集体成员的心灵深处，那么，当代社会亲身经验及情感投入的缺席则导致了共同体文化记忆的黑洞。对于这一点，早在二百多年前，赫尔德就做出了这样的批评：

---

① "文化记忆"与"记忆文化"是两个不同的文化概念。"文化记忆"指的是共同体有关文化神话形象的心智存储；"记忆文化"则指的是这些数据的调取、加工与再生产的文化实践活动；"文化记忆"更多是指记忆形象；而"记忆文化"更多是指文化记忆的承载机制。

② 法国历史学家德·塞托曾感叹道：现代都市"没有任何能勾起回忆或者故事的地方"。（〔法〕米歇尔·德·塞托：《日常生活实践》，方琳琳等译，南京大学出版社2009年版，第184页）

为何在我们的时代，人们只顾在昏暗的工作室里从事人为的艺术活动，我们完全被阴影所包围，从未想要认识一下不受任何禁锢的大自然拥有的那种光明。只有在活生生的世界的碰撞中，人类精神才会做出最伟大的英雄行为并予以表达；而现在，英雄行为早已蜕变为书本知识和课堂训练，人类诗歌和论辩的杰作也早已为语言游戏所取代，从小孩子到老头子都在玩着这种泥于规则、咬文嚼字的游戏。我们崇尚古人的形式，却丢弃了他们的精神；我们学习他们的语言，却感觉不到他们的思想世界。①

赫尔德的这段话，对今天不仅生活于而且依赖于数字媒体的"网络物种"来说，无疑应是一剂清醒剂。人与动物的本质不同，就在于人不仅活在碎片化和感性化的世界之中，而且更活在传统与文化想象之中。只有在传统与文化之中，我们才能定义自己；而要定义自己，我们就要记住；而要记住，我们不仅需要文字、图像，更需要像卡米罗所说的那个充满情感、伦理乃至于魔法的"记忆剧场"，通过爱、神圣、神秘等体验的激活②而展开中华民族五千年的寻根之旅。

这一点儿也不高调，也不假正经。正如我经常表述的，作为被逐出伊甸园的"破落者"，人命中注定只能依靠文化来创造存在的幸福。在社会生物学的意义上，我认为可以把文化理解为高级灵长类动物在自己生命组织中嵌入的一套高级生命管理装置③。人类所以要创造这套"与自然相对"或人类学家所说的"第二自然"的文化，并非因为自然意味粗鲁和野蛮，文化意味优雅和文明，而是为了弥补生命的缺陷和摆脱世界的混沌。通过这套装置的运行，不仅可以维系个体和群体"免疫系统"的正常运行④，即保证生命意义把持的稳固性以及生产的连续性，校检个人的文化认同，使社会有机体的每个细胞都与整体谐调同步，而且还可以创造"计划和希冀"，使存在具有杜夫海纳所说的那种"深度"感——"就是把自己放在某一方位，使自己的整个存在都有感觉……就是不愿成为物，永远外在于自身，被分散和肢解于时间的流逝之中……就是变得能有一种内心生活，把自己聚集在自

---

① ［德］J. G. 赫尔德：《论语言的起源》，姚小平译，商务印书馆2014年版，第96页。

② ［英］弗朗西斯·叶芝：《记忆之术》，钱彦等译，中信出版集团2015年版，第137-139页。

③ "生命管理装置"有"基本"和"高级"之分："基本装置"为生物调节系统；"高级装置"则属于文化调节系统。

④ 从文化心理学的意义上说，心理失衡、精神错乱都是生命组织的"文化免疫系统"功能失效即文化生产失败的结果。

身，获得一种内心感情，亦即普拉蒂诺所说的'意识'一词所明确指出的东西：一个作为肯定能力而不是作为否定能力的自为的浮现。"①在"文化"的这一语境意义下也可以这样说，个体以及群体文化记忆的衰弱乃至于失忆，将导致其生活世界秩序的畸形、混沌和生命意义的幻灭这样一种宿命论经验，如里尔克的噩梦一般——

> 我们在哪
> 越来越自由
> 像彩色风筝断了线
> 我们被抛上半空
> 尖叫着
> 被风撕碎②

美国著名社会学家爱德华·希尔斯在《论传统》一书中曾这样写道：

> 只要宇宙还存在着神秘性，只要人类还在其中寻找秩序，只要他们还好奇地希望认识它，那么他们就会创造、完善和依恋于传统。只要人类还需要规则、范畴和制度，只要他们还不能即兴地创造这些东西，或不是只在某个场合才需要它们，那么他们就将坚守着传统，即使他们骄傲地认为并没有这样做的时候亦复如此。③

确实，作为这颗小星球上的高级动物，作为心理学家爱利克·埃里克森所说的想象和语言所驯化出来的"伪物种"④，人离不开文化的照料与给养，离不开对自己文化之根的记忆。这也许并非如阿维夏伊·玛格利特所说的对他者"深度关怀"的记忆伦理问题，也不单纯是一个文化传播问题而是一个人生哲学问题。人要善待

① [法]米·杜夫海纳：《审美经验现象学》，韩树站译，文化艺术出版社1996年版，下册，第443页。
② [奥]里尔克：《献给俄尔甫斯的十四行诗·第二部》，《里尔克诗选》，黄灿然译，河北教育出版社2002年版，第121页。
③ [美]爱德华·希尔斯：《论传统》，付铿等译，上海人民出版社2009年版，第345页。
④ [美]爱利克·埃里克森：《游戏与理智：经验仪式化的各个阶段》，罗山译，世界图书出版公司2017年版，第55页。

自己，就要知道"我是谁"，就要进行自我身份的连续性认同与定义。置言之，就要存续自己的文化记忆。由于文化记忆与人的存在之关系异常复杂，这里我不妨将这一课题扩展为几个问题进行阐述。

（1）记忆：从生物本能到文化本能

人为什么会有记忆？

从记忆的最基本形态即神经学家和心理学家所说的"感觉记忆""语义记忆"这个维度而论，记忆不过是人的一种正常生物机能和心理机能。这没有什么大道理可讲，大自然在高级灵长类动物大脑中嵌置的生命管理装置，就是执行这一任务的。也正是由于有了这个"嵌套装置"，有了对过去经验的存储与提取这样一种动态的神经装置和过程，人类的生命才不似低级动物那样地盲目、混乱，而是变成了有目的、有计划的活动，才提高了人在自然界中的适应性，更有利于人类的进化。正是人类记忆的这一特质，所以，认知科学家和心理学家把"记忆"定义为"存储和提取过去经验的一种动态机制"。根据认知神经科学的理论，输入被编码后存储在大脑中的海马这个神经元共同体中（还包括内额叶皮质），这就是记忆；而当海马在相应信息的刺激下被激活，将这些存储输出，形成神经表征，这就是回忆。这就是记忆的神经生物学原理。[①]

但事实并非如此简单。具备相应的神经机制只是保证了记忆的物理基础。人的感觉组织每天接受海量的环境信号，但这些信号并非完全被编码为系统的经验存储于海马体中。大量的数据未经细加工便被转移到其他脑空间中，只有很少一部分被编码和存储。那么，为什么有的信号能够被编码和存储建构成记忆，而有的则没有呢？这其中的关键因素取决于我们大脑中的那个幽灵——"自我"的倾向：只有那些被"自我"关注的信号才能被加工、编码和存储。而这时存储信息的大脑组织就已经不再是一个由各种神经元组成的生物系统，而是一个心理水平的脑。正是在这种意义上，记忆不只是一种神经机能，而且还是一种心理机能。故此，认知心理学家把人的记忆描述为这样一种现象：编码、存储和提取。在编码阶段，人把感觉信息转换为一种心理表征；在存储阶段，把编码后的信息保存在记忆中；在提取阶段，提取或使用存储在记忆中的信息。[②]

---

① ［美］葛鲁尼加等：《认知神经科学：关于心智的生物学》，周晓林等译，中国轻工业出版社2013年版，第297-311页。

② ［美］斯滕伯格：《认知心理学》（第三版），杨炳钧等译，中国轻工业出版社2006年版，第112页。

也正因为记忆是建立在脑神经系统基础上的一种心理机能，因而人类的记忆能力与水平往往取决于对感觉数据进行加工的心理活动。认知心理学对此提出了诸多理论模型：加工水平模型强调对信息加工的水平与存储的关系，其基本假设为知觉数据的加工水平越深，项目被存储和提取的可能性就越大；心理图式模型凸显数据加工、存储过程中的"自我图式"作用，即我们对那些自己较熟悉或与自己有关的信息能够进行详细编码，而对其他与己无关的信息尽管也可能组织得较好，但编码不够详细，存储也不持久。

正由于记忆的神经机制与心理基础，因而使得记忆并非一旦建构就永远保存，即使不考虑大脑神经系统的损伤、缺氧、感染等这些生化因素亦如是，随着时间的推进，神经组织的变化，心智资本的丧失，也会导致记忆的丢失。美国神经科学家迪恩·博南诺这样解释道：

> 早年的皮层好似一块白板，信息以又大又粗的字体写在很多纸张上，它们涉及成千上万个突触，以极为稳健和冗余的形式存储下来。随着年龄的增长，可用的"空白"突触越来越少，信息以小小的字母写在单薄的纸片的边缘，这样存储的记忆更容易被重塑或者改写，并且随着时间的推移，与这些记忆相关的突触和神经元也会逐渐消退。[①]

博南诺用"白板—文字"的比喻揭示了人类记忆的本质：遗忘。遗忘也可以说是一种正常的神经心理机能，我们不必为此而担忧和愧疚。因为我们就是生物体，记忆就存储在我们大脑的生物组织中，而我们的这个生物元素组成的神经系统总是随着时间的变化发生各种各样的变化：发育、新陈代谢、损伤、衰退以及死亡。人类的记忆就随着这些神经元的流变而生灭存无。

虽然记忆的本质是遗忘，但这并不意味着遗忘是我们能够理所当然接受的事实，尽管我们不可能改变这一事实。"记忆丧失会引起空洞、缺口和空虚。没有人会忍受这种真空的状态。"[②] 还不只是记忆丧失，记忆的屏蔽、记忆的混乱等同样会打乱我们平静的心理生活。很多情况下，那些存储于脑深层而又调取不出的记忆

---

① [美]迪恩·博南诺：《大脑在捣鬼：大脑漏洞怎样影响我们的生活》，吴越译，中国轻工业出版社2013年版，第41页。

② [荷]杜威·德拉埃斯马：《记忆的风景》，张朝霞译，北京联合出版公司2014年版，第258页。

就如同冥夜的幽魂在我们眼前晃动，求之不得，弃之不舍，甚至于为此而懊悔一世。尤其是在文化动物的生命旅程中，在人类精神生活中，有些记忆一旦被遗忘，诸如关于我是谁、我的来历、我的希冀等这些生命存在的"大问题"，就会引发心理病理学意义上的不适。也正因此，早在两千多年前，古希腊、古罗马人就发明了记忆术，尤其探寻如何通过"艺造记忆"培养个人的记忆能力问题。人类社会的各种共同体都通过不同的媒介保存那些"必须记住"的记忆。于是，也就有了"记忆文化"，即媒介与传播手段。

我们为什么要记住家庭，记住那些死者，记住那些我所不知道而且也显得古旧而又"离奇"的过去？目前，人们思考更多的主要还是情感慰藉的需要，如老年人"怀旧情结"的补偿、玛格利特所说的对他者的"深度关怀"、阿斯曼所说的"希望自己以后也会像那些死者一样被人们记住"，等等。但事实上也许并非完全如此。萨特不就因为看到消逝者的遗物忆起消逝者而产生一种情感撕裂的"恶心"吗？由此可见，我们之所以应该记住那些东西，情感需求仅仅是记忆心理的一个维度；至于玛格利特所说的对死者的记忆源于人们渴望名字被传颂而有一个辉煌的来世[①]，我认为并不完全恰当。我不是说不存在这种"牢记"意识，而是说这种记忆心理缺乏生态性。那么，我们认为"我应该记住"的伦理核心又是什么呢？两千多年前犹太山地库兰社团的一首诗篇揭示了这个奥秘：

> 无论什么时候，新的季节来到，
> 也无论是哪一月的开始，
> 总都有按照规定来到的节期和圣日。
> 个个都带有节日的纪念。
> 我要把它当作石板上的神的诫命，
> 永远铭记在我的心里，
> …………
> 借着上帝神秘的大能，
> 光明才能进到我的内心，
> 我的眼睛看见到永恒的事物。

① ［以］阿维夏伊·玛格利特：《记忆的伦理》，贺海仁译，清华大学出版社2015年版，第84页。

…………

参与天上众子的团契，

组成一个完善的整体，

成为上帝所栽、万古长青的圣洁结构。①

对于库兰社团的成员来说，记住耶和华的名字、记住被神拣选的"历史"、记住神的言语，就是记住了自己的根，就拥有了共同体的计划与希冀，就是保持生命的意义性、明晰性与连续性。以色列人的这一神圣的记忆意识通过《旧约·申命记》表现得尤为鲜明。

你也要记念耶和华你的神在旷野引导你这四十年，是要苦练你、试验你，要知道你内心如何，肯守它的诫命不肯。……耶和华你神领你进入美地，那里有河、有泉、有源，从山谷中流出水来。那里有小麦、大麦、葡萄树、无花果树、石榴树、橄榄树和蜜。你在那地不缺食物，一无所缺。那地的石头是铁，山内可以挖铜。你吃得饱足。就要你颂耶和华你的神，因他将那美地赐给你了。你要谨慎，免得忘记耶和华你的神，不守他的诫命、典章、律例，就是我今日所吩咐你的。恐怕你吃得饱足，建造美好的房屋居住，你的牛羊加多，你的金银增添并你所有的全部加赠，你就心高气傲，忘记耶和华你的神，就是将你从埃及地为奴之家领出来的，引你经过那大而可怕的旷野。那里有火蛇、蝎子、干旱无水之地。他曾为你使水从坚硬的磐石中流出来，又在旷野将你列祖所不认识的吗哪赐给你吃，是要苦练你、试验你，叫你终久享福。恐怕你心里说："这货财是我力量、我能力得来的。"你要记念耶和华你的神，因为得货财的力量是他给你的，为要坚定他向你列祖起誓所立的约，像今日一样。你若忘记耶和华你的神，随从别神，侍奉敬拜，你们必定灭亡。②

也正是以色列民族的这种记忆伦理以及由此而创造的回忆文化，使得其形成了一种信念："在后来两千多年的漫长岁月中，无论犹太人分散在世界何处，他们都

---

① [美]西奥多·H. 加斯特：《死海古卷》，王神荫译，商务印书馆1995年版，第128-130页。

② 《旧约·申命记》8：2-19.

能够回忆起一方国土和一种生活方式，也正因为这方国土和这种生活方式与他们当下的现实之间存在着巨大反差，他们得以坚守希望：'眼下是奴仆，明年便成为自由人；眼下寄人篱下，明天一定会重返耶路撒冷。'"①

通过以色列人的记忆伦理与记忆文化，我觉得应该对"记忆伦理"这个概念的内涵重新进行廓定：记忆伦理不是一般的关爱情感，而是文化动物的在世之本。人类之所以对"过去"中的某些内容有记忆责任和进行代际传递，是因为文化动物需要通过这些记忆存续集体共享的假设和知识，从而保证其文化的连续性以及"文化自我"的稳定性。它是一个群体关于"自我"的声明：我是谁、我从哪里来、要到哪里去。

由此可见，由伦理意识所构筑起来的"记忆"信息，大都不属于生活世界的常识与经验，也不是生命进化的历史，而是一个共同体通过想象、假设建构起来的文化意象；甚至是在驱逐"历史"之后而创造出来的文化神话。杨·阿斯曼将这个文化神话称之为"文化记忆"，如以色列人的被神拣选、与神盟约、流亡、出埃及等故事。

在阿斯曼看来，文化记忆不同于作为个体编年史的"交往记忆"，也不同于社会史的"社会记忆"。它系一个共同体通过对自己的文化传统、形而上学以及"历史意识"的整合所创造出来的共享假设——文化神话。共享假设不等于谎言，文化神话也与"历史虚构"不同。玛格利特曾指认了这一点："神话不是对往事的虚假信念，而是对往事注入了象征符号以及非常之多的情感。……在自然和历史中注入了令人惊奇的动物、超自然的干预、英雄和众神以及即将靠近众神的英雄……他们都是超凡入圣的人物。"②比如，在中国人的文化神话中，炎、黄二帝被确认为华夏民族的祖先，他们在人们的历史意识中显然不是一般的历史人物，他们是超凡的英雄圣贤。甚至于每个家庭的祖先，也不单纯是家族生物学链条上的元点与节点，而是成为神话般的"英雄圣贤"。在中国上古时代，氏族英雄就是氏族祖先。随着历史的发展，"英雄"与祖先虽分离开来，但华人祖先崇拜同样具有"英雄""圣贤"崇拜之内涵。作为游荡于这颗小星球上的灵长类动物，人类虽是肉体凡胎，但其精神却不甘平凡，总是梦游在与他者差异化的"非凡"世界之中，创造自己"非凡"的身世。不是每个共同体都要浪费心智去创造自己超凡的世系，而是每个共同

---

① [德]杨·阿斯曼：《文化记忆：早期高级文化中的文字、回忆和政治身份》，金寿福等译，北京大学出版社2015年版，第245页。

② [以]阿维夏伊·玛格利特：《记忆的伦理》，贺海仁译，清华大学出版社2015年版，第57-58页。

体都需要一个值得荣耀和自尊的先祖作为自己认同的对象和在世的声明。所以，我们看到，华人在功成名就之后做的第一件事就是重修族谱，不仅把自己的祖先和家系与历史上的某个英雄、圣贤联系起来，而且通过家谱文学这一媒介进行传播。不只在中国，在世界各地亦如是。17世纪的威尔士人就发明了"凯尔特人是自己的祖先"的文化神话，即威尔士人起源于不列颠人，而不列颠人又起源于凯尔特人；在19世纪，北欧的中产阶级中盛行祖先崇拜，在家庭设立祭祀台。其目的是"赋予血缘关系以圣洁和神秘的意义"①。在非洲，格里奥叙述的传说故事中，祖先及其业绩也会被夸大，先人所生活的年代的行为方式被理想化，"人们以此来寄托他们的理想、希望与追求，并以此证明他们具有无逊于任何人的优越的文化传统"②。"神选"意识可谓人类这种由"全面型动物"而演化为埃里克森所说的"伪物种"动物真正的"集体无意识"。对于历史主义、对于生活于理性主宰的现代社会而言，人们也许很难理解人类的这一精神意向，但如果我们在"文化动物"这一视角下审视，我们就很容易理解人类的这种"神话历史"心理：人类并非在"有机体"的意义上理解"我"的，尽管人类是有机物，而是在超越生物学意义上诠释"我"的，"渴望完美"或查尔斯·泰勒所说的"向善"是人类诠释"我"的基本意义框架。③古代凯尔特人具有辉煌的历史：他们是一个伟大的征服者的种族，在他们早期的历史中，他们曾经震撼了整个欧洲。"凯尔特人体现了时代幻想，而且在威尔士，他们为这个受限制的、可怜的弱小民族提供了一种无法想象的伟大的过去，使之以此作为慰藉"④；北欧的中产阶级则通过血统的圣洁化以制造"象征性财富"，如民族学家所说的"用历史来合理化现在的行为"。⑤所谓"用历史来合理化现在的行为"也就是通过"历史神话化"创造家系神话，而使"我"拥有"非凡"的维度。莫里斯·哈布瓦赫曾指出："尽管我们确信自己的记忆是精确无误的，但社会却不时地要求人们不能只是在思想中再现他们生活中以前的事件，而且

---

① [瑞典]奥维·洛夫格伦、乔纳森·弗雷克曼：《美好生活：中产阶级的生活史》，赵丙祥等译，北京大学出版社2011年版，第27页。

② 李保平：《非洲传统文化与现代化》，北京大学出版社1997年版，第96页。

③ [加拿大]查尔斯·泰勒：《自我的根源：现代认同的形成》，韩震译，译林出版社2012年版，第63、67页。

④ 参阅[英]E. 霍布斯鲍姆、T. 兰杰：《传统的发明》，顾杭等译，译林出版社2008年版，第79-80页。

⑤ [瑞典]奥维·洛夫格伦、乔纳森·弗雷克曼：《美好生活：中产阶级的生活史》，赵丙祥等译，北京大学出版社2011年版，第27页。

还要润饰它们，削减它们，或者完善它们，乃至我们赋予它们一种现实都不曾拥有的魅力。"①哈布瓦赫的描述是对的，但他的分析却有些蹩脚。对"过去"的润饰、完善以及"魅力"化不是源于"社会压力"，而是源于作为文化造物出来的"伪物种"的一种"文化本能"。

一个群体为什么需要一种文化神话？为什么要创造一种文化神话？哈布瓦赫以其蹩脚的社会学逻辑将其心理动因源于"社会压力"："心智是在社会压力下重建它的记忆的。"②所谓"重建"就是集体共享"假设"的创造。我认为哈布瓦赫只是说对了一半。那什么才是它的另一半呢？这就是我在上文所说的人类这种高级灵长类动物之文化属性。要将这个复杂的问题解释清楚，需要从"文化"这个概念的分析入手。正如我在前文所言，在社会生物学的意义上，我们可以把人类的文化系统理解为灵长类高级动物在进化过程中嵌入其生命组织中的一套生命管理系统。作为有机体，动物的生命管理装置有"基础"和"高级"两种："基础装置"属于神经生物学家所说的"嵌套装置"，是一种自动化体内平衡调节系统，如饿了寻找食物、困倦时需要睡眠以及最基本的情绪反应等；"高级装置"则是随着生命进化的延展，动物与环境之间关系的日益复杂化，先天的体内自动平衡装置已不适应动物生存的需要，于是，高级灵长类动物便发明了文化调节手段，如伦理、神话、宗教等。社会生物学的创始人爱德华·O. 威尔逊用"社会的臃肿症"来形容文化创造的环境压力，即先于文化而存在的社会结构膨胀过度而导致了文化的产生。③其实，"社会压力"仅是人类文化发明的精神动因的一个维度。在没有"社会压力"的一些部族社会，如人类学家萨林斯所谓的"原初丰裕"社会中，文化照样被创造和践行着。人类创造的原始文化，无论是简单的制度还是粗糙的宗教，它的重要功能就是弥补高级灵长类动物先天的体内自动化生命管理系统的缺欠，以便调节人与环境日益复杂的关系：神话、宗教意识可以节省智人的许多心智资本——将世界标化为"可控制"和"不可控制"，并采取不同的方式对待之，使得远古人类把大量的时间应用于解决实际生活之事务中，并为其提供生活信念的支撑；伦理——

① [法]莫里斯·哈布瓦赫：《论集体记忆》，毕然等译，上海人民出版社2002年版，第91页。阿维夏伊·玛格利特也指认了集体共享记忆形成的"神圣化、权威化"路线。见[以]阿维夏伊·玛格利特：《记忆的伦理》，贺海仁译，清华大学出版社2015年版，第55页。

② [法]莫里斯·哈布瓦赫：《论集体记忆》，毕然等译，上海人民出版社2002年版，第89页。

③ [英]爱德华·O. 威尔逊：《论人性》，方展画等译，浙江教育出版社2001年版，第82页。

利他行为、性禁忌等则保证了集体合作的可能，使人类获得了更多的生存机会。"禁忌是对付多余及混乱意义的一种尝试，而不是从文化上去解释半透明的荒漠地带。"① 由此可见，人类文化的创造一开始就不是一种"生活艺术"和"生命美学"的心智计算，即文明、文化意味着优雅与高贵，反之则意味着粗鲁和野蛮，而是基于一种更好地生存、获得更大的幸福的心智计算。我之所以将其称为"生命管理装置"，即是说它是人类在先天的体内自动平衡系统基础上的一种补充，从某种意义上甚至可以将其视为有机体组织内自动化生命管理装置的一种扩展形式。著名神经学家R．达马西奥曾这样说："社会规范和伦理准则可以部分地被看作是社会、文化层面上的基本体内平衡机制的延伸。"② 嵌套而来的体内自动平衡系统保证了有机体处理其与自然之素朴关系的可能性，但对于人与自然的复杂关系、对于"超自然"问题、对于复杂的"群体问题"的处理，这套自动化平衡系统则显得无能为力。作为高级灵长类动物，人类无法忍受这个世界与生俱来的离散性，无法忍受有机体内那些变异细胞的增长及其对生命组织的瓦解。人必须创造出另一套高级装置来守护生命、守护世界的秩序。也正是依凭这种高级装置，人类弥补了自己的先天不足。不仅为生存减压，确保社会生活的可能性，而且还制造出意义体系，从而确保对自己身份定义和存在之幸福的知识与想象的连续性、完整性。

这就是人为什么需要、为什么生产文化神话的心理。作为被驱逐出天堂的动物，人必须依赖文化符码而生存。人类的"文化剧痛"③ 注定要伴随其在地球上度过全部历史。在这种意义上也可以说，记忆，尤其是一个共同体关于世界秩序的这套文化神话的记忆已不单是对他者关爱的伦理责任问题，而是一个生命形而上学问题。因为没有一个"超凡"的先祖、没有一个"值得自尊"的历史、没有这套关于"被拣选"的共享知识，没有"重返伊甸园"的想象与希冀，世界就会离散，存在就会陷入混沌。

（2）文化记忆及相关概念的剥析

就记忆作为一种心智现象这个视点而言，我们可以从认知神经科学、认知心理学等不同的知识平台建构解释，勾画记忆的多种图谱。例如，从记忆任务的角度，

① ［英］齐格蒙特•鲍曼：《作为实践的文化》，郑莉译，北京大学出版社2009年版，第226页。
② ［美］安东尼奥•R．达马西奥：《寻找斯宾诺莎——快乐、悲伤和感受着的脑》，孙延军译，教育科学出版社2009年版，第106页。
③ 文化不仅创造了善，也创造了恶；不仅创造了美，也创造了丑。这就是人的"文化剧痛"。

可以把记忆分为短时记忆、长期记忆；从记忆存储的信息形态，又可以把记忆分为语义记忆、情景记忆、程序性记忆和工作记忆；此外还有陈述性记忆与非陈述性记忆，等等。近年来，由于记忆问题被社会普遍关注，记忆研究也从心理学领域扩展到传播学、历史学、哲学、人类学等领域。特别是随着近年来"国家记忆""社会记忆""集体记忆"这些概念的爆炒，使得"记忆"这个名词已经超越了心理学语言的版图，而成为哲学家、社会学家、历史学家、小说家、诗人、媒体人以及大众的流行话语。

作为集体文化记忆的传播人类学研究而非心理学研究，我准备从记忆的信息类型及其存储形式这个视角进行"记忆"类型划分。根据人的心智与媒介系统所存储的信息以及存储形式，我们可以把记忆大致分为自传体记忆、社会记忆和文化记忆这三种类型。

自传体记忆可谓个体"人生编年史"的记忆。与恩斯特·海克尔所说的"细胞记忆"①不同，它虽离不开对神经元的依赖，但更主要的是一种心理记忆。它是记忆主体关于"自传式自我"的一部纪录片。神经学家达马西奥在论及个体的"自传式记忆"时这样描述道："自传式记忆是由包含许多实例的内隐记忆构成的，这些实例就是个体对过去和可以预见的未来的经验。一个人的一生中那些不可变的方面就成为自传式记忆的基础。自传式记忆随着生活经验的增多而不断增长，但可以进行部分的改变，以反映新的经验。在有必要的时候，描述同一性和个体的系统记忆就作为一种神经模式被重新激活，并且作为表象而显现出来。每一种被重新激活的记忆都是作为一种'已知的事物'而发挥作用的，并且有产生它自己的核心意识的动向，其结果便产生了我们意识到的自传式自我。"总之，这种记忆储存于我们心智系统的信息是"关于我们的身体、心理和个人背景同一性的事实，关于我们最近的行踪的事实，以及我们在不久的未来马上就想做的事实"②等。它包括了阿斯曼所说的"交往记忆"的那部分内容。其信息存储装置主要是个体的神经网络系统。其记忆调取方式或认知过程既是有意识的，也是无意识的，当环境数据输入刺激相应的神经节点，某些记忆就可能复活：当我看到冰雪的画面或想到"雪"这个概念时，我的脑海便浮现出长白山下的那个小镇和镇上那些熟悉的人和物的表象：茅

---

① [德]恩斯特·海克尔：《宇宙之谜》，袁志英等译，上海译文出版社2014年版，第105-106页。
② [美]安东尼奥·R.达马西奥：《感受发生的一切：意识产生中的身体和情绪》，杨韶钢译，教育科学出版社2007年版，第135、177页。

屋、炊烟和裹着头巾的圆脸姑妈等。①

　　"社会记忆"是一个概念边界比较模糊、内涵闪烁不定的术语。它可以说骑在"集体记忆"与"文化记忆"的马头墙上，界定起来相当困难。但我认为它还可以是一个允许描述人类记忆现象的概念。彼得·伯克认为这种记忆的信息主要是社会史的范畴；哈拉尔德·韦尔策在这个基础上将其界定为它属于"一个大我群体的全体成员的社会经验的总和"的记忆。②韦尔策虽然想使这个概念的内涵变得更好把握，但它却忽略了这样一点：将记忆主体和记忆数据混在一起来界定概念内涵会导致问题更加复杂化。在韦尔策"社会记忆"的认知模型中，"社会"这个词既指称记忆主体，又指涉信息类别。记忆主体与主题跨逻辑接合，使得"社会记忆"的内涵变得更加闪烁不定。如果社会记忆是社会成员的社会经验记忆，那么，它和集体记忆该如何区别？我们最好还是坚守"信息主题"这个逻辑标准。从记忆信息的主题这个视角分析，我比较认同伯克的观点，社会记忆就是社会群体关于"社会史"方面信息的记忆，内容主要为社会生活中发生的那些重大的历史事件，如中国近代史上的新文化运动、南京大屠杀、"文化大革命"等。其信息存储装置除了神经心理系统外，还有社会的媒体系统，如纪念性建筑、博物馆、历史档案等。其回忆的认知风格是有意识的心智活动，如计划性与目的性。

　　相比于"社会记忆"，文化记忆应该是一个比较容易把握的概念。但近年来在"记忆"话语时尚的炒作下，这个概念的内涵也变得越来越暧昧起来。据我对近年来收集到的信息的考察，很多人侃侃而谈的"文化记忆"其实就是"社会记忆""历史记忆"甚至于自传体记忆。因此，在此我准备对这个概念进行详细解释。

　　在杨·阿斯曼的文化记忆理论中，"文化记忆"是与"交往记忆"相对的。阿斯曼解释说：交往记忆所包含的是对刚刚逝去的过去的回忆。这是人们与同时代的人共同拥有的回忆，其典型范例是代际记忆。这种记忆在历史演进中产生于集体之中；它随着时间而产生并消失，更确切地讲，是随着它的承载者而产生并消失

---

① 以文本形式（传记）形成的个人记忆不属于生态性的自传体记忆，它们是"我想要记住的"而非自然记忆。

② ［德］哈拉尔德·韦尔策编：《社会记忆：历史、回忆、传承》，李斌等译，北京大学出版社2007年版，"序"第6页。

的。[①]文化记忆的内容是过去中的"某些焦点",如犹太人关于圣祖的故事、出埃及、穿越沙漠、取得迦南的土地、流亡等这样的形象,它们都具有"某种神圣的因素",即回忆形象的宗教风格。从时间结构上看,交往记忆的时间上限为八十年,通常以四十年为一个重要门槛;但文化记忆的时间结构可延展到神话性的史前时代。从回忆和叙事方式看,交往记忆主要是口述史实;但文化记忆则是通过在节日中以礼拜的方式对某些"历史事件"进行展演,于是,基于事实的历史被转化为回忆的历史,从而变成了神话。鉴于文化记忆的内容、时间结构以及回忆的形式,他得出结论说:交往记忆与文化回忆的根本性差异在于"日常生活"与"节日庆典"之间的差异,或曰"日常记忆"与"节日记忆"的差异。[②]

应当承认,杨·阿斯曼从内容、时间与回忆形式的视阈对文化记忆内涵的厘定,具有文化记忆理论研究的奠基性意义。不过,我觉得这一理论也存在一些问题。例如,把文化记忆的时间结构限定于"史前时代",这便等于把文化记忆等同于神话—宗教记忆;把记忆的媒介认定为文字和仪式,这又与社会记忆、国家记忆等相互拉扯纠缠,难以分离。诚然,记忆,作为漫游于这颗小行星上的高级灵长类动物独有的心智现象,不仅如弗洛伊德所说,是由"语境连绵的细节"缝合的信息网络,很难切割出一个个边界清晰的信息模块,而且其所依凭的存储、传播媒介亦非单一形式。但我相信,只要选择一个合适的逻辑尺度,我们是可以梳理出一个合理的框架的。例如,以记忆主体为视角,可以把记忆分为国家记忆、集体记忆和个人记忆;以记忆内容为视角,又可把记忆分为自传体记忆、社会记忆和文化记忆。

阿斯曼认为,文化记忆的内容主要是宗教、艺术和历史。[③]这基本是事实。考察人类文化记忆史,我们可以发现,在古希腊,"记忆"被拟人化为女神摩涅莫绪涅,她的九个缪斯女儿分别承担不同的文化记忆任务:墨尔波墨涅司悲剧,塔利亚司喜剧,特尔西科瑞司合唱和舞蹈,欧特尔珀司抒情诗和音乐,埃拉托司爱情诗,波吕许摩尼亚司颂歌,克里奥司历史,乌拉尼亚司天文,卡利俄珀司史

① [德]杨·阿斯曼:《文化记忆:早期高级文化中的文字、回忆和政治身份》,金寿福等译,北京大学出版社2015年版,第44页。

② [德]同上书,第47页。

③ [德]杨·阿斯曼:《关于文化记忆理论》,陈新、彭刚主编:《文化记忆与历史主义》(第一辑),浙江大学出版社2014年版,第8页。

诗、雄辩术、哲学和科学。不过文化记忆的信息虽包括宗教、艺术和历史，但我认为，在共同体的文化记忆中，艺术、历史、宗教并非以独立的知识形态被记住和传播的。在记忆主体那里，它们是以信息集束的形式被编码为一个集体共享的知识——共同体关于"文化自我"①的故事。也就是说，文化记忆的主题既非"个体生活史"，亦非"一般社会史"，而是一个共同体创造的"文化神话"。这里的"文化神话"既不同于宗教学意义上的"神话"，亦不同于罗兰·巴特的"文化神话"，而是一个共同体在希尔斯所说的"历史意识"的作用下而建构的希求"了解过去，把现在的自我置入一个具有时间深度的境域，并且通过记忆、回忆与想象去解释自己的起源"②的"共享假设"。根据记忆主题的这一内涵，我觉得也可把"文化记忆"解释为：某一共同体通过历史信息与文化想象的缀连所创造的非凡的"被记住的'过去'"。这个"过去"不仅超越自传体记忆的范畴，而且"超越生活之大"、超越社会意义之上。文化记忆中的"过去"虽包括有据可查的信使，但它并不等于历史③；"这种记忆可以延伸到所称的过去但不一定会延伸到过去的事件"④，它仅仅是"被记忆的过去"。至于这些"过去"中是否真正出现过摩西、黄帝这样的英雄人物，发生过犹太人与耶和华盟约或庖牺氏始画八卦、燧人氏发明用火、神农氏发明种植以及祖先"辉煌创业"的事件，存在过荷马所描述的希腊历史上的"黄金时代"、周朝这样的"礼乐时代"并不重要，重要的是通过"神话历史化"——"神与超人于此变为圣王与贤相，妖怪于此变为叛逆的侯王或奸臣"⑤——的编码与"历史神话化"——的建构，通过特殊的文化语言⑥、特定的

---

① 关于"文化自我"的概念内涵，请参阅高长江：《艺术与人文修养》，吉林大学出版社2016年版，第111页。

② [美]爱德华·希尔斯：《论传统》，付铿等译，上海人民出版社2009年版，第56页。

③ 历史只能导致皮埃尔·诺拉所说的对文化记忆的"祛魅"。（见[法]皮埃尔·诺拉：《历史与记忆之间：记忆场》，[德]阿斯特莉特·埃尔、冯亚琳主编：《文化记忆理论读本》，北京大学出版社2012年版，第95页）

④ [以]阿维夏伊·玛格利特：《记忆的伦理》，贺海仁译，清华大学出版社2015年版，第54页。

⑤ 马伯乐：《书经中的神话》，商务印书馆1939年版，第47页。

⑥ "文化语言"区别于日常语言与科学语言，我指的是通过特殊的历史文化语汇和文化寓意修辞所构建起来的言语模式，即康纳顿所说的"仪式语言"（[美]保罗·康纳顿：《社会如何记忆》，纳日碧力戈译，上海人民出版社2000年版，第69页）、鲍曼所说的"特殊符码"（[美]理查德·鲍曼：《作为表演的口头艺术》，杨利慧等译，广西师范大学出版社2008年版，第18-25页），表现为表述的规则性、定型性和风格的庄严性以及意象的民俗性，如神话传说、家族故事以及神圣文本（见高长江：《萨满神歌语言认知问题研究》，吉林大学出版社2017年版，第60-61页）。

文化模式①、特别的文化情境②——的展演，使得这些"往昔"能够被笃信，成为传统、权威和信仰，成为一个共同体自我定义的框架、文化尊严的声明、幸福体验的梦幻③，从而使之"遵循具有奠基意义的历史之轨迹生活"④。亦因此，文化记忆的时间结构不限于阿斯曼所说的"神话性上古时代"，而是一个群体所创造的由古至今"星光缀连"的过去；其存储虽然离不开神经心理系统，但主要媒介是集体仪式、有形的纪念地、博物馆以及文字、文本这些文化系统。在传播风格上，文化记忆的传播虽离不开个体的神经心理系统，更主要的是一个共同体的文化活动，如米尔顿·辛格所说，是计划性的，从主题、场景到过程、规则以及引领者都经过精心筹划，犹如共同体文化盛宴的设计。其传播效果则是激活了共同体的文化心理体验以及快乐、愉悦的审美感受，诸如怅惘、自豪、荣耀或忧郁等所谓"文化乡愁"和文化美学经验，甚至于产生尼克·库尔德里所说的"媒介迷思"⑤这种精神活动。

　　虽然我不认同阿斯曼对"文化记忆"内涵的界定，但对他关于文化记忆中的"神圣"形象即宗教性特征还是认可的。由于文化记忆是对"历史岁月中的'光芒'"、"往昔生活中的'黄金时代'"（或"苦难时代"）、"共同体（民族与家族）记忆中的'英雄圣贤'"这类集体共享"过去"的记忆，是对那个超越"凡俗之上"以及日常世界背后神圣"秩序框架"这类非凡的文化意象的呈现，因此决定了其记忆形象的"超凡"维度。特别是这种记忆的宗旨是传承世代相沿的集体知识，为共同体提供连续性的"历史意识"，因此，它的传播路线必须远离平庸的日常世界形态而选择"神圣化""权威化"或"圣徒化"的方式，以

---

　　① "文化模式"这个概念不是人类学家所说的信仰、价值观、行为方式等文化特质总和的图像，本文是在表演民俗学的语境中使用这个概念的，指的是一个群体按照一定的文化规则进行操演的规范性行为模式，如节日庆典、宗教礼仪、家庭活动等。

　　② 文化情境主要是指某些实体性和精神性意象，如时—空意象、物件等，其功能是激活人们的独特的情感模式，即我所说的荷尔德林式"乡愁"的那种情感。见高长江：《艺术人类学》，中国社会科学出版社2010年版，第48页。

　　③ 伊利亚德曾认为，"人类渴望着恢复诸神生机盎然的存在状态，也渴望生活在一个像刚从造物主手中诞生出来的世界上：崭新、纯净和强壮。正是这种对起源时完美性的依恋，才从根本上解释了人们为什么要对那个完美状态的定期回归。"（[罗马尼亚]米尔恰·伊利亚德：《神圣与世俗》，王建光译，华夏出版社2003年版，第47页）

　　④ [德]杨·阿斯曼：《文化记忆：早期高级文化中的文字、回忆和政治身份》，金寿福等译，北京大学出版社2015年版，第322页。

　　⑤ [英]尼克·库尔德里：《媒介仪式：一种批判的视角》，崔玺译，中国人民大学出版社2016年版，第51页。

免"受来自可选择的历史路线的挑战"①，因而选择宗教仪式这种文化媒介最为合适。其实，仔细辨析前文我关于文化记忆的界说可见，它原本就具有宗教的形象，因而也适合以宗教仪式这一文化媒介来传播。在人类记忆文化史上，不仅远古时代，即使在近代乃至于现代世界，很多共同体都是借助宗教仪式这一特殊文化媒介传承、生产和巩固文化记忆的，尽管不同民族所选择的"神圣"表达的方式相异。

---

① 阿维夏伊·玛格利特指认了集体共享记忆传递"神圣化、权威化"路线的这一考量。见［以］阿维夏伊·玛格利特：《记忆的伦理》，贺海仁译，清华大学出版社2015年版，第55页。

〖 2 文化记忆研究范式转型：传播过程 〗

探究共同体文化记忆的规律、保存以及传播的方式，可以有多种路径，但我觉得最基本的方法论原则就是通过对一个共同体文化记忆传播历史场景的构建而进行范式建构。文化记忆理论家杨·阿斯曼从以色列人的逾越节仪式、古埃及人神庙记忆的视角探求以色列、古埃及文化记忆的传播的形式及其规律取得了很大的成功。[①] 他的工作给我们以很好的启示。当然，我也十分清楚，对中华文化记忆传播的研究，阿斯曼的方法与模型不可复制。正如我在《民间信仰：文化记忆的基石》一文中所指出的，中华文化记忆的传播主体乃中国本土的民间信仰而非道教和儒教。正是民间信仰，不仅传播着中华文化记忆的基本意象，而且也创造了中华文化记忆传播的回忆文化系统。[②]

反思近年来关于文化记忆传播理论研究，无论是杨·阿斯曼、阿斯曼·阿莱达还是国内一些学者，主要视阈都聚焦于存储这一层面，而对于记忆调取过程即传播过程关注不够，即使是海德堡大学由六十多位学者组成的庞大研究队伍的"仪式动力"研究也同样如是。文化记忆的存储研究固然重要，但我认为传播"过程"研究尤为重要。文化记忆传播，"存"仅仅是其中的一个维度，另一个重要维度则是"传"。所谓"传"，从传播学的原理而观，即媒介承载的信息传递到受众那里，能够激活受众的记忆并成功盘存这些记忆，产生了记忆编码和再生产的行为。存储再丰富，但如果在接受者那里产生的效果不好，就不能算是成功的传播，或者说有"传"无"承"。而这一接受效果不仅与媒介形态有关，更与信息传递过程有关，如信息通道、传递情境、媒介符号、受众的认知活力等。从这个意义上说，文化记忆传播理论研究，传播"过程"及其效果研究显得尤为重要。

---

① 可参见其《文化记忆：早期高级文化中的文字、回忆和政治身份》一书的第二部分。
② 高长江：《民间信仰：文化记忆的基石》，《世界宗教研究》，2017年第4期。

要将这个"过程"与效果解释清楚，就不能仅仅把视界聚焦于媒介上，尤其应认真探究传播过程中传播者的媒介设计与表演、接受者的信息处理、符号互动、生态效度等一系列认知规律问题。在我看来，萨满教之所以成为北方民族文化记忆传播的主要主体，根本原因就在于其不仅仅是一种宗教行为，而在于它是由各种"媒介符号"组构而成的文化传播场，一种流动于鲜活的生态情境并借助于"生态能"产生强烈的刺激意义，或如我所说的"闪光灯"效应而对文化回忆产生非凡影响的符号互动仪式。詹姆斯·凯瑞曾认为，人类的所有行为都可以被视为符号行为，人类的所有行为都是信息传播，传播过程就是符号互动过程。也正由于萨满教仪式不是一般的"庆典"与"驱魔"，不是寻常的符号体系，因而，当它由萨满的身体表现出来时便变成了海德格尔所说的"口中之花"，不仅激活了人们沉睡的记忆，也激活人们的情感与想象，使得回忆和记忆形象更鲜活、更持久。

3 传播人类学视阈中的文化记忆

对萨满教仪式文化记忆功能的这一认知，在本课题的研究中，我没有对萨满教仪式的运行过程投入更多的精力，而对它的媒介符号设计、参与者与符号的互动及其激活文化记忆的机制投入了很大精力，还引入了传播学领域新近崛起的新学科——传播人类学理论。我认为，对人类文化记忆传播现象的研究，传播人类学是最合适的理论。

传播人类学（Anthropology of Communication）是英国伦敦大学人类学家丹尼尔·米勒创造的一个概念。与"媒体人类学""媒介人类学"等相近的概念不同，传播人类学的理论视点不再局限于人类传播媒介的特征及其功能、效果的民族志研究，而是更侧重于人类文化传播过程这一问题的研究。我认为，较之"媒体人类学""媒介人类学""传媒人类学"等，传播人类学这一概念似乎更能体现出传播学与人类学视阈融合研究人类传播文化的这一学科特质。这也是本课题之所以使用"传播人类学"而不使用"媒介人类学""媒体人类学"这一理论范式（符号通式）的认知依据。我不妨细一点文字进行阐述。

作为传播学与人类学结合而成的新知识，"传播人类学"与"媒体人类学""媒介人类学"等具有很大的共性。按照美国人类学家凯利·阿斯库在《媒体人类学读本》一书"导论"中的解释，媒体人类学就是对人们使用和理解媒介技术的民族志式、历史学的、语境化的研究的知识。也有的学者简洁地将其界定为对传播的民族志研究（如菲利普·布德卡）。通过费·金斯伯格等人编的《媒体世界：人类学的新领域》一书的研究文章，我们也能把握"媒体人类学"的这一学科意向：媒体人类学等主要是采用人类学经典的民族志研究，对某一共同体的媒介特质及媒介化实践展开的研究。①

"传播人类学"与"媒体人类学"的区别在于"传播"与"媒体（媒介）"这两个概念上。但这绝非学者们使用概念的个性差别，而是反映了人们对于人类学与传播学结合研究人类文化传播问题的不同视点：媒体人类学的理论视点是媒介，即使是"媒介化实践"的面向也仍然是以媒介为中心；传播人类学的理论视点是传播，是人类如何使用媒体等文化形式进行文化传播的动态过程。基于这种分辨，我觉得可以把传播人类学的内涵界定为对人类文化传播现象的民族志研究。

检视人类传播史，我们不难发现，在人类文化传播的大部分时间里，对传播过程的关注远远高于对传播媒介的关注，尤其是在史前时代，在那些口述传统的社会。其实，在人类文化发展的早期，并无"传播"以及"信息"之类的概念。共同体的文化传统、共享知识的存续被解说为文化共享与信仰建构。人类学的民族志研究也向我们证实了这一点。也正因为集体共享知识的存续被理解为文化共享与信仰建构，故人们更重视传播的过程而不是媒介形式。如通过仪式展演使人们共同在场、彼此互动，从而达到文化的共享、记忆与传承；通过口述文学的讲述与聆听形成文化共享与心灵互动而实现重返历史与文化寻根等，可谓东西方民族共同的传播史实。特别是我想提醒人们注意的是，在史前与古典时代，仪式也好，口述文学叙事也好，在人们的心目中并非出于某种"控制"的目的，或把讯息从一端传到另一端的传播事件，它就是共同体的一种文化实践，或者说是一种文化游戏活动，其目的是通过这种活动参与、分享、共有共同体的文化成果。其中虽不乏自我身份定义这样的文化政治学诉求，但更多的则是认知、交流、审美等文化体验的维度。即是说，对于传播者而言，他所企及的是通过展演、说唱等对自己进行"元再现"，包括自传体自我、社会自我与文化自我；对于参与者而言，则是期望通过人际及各种符号互动达到对世界、自我以及生活的体验。如此，"传播"过程实质是一个互动与自我、社会的再造过程，即通过人们在彼此的身体里及其各种符号中进进出出，人们结成了社会，过上了真实的生活。按照莫里斯·布洛克的观点，"社会"更强调的是知识存在于"我"的各种活动中，存在于活着的/行动着的各种人的彼此互

① 这些文章如，"视觉主义与原始主义的困惑""埃及情景剧""印度电视与宗教认同""伯利兹的电视、时间与民族想象""泰国信息时代的媒介化与通灵术"，等等。（［美］费·金斯伯格、里拉·阿布-卢赫德、布莱恩·拉金：《媒体世界：人类学的新领域》，丁惠民译，商务印书馆2015年版）

动中，而非存在于一个"文化"编码中。①也正因为"传播"的这一属性使得"互动"而非"互动的媒介"成为人们信息沟通的关注中心。"交流不是共享真相，而是进行效果的操作。"②传播学家彼得斯一语道出了人类文化传播的本质。

根据传播人类学的人类学取向以及理论思维的兴趣，传播人类学者规划了传播人类学研究的基本课题。

第一，原住民的文化传播现象研究。

第二，按照人类学传统，小型社会或口述传统的社会大众文化传播的主要形式与媒介为仪式，无论是宗教仪式还是节日庆典。仪式不仅是普通的社会行动，而是阿斯曼所说的"典礼性社会交往"，它"将那些与认同相关的知识传达给每个参与者，它们通过保持'世界'的活跃性的方式，构造和再生成了集体认同。"③虽然阿斯曼的"仪式理论"浸透着浓郁的政治文化学色彩，甚至可能曲解了古代社会仪式的本质，但他有一点是绝对没问题的，即在无文字社会或"典礼性社会交往"社会里，仪式就是集体共享知识传播的媒介与形式。用凯瑞的"传播仪式观"的语言来表述，即"仪式就是传播"；或如有的学者对凯瑞的"传播仪式观"所做的阐释那样："仪式不是传播的类比，而是传播的本体。"④基于这一"仪式"认知，仪式成为传播人类学研究的重点课题。

第三，如果说仪式是传播人类学关注的重点问题，那么，下面这些问题理所当然进入传播人类学的理论范畴：仪式符号的设计（包括意义与形式）、仪式过程以及仪式参与者与仪式符号互动及其效果。我们可以把它整理归纳为仪式符号学、文化表演和认知行为（以及效果评价）。

以传播人类学的这些理论视点来观照，我们不难发现，文化记忆研究在很大程度上就是传播人类学研究，文化记忆理论与传播人类学理论具有高度的同构性，因而文化记忆问题也特别适合以传播人类学的范式进行研究。

"文化记忆"这一概念以及理论由德国历史学家杨·阿斯曼所开创。自这一理论提出以来，其影响迅速扩散，遍及哲学、历史学、传播学、社会学、人类学、文

---

① [英]莫里斯·布洛克：《人类学与认知挑战》，周雨霏译，商务印书馆2018年版，第144页。

② [美]彼得斯：《交流的无奈：传播思想史》，何道宽译，华夏出版社2003年版，第255页。

③ [德]杨·阿斯曼：《文化记忆：早期高级文化中的文字、回忆和政治身份》，金寿福等译，北京大学出版社2015年版，第149页。

④ 刘建明：《传播的仪式观：仪式是传播的本体而非类比》，《湖北大学学报》，2018年第2期。

学、宗教学乃至于地理学、民俗学、心理学等领域。这没有什么好奇怪的，因为文化记忆理论关切的核心是，作为文化动物的人的存在问题，而人文社会科学以及一些具有人文向度的自然科学关注的对象也主要是人。于是，文化记忆理论便成为诸多学科进行思想实验、知识武装与理论装备的"资源库"。

不过，就我对阿斯曼"文化记忆理论"的分析，我认为，与文化记忆理论研究最为贴近的学科是人类学、传播学、宗教学、历史学。按照阿斯曼设定的框架，文化记忆理论研究的主要课题为：文化记忆的内容、媒介、形式、时间结构、承载者。文化记忆的"内容"主要是神话传说以及共同体历史上那些"超凡"的事件，这基本属于宗教学的课题；"形式"指回忆，即传承文化记忆的形式，阿斯曼把它确定为"被创建的""高度成型"的"庆典仪式"，这几乎与传播学重合；"媒介"指文化记忆承载的媒体，如固定下来的客观外化物、文字、图像、歌舞及象征符号；这也是传播学研究的主要课题；"时间结构"指向史前时代中绝对的"过去"，这是历史人类学的课题；"承载者"指那些"专职的"传统承载者，如祭司、萨满等，用传播学的语言来表述，即传播者。在这种意义上也可以说，文化记忆理论其实就是文化传播的人类学模式。特别是通过对阿斯曼文本的审视以及"文化记忆"这个概念独特内涵的理解，我们完全可以得出这样的结论：文化记忆理论就是一种传播人类学。因为按阿斯曼的理论，传播人类学研究的重点问题"仪式"传播现象就是"文化记忆的范畴"，是文化记忆理论的重点关切；而"文化记忆"这一隐喻也完全可以转换为"媒介记忆"——阿斯曼解释说，"文化记忆"之所以不同于"交往记忆"与"集体记忆"，就是因为不仅它所"记忆"的内容是文化的（神话、宗教等文化神话），而且它的载体即传承过程也是文化传媒性的，如歌舞、语言文字、纪念碑、神庙、史诗，尤其是仪式。

如果从凯瑞"传播仪式观"的理论视角分析，文化记忆理论与传播人类学也具有高度的重合性。在《作为文化的传播》论文集中，凯瑞提出了传播的两种模式：传播的传递观和传播的仪式观。[①]前者可称之为"传播的信息模式"，基本相当于香农-韦弗模式、拉斯维尔模式、格伯纳模式等传播的经典模式[②]，指在传播过程中，出于控制的目的，把信息从一地传到另一地，信息传递就是传播；传播的

① ［美］詹姆斯·W.凯瑞：《作为文化的传播》，丁未译，华夏出版社2005年版，第4页。

② 可参见［英］丹尼斯·麦奎尔、［瑞典］斯文·温德尔：《大众传播模式论》，祝建华等译，上海译文出版社1987年版。

文化模式则不仅仅意味着传播的宗旨是信息传递，更主要的是其作为一种微妙的符号互动过程，体现的是人类的文化实践，其主要形式就是仪式。"传播的仪式观不是指空间上信息的拓展，而是指时间上对社会的维系；不是指分享信息的行为，而是共同信仰的表征……其核心则是将人们以团体或共同体的形式聚集在一起的神圣典礼。"①凯瑞的"传播仪式观"也可谓传播人类学理论的"硬核"。尽管凯瑞的"传播仪式观"中的"仪式"与人类学家所使用的"仪式"一语内涵并不完全相同，但他对仪式的传播功能尤其是文化实践功能的指认不仅实现了传播向人类传统的原始生活世界的回归②，而且无疑将文化记忆理论与传播人类学接合在一起——在文化记忆理论家这里，文化记忆理论的宗旨就是通过对人类共同体仪式的研究而展现集体文化记忆的存储、调取、传递的过程及其如何实现对信仰的维系、身份认同的巩固以及文化意义的再生产的规律。用阿斯曼的语言来表述，即关于"回忆文化"③现象的研究。如此，我觉得可以将"传播的文化模式"与"文化记忆理论"整合为"集体记忆传播的文化研究"这样一种知识范式。

这里我想补充的一点是，作为传播学与人类学结合而成的新学科，传播人类学对"仪式传播"现象的研究，不能仅仅局限于对经典人类学的"身体在场"理论的引入，也不能仅仅局限于近年来传媒人类学对仪式媒介特性与仪式活动的分析这种研究范式，还应引进人类学、传播学领域的最新研究成果，如认知人类学、审美人类学、传播生态学④、传播生物学⑤等。如此，才能使其关于仪式传播的本体论解释更加令人信服。

---

① [美]詹姆斯·W.凯瑞：《作为文化的传播》，丁未译，华夏出版社2005年版，第28页。

② 传播史学者认为，人类最早的传播是以在场的身体为主的，通过手势、身体、动作和符号进行表意的传播，先于演讲和语言的正规传播模式。（[英]戴维·克劳利、保罗·海尔：《传播的历史：技术、文化与社会》"序"（小维拉德·罗兰），董璐等译，北京大学出版社2011年版，第3页）

③ 在阿斯曼看来，与"个人记忆"不同，"回忆文化"着重履行一种社会责任，它的对象是群体，"回忆文化"里的"记忆"指的是"把人群凝聚成整体的记忆"（[德]杨·阿斯曼：《文化记忆：早期高级文化中的文字、回忆和政治身份》，金寿福等译，北京大学出版社2015年版，第22页）。简单地说，"回忆文化"就是以文化为主题和媒介而建构集体认同的文化实践。它既包含媒介文化，也包括传播文化：前者如仪式以及仪式符号、仪式情境，后者如仪式过程的参与互动。

④ 我认为可以将其界定为以人类文化传播的情境因素对人们认知体验的影响为研究对象的学科。

⑤ 这是我的一个设想，其主要是运用神经生物学理论分析文化传播过程中人们的信息加工、认知体验、效果评价等。此可谓传播心理学的"底层机制"研究。

4 萨满神歌 与中国北方民族文化记忆传播研究

也正是基于这一认识，我选择了"萨满神歌与北方文化记忆"这一视角展开了我的工作。这项研究的理据是，萨满文化信仰作为庞杂的中国民间信仰系统中很重要的文化支脉，它在中国北方民族文化心理结构中具有极其重要的地位与价值，承载着北方民族的宇宙观、生命观、宗教观乃至于艺术观、审美观。而萨满教的集体文化记忆传播，无论是媒介形式还是媒介实践，都与萨满神歌高度关联在一起。从某种意义上说，没有萨满神歌就没有萨满教。因此，将萨满神歌（符号形式与表演形式）纳入传播人类学的理论范式，探究萨满教特殊的媒介系统与北方民族文化记忆传播之关联性，也可谓传播人类学"本土化"路径的一种探索。我可以再细一点线条勾勒一下这一思想脉络。

第一，中国北方民族的文化记忆是与其民俗宗教——萨满教——这一文化形态高度关联的，即它的记忆形象具有鲜明的萨满文化意向。萨满文化就是北方民族的记忆文化。在很多人的心目中，那些生活于白山黑水、大漠草原之上的渔猎、游牧民族过着无拘无束的生活，因而宗教观念比较淡漠，也不会以"宗教"为主体形象、主要媒介传承其文化记忆。我想，这是他们没有搞清楚宗教并非就是"一神论"的意识形态；他们更没搞清楚，任何一个群体都需要一个超自然的"史前史"、一个"超凡的过去"这种文化假设来声明、校检并巩固其文化身份，因此，也需要通过"超凡"的文化生产和传承文化记忆。不过，中国北方民族文化记忆的宗教承载却与以色列、印度等民族的情形不同，即它不是以神创宗教这种文化形态而是通过浸淫于普罗大众民俗生活中的民间信仰——萨满教——这一形态实现的。人们也许不会认同我的观点：为什么是萨满教而不是中国本土的道教？为什么是民间文化而不是精英化的儒家文化？萨满教作为一种氏族宗教、民俗宗教，它所唤起的回忆、所承载的记忆是否可以代表中国北方民族文化记忆的核心信息？其实，不只是针对本文的观点，多少年来海内外中国文化研究一直都将后者认定为中国文化的象征以及文化记忆承载的主体。至于民间信仰，如萨满教、妈祖信仰等，在很多学者眼中，它不过是"小传统""俗文化"，它所传承的仅仅是民族文化的残片，类似于人类学家雷德菲尔德所说的"半文化"：它既不可能代表中国北方民族文化的主流，更不会成为北方民族文化记忆承载的主体。我认为，这反映了人们对民间信仰与传统文化乃至于文化记忆之关系的根本误识。下面就阐述我的观点。

首先，道教虽系中国本土宗教，但它不可能成为北方民族文化记忆传承的载体。且不说道教与北方民族的离散与疏远性，仅就道教文化的精神诉求这一层面分析，它与北方民族的文化神话也相去甚远。如果说文化记忆通过"神话历史化"的记忆与"历史神话化"的回忆，使一个社会群体保持着"我们从哪里来，要到哪里去"的共享知识和想象活力，从而校检共同体的认同感、确定集体的尊严感和创造人们的幸福感，那么，道教的文化语义、文化想象以及所形成的文化神话实难接合北方民族所需记忆的文化语义、所应唤起的文化想象、所要确认的文化认同，二者之间撕开一个很大的文化裂缝。首先，道教虽然构建了关于个体身份归属方面的知识，但其身份归属叙事则被虚无缥缈的神仙故事情节所填充。与以色列通过犹太教、通过《旧约·申命记》所唤起的以色列民族的历史灾难回忆、历史结局想象以及以色列民族每一成员的神圣责任感不同，这是一种典型的遁世主义，是在逍遥解脱、真人仙人的语境下构建的人生意义图谱。"瑶池仙阁"梦幻与北方民族的族群、氏族、祖先、山林、草原的梦象属于截然不同的心灵表象。其次，道教的神职人员与犹太教的祭司不同，他们的使命不是传承民族的文化记忆，而是隐遁于山林炼丹修道，成为仙人、真人，这使得他们与群体基本脱节开来。至于那些游走于民间的道士，虽常主持村社仪式，但这些仪式的宗旨是镇妖捉鬼，而非文化记忆的传承。

其次，关于儒家文化与北方民族文化记忆之关系，问题显得复杂一些。我的观点是，尽管儒家文化在北方民族的精神习性乃至于集体文化无意识中占有一席之地，并且也像人们所理解的那样，中华民族，无论是汉族还是其他少数民族文化记忆的主题词基本就是儒家的人文主义理想，但我还是认为，北方民族文化记忆的重要承载者不是精英化、高层化的儒家文化而是民俗化、族群化的萨满文化。这里我不得不提醒人们，我们最好不要把一个共同体"可以回忆的文化"与"可能回忆的文化"这两种不同的文化事象相互混淆。"可以回忆的文化"在于这种文化叙事的句法结构与故事情节与民族文化梦想乃至于心理深层的文化无意识气脉相通，构成了文化记忆之"被记住的过去"；但"可能回忆的文化"则在于这种文化系统能够进行这一文化回忆的实践，构成了民族文化记忆之"回忆文化"——通过特定文化形式保存和呈现集体知识以维系文化连续性。或者可以这样说，在中华这一"文化共同体"机体中，儒家文化如同血液，民间信仰如同血管，正是通过民间信仰这根血管，儒家文化才在华夏民族的机体内流通循环。

其实，从文化记忆传承的知识性质这个视阈分析，如果说，共同体文化记忆的"焦点算子"是通过"神话历史化"和"历史神话化"而创造的文化神话，那么，我们也可得出这样的结论：萨满教才是北方民族文化记忆承载的主体。"发愤忘食，乐以忘忧""天行健，君子以自强不息"的圣贤刚毅，"三军可夺帅也，匹夫不可夺志也"的英雄气节，忠义仁爱、孝慈端正的仁义美德，"老有所终，壮有所用，幼有所长，矜寡孤独废弃者皆有所养"的大同社会理想等华夏民族文化记忆的主题故事，都通过北方民族萨满教的神话句法得到了充分的转述：敬天祭祖、善养父母、孝悌为本、忠义为主、血亲相助、尊老爱幼、扶弱抑强……① 在"真理论"的意义上，萨满文化的这些价值理念确系儒家思想的核心，然而北方民族文化记忆的故事原型虽与儒家文化相通并且也受到儒家文化的影响，但却并非儒家输入北方民族的记忆网络。检视人类文化传承史我们看到，一个民族在千百年来生存实践中创造出了诸多文化成果，但大部分都随着历史长河的大浪淘沙流失了，只有很少一部分被流传。能够记忆下来的文化不仅在于其信息与该民族的"新哺乳动物脑"的神经计算相匹配，更重要的还在于这种文化信息与该族群的"古哺乳动物脑"的神经反应相匹配，即与人类的集体无意识相通达，具有"克里斯玛"的性质。如此，它们才能被敬仰、被尊奉、被记忆、被传递，甚至可能以荣格所说的"文化原型"的形式实现基因水平的代际传递。总之，"历史神话化"与"文化宗教化"是一种文化传统能否被记忆、被传承的十分重要的精神要素。这也是为什么千万年来人类所创造的大部分文化都湮没于历史的废墟之中而唯有宗教文化保存下来的原因所在。儒家文化恰恰缺失这一品质。在北方民族的心中，它仅是一家之言而非"圣言"，因而它并不具备权威性，也没有对它的思想进行记忆以及传承的责任。恰恰是萨满教这一民间信仰文化通过"万物有灵"的文化神话和"祖先英雄"的神话文化将儒家的思想植入北方民族的

---

① 王宏刚、富育光：《满族风俗志》，中央民族学院出版社1991年版，第112-114页。

记忆系统，并以固化的民族文化心理模式进行传承。[①]几年前我曾指认过这一点：以敬天祭祖和圣贤崇拜为主要文化意象、以禳灾求利和平安幸福为基本文化理想的中国民间信仰与中国文化传统是相通的。[②]在这种意义上可以说，北方民族民间信仰记忆的传承就是中华民族文化记忆的传承。

第二，萨满教作为北方民族文化记忆传播的形体与机制，其重要媒介与形式是神歌及其表演。萨满文化作为北方民族文化记忆传播的媒介，尽管与萨满教世界的其他文化元素，如神话传说、族谱等有关，但我认为其主体是萨满神歌。在远古时代，萨满文化以及集体（氏族、家族）文化记忆的传播方式主要是口述传统。这种"口述"文学不仅以神歌的符号形式便于传播，更重要的是它通过神歌展演以及符号互动、反复说唱这种被克劳德·伽拉姆所说的"人类学诗学"的形式把集体共享知识传播给仪式参与者，激活并强化着北方民族的文化记忆。"通过吟诵或者戏剧化，这些叙述形式在一个现实的仪式语境中指向了一个共同的过去。"[③]即使到了文化发展的高级阶段，书写系统的出现，神歌在北方民族文化记忆传承中的重要地位仍也未改变。冯·哈耶克曾说："人类经验并不是作为一种明确知识（explicit human knowledge）而保留下来的，而毋宁是隐含在习惯、制度、道德规范和传统习俗之中的"。[④]作为一种民俗文化，萨满教通过歌舞说唱以及其他仪式符号的展演，不仅写下了北方民族的文化经验，就像人民的命运已经写在了萨满神灵谱之中，而且通过萨满神歌表演仪式、通过萨满的身体及其他媒介符号的"场"效应，通过詹姆斯·凯瑞所说的"分享""参与""联合"[⑤]，人们一次次与自己的"历史"遭遇，实现集体文化记忆的传递。如按杨·阿斯曼的理论，文化记忆的主要内容为神话传说、发生在绝对的过去的事件，形式为创建高度成型的庆典仪式性社会交往、节日[⑥]，那么，将萨满教神歌指认为北方民族文化记忆的传播主体就没有任何夸张。例如，萨满神歌作为"神言"

---

① 我认为，中国民间信仰中的鬼、运、巫意识，并非单纯的蒙昧意识、神秘心灵的表征，它们的背后活跃着人们扬善弃恶、追求和谐的道德想象，如对"善鬼"的敬奉与"恶鬼"的驱逐、"运道"背后的"人道"（伦理道德）元素等。

② 高长江：《民间信仰：和谐社会的文化资本》，《世界宗教研究》，2010年第3期。

③ [瑞士]克劳德·伽拉姆：《诗歌形式、语用学和文化记忆》，范佳妮等译，北京大学出版社2017年版，第2页。

④ [英]哈耶克：《知识的僭妄》，邓正来译，首都经济贸易大学出版社2014年版，第138页。

⑤ [美]詹姆斯·W.凯瑞：《作为文化的传播》，丁未译，华夏出版社2005年版，第7页。

⑥ [德]杨·阿斯曼：《文化记忆：早期高级文化中的文字、回忆和政治身份》，金寿福等译，北京大学出版社2015年版，第51页。

和"为神而言",它传递着北方民族"文化神话"的信息；萨满舞蹈以及神鼓腰铃、神装玛虎等作为萨满神歌展演的辅助符号,它通过丰富的符号互动形式不仅高度强化而且深度传播着北方民族的集体文化记忆。

第二章 萨满教：
北方民族文化记忆的传播机制

作为中国北方民族的民俗宗教，萨满教之所以成为北方民族集体文化记忆传播的重要形体，就在于其与北方民族的文化实践水乳交融、密不可分地关联在一起。北方民族的历史传统、文化智慧乃至于婚丧嫁娶、生老病死，都通过萨满教得以秩序化并实现传承。从年初到岁尾不断举行的仪式到那些神话、史诗、传奇文学的神歌，尤其是那些作为地方知识"百科全书""仪式专家"而又不游离于北方民族日常生活之外的萨满群体，正是这些萨满文化的结构性元素——仪式、神歌和萨满——为北方民族文化记忆的传播提供了独特的机制：信息、形式、媒介和传播者。

按照历史人类学家的观点，传播人类学以及文化记忆学理论聚焦的核心——仪式，就是地球人类普遍具有的一种文化实践，属于"日常生活的常规习惯和重复结构"；并且，对于历史人类学家而言，这些行为并非如传统人类学所认为的那样，需要"共同的意义水准"，它更表现为一种"文化游戏"。[①] 历史人类学的这种"日常生活"视角的"仪式"观，对于我们实现传播学与人类学以及传播人类学的思维和知识结构的革命具有十分重要的意义。萨满文化，无论是节日庆典、驱魔招魂还是神歌说唱，都并非如格尔兹、阿斯曼等所解释的系基于社会秩序、文化认同甚至于文化传统传播的明确意义。对于萨满而言，这是一个重新体验神圣"历史"与神秘世界以及"超凡自我"的过程；对于族众而言，除了历史、宗教、文化经验之外，还是一个索尔索所说的"第三水平"的精神体验[②]，即文化、生活的审美体验过程。我认为，没有这种审美体验与经验，就不存在真正的传播人类学意义上的"文化传播"而只是传播工程学意义上的"信息传递"。詹姆斯·凯瑞当年已注意到这一点，他把人类传播的这种"非信息传递"现象称之为"传播的文化模式"。可惜的是，凯瑞由于缺乏一种审美人类学的视度，而只将其解释为"微妙的符号互动过程"。但他忘了，"符号互动"也离不开审美意识的介入。"符号互动"之所以"微妙"，就在于它超出了人类理性的"阈限"而被人类共有的"原型经验"即审美意识所驱动。从远古自然神话世界走来的萨满教之所以在北方民族的历史进程

① [瑞士]雅各布·坦纳：《历史人类学导论》，白锡堃译，北京大学出版社2008年版，第100-102页。

② [美]罗伯特·索尔索：《艺术心理与有意识大脑的进化》，周丰译，河南大学出版社2018年版，第249页。

中成为无可替代的文化传播形体，就在于它给人以美的体验。①审美人类学是以民族志方法进行传播人类学研究的理论"硬核"。

𝕂 1 萨满教仪式 与文化记忆传播的实践机制 ⟩⟩

我们知道，中国北方民族最早的萨满是氏族的祭司而非巫师，原始萨满教仪式是神灵、祖先的祭祀活动而非驱魔降妖的魔法仪式。只是到了后来，随着巫术文化魔法观的侵入，萨满教仪式才渗入了"巫"的成分，萨满群体中才诞生了"野大神"。远古时代萨满和萨满教的这一性质，使我们可以做出这样的推论：原始的萨满教仪式，实质乃建构信仰、维系集体认同、传播集体文化记忆的一种文化实践。通过这种活动，不仅传达人们对自然神灵、祖先神灵的祭献、媚悦，祈请其佑助族人及子孙后代，而且还向族人以及后代传播集体共享知识——氏族的文化神话，存续族群的文化记忆。如果我们对北方民族家祭仪式的宗旨有所了解，就会更加清楚萨满教仪式的文化记忆传播功能。例如，对于满族而言，举行祭祀活动的主要目的在于以下四点：同下一代有个交代；满族人有一个相互认识和了解家族历史的机会；接续老一辈传下来的传统；接受祖先神灵的保佑和祝福。[①] 在这四个"目的"当中，前三个都是为了传递满族家族文化记忆，最后一个乃为传播宗教文化之目的。

作为一种宗教行为和民俗活动的仪式，其本身就是共同体文化传统传播的媒介。用阿斯曼的比喻来表述，如果说传递的信息是"血液"，那么仪式便是"运河"和"血管"。[②]尽管按照杰克·古迪的观点，仪式的"目标与手段的关系不是'直观的'，而是非理性的或无理性的"[③]，但是，通过重复性、标准化的行为方式，通过人文地理学和历史人类学意义上的"时—空关联"，通过其特殊的符号展

---

① 关杰：《神圣的显现——宁古塔满族萨满祭祖仪式研究》，北京大学出版社2015年版，第66页。
② ［德］杨·阿斯曼：《文化记忆：早期高级文化中的文字、回忆和政治身份》，金寿福等译，北京大学出版社2015年版，第149页。
③ ［英］杰克·古迪：《神话、仪式与口述》，李源译，中国人民大学出版社2014年版，第33页。

演，尤其是通过其"同一空间，身体在场，参与互动，情感共鸣"的仪式体验，将其所承载的意义乃至于符码刻写于参与者的心灵深处，从而不仅实现而且达到一定程度地实现集体共享知识传递的效果。也正是在仪式的这一价值层面上，尼克·库尔德里把媒介实践及其传播功能理解为一种"仪式行动"，因为在这种形式化的行为中，表达了"更广义的与媒介有关的价值，或暗示着与这种价值的联系"[①]。

保证集体共享知识的连续性，传播集体文化记忆，不仅是满族萨满教仪式的本质，也是蒙古族、赫哲族、鄂伦春族、锡伯族等萨满教仪式的本质。比如，在科尔沁草原，每年都会按照规定的时间在指定的地点举行盛大祭祀活动，整个仪式程式规范，气氛庄严，声势隆重。仪式上科尔沁博诵唱的神歌，其意义不仅是祭献神灵，佑福草原，而且还传播着草原游牧民族的文化神话以及科尔沁博的集体文化记忆，实现集体知识生产的连续性。如：

一

本自唐朝起，
翁衮始周游，
辽阔草原上，
往来又倏忽。

苍天赐福徽，
逆师颁戒律，
宝木勒启机运，
此乃承天意。

青铜勇士是翁衮，
阔阔出·把秃尔是我祖，
千层信奉长生天，
多方保佑赖后土。

---

① 〔英〕尼克·库尔德里：《媒介仪式：一种批判的视角》，崔玺译，中国人民大学出版社2016年版，第33页。

科尔沁蒙古是故乡，
霍布克台·把秃尔是教主，
黄膘骏马是坐骑，
毒蛇挂带兜后头。[1]

二

雪融之水奔流前来的时候
所有植物生长绽放的时候
春季的祭祀就要开始
击着神鼓向您慎重禀告

幼嫩青草逐日苗长的时候
小小雏鸟扑翅欲飞的时候
夏季的祭祀就要开始
献上祭品向您虔诚禀报

湖心的水渐渐变凉的时候
候鸟成群往南飞去的时候
秋季的祭祀就要开始
诚心诚意向您顶礼禀报

凛冽的寒九逼近的时候
各种动物准备冬眠的时候
冬季的祭祀就要开始
——说明向您谦恭禀告[2]

上面两首神歌，第一首《神谱》是科尔沁博祭祀他们的师祖神灵的作品。这

[1] 陈永春：《科尔沁萨满神歌审美研究》，民族出版社2010年版，第36-37页。
[2] 尼玛、席慕蓉：《萨满神歌》，民族出版社2015年版，第5页。

首神歌以简练的语言、恢宏的气势叙述蒙古族萨满教的光辉"历史"。第二首《四季祭歌》虽不是为某个神灵所唱的祭歌，但却在向人们传播草原萨满教祭祀习俗知识，其目的仍属蒙古族萨满文化记忆的传播。

满族萨满教仪式，不只是家祭仪式，"放大神"仪式也同样传播着该民族的集体文化记忆。据我对一些仪式表演样本的分析，"大神"仪式上表演的神歌更像是一首史诗，叙事手法细致，历史文化空间开阔，"叙事神歌……讲述本族来龙去脉、掌故、有关族源神话、历代萨满师傅的名讳和神技功业"[①]，更能承担集体文化记忆传播之功能。如黑龙江满族喀拉哈拉氏的神歌：

> 太阳从高天升起，
> 九只灵鹊落在柳树枝杈上叫唤，
> 这是最吉祥的祥瑞啊！
> 上天的恩泽，祖宗的庇佑，
> 猎神赐给富庶的丰收，
> 无病无灾，
> 男女老少乐融融。
> 天鼓声音响亮，
> 众神灵骑着云马来了……
> 先祖的使者，一往无前的大力士，
> 它喜爬树摘果，下河嚼鱼，喜吃蜂蜜，
> 能抱起巨石，力拔古树粗根，
> 天母开路英雄黑熊神降临神堂。
> 窝巢远在北冰山，
> 驾驭北极神光，
> 一双翅膀遮天盖日，
> 迅如风雷闪电，
> 力爪拔山兮，
> 众禽之首兮，

---

① 富育光：《萨满艺术论》，学苑出版社2010年版，第230页。

唳声骇世，

疾恶如仇，

光芒彻地的鹰神降临神堂。

身居东海，穿七彩星光衫，

像围拢着光辉的锦绣闪缎，

山崦古洞，

江海湖潭，

林莽沟壑，

毫无畏惧，

仰俯蹿跃，

通达如飞。

天母九尺蟒神降临神堂。

满身披挂硬针鬃毛，

松汁甲胄如骨壳，

一双银光照眼、锋芒震慑大獠牙，

扫清恶氛，

百怪安抚，

团结爱群，

子孙绵绵。

天母忠憨的野猪神降临神堂。

披着一身红岗子皮长狍裘，

两身戴着红红的垂肩大耳坠、大耳环，

满面春风，

行走如飞，

像团迅猛滚动的大火球，

肩搭大狍皮靰，

迎来驱寒和传播火种的

火盆、火绒、火罐、火镰、火石，

冰雪的寒霜的死敌，

万物生长的育者，永远赐予大地生机的

托瓦妈妈火神降临神堂……①

这首仪式上诵唱的神歌通过对该氏族远古时代四十位神祇（祖先神、英雄神、动物神）形象的描写以及身世的追忆，通过语言的句法指向和修辞功能，不仅使族人与这些神灵再度相遇，而且也将族人们重新带回到已经消逝的星光古洞的远古生活和"神光缀连"的神话世界之中，真正起到了"参与共享，情感共鸣"的传播效果。

正如我在前文所分析，人类的记忆，无论是自传体记忆、社会记忆还是文化记忆，不仅储存于图像、实物、文字之中，更主要的储存于语言之中，储存于句法系统之中。在这种意义上也可以说，人类文化记忆的传播与维系，实质是以语言为主要媒介的。我这里所说的"语言媒介"，远不止人们通过聆听职业僧侣、祭司传递的神谕和神音，还包括那些人们没有留意的共同体的言语生活，那些以语言的文化语义所激活的历史文化经验。在语言人类学的意义上说，只有当社群的成员能够通过其语言进行熟练的文化游戏时，他们的集体记忆才不会消失。法国历史社会学家莫里斯·哈布瓦赫说得好："言语的习俗构成了集体记忆最基本同时又是最稳定的框架。"②我一直觉得，仅仅把仪式中的言语行为理解为单向度的信息"接收"、理解为单向度的"神—人"信息传递是片面的。它其实具有多维的、开放的形态与功能：不仅是对"圣言"的倾听，也是一个集体文化经验的体验。正是由于信徒能够倾听神圣的信息并能从中领悟言语所承载的共享文化，才维系着个体清晰的身份定义与文化记忆。如用哈贝马斯的言语行为哲学理论来表述，也就是个人与文化以及社会之间是通过语法关系保持着紧密的内在联系的。③近年来我在从事"宗教人类学"的田野作业中深深体悟到这一点：在那些偏远的小山村小教堂，没有牧师和其他神职人员，信徒们每周聚到一起，彼此互致"神安"，讲述古老的圣经神话故事，共同诵唱赞美诗，互相交流"信"之经验。正是这种周期性的语言仪式游戏，使每一只"牧羊"在没有"牧人"的引导下能够体验到"神的眷顾"和"恩典降临"的喜悦，体验到他们不是"被主抛弃的人"，体验到自己的信仰与身份的明

① 富育光：《萨满艺术论》，学苑出版社2010年版，第228-230页。
② ［法］莫里斯·哈布瓦赫：《论集体记忆》，毕然等译，上海人民出版社2002年版，第80页。
③ ［德］于尔根·哈贝马斯：《后形而上学思想》，曹卫东等译，译林出版社2001年版，第86页。

晰；用心理学家爱利克·埃里克森的话说，维系着"伪物种"①存在的幸福。只可惜，这一淳朴而又纯粹的"媒介仪式"并没有为那些大都市、大教堂、神学院的神学家们的"传播神学"所注意到。他们的眼睛只盯紧了神言之传，而忘记了人并且人是社会中的人这一重要元素。

总之，萨满教仪式神歌作为一种"文化语言"作品，它与自然语言最根本的不同在于，它是对记忆的呼唤而不是记忆的结果；它不仅传递意义，而且也传递一个集体共享的文化经验；它不仅沟通信息，而且还生产信息——集体共享文化记忆的深度体验。也正因仪式语言的这一独特记忆功能，中世纪晚期的意大利记忆专家朱力欧·卡米罗在他的"记忆剧场"中放置的三样宝物之一便是词语。②

---

① 在埃里克森看来，仪式游戏就是人类这个物种"二次诞生"的过程：这样的"二次诞生"，能够把个体的身份认同整合到一个世界观和信仰系统之中。（[美]爱利克·埃里克森：《游戏与理智：经验仪式化的各个阶段》，罗山译，世界图书出版公司2017年版，第62页）

② [英]弗朗西斯·叶芝：《记忆之术》，钱彦等译，中信出版集团2015年版，第138页。

2 萨满神歌
与文化记忆传播的媒介机制

萨满神歌，是萨满教仪式上由萨满表演的一种音声作品。在满族民间语言中，它也被称为"神词"。在仪式上诵唱固定主题与形式的音声作品，几乎成为所有宗教仪式行为的一部分。如基督教的"赞美诗"诵唱、佛教的梵呗诵唱等。但萨满教仪式上的神歌唱诵却与其他宗教有所不同，它不仅是仪式程式的一部分，它本身就是仪式结构的主线。从某种意义上我们甚至可以说，不是萨满教仪式安排了神歌，而是神歌结构化了萨满教仪式。在满族、蒙古族、赫哲族等萨满文化中，可谓"无（神）事不歌"，"请神""娱神""送神"这些最基本的仪式程式都是通过神歌唱诵进行架构并向前推进的。因此我们也可以说，萨满教仪式实质是一种神歌表演仪式。再向前推进一步，如果按照我对于宗教仪式的理解——宗教仪式本质上是一种语言仪式，是一种言说行为，是个体通过言说与神灵沟通的一种形式[①]，那么，我们也可以这样说：萨满神歌乃萨满教的重要文化载体，没有萨满神歌，就不存在作为一种民俗文化现象的萨满教。这没有任何夸张和想象的成分，至少从宗教系统论的视阈审视，如果说，人们的宗教观念、宗教情感、宗教行为和宗教组织是构建宗教文化系统的结构化元素，四者缺一不可，而萨满教仪式又通过萨满神歌来架构，那么，言说"没有萨满神歌就没有萨满教文化"就不过分。其实，不仅仅是萨满教这种古老的北方民族氏族宗教，所有宗教的精神信仰或有神论观念能否由大脑物理学（神经组织）的层面提升到文化人类学的层面，由个体的"意识流"转化为一种

---

① 高长江：《符号与神圣世界的建构：宗教语言学导论》，吉林大学出版社1993年版。

社会符号系统，关键的因素就取决于语言符号对意识①的组织以及表达。否则，无论再神奇的想象、再神秘的体验、再神圣的情感，我们都无法将其理解为宗教文化现象，而只能将其视为人的超自然灵感，用哲学家怀特海的话说，不过是"人在幽居独处时所干之事"②。总之，人类的超自然灵感以及观念，只要尚未句法化、社会化，它就仍然是个人的私有财产③，是个体神经元节点上爆出的一段倏忽即逝的插曲而已。

按照民俗学家的理解，通常所说的"萨满神歌"指的是萨满教祭司或巫师——萨满及其助手（侍神人，俗称"二神"）在萨满教仪式上为祈祷、请神、驱魔、占卜等而表演的一种说唱形式，俗称"神调""萨满调"（记录以及演唱的神歌的角本称为"神本子"）。我们不妨看看我国萨满教研究专家富育光先生对萨满神歌所做的解释：

> 我们所言之萨满神歌，或叫萨满歌曲、萨满调，是我国近些年北方诸省在对萨满世代咏唱的祭歌予以调查和整理工作中所提出来的。……它是数千年来，信仰和崇拜原始宗教萨满教的各民族萨满，在从事氏族祈祭活动中，所不断创造、丰富、传承下来的所有长短祭歌与小调以及某些卜歌、咒歌，等等。……由于萨满自身不断地提炼、修润和创造，不论民族性、艺术性、传咏性都有其独特的韵律，成为别具一格的萨满歌曲，即萨满神歌。因祭神而唱，俗称神歌。④

可以认为，富育光先生对萨满神歌的诠释尽管带有一定的情感倾向，但其基本观点是符合神歌的基本特征，也是符合人们对于神歌的基本认识的。当然，这段表

---

① 这里的"意识"一词是在认知科学的知识框架内使用的。从意识神经生物学和认知心理学的原理分析，意识仅仅是大脑神经系统物理运动的伴生物。也就是说，人类大脑神经组织内无数零散的感觉数据经过神经系统的连接、加工、整合、编码而产生系列表征，这就是被我们称为"意识"的那个神秘的东西。意识究其实也不过是人类最古老的生物遗产。当然，我这里所说的意识，还是人类最简单的意识。要使意识超越简单的生物学层面，能够产生思想、观念等，大脑还必须具有心灵的属性，即心理水平的脑。关于意识的详解，请参见第二章。

② [英]A. N. 怀特海：《宗教的形成·符号的意义及效果》，周邦宪译，贵州人民出版社2007年版，第2页。

③ 也正因此，我坚持在讨论宗教现象时，区分开属于意识现象的"宗教"和属于社会文化体系现象的"宗教"特别重要。我曾把前者称之为"灵魂宗教"，把后者称之为"文化宗教"。前者属于个体的精神体验，后者属于社会的文化现象。可参见我的论文：《宗教共在和生：中国的经验》，《宗教学研究》，2014年第1期。

④ 富育光：《萨满论》，辽宁人民出版社2000年版，第295-296页。

述的一些用语，比如"艺术性"，到底该如何理解还是一个值得进一步辨析的理论问题。我想，富育光先生观察与界定萨满神歌的视角与标尺可能是满族萨满神歌，并且是按"神本子"记载与规则表演的神歌。这没什么问题。因为大多数满族萨满神歌确是一种规范化、文化化的音声作品，即使是野祭仪式上表演的神歌也受到了上层萨满文化的影响，从民间艺术的角度审视也具有一定的艺术性，尤其是当我们在"艺术人类学"的语境下操作"艺术"这一概念时。但蒙古族、鄂伦春族、赫哲族、锡伯族等民族的萨满神歌是否可以言其"艺术性"、在"放大神"仪式以及治病仪式上"野萨满"即兴演唱的神歌能否可用"艺术性"来评说就颇值得进一步商榷了。①总之，我觉得，富育光先生的这个"神歌"界说只是针对某种类型的神歌而言，它还不能形成对北方民族萨满仪式上诵唱的神歌进行全景描述。此外，这段表述把神歌解释为"因祭神而唱"的歌曲也不十分确切。其实，在萨满学界，对神歌的这种认识与定位并不限于富育光先生一人，很多学者也都把神歌解释为"举行跳神仪式时，萨满和助手描述神灵特征、颂扬神灵神通广大以及表示祭祀者的虔诚态度和决心等内容的歌词"②，是"唱给神灵的"歌曲或"对神灵唱诵的歌曲"③。确实，萨满大部分神歌是唱给神灵的，或至少是叙述萨满教神圣历史、描写萨满神通的，但也有一些神歌不具有这方面的特征。比如，萨满在跳神治病仪式上唱诵的"招魂词"就不是唱给神灵的。我们看这样的神歌：

> 没有辕的车，人往哪里坐？
> 灵魂被鬼捉去，人还怎么活？
> 宝贝的灵魂，快快回来吧！
> 伊热，伊热，伊热，伊热。④

很显然，这首神歌不是唱给神灵的，也不是歌颂神的，它是为人而唱的。如果按照"因祭神而唱"或"唱给神灵"的这一神歌定义框架，这类神歌就无法纳入

---

① 富育光的"艺术论"在遭遇这一现象时也发生了动摇，也承认它们是一种无意识的表达。见富育光：《萨满艺术论》，学苑出版社2010年版，第206页。

② 宋和平：《满族萨满神歌译注》，社会科学文献出版社1993年版，第1页。

③ 陈永春：《科尔沁萨满神歌审美研究》，民族出版社2010年版，第25页。

④ 乌丙安：《萨满信仰研究》，长春出版社2014年版，第236页。

其中。至于科尔沁博和赫哲族萨满所唱诵的具有较强娱乐色彩的神歌，就更难以用"为神而唱"这个框架来定位。因此，我认为需要对萨满神歌重新进行诠释。

重新定义萨满神歌，我觉得需要清楚这样几个问题。

第一，萨满唱诵的"神调"只要发生在萨满教仪式这一情境下就可称之为"神歌"。无论是从萨满神歌生产的原初情境还是从今天我们在萨满教仪式上所接触到的众多神歌样本而观，萨满神歌都是一种具有不同功能的说唱体式，萨满除了以其祭神之外，还利用它传播民族、氏族、萨满共同体的文化记忆，以之驱邪逐魔、进行疾病治疗等。它们同样构成了萨满教仪式的一部分。

第二，有时萨满唱诵的神歌虽不是"唱给神灵"或"因祭神而唱"，如治病仪式上的招魂词，但它仍围绕着萨满教神事活动这一主题或者属于整个仪式中的一部分，它们仍应视为萨满神歌。

第三，也有一些神歌诵唱既不执行祭神功能，也不执行文化回忆功能，而是用于族群文化娱乐。①我认为这类神歌属于神歌功能的"变异"现象，就如同佛经的"变文"形式，但其主题仍未发生变化，仍与萨满教文化高度关联，只不过表演的目的变了，它们仍可以称之为"萨满神歌"。

根据上述认识，并综合前人的研究成果，我觉得，对于萨满神歌，更为客观而简明的表述应当是：

> 萨满神歌是萨满（及助手）在萨满教仪式上因神事活动的宗旨而唱诵的一种音声作品。②

近年来，随着萨满文化研究热潮的兴起，特别是随着萨满教研究成为一种国际化的学术时代的到来，萨满神歌研究也取得了快速的进展，并取得了一批较有质量

---

① 关于这个问题我会在下一章展开分析。

② 请注意，这里我说"因神事活动的宗旨"是有特别指涉的：其一，神事活动的目的既包括组构仪式，也包括传播萨满教观念，激活人们的萨满教情感体验。这与人们在神歌研究时仅仅关注表演者的层面而忽视接收者层面的视野不同，这是一种"主—客"整合的视角。其二，"神事"既指神歌是萨满的萨满教观念、情感的表达，也是萨满的萨满教情感体验的表达。有些萨满神歌，主要是跳神达到高潮，萨满进入意识恍惚或"神灵附体"状态下发生的唱诵，它似乎已经失去了理性的宗教目的性，更接近一种心理无意识水平上的心灵印记"表达"。关于这个问题的辨析请参见我的新著《萨满神歌语言认知问题研究》，吉林大学出版社2017年版，第二章。

的成果。如赵志忠的《满族萨满神歌研究》（民族出版社，2010）、陈永春的《科尔沁萨满神歌审美研究》（民族出版社，2010）、宋和平的《满族萨满神歌译注》（社会科学文献出版社，1993）等。不过，就这一知识领域的整体而观，目前汉语学界的萨满神歌研究不仅投入不足，成果偏少，而且研究的路径、模型也都比较狭窄和朴素。除了对满、蒙古等神歌汉译的基础工作之外，其他研究大都是从民族文学、民俗学的路径展开的，如上面提到的两部比较系统的萨满神歌研究专著《满族萨满神歌研究》《科尔沁萨满神歌审美研究》即如是。《满族萨满神歌研究》看起来带有综合研究的性质，如该书对萨满教仪式与萨满神歌的关系、神歌的语言形式、韵律特征及其与原始艺术的关系均有所涉猎，但从研究框架和理论模型看，仍属于传统文艺理论研究的范型。《科尔沁萨满神歌审美研究》虽然凸显了"审美学"这一视角，但如果我们对该文本进行认真分析，便发现这还不能说是严格意义上的美学路径，可以视为神歌文艺美学层面的研究。此外，石光伟、刘厚生编著的《满族萨满跳神研究》（吉林文史出版社，1992），宋和平、孟慧英的《满族萨满文化文本研究》（台北：五南图书出版公司，1997），富育光的《萨满论》（辽宁人民出版社，2000），乌丙安的《萨满信仰研究》（长春出版社，2014），黄任远、黄永刚的《赫哲族萨满文化遗存调查》（民族出版社，2009）等，也都涉猎萨满神歌的内容，但基本上是传统的民俗学或民族文化研究的路径。

确实，正如我国学者多少年来所认知的那样，萨满神歌是一种民俗文化事象，也是一种民族文学形式，当然可以而且也有必要从文学、民俗学的角度展开研究。我也认为，至少从萨满神歌研究当下的理论水平这个角度考虑，从文学现象分析及民俗事象描写的层面进行一些基础性研究也十分必要。不过，我不能不说，民族文学和民俗学视角的研究，只是萨满神歌研究的基础性平台，即它可为我们提供萨满神歌的诸多样本，也使我们认识到了什么是萨满神歌、神歌的特征与风格等这些常识性的东西，仅此而已。但很显然，萨满神歌作为萨满教仪式上的文化表演语体，作为北方民族文化记忆传播的媒介，它的生产与实践乃是萨满神歌研究以及传播人类学研究的重要课题。

诚然，宽泛一点儿理解，上面所陈述的研究作品及其对神歌所做的"审美""民俗传承"功能的研究，也可视为萨满神歌文化传播功能研究的一部分。但很显然，"审美""民俗表现"肯定不能充分揭示萨满神歌的文化传播功能，尤其是神歌表演文化传播功能的原动力。毋庸置疑，萨满神歌，作为萨满教仪式的重要组织元素与媒介实践，作为表演者与受众宗教观念与情感的刺激物，作为文化回忆发生的介质，它与一般的音声形式不同。从表演学的意义上说，它是在非凡的文化情境下发生的；在语义学的视角下审视，它的信息是关于"超凡"[①]事件的；在言说民族志的意义上，它有独特的符码形式。总而言之，它的生产与表演绝对不是为了表达萨满师个人的审美理念和表演意趣，当然也不是为了受众审美经验升华。作为中国北方民族中的一员，作为族群的文化精英，作为氏族的职业祭司，作为有的学者所说的"民族之师、民族之神、民族之魂"[②]，萨满之所以要创作并表演神歌这种说唱形式，不是作为"诗人"的诗性勃发，也不是作为歌唱家的艺术灵感，更不是作为"民族艺术家"的审美感兴，其根本意旨在于通过神歌这种独特的言说体式，通过神歌表演的特定情境、特殊符码刺激受众的知觉系统，激活在场者的集体共享知识记忆，产生非凡的精神体验，从而保证集体文化神话的存续性和再生产。富育光先生在《萨满艺术论》中论及此问题时就这样写道：

> 萨满所有歌曲，都是萨满的希冀和心声，都是颇有人文学、民族学、原始宗教学价值的诗。它同萨满是人神的中介代表，身兼双向特职有关，既要传送宇宙神祇对氏族人群的扶助和怜爱，又要传送氏族人群对宇宙神祇的祈愿和膜拜。而萨满自己又要学会媚神和勤民，获得双向的信赖和喜爱。所以，世代萨满是人中之杰，其心理最佳表示，便是歌曲。[③]

在这段表述中，富育光虽没有将萨满神歌表演的目的指向集体文化记忆传播这一向度，但其指出了萨满神歌创造、表演的宗旨——上传神灵的怜爱，下传民众的敬拜。尽管富育光的这种解释还没有完全到位，但比起艺术审美说、民歌创作说等有了很大的进步。

满族学者关杰先生别出新意，引入现象学范型对满族萨满神歌的动力机制做出了新的解释："'叙话—调子'所展现的不仅是一个简单的唱声，它是满族人对生命价值和意义的一种诠释，是满族人对自身生命活力的一种张扬。"[④]她特别以宁

---

① 族群历史再现、招魂、追魂也是超凡的事件。
② 富育光：《萨满论》，辽宁人民出版社2000年版，第62页。
③ 富育光：《萨满艺术论》，学苑出版社2010年版，第209页。
④ 关杰：《神圣的显现——宁古塔满族萨满祭祖仪式研究》，北京大学出版社2015年版，第209页。

古塔满族祭祖仪式上萨满特殊的歌咏形式——"鄂啰三声"为例，分析了萨满神歌这种音声形式产生的因素：

> "鄂啰三声"（努秘）是满族萨满祭祖仪式内核的表现形式，其音乐形态结构是在努曼这一内在力量的激发、诱导、启示下生成的，察玛只是在这样一种特殊的力量的启动下，在下意识间顺其自然地发出那应该发出的声音、打出那应该打出的节奏，这里没有察玛的创作要素于其中，有的只是察玛的瞬间感受和被激起的力量表现。①

客观地说，关杰先生运用现象学理论来解释萨满神歌产出的"精神动力"在很大程度上带有直觉和想象的成分。不过，她的分析也给予我们一些启示。客观地说，萨满神歌创作与表演的原始动力，艺术或审美的因素实在不多，更多的是一种宗教因素，即关杰所说的被"努曼"这一内在力量所激起的"瞬间感受和被激起的力量"，即由对祖先神的敬拜这种"内在力量"所产生的那种神秘体验所激活的表达能量和表现形式。

萨满神歌表演（包括创作）的问题关涉到本节所谈论的"萨满神歌系北方民族文化记忆传播的媒介"这一主题的核心，为了使下面的讨论更具阐释力，故我打算从认知心理学的原理对此做一分析。

我不大认同伊利亚德提出的"所有这些以升天和飞行行为为主题的梦境、神话和乡愁是不能被心理学所全部解释的；总有一个核心很难被解释，这个无法定义、无法减少的因素也许可以揭示人在宇宙中的真正处境，一个我们应该永远不懈重复的处境，一个不只是'历史'的处境"②这种说辞。问题不在于心理学能不能解释清楚，而在于我们所选择的心理学理论模型。作为原始社会的一员，萨满与北方民族的其他成员一样，在这个陌生而又神秘的世界面前不仅战战兢兢，充满敬畏，而且充满幻想。当这些朦朦胧胧的敬畏与幻想化作他们一个个彻夜不眠的"惊魂梦"和"白日梦"，当这些梦境不断表征、反复建构时，其大脑神经系统中一个特殊的神经元联合体或"神经模块"便建构起来了，这就是萨满教那个"万物有灵"的神圣而又神秘的

---

① 关杰：《神圣的显现——宁古塔满族萨满祭祖仪式研究》，北京大学出版社2015年版，第229页。
② 同上书，第11页。

世界意象在其大脑神经组织烙印的"印记"。不是原始民族某些成员的大脑无所事事的思想游戏，也不是人们经过精心比较优劣而选择了"万物有灵"的萨满教，而是他们只能这样做。从宗教发生学的意义上说，宗教创造从来就不是高级灵长类动物的一种高贵举动，而是生存压力下的一种无奈选择，是人类为了弥补自己生命缺陷而创造出来的一种生命管理的文化装置。当然，在这个意识鸿蒙初开的时代，言说萨满对超自然事物的敬畏与幻想是理性的宗教观念确显夸张，它仍是一种粗糙的、缥缥缈缈的情绪感受与神秘体验。当这种感受与体验在其他脑神经回路反复传递刺激了萨满的语言脑，脑产生了简单的加工活动，通过粗糙的语言项目编码并以喉音唱诵的形式表达出来时，便产生了第一首萨满神歌。其实，我这里所做的远古时代萨满神歌生产的神经生物学原理的分析还相当简单。最早一批萨满在最初的神歌生产时心理活动是比较复杂的，有对令人敬畏的"有灵万物"的献祭、祈请与膜拜，有对自己先祖创建本族、佑护本族后人的感恩，有对祖先开山立业丰功伟绩的怀念……这种种情感与意识也可以归结为一点：记住——记住这个世界那些与己相关、可以助其超凡之力的动植物神灵，记住自己非凡的祖先与自己的根系、记住族群"超凡"的历史。萨满神歌生产的这一原动力，用阿斯曼的话说，也可谓一种"神话动力"——生产神话和传播神话。通过"过去"的神话化，"将当下置于历史的视线下，这样的历史使当下显得有意义，符合神的旨意，绝对必要和不可改变。"[1]关杰曾感悟道：

> "祭祖仪式"就是一种实现着并生成着的祖先没有完成的历史。每一次仪式活动，都是满族人在自己的生命过程中，在同原初的满族历史、原初的神圣合为一体的过程。他们自己始终是历史总体中的一部分，不可分割。[2]

所谓"合为一体"，亦即通过仪式及其与仪式精确捆绑在一起的神歌这一媒介重返"过去"的过程。当然，当时的"萨满神歌"与我们今天所见到的神歌根本不在同一个水平上，它可能只是几个单词，或者几个简单的小句的乐音形式。但不管怎么说，在萨满文化中，"神歌"这类仪式语体毕竟是产生了。这就是萨满神歌生产从基因水平到心理水平运动的模态。原始"神歌"经验形成并成为一种文学形式

---

① [德]杨·阿斯曼：《文化记忆：早期高级文化中的文字、回忆和政治身份》，金寿福等译，北京大学出版社2015年版，第75页。

② 关杰：《神圣的显现——宁古塔满族萨满祭祖仪式研究》，北京大学出版社2015年版，第144页。

后，在以后的日子里，每当萨满举行仪式活动，他便诵唱这些神歌。再往后，为了记忆、诵唱的方便以及信息传递的效果，他发挥自己的特长及生理优势，从音色、音调、音节、衬音等方面对神歌进行润色加工，形成了我们今天所见到的具有一定文学、音乐色彩的"萨满神歌"。当然，我这里对远古时代萨满神歌生产与表演的脑—心理机制的复原还是很简单的，但即便如是，我们仍可以从中观察到萨满神歌生产及表演的文化传递动力。富育光先生在论及此时曾这样写道：

> 在原始社会发展很长的时间内，人们的思维观念不甚发达，词意的使用与创造并不那么丰富。人的内心情感迸发力，主要是通过声音的音量、音色、音节、强弱等理性调配，巧妙地运用自身生理各部位的发声区，扩大音域音区，塑造足以能够表达个人深藏的情感、愿望、理念等思维活动的声音，而且还要使自己发出的声律被调配得尽善尽美，即要有声调的美、柔、甜、润等听感，能使听者乐于接受，听觉达到获得快感、沉醉等兴味享受，或者说产生共鸣。①

富育光的这段表述虽在措辞（或在理论）上有些问题，但也帮助我们认识了这样一个道理：萨满神歌生产的心理动力，首先是萨满心中"超凡"观念与情感的表达，其次才是快乐、兴味等审美感受的需要。传递集体共享知识、塑造信仰乃神歌文学产生的第一心理力。我想特别说明一点的是，由于早期的萨满神歌都是口耳相传的代代相沿，没有形成书面文本，如今我们已经无法考据第一代萨满神歌的原生态样式；并且，由于在一代一代的口耳相传中，传递之讹以及下一代萨满的修修补补以及神歌介质——语言的变迁等因素的影响，即使我们今天所见到的所谓"最古老"、被人们认为是"原汁原味"的萨满神歌，也与真正的原始神歌相去甚远。

到了现在，该是对我上面的分析与解释做一总结的时候了。萨满神歌生产与表演的精神活力不是民歌创作，更不是诗歌创作，而是源于一种混沌、模糊、神秘、神圣的"神话经验"。也可以这样说，神歌首先是萨满对于这个世界的超凡（自然神与祖先）体验，是萨满希求通过这种音声媒介将他的文化神话传递给他的族人，为集体提供一种共享知识，从而使之在这一文化神话的奠基下有意义地生活的媒介实践。这使我想起哲学家乔治·桑塔亚纳在分析人类原始诗歌生产的心灵动态时说的这样一段话，我觉得比

---

① 富育光：《萨满艺术论》，学苑出版社2010年版，第205页。

较适用于我们理解远古萨满神歌生产的心灵运程。他用优美的文笔写道：

> 他倾听万籁，俯察大地，将其所闻所见织入语言之梦。每当新的冲动翻涌上来，他就会感到自己似乎正处于某种难以名状的天堂或地狱的边缘。他绝不能使自己完全沉浸于蛰伏在健全心智下的躁动混乱中（在这一混乱状态中，过去的记忆和未来的预言、缥缈的幻想和具体的赋形、声音和意义，全部纠缠在一起），只有这样，他才会发现自己突然置身于一个奇幻世界——这是一个不可复得、索然寡味、纠缠不清的世界，但慢慢地他会发现，这个世界其实才是最为深刻的、最为本质性的和绝对真实的。换言之，他将回到粗糙的经验，回到原始的梦幻中。人的动物性或植物性的精神活动都远远不是愉快的。这些活动既缺乏才智，又令人费解。因此，单凭这种活动是不可能将任何事物表征出来的。但它确是发生在心灵中并为心灵服务的一种活动，因此，心灵会尽其所能使其情绪炽热，欲罢不能。在这浑浊的洪流中或许也裹挟着语词。如果碰巧这些语词被串成一组抑扬顿挫的调子，并用文字记载下来，它们就会成为记录那个洪流时刻的纪念碑。我们一开始还不敢称这些语词为诗，因为它们很可能是完全没有任何意义的呓语。但这些无意义的呓语也拥有某些特征（如节奏和韵律），这使得它们能够留存在人们的记忆中（否则它们就不会流传下来）。[①]

为了验证我们上面的分析，下面这我就以赵志忠先生收集到的满族东海女真后裔那木都鲁哈拉家族的祭星神歌词为例对上述解释做一支持：

> 北斗星啊，北斗星
> 从高高的东边的天上来
> 北斗星啊，下来了
> 从大海中来
> 从大山中来
> 祈请大祖母神归来吧
> 祈请北斗之星归来吧
> 大喜呀

---

① ［美］乔治·桑塔亚纳：《艺术中的理性》，张旭春译，北京大学出版社2014年版，第78-79页。

皆喜呀

北斗星啊

我们俯身叩拜 ①

据赵志忠先生分析，因为这个家族居住于"极东""极远"的东海之滨一带（今黑龙江以北和乌苏里江以东的广大区域），远离中原以及满族发祥地辽沈一带，其萨满文化保留得更为古老。② 其实它仍然不是最为原始的萨满神歌。我们姑且就这首神歌所保持的现今的文本样式审视，也可以窥见其生产初期萨满的"神圣"动力"原型"。这首神歌信息量虽小，但情感充沛，意象丰满。整首神歌不仅通过"介词短语＋动词（'从……来'）"这样的句式构造出北斗星神的动态意象（起点—路径—目标模式），使之在萨满的大脑中表征出北斗星神从东边的天上来（起点）——经过大海、山峦（路径）——来到东海女真家族（目标）这样一种动态意象，而且神歌中使用了大量的呼唤语、感叹句，产生了一种强烈的"媒介张力"效应。在这种符号情感之"力"的强烈刺激下，萨满及其族人的心灵也发生了变化：不单是在执行一种祭星仪式，也不单是为了完成仪式而在唱诵和欣赏神歌，而是在媒介符号的刺激下进入了一种"神话"体验模式：在萨满的祈请下，北斗星神跨越山海，由天而降，来到了那木都鲁哈拉家族，借助萨满的肉身成为"在场"。人们的心灵不仅体验到了仪式现场从"凡俗"到"超凡"这样一种转变过程，而且也与那木都鲁哈拉家族"历史"的神奇相遇，并在这一"超凡"之光的照耀下使存在具有了厚重的历史感。"大喜呀／皆喜呀！"两个"喜"字重复，传神地展现了萨满及其族人与神灵、与"星光灿烂的过去"相遇的激动情感与心灵。"这不仅仅是在演唱歌曲，这是一种同真实世界进行联系和沟通的方式和模式，是一个获得神奇力量和美感的渠道，是一个同神圣力量进行交往的机遇，更是一个得到神圣力量，并且被神圣力量所充满和浇灌的最佳时刻……"也正因此，"整个仪式过程就是一个寻天过程，是对回家之路的探寻过程。"③更确切地说，应该是那木都鲁哈拉家族与神灵和"超凡"的过去重现的过程，是其文化记忆流动传递的过程，是族人为自己举行的"定义自我"的"圣餐礼"。

从传播心理学的原理出发，我们也可以对族人在这首神歌的接受过程中所产生的心理经验模态进行复原：神歌的音声（语言、节律、音韵、鼓声）将人的情绪与想象

---

① 赵志忠：《满族萨满神歌研究》，民族出版社2010年版，第225页。

② 同上书，第225-226页。

③ 关杰：《神圣的显现——宁古塔满族萨满祭祖仪式研究》，北京大学出版社2015年版，第242页。

激活。激越、亢奋的情绪与广泛的想象参与认知活动，不仅使人的认知活动带有情感偏向，而且也改变了认知活动的结构：理性的意识化为强烈的情感体验，音声之流激活了一系列心理意象。此时，不仅萨满而且族众已经不再将萨满视为一个职业祭司和萨满文化表演者，而是一个通灵人——在他那悠远、古朴、高亢、空旷的神歌祈请下，星神从遥远的东方天际翻越山川，跨越大海，来到了那木都鲁氏族，并附体于萨满，他变成了"星神"，仪式现场也变成了"圣域"，当下变成了与神共在的瞬间。这类似于印度教徒观看印度宗教题材电视剧的"神视"反应：人们通过媒介不仅见到了圣人，也被圣人所看到。这意味着人们与圣者的互动关系和深度体验。[①] 媒介符号是一种十分神秘的文化造物。它的神秘性就在于它不仅传播信息，提供认知路标，而且它也会改变信息接收者的精神以及生命结构：在符号之流的冲击下，人会脱胎换骨。

如果我们将传播人类学与传播心理学进行"视阈融合"，那么，更可理解萨满神歌的文化记忆传播功能。按照卡尔·霍夫兰等人的传播心理学理论，传播效果在很大程度上取决于传播者的可信度，而传播者的可信度又取决于传播者的个人特征、言说能力等。[②] 根据这一"效果心理"理论，我们不难得出这样的结论：萨满神歌是北方民族文化记忆传播的得力媒介。仪式上的萨满，作为传播的主体或者说作为信息的编码、输出者，不单纯是一个神话创作者、一个神歌表演者，他首先是一个被"超凡"意识所激动不已的生灵。也正是这种"意识"的作用，使其在神歌表演诵唱过程中，在语词穿行于神经元网络的每一瞬间，符号所呈现的意象以及所具有的质感都会激活其"超凡"的心灵感受，体验到萨满教"万物有灵"世界的神秘，体验到作为一个"神一人"沟通的灵媒的神通，体验到集神性与人性于一身的"神魄"与"骨风"，体验到自己作为氏族文化记忆的保存者、民族的智者、族群的百科全书的成就感等。[③] 也正

---

① ［美］普尔尼马·曼克卡尔：《史诗竞赛：印度电视与宗教认同》，见［美］费·金斯伯格等：《媒体世界：人类学的新领域》，丁惠民译，商务印书馆2015年版，第179页。

② ［美］卡尔·霍夫兰、欧文·贾尼思、哈罗德·凯利：《传播与劝服：关于态度转变的心理学研究》，张建中等译，中国人民大学出版社2015年版，第16页。

③ 富育光先生曾说，在族人的眼中，萨满"是奇异人，是神的代表，是大智大勇大谋者，有着惊天地、泣鬼神的智谋，有着金子一样的善说擅辩的嘴，有着通晓古今和未来的卜算神术。"（富育光：《萨满教与神话》，辽宁大学出版社1990年版，第199页）这也是萨满的"个人认同"。按照杨·阿斯曼的观点，"个体认同"与"个人认同"是不同的："个体认同"涉及的是一个生命连同他从出生到死亡的所有"主要参数"的偶联性、人作为存在物的真实性和他的基本需求；而"个人认同"所涉及的是特定的社会结构分配给每个人的一些角色、性格和能力。（［德］杨·阿斯曼：《文化记忆》，金寿福等译，北京大学出版社2015年版，第135页）萨满在神歌表演活动中体验到的正是这种个人认同。

是神歌表演的这种精神体验，使得萨满的神歌唱诵远远超出了民族诗歌、民歌的能态，而变成了一种"非凡"的音声系统。不仅在一般仪式上要保持其规范、庄重的风格（满族的家祭仪式），而且不允许随便说唱。[1] 王晓东为我们提供的一个案例也许可以帮助我们较好地理解这一点。他近年来在与萨满交流时了解到：萨满认为，目前请神时神灵之所以不能附体，族中也不能产生"神抓萨满"，与祭祀人员神词发音的准确性有着密切的关系。[2] 即是说，萨满"与神沟通"的失效，根本原因在于如今的神歌已经丧失了其心灵体验的原生态，即不是通过"超凡"体验唱出来的而只是为游客观赏或"申遗"而表演的。也就是说，这种神歌已经不是与神沟通的媒介，而是沦为游艺的说唱形式。因此，它不能接通神灵，神灵也不会附于这些带有腐烂气息的骨肉之上。因而，神歌表演也就失去了"神韵"，当然也就不会令人产生超凡的体验。

如果我们扩展一下视野，对野萨满"放大神"仪式上的神歌表演做一分析，神歌咏唱的"超凡"体验性就更为凸显。在"放大神"仪式上，有些神歌并非按萨满教"神本子"准则与典范唱诵的，而是萨满在跳神活动中的即兴创作，具有很大的灵活性；并且很多符号属于其心灵深层无意识内容的表达。由于它摆脱了有的民族神歌表演的程式规范（如满族神歌），它的产出过程更主要的是萨满心灵深处的萨满教记忆的激活所形成的表达；或者说此时的萨满已经不是按照一个职业巫师的工作记忆、"自传式自我"在表演，而是以一个神灵的代言人的生命体验在宣说萨满世界的奥秘，因而其表演更具震撼力，信息传播的效果也更佳。

现在，我对上述分析做一总结。萨满神歌生产与表演的动力不是文学创作与民俗表演，不是艺术灵感与审美冲动，而是基于对宇宙、族群历史的超凡认知与感受，是对这个宇宙以及族群的"历史"进行的神话生产，是通过这种"文化神话"向集体成员传播信仰、自我身份定义等族群文化的核心信息。用一位老萨满的神歌来表述，即带领族人重返族裔星光灿烂的超凡过去，并通过那些灿烂的星光照亮自我与自我的世界。

---

① 富育光：《萨满艺术论》，学苑出版社2010年版，第216页。北方民族的一则口述传说讲道：一个做了大半生萨满助手——"二神"——的人因20世纪60年代末的"文化大革命"而被当作"牛鬼蛇神"受到了批判，他的萨满活动也受到了限制。有一天他到山上砍柴，休息时闲适无奈随意唱了一段神歌，引起了诸神的不悦，开始围攻折磨他，导致其意识失活，心智混乱，抢起斧头乱砍，结果砍掉了自己的脚趾。以后，他再也不敢随便唱神歌了。这则口述文学真实与否我们不去辨察，我们只想解读它所传递出的信息：神歌是神圣的，不是日常生活中想唱就可以唱的。

② 王晓东：《九台满族锡克特里哈拉萨满仪式音乐考察》，萧梅主编：《中国民间仪式音乐研究·东北卷》，文化艺术出版社2014年版，第247页。

德乌咧，

我的神歌神话来自哪里？

我的神歌神话是谁传诵？

我的神歌神话是谁传授？

催动我的酣梦，

令我睿智聪明……

我的神歌神话为何波涛汹涌，久诵不竭？

是它降赐天河之水，

冲开我冥顽不化的记忆闸门，

照穿几千年的往事积尘。

回到数千年的时光洞穴，

追寻几个世纪前的生命之路，

认识我们的尊贵女神……

洞晓她的神迹和阅历。

我们向昊天宣诉，

我们向流云倾吐……①

---

① 关杰：《神圣的显现——宁古塔满族萨满祭祖仪式研究》，北京大学出版社2015年版，第247页。

3　萨满与文化记忆传播的传播者机制

人们所说的萨满教，即以北方民族的祭司、巫师萨满信仰为核心而形成的民俗宗教。萨满即萨满教的象征。

"萨满"何也？据学者们考察，"萨满"一词，源于通古斯语，在汉语文献中有许多译法。自《大清会典事例》始译作"萨满"以来，其便成为汉语学术界通行的译法。清王朝的《钦定满洲祭神祭天典礼》也将"萨满"释为"司祝之人"。秋浦的《萨满教研究》将"萨满"释为"激动、不安和疯狂的人"；富育光的《萨满教与神话》则认为"萨满"一词的含义是"知道""晓彻"。按照大部分萨满学者的分析，萨满作为北方民族的祭司与巫师，其主要职能为主持祭祀仪式，充当人与神之间的使者、民间社会治病的医生。其实，这仅仅是萨满职能的一部分。在很多民族中（如满族），萨满的主要职能是氏族与萨满文化记忆的保存者、传播者。正如满洲民俗笔记《爱辉祖训拾遗》所云："萨满百艺，礼乐传宗"。特别是在那些以"口述传统"为文化传播主要形式的族群中，作为祭司和歌者的萨满尤其是那些老萨满通过创作神歌、在集体仪式上表演歌舞以及向新萨满传授仪式表演技能，对民族、氏族以及萨满群体起源的文化神话、族群发展史上的"辉煌"或"创伤"的"历史"进行叙事和演绎，成为北方民族文化记忆传播的"活"的媒介。

其实，作为仪式表演者萨满的这种集体文化记忆传播职能，不仅在中国北方少数民族，在世界其他民族中也属于普遍现象。如非洲的"格里奥"（griot）[①]，作为宫廷口述史官，他们既是乐师、歌者，又是民族文化记忆的保存者、传播者。"格里奥具有多种才能，他们通晓乐理，长于谱曲作歌，并擅长演奏乐器、吟诵和演唱。博闻强记、伶牙俐齿更是他们突出的特长。共同体的历史、社稷的大法、祖先

---

① 格里奥系法语文献中对西非地区的宫廷口述史官的通称。在不同的国家里，口述史官又有各自不同的称谓。例如：在达荷美王国，口述史官的官职被称为"阿博苏-海"，意为"御鸟"；在古代的巴里巴国（今贝宁北部的博尔古地区），口述史官的官职被称为"巴-盖塞来"。

的英雄业绩、王族的家谱世系，城镇的盛衰变迁，无不印记在他们的脑海里。"在国王登基、祭祀仪式等盛大庆典上，"往往由格里奥回顾共同体的历史，叙述祖先昔日的荣耀。歌颂王族的功德，以使人从祖先的伟业中得到昭示和激励。"①非洲的谚语中说："一个格里奥就是一个博物馆。"《联合国教科文组织信使报》1985年第8期亦曾介绍过非洲"格里奥"的这一文化使命：

> 在非洲还未拥有任何史料记载的年代，必须要有一个特殊的社会群体担任对历史进行回忆和重述这一任务。人们相信，音乐的加入可以使历史得以成功传承，由此，对历史的口头传承就成为格里奥或者即兴歌者的任务，并最终变成乐师这一阶层的任务，他们于是成为非洲各部族共同回忆的保存者。②

不过，根据中国北方民族萨满的仪式表演职能而将其与非洲的格里奥以及其他民族的游吟诗人、歌者、祭司相提并论，指认为一个共同体文化记忆的传播者也会面临诸多问题。因为北方民族的萨满，不仅不属于宫廷口述史官这种文化身份，而且在这个群体中，除了那些以祭司身份出现的氏族萨满，还有被民间称之为那些游走乡野的"野萨满"。他们的职能并非传承氏族、族群的文化记忆，而是驱邪逐魔、占卜治病。那么，他们是否也可称为"北方民族文化记忆的传播者"？再进一步运思，"萨满系北方民族文化记忆的传播者"这一断言还受到以下诸问题的挑战：首先，那些"野萨满"不仅其使命非"礼乐传宗"，而且其职业亦非氏族所选，其技能亦非老萨满传授。这意味着他们不具备北方民族集体共享知识的储备，他们的言行如何传播集体文化记忆？其次，正如有些萨满学者的研究以及若干田野资料所证明的，很多萨满——不仅是"野萨满"，也包括那些氏族萨满——属于"疯狂"之人，也就是患有相应的精神障碍。如此心智属性如何承担集体共享知识传播的使命？尤其是在"放大神"仪式上，在跳神达到高潮时，他们会出现"失神"或一些萨满学者所说的精神状态。③在这种精神状态下，无论是其神歌唱诵还

---

① 李保平：《非洲传统文化与现代化》，北京大学出版社1997年版，第152页。
② ［德］杨·阿斯曼：《文化记忆：早期高级文化中的文字、回忆和政治身份》，金寿福等译，北京大学出版社2015年版，第48页。
③ "昏迷"这一术语较早由国外学者提出，为我国学者所吸收。为保持知识范式的国际相通性，本书沿用这一术语，但内涵与国外学者赋义有别，更凸显其神经生物学属性。

是行为举止都缺乏规则性，甚至于狂言谵语，其又如何能够传播北方民族的集体文化记忆？再次，即使不考虑"野萨满"这一群体，仅就氏族萨满而言，主持仪式、表演神歌、传授萨满文化大都是那些老萨满所为，然而，根据记忆心理学、发展认知神经科学的原理，人至老年，随着年龄的增长，心智机能开始衰退，个体的记忆尤其是那些"自传体记忆"范畴之外的信息将严重丢失，如此心智性态他们如何担负集体文化记忆传播的重担？

　　不可否认，上述所"疑"都是萨满文化中的事实。但我认为这些"事实"的存在并不能构成对"萨满系北方民族文化记忆传播者"这一命题的颠覆。下面我就这一命题的"有意义"做如下阐释。

　　（1）集体共享知识储备：意识与无意识

　　作为北方民族萨满文化和族群文化记忆的保存者、传播者，萨满以仪式为媒介履行其文化记忆传播的使命，那么，萨满作为仪式组织者、祭司的知识、技能与素质又从何而来呢？在北方民族的民俗中，流行着萨满的"魂魄""风骨"说，认为萨满的魂魄与骨骼是由"神气"吹熏过的，为"天神而赐"。这不过是北方民族的集体神话向萨满的投射。萨满文化史的大量史料证明，此源于一代又一代萨满文化知识与表演技艺的相沿传递。我们就以萨满文化的代际传递为线索展开分析。

　　按照萨满文化习俗，一个人要想成为萨满，不仅需要具备基本的"神经资本"，即拥有"萨满之灵"，而且还要有一定的心智资本基础，即通晓萨满文化的常识。尤其要成为氏族萨满，更要求有必需的心智资本投资，进入"萨满培训班"学习和训练。在这个过程中，新萨满不仅要向老萨满学习族群文化知识、风俗习惯，更主要的是学习萨满教仪式的相关知识、跳神的基本舞步、模拟动物精灵降临的表演套路、各路神灵的神谱、供奉神偶的学问以及神鼓的敲打技法、唱诵神歌、祷辞的演唱技巧，等等。这其中最重要的萨满文化知识储备就是掌握神歌咏唱技法与跳神的技艺（满族称为"学迷蹭"）：不仅是能唱、能跳、会跳，唱得好听，跳得传神，活灵活现乃至于优美（朝鲜族"巫堂舞"很重视这一点），而且还要跳到神志不清、精神恍惚而达到"神灵附体""出神""浮魂出游"的境界。由此可见，这个"学萨满"的过程就相当于传播学职业技术教育。从世界巫术文化史的角度看，无论是东方还是西方，要想成为一名合格的巫师，都必须经过严格的训练和学习。古希腊、古罗马、古埃及的巫师甚至要经过二十年以上并且是隐在地下的奥义学习。^①"在西非一些地区,特别是达荷美,有培训通灵人和祭司助手的公共培训中心,这种培训中心被称作'礼拜院'或'修道堂'。受训的人要在这儿隔离数月或数年。"^②正是这种旷日持久的训练,培养了萨满师的知识、才干与智慧,成为族群的文化精英。正如人们对一位非洲祈雨师的训练与才干的增长过程所描述的:

> 那三年里他变得消瘦
>
> 眼窝深陷
>
> 两只眼睛像星星一样闪烁着光芒
>
> 但他学会了辨别风向的方法
>
> 熟悉了珍禽异兽的习性
>
> 从遥远的东方湖泊飞来罕见的苍鹭
>
> 它的白翅边缘点缀着紫色
>
> 向他预示着风暴的即将来临
>
> 红嘴鸥的各种不同叫声
>
> 带来了它们的特殊警告
>
> …………
>
> 他会看星相
>
> 每天夜晚月亮向他显露自己的奥秘^③

也有的人,无论其储备的萨满教知识、技艺如何丰富,也无论其如何刻苦训练,都无法成为一名合格的萨满。很多资料表明,有些人即使因为其肉身的怪病而被认为是被神灵"选中"做了萨满,但由于其缺乏萨满教文化特别是萨满跳神技艺内化而成的"精神装备",也就是说在跳神仪式上不能通过情境的作用激活其萨满文化记忆以及精神体验,无法实现意识的转换,故在以后的职业萨满实践中常常不适应,比如,跳神时表现出明显的表演性、修辞性痕迹或达不到恍惚的境界,最后只好退出职业萨满师的行列,成为一名普通人。

新萨满的文化储备不仅包括丰富的萨满教文化知识,还包括其他宗教文化知识,

① [瑞士]弗里茨·格拉夫:《古代世界的巫术》,王伟译,华东师范大学出版社2013年版,第102-103页。
② [英]帕林德:《非洲传统宗教》,张志强译,商务印书馆1999年版,第112页。
③ 转引自[英]帕林德:《非洲传统宗教》,张志强译,商务印书馆1999年版,第115页。

并且能够形成一种开放包容的胸襟，兼容并蓄、取长补短，以适应不同宗教文化竞争的残酷形势，寻求萨满教生存与发展的空间。[①]蒙古族萨满文化发展史表明，在草原萨满教中掺杂着很多藏传佛教的内容，如阴界的学说，而西北地区的萨满教甚至掺杂了道教的内容，如法术、关公信仰和伊斯兰教仪式的内容（在我国西北，很多萨满本身就是伊斯兰教的"阿訇"）——在天旱求雨、牲畜发生疫情的祈祷、祭火等萨满教仪式虽都由萨满主持，但也有"阿訇"参加，并高诵《古兰经》；在祷辞中凡是请萨满神灵时，都要加上祝祷"真主安拉"的词语。[②]由此可见，北方民族的集体共享知识尤其是宗教文化知识基本都为萨满所掌握，并以之构成了其职业技能和知识储备的核心。正是在这种意义上，他们才成为北方民族文化记忆活的媒介。

对于那些非氏族萨满继承、没有经过学习训练的"野萨满"而言，其虽未经正规的"拜师学艺"，但其心智系统仍储备了较为丰富的集体共享知识——萨满文化习俗创造了个体的无意识文化储备。也就是说，个体在成为职业萨满之前就通过生活世界——家庭、族群、社区、历史、习俗、传统等——的各种萨满文化符号实现了其心智结构的塑造：从听家人讲述萨满教的神话传说，到参加族群举行的跳神仪式；从观看社区的祭祀活动，到伙伴们从事的游戏习俗，这些都在他们朴实的心灵世界烙下了萨满文化的痕迹。用意识的神经生物学语言来表述，也可以说，他们通过感官所接受到的各种萨满教文化信息不仅储存于其神经元共同体之中，而且也形成了其脑神经元系统的基本活动模式、神经元的联接习惯乃至于神经回路的建构。也正是个体所生存的文化环境对个体的脑神经组织的这种塑造，使得族中有些青少年脑中的萨满文化记忆、族群文化记忆等集体共享知识已无意识地形成。我们不妨以有的萨满"梦里学萨满"之事为例做一分析。

在萨满教口述文学和萨满传奇故事中，梦里学习萨满而成为萨满者并非少数。很多人声称自己并非拜师学艺而是在梦里学习的萨满。梦里学会萨满，这也是他们拥有萨满之"灵"的一种声明。例如，在孟慧英的萨满教田野志中，就记录着新疆锡伯族女萨满郭玉仙梦里学萨满的传奇。

> 我是在梦中被领到另外一个世界去学习的，那个地方教我治疗手脚方面的伤病和治疗小孩子的病。每天晚上他们教我四个汉字。我晚上梦里学习，白天

---

① 这就是萨满教的风格，也是它在佛教、道教等的包围之下能够生存下来的重要因素。关于这个问题的理论分析，请参见我的《宗教和生共在：中国的经验》（《宗教学研究》，2014年第1期）一文。

② 乌丙安：《萨满信仰研究》，长春出版社2014年版，第254-255页。

就在医院看病。有时我看到晚上学的字在处方里，就把这个字读给老伴儿，他不相信。我只上过小学，学校里不教汉文，我只学锡伯文，可是现在我能看汉文了。从那以后，我曾经像疯子一样的性格改变了。晚上睡觉时，那个地方的人来，坐在炕沿上，我与他们说话。领我去学习的是个二十多岁的小伙子，把我送回来的是黄骏马，它的额头上有点白。每天都是这匹马，送我回来的时候，师傅说，你这事不能告诉世间的人。我去的是一座山，山上有青松，松林的旁边有一口泉，我就在这泉水中洗澡。

学习三年后，我就能看出每个人有什么毛病。凡是十七岁以上的人和谁谈对象可以看出来。学习后，把我送回来时，师傅一再告诉我，不要和世间人说。可是我和世间人说了，所以，我的医术不行了，他们教的治病方法一下子忘掉了。那时候，师傅把我叫去，让我吃了一顿饭，饭是用青蛙做的。因为我在治病的时候说了我学习的事，所以请我吃这种饭。吃饭的时候，我看到，那里有四间房，三四十口人。四间房满满都是人，这中间有白发的老爷爷老奶奶，他们说，以前吩咐你不要讲，你为什么讲？当时，他们还让我给一个断了一条腿的小孩儿治病。我还看见那个地方，有些人长疗疮，那疗疮像蜂窝似的。有些人身上钉着钉子。我看见有三个钉子钉在人的身体上，把油烧开后，倒向人体的不同部位。还有的用三股丝线勒一个人。看完后，老人说，不让你说给人间，你说出来，将来你要有大灾祸。我曾经在那里学过诊脉和两三种治病的方法，后来，这些东西一一退回，只留下折纸的方法。要看什么病，先折纸，然后根据折纸判断病情。我现在感觉不好，发烧，平时说这些事心里不好受，心脏发抖。现在我有心脏病。

我出来看病以后，出了灾祸。在梦里，我一出门，一团火就朝我飞过来，赶忙用左手一拍，左眼失明。另一个人拿一个方的白纸盒和三个条形黄纸朝我甩来，那个东西落在我的右手。我和他们说，做这种事情没有好处，三年之后让你出现心脏病。三年内，这人受报应了。在这件事之前，找我看病的人多远也来，从那以后我再也不给人看病了。方纸落在右手上，家畜养不活，整整五年，都是这样。后来我找到那两个人，和他们说合，以后我们关系慢慢缓和了，家畜也不死了。

……

我去过阴间两次。当时我在伊宁反修医院住院。一个白天我正在睡觉，我的小女孩和两个小伙子过来，说："我们去看秧歌。"我们从三牛录一个俱乐部开始走。我抱着我的女孩，两个小伙子也帮着抱。往前走，看到用黑石头做的很大的门。进了大门后，中间是个公路。我看到，两边的院子里有的用锯锯人，有的往人身上钉钉子，还有放到油锅里炸人的，用绳子勒死人的。然后让我进到一个房间，它像小孩子坐的教室。我看见恩特勒（一个邻居）的小孩在里面，这小孩早就死了。我看见人们坐在那里像等待判刑。有的判五年，有的判十五年。有人坐在桌子前，然后摸一下头发，头发一下子全脱掉了。房子后边有两个门，人们把穿在身上的黑衣服脱得光光的，进入这两个门。我一进门，有个叫永金梅的说，你怎么到这里来了，咱们回去。我们从北门小路回来，然后走回中路。现在金永梅还在。

第二次到阴间我是跟一个小喇嘛去的。跟着喇嘛往前走，看到一座山非常高。前边喇嘛怎么做，我就怎么做。有一条狗在前边，我见喇嘛拉起前襟蒙脸过去，我也学着这样过去。走着走着看到水，喇嘛下去洗澡，我也洗澡。出来后又看到水池，喇嘛让我喝水，我就喝。然后见到阴间的街道。街上有卖高粱米饭和高粱米粥的。当时出现一个年轻人，说，跟我走。我还是抱着我的女孩子，这个年轻人把小孩抱走，送到第一次去的地方。我当时想，别人都给判刑，为什么不判我？我就问判的人，你怎么会到这里来。你跟我看一下。我就见右边门里有水，左边门里黑黑的，黑得什么也看不见。他说，这个地方不是你来的，回去吧。所以我就回来了。我去的时候是和我的女孩一起去的，回来时就我一个人。过了三天，我那女孩就去世了，当时她七个月。这件事，两次梦里预兆得很清楚。

我还记得，阴间的街上人很多，不是都受苦。回来时，有条河，河上架一座桥，不给钱不让过桥。这时收的是一种灰蓝色的钱。我当时没钱，有人替我交了。我不认识他。上桥必须坐车，可是车没有车辕。他们的馍馍和我们的土地的颜色一样。我见到的那条狗，可能是狼狗，后背黑黑的。阴间的水非常多。有两种水，其中一种喝了以后什么都不知道了。阴间的剪纸非常漂亮，醒来以后我就赶紧剪个样子，否则就忘掉了。①

我之所以引录了这么大的一段，是因为这里面有很多细节，它可以使我们真正了解郭玉仙萨满"梦里学习萨满"的虚构叙事及其萨满文化储备的事实。郭玉仙这

---

① 孟慧英：《寻找神秘的萨满世界》，西苑出版社2004年版，第79-81页。

段关于她梦里学习萨满经历的叙述可能是她心灵活动的真实表征，也可能是她个人"文化自我"萨满神话创作，至于它到底属于哪一种情况，我们根本无从考证（即使郭玉仙本人尚在世也同样如此），也无须考证。但有一点是很清楚的：梦里学习萨满，无论是学习汉字还是到另一个世界——阴界——向师傅学习萨满治病的技艺，都不是客观世界的真实事件，但却可能是其心理世界的真实事件。如果我的推想不错，那么，这个"梦中学习萨满"的真实情况应该是：郭玉仙确实做过游历阴间和在另一个世界向师傅学习的梦。虽然科学已经昭示，在这个物理宇宙中根本就不存在阴界，更不存在另一个世界的人来教她萨满术与汉字这种知识习得事件，但人的心智系统所存储的知识、所具有的想象能力却可能构造出这样的"超验意象"。具体地说，郭玉仙所说的她在梦中学习萨满术，其实就是她在萨满教文化传统中日积月累所储存起来的萨满文化信息在其脑神经系统中的交会。这些存储在她的意识十分清晰或她的"自传式自我"活力十足的情况下表象不出来，而是以隐性的形式盘存于她的心灵中；而当她的"自传式自我"得到了调整，比如在快速眼动睡眠的情况下，这些存储被提取出来形成表征，以生动的梦境形式构造意象与场景。这就是她"梦游学历"的大脑物理学过程。

也许有人不同意我的观点，认为郭玉仙之前并没有学过萨满，没有这方面的知识存储，她也不可能以梦的形式重现萨满文化的记忆。这听起来似乎很有道理，但这不是事实。对于一个从小就生活于萨满教文化构成的文化生态的锡伯族家庭成员来说，尽管她没有通过正规的方式系统学习过萨满教文化知识，但这个族群、这个家庭日常生活的风俗习惯已经形构了她基本的萨满教知识储备；或用哈耶克的理论来表述，锡伯族的萨满教文化传统已构成了郭玉仙脑—心理系统中哈耶克所说的"默会知识"。在哈耶克看来，尽管我们关于它的知识在很大程度上只是一种"知道如何"而非一种"知道那个"的知识，而且尽管我们可能永远没有能力通过分析而揭示出那个秩序的所有关系，但这种"默会知识"是一种实践性知识，是一种能够确使有机体持续存在的知识，是与个人对事件的回应如何影响生存的感觉相关的。它不是理性的而是感性的。哈耶克睿智地指出：我们所运用的大量知识都具有默会的性质，所以我们知道的要比我们能用语言表达的多。[①]确实，我们每个人所在的文化、

① ［英］哈耶克：《知识的僭妄》，邓正来译，首都经济贸易大学出版社2014年版，第36-37页；亦可参见邓正来：《哈耶克的社会理论》，复旦大学出版社2009年版，第91-93页。

社会、家庭、传统都通过一种"无意识"的方式把它的一套"实践规则"强加给我们，形成了我们"上手"的知识与记忆。世俗主义现象学家阿尔弗雷德·许茨更加通俗地表达了这一真理："人发现他自己一开始就处在已经由其他人为他'安排设计好'的环境之中，也就是说，他发现他的环境已经被其他人'预先做好记号''预先指示过'甚至'预先符号化'了。这样，他那处在日常生活中的生平情境总是一种历史情境，因为它是由已经造成这种环境的实际形态的社会文化过程构造的。"[①] 用哈耶克的话说，这种"环境"反应已经形成了有机体的一种"神经秩序"（the neural order）。如果我们对郭玉仙的梦的信息进行一下分析就会更加清楚。她在梦里学习萨满教知识，但她也在那里见到了喇嘛和地狱；她的有限的萨满文化与民俗文化知识储备使她无法知晓在新疆是很少见喇嘛、更少有高粱米饭、高粱米粥这类事物（这是北方的饮食习俗）。可见，她的萨满文化知识是在无意识的"默会"中形成的。也正因此，其中充斥着芜杂的宗教观念和不同民族的生活常识。正是这些芜杂的"知识储备"形成了她的"萨满文化学习经历"的低水平造假。

总之，无论是"无师自通"还是"训练班毕业"，萨满仪式上的神歌表演、跳神表演技艺就源于萨满文化的传递。尽管这种文化传递在有些萨满那里是无意识接收的，但它毕竟变成了个体萨满文化及北方民族集体共享知识的基本储备。也正因此，他们的仪式表演也不可能游离于北方民族集体共享知识的体系之外，担承着文化记忆储备的功能。

（2）关于"萨满病"及其跳神"昏迷"与集体文化记忆传播的问题

为了使下面的论述条理更清晰，我将这部分的内容分解为三个方面：其一，"萨满病"及其跳神"昏迷"的实在问题；其二，跳神时萨满意识失活时他是如何产生仪式言行的？其三，这种心智情境下的仪式表演是如何传播北方民族文化记忆的？

①"萨满病"及其"昏迷"现象

一提萨满及萨满教，在人们大脑中所表征出来的并非是一种我们所熟悉的庄严神圣的宗教意象与神秘的巫风意象，而是那高亢激越的萨满神歌、粗犷野性的萨满舞蹈、森严威武的神裙神帽、惊魂动魄的鼓声铃声以及歇斯底里、狂躁亢奋的萨满"神功"。总之，作为萨满文化的核心表征，萨满的歌、舞、功给人的感觉就是亢奋、激越、疯癫。"萨满是情绪癫狂者""精神病患者"，这不仅是一般大众，也是诸多宗教学、

---

① ［德］阿尔弗雷德·许茨：《社会实在问题》，华夏出版社2001年版，第450页。

民俗学、民族学者的共识。从某种意义上说，不言说"精神病"，如"异常""幻觉""狂癫""歇斯底里""附体""着迷""梦游症""僵直性昏厥""癫痫"等语汇，人们似乎就找不到描述萨满形象与萨满教特征的语言。

当然，也有的学者不这么认为。萨满文化研究专家富育光先生就竭力反对将萨满定义为"癫狂者""精神病患者"。富育光先生对满族文化体察入微，又深得萨满文化要旨，与萨满文化结缘颇深。他对萨满以及萨满文化的理解亦有独到之处。按照富育光先生的观点，将萨满认定为"病狂者"、喜怒无常的精神分裂疯癫人完全是错误的揣测。在富育光先生看来，北方诸民族所有氏族萨满是本族中的智者、渊博多能的文化人；有着惊天地、泣鬼神的智谋，有着金子一样善说善辩的嘴，有着通晓古今和未来的神算术。[①] 应当承认，很多氏族萨满确实系富育光先生所描述的这些族中精英，但这并不意味着萨满群体的心理或精神皆无异常。而且，在中外文化史上，那些心理、精神异常者很多都是出色的文化精英，如杰出的政治家、艺术家，如作曲家罗伯特·舒曼、诗人安妮·塞克斯顿、小说家欧内斯特·海明威、政治家拿破仑·波拿马、画家凡·高等都患有双向精神障碍。"双相障碍两极性的表现和发作性的病程使得艺术家、作家可能更敏锐、更深刻地感受到人类等存在与痛苦，从而使他们的作品更富有表现力。……而政治家则显得比常人精力更旺盛、体力更充沛、斗志更昂扬。"[②] 我能够理解富先生民族情感以及萨满文化情感，但科学研究唯一的准则只能是对事实和理性的尊重。

北方民族研究的田野志表明，在萨满群体中，无论是鄂伦春萨满还是那些蒙古族"博"，尤其是那些女萨满，很多患有精神疾病，即我们上面所说的"萨满病"。也正是这种精神疾病，使他们成为萨满之"灵"的拥有者并成为职业萨满。可能有人会提出质疑，为何北方民族的萨满会患有这种病症？有什么根据？这确实需要解释清楚。它不仅关联到萨满精神特质的科学定性问题，而且也关涉到本节的核心语义——萨满系北方民族文化记忆的传播者的论据支撑。

众所周知，萨满文化是北方少数民族的原始宗教文化。所谓"北方"，不仅包括中国东北，也包括西伯利亚以及远东这一片高纬度地区。为什么萨满文化只发生在北方民族之中？为什么北方民族中才诞生了如此众多的萨满，特别是以女萨满居多？为什么同在一片星空下，生存于东亚大陆板块上，只有北方民族才产生了如此风格的民

---

① 富育光：《萨满教与神话》，辽宁大学出版社1990年版，第3、199页。
② 李洁：《文化与精神医学》，华夏出版社2011年版，第149页。

俗宗教？这是一个十分耐人寻味的问题。多少年来，学者们对此进行了种种诠释。总的来看，人们的思域主要还聚焦在北方民族的生产生活方式与民风民情这个层面，即渔猎、游牧文明所形成的粗犷豪放、激越昂奋、野性骁勇、能歌善舞的民族性情，形塑了萨满文化激越亢奋、粗犷豪放、神秘诡谲的风格。根据简单的文化逻辑进行推理似乎可以得出这个结论。人类社会的所有宗教文化都与民族性情、心理结构密不可分，就像伊斯兰教只能诞生在阿拉伯大沙漠上的游牧民族中，印度教、佛教只能诞生在恒河流域一样。但如果我们再向深度追问，就觉得这种解释很表象，而且也根本没有击中实质问题。为什么青藏高原的游牧民族没有发展出萨满教？为什么云贵高原和广西的少数民族亦能歌善舞却没有发展出萨满文化而却产生了与萨满文化风格迥异的民俗信仰？因此，用生产生活方式与民族性情解释北方民族萨满文化的风格背景并不合适。

我的观点是：此与这些民族中一些成员特殊的心理、精神特质有关。说得再直白一些，与这些民族中流行的精神疾病有关。这种流行性精神疾病不仅造就了萨满群体，也塑造了萨满教的文化个性。下面我将通过神经生物学、文化心理学对此做一分析。

第一，生态环境与流行性双相障碍精神疾病。

萨满所患的双相障碍精神疾病，除了与个别人因生活中发生的应激事件有关之外（如孟金福萨满），大多数都与族群所生活的自然环境有关。用现代精神病学的理论来解释，即北方民族中有一部分人患有季候性情感紊乱（SAD）病症。这是一种随季节变化而发生情绪和心理变幻的精神疾病。通常发病的模式是：一些单相障碍患者在秋冬季节发生精神抑郁，在春夏则转好；而一些双相障碍患者则是秋冬发生抑郁，春夏发生躁狂。早在维多利亚时代，美国内科医生库克在北极格陵兰岛西北海岸线生活期间，就发现了船员和当地土著居民患有这种SAD精神病。其病症为：精神抑郁、疲惫、丧失活力和性需求。

> 在北极，夏天的阳光……对身体与精神来说是一剂有效的补药。但夜晚来临前，这种刺激就逐渐被低迷代替。之后，黑暗、寒冷以及孤独将人引向悲伤。①

而对SAD病症做出科学记录的则是德国心理学家格里·辛格。他在1855年写道：

---

① ［英］罗素·G.福斯特、利昂·克赖茨曼：《生命的季节：生生不息背后的生物节律》，严军等译，上海科技教育出版社2016年版，第213页。

病人有规律地在一个特定的季节，例如冬天，出现明显的精神抑郁症，在春天变成躁狂症，然后又在秋天逐渐进入精神抑郁状态。①

英国神经学家罗素·G.福斯特等也通过北极圈北部边缘的挪威特罗姆瑟市的问卷调查得到了这样的结果：样本中的 25% 被调查者是 SAD 患者。因为这个城市的太阳在 11 月 21 日至 1 月 21 日期间都沉在地平线下；随后是从 5 月 21 日至 7 月 21 日的持续白昼。②

这就是"萨满病"的症结所在。我们不妨看人们对萨满性格特质的一些描述：性格内向、孤独沉郁。富育光先生也这样描写道：萨满"喜静思"，"幽气足"③，其为人，性情多"静寡无常"，"喜沉思，喜孤单偃卧"，常为一事纠葛难寐，或缠绵悱恻不可自解，属"内向忧郁之人"④。通过对人们就萨满的性格、气质、生活习性所做的这些描述的分析，我们可以断定，在北方民族萨满群体中，有的患有单相障碍——抑郁症；有的则发展成为双相障碍——抑郁与狂躁交替，即所谓的喜怒无常。尤其是一些女萨满。她们一般不是祭司的身份而是巫师的身份，更表现出沉郁与孤独、亢奋与狂躁的性格特征，也可以说符合双相障碍的临床诊断标准。

那么，在北方民族中，为什么有些人会患有这种精神疾病？这里我们不考虑基因与生化因素，因为我们缺乏这方面的临床数据，我们只讨论已为经验所证实的地理因素。北方民族均生存于严寒的高纬度地区，冬长夏短，天气寒冷。尤其是北方的冬季，天寒地冻，大雪纷飞。这种寒冷的气候会使得血管收缩以帮助保存身体的热量。这可能导致血压升高，诱发相应的疾病，使得身体机能降低。其次，北方的冬季又是流感活跃的季节，流感病毒侵袭是导致冬季出生者患有精神分裂症的主要原因。⑤再次，北方民族冬季的饮食结构也是孩童罹患精神疾病的重要因素，如怀孕动物缺乏维生素 D 将导致幼儿大脑发育异常（新鲜蔬菜缺乏而以肉类、白菜、马铃

① [英]罗素·G.福斯特、利昂·克赖茨曼：《生命的季节：生生不息背后的生物节律》，严军等译，上海科技教育出版社2016年版，第213页。

② 同上书，第217、218页。

③ 富育光：《萨满教与神话》，辽宁大学出版社1990年版，第15页。

④ 富育光：《萨满敏知观探析》，白庚胜、郎樱主编：《萨满文化解读》，吉林人民出版社2003年版，第63、65—67页。

⑤ [英]罗素·G.福斯特、利昂·克赖茨曼：《生命的季节：生生不息背后的生物节律》，严军等译，上海科技教育出版社2016年版，第183页。

薯、萝卜为主，造成叶酸缺乏而导致神经组织缺陷）[①]。最后，北方的冬季昼短夜长，缺乏足够的光照，夜晚又无事可做早早睡觉，这将导致人体内褪黑色素的水平上升，使得人的情绪处于抑郁状态。[②] 更令人恐惧的则是，这种冬夏节律的巨大反差可能导致有机体日常活动的"内部节律在时间上匹配错误"，即有机体内的生物钟运行紊乱而导致精神紊乱——"人类的生物钟导致我们体温的日高夜低，决定睡眠—清醒周期，控制着许多影响我们生理、情绪、认知能力和行为的功能。昼夜节律失调或导致旅行时差、精神疾病、睡眠失调，甚至一些癌症的发生。"[③] 我们不要忘记，大部分人亚科动物在非洲低纬度高温带已经进化发展了 600 多万年之后，才在 180 万年前随着动物群迁徙走出非洲，遍布于地球的广大区域。尽管不断地适应与应付身边的自然环境，但几百万年形成的生物节律已经在有机体内刻下了深深的印记。当人类的生理行为与这些生物节律不匹配时，就会导致相应的心理—精神疾病。尤其是北方民族在远古渔猎、游牧以及刀耕火种的蛮荒时代，由于取暖、照明、饮食结构、医疗卫生条件的限制，人罹患这种季候性精神紊乱疾病的可能性就更大。疾病一经形成，还可以家族基因传递的方式向后延续，绵延不绝。这也就是为什么在这些族群中罹患"萨满病"的人不绝如缕，并具有家族性的主要原因。

北方高纬度的自然环境造就了北方民族一些成员的精神疾病，而对于缺乏精神医学常识、技术、心灵世界中又活跃着列维·布留尔所说的"神秘的集体表象"的共同体成员而言，这些精神疾病便被人们甚至患者自己加工为"超自然力量"的显灵。于是，这些人便成为"萨满之'灵'"的拥有者，成为担当萨满的先天资质和神圣义务。正如乌丙安先生所分析的那样："那些精神病症的症状和异常外伤、疑难怪病的表现，都是选中萨满候选人的重要条件。……那些有过精神病症而被神灵选中的萨满，往往成为请神跳神显灵最好的萨满。他们那种突发的全身震颤、异乎常态的表情、变声的怪诞话语、休克状态下失去意识的惊人举动等，都与被选定当萨满时的病态素质有着密切关联。具有这种素质的萨满往往在学习萨满术时取得成功；相反，有

① ［英］罗素·G. 福斯特、利昂·克赖茨曼：《生命的季节：生生不息背后的生物节律》，严军等译，上海科技教育出版社2016年版，第183页。

② 罗素·G. 福斯特和利昂·克赖茨曼在《生命的季节：生生不息背后的生物节律》中写道："夜间，SCN电活动水平下降，去甲肾上腺素水平随之上升。松果体细胞内的受体结合去甲肾上腺素最终导致生成褪黑激素的细胞中钙水平升高。"（该书第85页）

③ ［英］罗素·G. 福斯特、利昂·克赖茨曼：《生命的季节：生生不息背后的生物节律》，严军等译，上海科技教育出版社2016年版，第2页。

不少缺乏这种素质的人即使被选中当了萨满，也常常不适应。"[①]

这种"萨满病"以及被当作萨满的灵性"资质"来认同，不仅在中国，在朝鲜半岛也是如此。韩国萨满学者崔吉城在《朝鲜萨满教的根》一文中这样描述道：

> 在韩国，巫女（巫堂，亦即萨满）的产生的重要条件之一就是患"巫病"。患巫病是成为巫女的重要基本条件，初期的症状是身体渐弱，精神萎靡有时梦见神像，常产生幻觉。于是发现这不是一般的病。患者本人也好，他人也好，都相信这是神灵所赐的巫病，决定请求巫女行占卜确诊。然后迎请守护神（举行入巫祭仪）设神堂（即祠堂），行巫业，至此巫病就会痊愈。据说请医生治疗就会触怒神灵，受到惩罚，致使病情加重，甚至有丧生的危险。巫女大都患过这种巫病。人们迄今不知道这究竟是什么样的疾病。[②]

这些精神病患由病人而成为萨满，虽然社会属性改变了，并且也有人相应地康复了精神疾病，但更多的人仍属于精神疾患。当他们进入跳神现场，各种环境信号以及神秘想象、个人价值成功幻想等内源信号的刺激，便激活了其亢奋的情绪，使其不仅精力充沛，"金子般的嘴"不知疲倦地唱诵。在"放大神"仪式上，萨满表演的歌舞多呈自由灵活、松散无序的特征，也正源于这种原因。因为这时他们不是通过仪式表演的工作记忆在表演，而是心灵深处的"幽灵"在自由表达。

第二，文化环境与癔症式癫痫疾病。

除了双相障碍这种精神疾病，北方民族萨满群体中很多人还患有另一种精神疾病——癔症式癫痫。

这种精神问题之病因主要系个体在早期的大脑发育、心理发展过程中因其生存的自然环境和文化环境信号的刺激导致了异常发展，致使神经元连接模式特异化，脑的某些认知机能受到重组，甚至于发展出"特异脑"，如神鬼精怪之类的信息输入更容易激活神经元的广泛连接而产生意识障碍。总之，癔症性癫痫[③]这类精神疾病

---

① 乌丙安：《萨满信仰研究》，长春出版社2014年版，第194-195页。

② ［韩］崔吉城：《朝鲜萨满教的根》，吉林省民族研究所编：《萨满教文化研究》，第二辑，天津古籍出版社1990年版，第279-280页。

③ "癔症性癫痫"与一般性癫痫不是同一种精神疾病，尽管二者很相像；但癔症性癫痫发作没有一般性癫痫发作的临床特征，尤其不存在一般性癫痫发作那样的分子生物水平基础。它不是由脑神经先天缺陷引起的，而是由情绪、暗示，尤其是与宗教、巫术有关的情绪、心理表征引起的。

是"萨满病"的主要病理形式。为了获得对这种病症的感性了解，我们不妨先来看一个具体的病例。

孟慧英在新疆进行田野作业时，由当地村民赵春生（锡伯族）向她讲述了这样一个精灵附体的故事。由这个"故事"可见个体早期心理发展的文化环境对个体心智的影响。

> 赵春生的舅舅曾得过神经病，后由萨满治愈。当时不到二十岁的舅父一天晚上到厨房喝水，很长时间没有返回。其姐姐听到厨房里面有打斗的声音，喊得很厉害，深感奇怪。姐姐来到院子里的厨房前，把纸窗捅了个窟窿向里面张望。就见他一个人在那里打仗。他往墙上扑抓，在地上跺脚，疯疯癫癫的。再看墙上有一个动物，是黄鼠狼（库林太），原来它成精了，把舅父的魂摄走了。从此舅父生病，神经错乱。一见水就更严重。[①]

赵春生的舅父为什么在厨房里看见黄鼠狼就疯了呢？难道真是民间信仰口述文学中所说的被"黄门"拿法了吗？不是。黄鼠狼只是一种普通的动物，与任何生命体一样，在它身上根本就没有什么神秘的魔法；即使黄鼠狼拥有高于一般动物的所谓"灵性"，也是其神经组织的物理事件。从神经物理学的角度而言，神经事件不具有物理因果力，不会产生对其他世界存在的物理影响。更何况在物理世界里根本不存在什么精灵妖怪。人们的精灵妖怪意识以及"着魔"或"附体"现象是人脑信息加工、表征的结果。用认知神经科学的原理解释，就是因为在当事人的脑中与萨满教文化的"超自然"事物相联系的神经组织运动模式，尤其是个体后天在锡伯族文化环境中不断输入以萨满教信仰为核心的知觉信号，并在其脑中加工、编码，形成了脑中的"黄大仙"神话信息盘存以及稳固的心理图式。这些"信息"甚至可能形成他的"自传式自我"（如萨满教的灵魂观）。在日常生活中，他的活力的"自传式自我"成为其意识运动的主要模式，但他的其他几个脑区也没有完全停止神经运动。人们大脑的神经元都具有"劫掠"和"竞争"的本性，这使得人们的信息加工、编码活动几乎都是在有分心物的背景下进行的。只不过由于人们"自传式自我"处于强势而使得其他脑区的神经活动受到了抑制，没有对他的"自我"产生影响；而

---

① 孟慧英：《寻找神秘的萨满世界》，西苑出版社2003年版，第40页。

当他的“自我”活力被调整（如对萨满教神话的信息的提取、加工）或活力不足（如睡眠）时，其他脑神经元活动以及所产生的映射就会干扰他的意识，如做精怪梦等。赵的舅舅到厨房喝水突然接收到黄鼠狼在他面前并做出某些“不寻常”动作的知觉信号，他脑中盘存的萨满教的记忆“痕迹”一下被激活，于是建构起关于“黄大仙作法”的一系列神经表征，并通过这一神经回路的高频脑电发放产生“黄大仙作法”的系列表象。此时其舅父的意识活动已由原来的“自传式自我”神经运动转换为“超我”（神鬼精怪意象）的神经运动模式。特别是其对这种知觉信号的加工并非是自下而上的，心理图式等相关认知资源参与其中，于是，便出现了“精神失常”。由于人大脑这一活动极为神秘，朴实的民俗心理无法解释这一现象，只好通过祖先遗传下来的精神遗产——集体无意识将其解释为神灵附体、被精怪“拿法”等。恩斯特·海克尔曾说过，人脑的意识活动“‘是心理学的神秘中心’。它是一切神秘的二元论谬误的顽固堡垒，装备极好的理性进攻也难以攻破它的坚壁”[①]。

萨满教仪式上有些萨满的“出神”“迷狂”，我认为也与这类癫痫发作有关。富育光先生曾把萨满昏迷解释为人的主观能动创造出来的“痴迷嬉戏”[②]，这也是真实的，但也有例外。例如被称为“野萨满”的。不过这种现象一点儿也不神秘。它其实是一种神经生物现象，即属于“癔症性癫痫”的发作：病灶系其脑中萨满教神话“痕迹”神经被激活，向大脑皮层和丘脑发送了大量的信号，刺激了许多神经元同步高频发放，使意识受到干扰，造成了一时的意识丧失。也正因此，萨满“昏迷”时才能显现出种种超乎想象的躯体和精神行为，如昏倒在地、神志不清，特别是萨满被神灵附体后，会表现出一系列疯狂行为，如赤脚蹬烧红的铁铧子、“上刀山”“过火海”等。因为此时的萨满已丧失了意识，他完全沉入与神灵一体的狂喜之中，他眼前的刀山火海这些危险的事物并没有在他的大脑中形成一个以自我为中心的认知活动表象，一个正在与之相互作用的、被提升了的客体表象以及建立与之相联系的感觉，这就是萨满仪式上“无畏”的神经学原理。至于他能够在这种情况下（丧失了意识）还能做出各式“迷蹓”特技以及不使身边人受到伤害，就是因为他虽丧失了意识但却有心灵，盘存于其神经组织内的记忆的“痕迹”——“迷蹓”的技艺、族人熟悉的面孔——仍然进入他的中枢神经系统，并对这些感觉信号进行处理。也

① [德]恩斯特·海克尔：《宇宙之谜》，袁志英等译，上海译文出版社2014年版，第145页。

② 富育光：《萨满敏知观探析》，转引自白庚胜、郎樱主编：《萨满文化解读》，吉林人民出版社2003年版，第62页。

可以说，此时的萨满虽然丧失了"扩展意识"，但其心灵深处储存的数据还在，并对他的运动神经系统进行调控。这就是他能够表演"迷蹭"又不伤害身边人的道理。一些萨满的"出魂""神游"等，也都与这种癫痫——狂喜性发作有关。

也正因为很多萨满患有这种意识障碍的神经性疾病，因此，当他们进入仪式活动现场，在各种环境信号的刺激下，情绪的激活、意识不受控制的幻想以及剧烈的身体运动所导致的有机体内物理、化学物质发生异变。这一系列生命事件都将其推向了亢奋、狂躁以及出神乃至于昏迷的精神状态。

此外，一些学者的研究发现，很多萨满都有一种"发作性睡眠"的"怪病"，即嗜睡症。按照精神病学家的解释，这种神经疾病的主要病因是患者的下丘脑先天性缺乏"觉醒"激素和食欲素。此外，头部受伤、肿瘤或疾病造成的下丘脑损伤也是嗜睡症发病的主要原因。嗜睡症患者每天都会有数次"微睡眠"（有时仅持续几秒钟）和"中间状态"——部分或全部充满了超清晰的梦、幻觉或几乎难以分辨的两者的结合。[①]而幻觉发作常常使人产生特殊的精神体验。一些萨满在仪式上狂歌漫舞的激情与其这一神经疾病发作密切相关。

总之，因为这些萨满的精神疾病，使得其在"放大神"仪式上激情亢奋、自由发挥载歌载舞。这类歌舞，萨满教研究的田野志、萨满神事活动的民俗档案都有所记载。这类歌舞与家祭仪式存在着根本区别：神歌没有固定的语篇模型[②]，没有统一的语言体式，舞姿没有固定模式的套路，表演技术呈现出随意、自由乃至于呓语化的特质。我们不妨征用萨满教学者孟慧英先生在《寻找神秘的萨满世界》一书中记录的相关案例做一分析。

阿伦河有一个萨满，每当跳神时，耳朵边就有人告诉他事情。听说奥鲁古雅的纽拉萨满，她的助手往墙边一拉她，她就会自动给你跳神。有个女萨满叫莫尔其格，她的师父是她父亲，没正式成为萨满其父就死了。从她的录像资料看，

---

① ［美］奥利弗·萨克斯：《幻觉》，高环宇译，中信出版社2014年版，第236-238页。我国精神病学家也指认了嗜睡症的这一发作特征：在病症发作时人"表现为不可抗拒的睡眠，并伴有幻觉"。（见张亚林主编：《高级精神病学》，中南大学出版社2007年版，第536-537页）

② 所谓"语篇模型"，指的是交际者在大脑中根据言语表达式所指对象的表征以及表征之间的关系和特征构成的语言单位，并且交际者认为，他们彼此拥有共同的背景知识，他向听话者传递新信息，这个新信息可以在他那里建立起"心理档案"，即新信息表征。（石艳华：《认知激活框架下的汉语篇章回指研究》，中国社会科学出版社2014年版，第34-35页）

她的帽子似唐僧，是在室内跳神。开始时她唱道，今天是大吉大利的日子，萨满这里请神。她边唱边转悠，后来就昏倒了。大神倒后二神唱请萨满神。女萨满把带石头、奶、带壳粮食的水煮开，用鼓敲水，这水就成了圣水，萨满用扫帚点水向人群、向天空抛洒。人们扯开领口接水；有病的小孩也被带来，萨满用水触小孩的头、身，往他们身上掸水；萨满还用口含水喷向病人。她一边跳神，一边治病，唱：神给你恩赐，叫你病好，前途广大，有好命运。这个仪式的献牲是绵羊，萨满对着绵羊唱：神把福分赐给你，神灵保佑六畜兴旺。然后往羊身上泼酒、奶，人们给神像、萨满磕头。[1]

这些案例都是调查者根据民间口传文学、大众传播工具记录的萨满跳神资料整理而成的。尽管可能会有些水分，但我相信其中大部分情节应该是真实的。本书作者在做田野工作时也见到类似的例子：在萨满跳神跳到高潮亦即民俗语言所说的"来神"时，萨满的生命状态发生了明显变化：摇摇晃晃，站立不稳；有的身体僵直，意识恍惚。此时萨满仍在歌舞。但此时的神歌唱诵多是支离破碎的语言片段，单词句、重复句构成了神歌的句法模式。萨满时而引吭高歌，大声呼喊；时而低语细吟，陶醉其中。这些神歌与"神本子"记录的神歌语言形态出入很大。因此，我们无法在神歌文献中找到这类作品，但它们在萨满教仪式中却并非个案。可以推断，此时萨满心智系统中的那个"先验自我"已经失活，不再执行语言加工、编码的审查功能，而是由萨满自由发挥；再者，从萨满所唱诵的神歌样态可以断定，此时萨满认知系统中的语言记忆、仪式记忆等心理资源也基本失效，丧失了其调节功能。也正因此，这类歌舞才呈现出自由性、松散性、迷狂性的特征。

如果说萨满们患有此类精神疾病，尤其是仪式上在各种信号的刺激下容易发作，那么，萨满又是如何成为北方民族文化记忆的传播者的？他的神歌是如何唱诵出来的？这种神歌如何传播北方民族集体文化记忆的？

我先来解释第一个问题。

我的观点是，此乃萨满的心智系统在解除了理性自我的控制之后，其心灵深处的萨满文化以及神歌唱诵的记忆以"草稿"形式的表达。如果用德国历史学家阿莱达·阿斯曼的记忆理论来表述，也可以说萨满在祭祀仪式上表演的神歌是通过其"功

---

① 孟慧英：《寻找神秘的萨满世界》，西苑出版社2004年版，第125页。

能记忆""存储记忆"产出的。阿莱达·阿斯曼解释说：

> 存储记忆……它不是任何身份认同的基础，但它的作用并不因此而变得无关紧要，它的作用在于包容比功能记忆所允许的更多或不一样的东西。对于这个不可限量的档案以及它日益增多的数据、信息、文件、回忆来说，已经不存在它们可以归属的主体，顶多可以十分抽象地称之为"人类记忆"。①

根据阿莱达的"存储记忆"理论，也可以这样说，由存储记忆产出的神歌是萨满心灵深处存储的萨满文化无意识的表达。

是否存在这样一种心灵深处的"萨满文化无意识"的神歌？我先不论证，而是展示一些田野案例。陈永春在对科尔沁博明月访谈时，当问及神灵附体后博的说唱第二天醒来是否还记得时，科尔沁博这样解释说：

> 我不知道。神灵附体是不由自主的，神灵附体时自己就失去了意识，刚开始时还清醒，随着神灵附体的深入，就失去意识了。醒来以后，根本不知道自己说了什么。②

科尔沁博的这段话告诉我们这样一个事实：在萨满跳神达到一定境界时，即进入神灵附体状态时，萨满的言说确实是无意识化的。"醒来以后根本不知道自己说了什么"，就是由于缺失"功能记忆"③的支撑，没有"理性自我"的调节与文化心智的控制，言语行为发生在非自我、非理性的领域，它们没有被记录在案，当然就不可能被唤起、被回忆。

萨满教研究者刘桂腾在调查中曾遭遇过这种情况："在田野作业中，有时为了更清楚地记录一段神歌的内容，我在要求萨满不必打鼓演唱只给我念念'歌词'就行的

---

① ［德］阿莱达·阿斯曼：《回忆空间》，潘璐译，北京大学出版社2016年版，第151页。

② 陈永春：《科尔沁萨满神歌审美研究》，民族出版社2010年版，第285页。

③ 阿莱达如此解释说："功能记忆是和一个主体相联得到，这一主体认为自己是功能记忆的载体或承担主体。群体性的行为主体如国家或民族通过一个功能记忆建构自己，在这个功能记忆中它为自己架设一个特定的过去的结构。"（［德］阿莱达·阿斯曼：《回忆空间》，潘璐译，北京大学出版社2016年版，第151页）

时候，他竟然茫然不知所措，像个背不出课文的小学生一样。此前，萨满在鼓乐声中载歌载舞、倒背如流的样子也荡然无存。看来，萨满的观念中并无'歌词'一说。"①

吕晓东在对黑龙江宁安瓜尔加哈拉家族（汉姓关）萨满的访谈中也看到了这样的情况："萨满在仪式中倒背如流的神词，在仪式结束后的采访中就变得磕磕绊绊了。"因此，调查者认为，仪式内容的每一个字每一个词是什么意思并不是特别重要；反而萨满虔诚的态度和信仰才是最重要的。②富育光先生经过多年的调查分析也向我们提供了这样的神歌："萨满神'来'后是在昏迷不醒里唱，自己不知道，是随着一种熟悉意识自语自唱的。"③他描述道：

> 所有歌调，全凭以穿神服、击神鼓、翩翩起舞的萨满咏唱为中心，有助神人的帮助，并在萨满达到昏迷神附体高潮后的独唱、对唱、答对中随机应变组合而成。特别是萨满驱魔、祛病等惊险的通宵达旦的大神祭中，萨满昏迷前报祭所唱曲调平淡和缓，但进入神灵附体昏迷态势后，唱腔曲调骤然反常，曲高和寡，歌调中随萨满心理的反应，缀饰音和滑音甚多，有时混用有调无字唱法，完全用萨满悠远昂扬的粗犷声调，模拟情态，刻塑心灵，制造特殊神秘的神迹与艺术感召气氛。严格说来，北方诸萨满和族人们，异口同声地讲，这是神灵附体唱的，暗示是神音，实际上是萨满自身深厚的文化底蕴的体现。④

无论是刘桂腾、吕晓东二位所描述的"背不出课文"的窘迫、"磕磕绊绊"的表达这种现象，还是富育光先生所说的"自己不知道"、随意唱诵这种现象，我分析主要原因有三。

其一，由于萨满脱离了"氏族祭祀表演"这种仪式情境，因此，他的祭祀工作记忆、他作为"集体文化记忆传承者"的"自传式自我""文化自我"没有被激活，因而，它们无法操纵和调控神歌表演活动。与"核心自我"不同，"自传式自我"尤其是"文化自我"并非总是处于活力十足状态，它们的活力需要一定的刺激才能激发。如果

① 刘桂腾：《中国萨满音乐文化》，中央音乐学院出版社2007年版，第33页。
② 吕晓东：《宁安瓜尔加哈拉萨满音乐考察》，转引自萧梅主编：《中国民间仪式音乐研究·东北卷》，文化艺术出版社2014年版，第296页。
③ 富育光：《萨满艺术论》，学苑出版社2010年版，第206页。
④ 同上书，第215页。

一个人时刻被这个"先验自我"所控制，那就会成为机器人而非自然人。现象学家告诉我们说："我们生活中被回忆到的部分并不是始终活跃的；它们绝大部分都处于潜伏状态，被储存在我们的神经系统中，被储存在与我的周围事物不同的身体之中。我经历过的一切都以某种方式在那里存在着，其中有些部分不时地显露出来。在被储存起来的时候，它纯粹是化学的和有机体的。"① 但是，一旦某种情境激活了个体的"自我"，它就活跃起来，与这个"我"有关的经验、记忆、知识便浮现在脑海中。调查者之所以能够看到面对调查者的要求而萨满不知所措、磕磕绊绊这种现象，就在于他的"理性自我"没有被激活，其所储存的神歌知识、记忆以及神歌表演的程式与技艺等信息也分化在有机体的物理/化学结构之中，没有形成系统的信息网络通道，因而无法进行提取形成流畅的唱诵。

其二，有的萨满因特殊的信号刺激导致存储这些记忆的神经网络出现了脱节，即神经学家所说的"记忆障碍—脱节综合征"，因而也就无法进行信息调取，形成合适的表达式。比勒菲尔德大学生理心理学教授汉斯·J. 马尔科维奇在《有意识的和无意识的回忆形式》一文中告诉我们，紧张可导致记忆阻滞，这类阻滞大抵被理解为信息调取阻滞。也就是说，信息很可能依然存在于记忆之中，只是调取信息的通道被阻滞了，因为物质代谢中发生的生物化学变化即大脑里释放的某些紧张荷尔蒙附着在神经细胞上了，所以致使这些神经细胞没有充足的空闲"泊位"来接纳到来的传输物质，于是应予传输（存入或调出）的信息便要么消失了，要么就不能显现或再现了。②

其三，在"放大神"仪式上，因萨满想象到"神灵附体"这种"神奥"事件的发生，他便从"仪式修辞"的角度出发，以制造"神秘的神迹"（"神音"的象征）。在想象、情绪的共同作用下，萨满会处于一种情绪亢奋与意识的神秘状态。于是，他只是任凭自己的神秘体验与灵感来唱诵。故其所唱诵的神歌便失去了规范，松散自由，"有调无字"。

总之，无论是工作记忆失活、紧张造成的信息调取脱节所导致的茫然失措、磕磕绊绊还是亢奋情绪与神事意识调解下产生的"灵感"表达，我们可以做出这样的结论：失去理性控制的萨满及其神歌表演不再为文化传播意识所操控，语言加工过

---

① [美]罗伯特·索拉可夫斯基：《现象学导论》，高秉江等译，武汉大学出版社2009年版，第124页。

② [德]哈拉尔德·韦尔策编：《社会记忆：历史、回忆、传承》，李斌等译，北京大学出版社2007年版，第172页。

程也不是控制加工。如果它们既不为文化记忆传播的目的所驱使，也不是萨满神歌语言记忆的表征，那么，这类神歌是如何产生的呢？我的观点是，这类神歌更多的是萨满的脑—心理深层存储的萨满文化知识激活及表征的产物。[①]

所谓"萨满的脑—心理深层存储的萨满文化知识激活及表征的产物"，我对它的解释是：这种神歌，无论是意象、情感还是其符号形式都不是源于心智系统控制下的加工编码，恰恰相反，它是当事人在功能记忆消失、表演意识失活即"自我"分解的状态下大脑的某些神经资源或心灵深处的存储记忆的发放。这种发放通过个体脑中的"语法蓝图"编码以某种言语形式表达出来。这就是我们在人类的语言生活中所见到的呓语、疯话等怪异的言语形式，也是我们在萨满神歌文学中见到的这种"异类"神歌的真实心理情境。其实，不仅是萨满，其他民族的巫师，甚至基督教、伊斯兰教的神秘主义者在进入所谓的神秘境界时所宣示的神谕、天启信息等，都属于这种脑—心理加工模式生产出来的一种特殊的宗教言语体式。我们不妨看看李世武在云南少数民族地区采集到的一个田野样本。

> A朵觋说，他第一次为村民治送是出于神灵的催促。D家新房落成，还未入住，房中就死了一只狗。家人忐忑不安，来请A朵觋治送。他举行仪式时，很多村民来观看，人们想看看新一代朵觋的咒力如何。他刚举起鼓，却紧张起来，发抖，心慌，只好先坐下。不料坐下后心更慌，原来是师父催促他举行仪式了。他在门外撒了几颗米，又开始发抖了。他重新在火塘边坐下，谁知心慌不已，立即站立起来，一边背诵诗文般地开始唱咒诗了。唱完之后，自己唱过什么已全然忘记。安土时唱得极其快，听众听不清。[②]

朵觋因为紧张而心慌不已，这可能导致他作为职业巫师主持仪式的工作记忆以及治送咒诗的记忆调取阻滞，即某些紧张荷尔蒙附着在神经细胞上而使得调取信息的通道被阻滞了，所以他几次欲言又止。最后，他"背诵诗文般地开始唱咒诗"其

---

① 英国语言学家唐纳德·韩礼德曾谈到人类心理中的"隐藏语法"，指出它"大大低于意识的层面发挥作用"（见[英]唐纳德·韩礼德：《韩礼德语言学文集》，李战子等译，湖南教育出版社2006年版，第151页），但他所说的"隐藏语法"和我在这里所说的"萨满师的脑—心理深层的萨满文化信息"有一定关联性但不是同一种认知现象。

② 李世武：《巫术焦虑与艺术治疗研究》，中国社会科学出版社2015年版，第97页。

实并不是"背诵"，而是他的理智不再控制意识活动，使得平日在向师傅学习巫技活动中无意识存储于心灵深处的相关记忆（咒诗"草稿"）的复活产生的言语。也正因为是在无意识状态下的咒诗唱诵，所以"唱完之后，自己唱过什么已全然忘记"，这恰好说明他的唱诵虽是在非工作记忆的情境下发生的，但却是心灵深处潜存的"记忆"表征。

第三，萨满"文化自我"的心理压力所产生的心理障碍。

我在前文曾指认，那些野萨满，大多数都患有相应的心理障碍。不仅是野萨满，即使是氏族萨满，也可能有相应的心理问题。这没有什么可奇怪的。作为高级哺乳动物，人具有其他动物所不具备的意识、情感、心灵活动能力。在与世界遭遇的过程中，人类的知觉系统加工出了大量的信息，包括意义、情感、想象等。这些信息有些是与有机体的生命管理活动相匹配的，有些是与有机体的生命管理宗旨相矛盾的，即心理学家称之为"心理熵"的东西。虽然追求快乐、回避痛苦是人的一种本能，但由于受文化惯制、社会环境的限制，这些消极的"心理能"不可能都得到正常纾解。它们一部分活跃于人的意识活动之中，缠绵悱恻、纠缠不休地滋扰着人们，导致了人们的情绪低落、郁郁寡欢或形成敌意仇视等病态心理；另一部分则由于长期受到压抑而被排挤出意识活动的范畴，但它们并没有消失，而是以潜意识和情绪碎片的形态盘存于人的心理深层，凝聚为"情结"。它们像一个个幽魂一样蜷曲在个体心灵的底层，窃窃私语，等待时机浮上意识的领域。尤其是伴随着这些心理无意识成分积淀越来越多，能态越来越强，超过了人正常的心理容纳力、控制力的阈限时，只要个体的"自我"稍一懈怠或遇到相应环境信号刺激，它们就会冲破意识的阀门而进入意识与心理活动之中。这种情况一经发生，人就会变得怪异癫狂，不可理喻，也就是我们所说的精神失常。尤其是萨满，由于其特殊的文化自我身份与职业责任的压力，很多人都患有相应的情绪、人格障碍，如焦虑、压抑、神经官能症等。我们可以略析一二。

其一，正如人们所熟知的，那些氏族萨满被族众视为"神选的异人""族中的智者""多能的文化人""与神灵沟通的生灵""有金子一样的嘴""神鹰一样的勇猛智慧"。族人对萨满的这种评价、认同与期望虽然建构了萨满非凡的"文化自我"，使其获得了很高的价值感和成就感，但这些"人格面具"也使萨满产生了强大的心理压力。因为很多人明白，他们并非"神选""神抓"而是"人选""人抓"；他们仅仅是肉体凡胎，是族群中的普通人；他们也会像那些老萨满一样死去，也会生病，也会有疼痛，也会经常出现失误。无论是知识结构、认知机能、心理水平乃至于生物基础都与族中他者无异甚至不及他人。如今，戴上了这顶"贵冠"，他们不仅获得了荣耀，而且也意味着将生活于高压之中。亦因此，在赫哲族、蒙古族中，很多人不想做萨满①；也有很多人在萨满的职业中途"金盆洗手"，退出萨满行列成为普通人。

作为族群的"文化能人"和集神格与人格为一体的职业祭司、巫师，萨满承担着族群的医疗、自然、社会、文化、经济、宗教等一系列重大问题解决的神圣使命，如预测、占卜、神判、治病、求取神偶等。可以说，这其中的每项工作都不仅关涉萨满的成败荣辱，也挑战着萨满认知能力的底线。比如，萨满预言涉猎内容之杂，所需知识、经验与能力之广而精，皆常人能力所不及。按照郭淑云拉的清单，这些预言包括：关于氏族军事、政治、外交等方面的预言，关于狩猎成功与否的预言，有关气候变化方面的预言，有关祭祀方面的预言，有关天象、灾异方面的预言，有关人的生死、寿命方面的预言。②再比如，当族中、族际间发生重大案件、纠纷、争执在习俗与惯制无法解决的情况下，就要由萨满进行裁决即"神判"。预言与神判的准确与合理的思虑令萨满寝食难安，也是将很多萨满精神压垮的一块重石。尤其是求取神偶活动，可谓对萨满生命——生物与精神——极限的一大挑战。我们不妨就此略做展开。

在萨满教信仰中，因战乱、火灾、水灾、移居、萨满或本族名贵逝去导致神偶丢失、陪葬而使得神偶数目减少，需要把神偶的数目补上。这是一项神圣的任务。按萨满文化传统，神偶的获得只能由萨满于梦中获取的神谕而定，而且一定是主祀的大萨满亲历梦境所为。可见获取神偶在萨满的神职生涯中的重要性。在请神偶的过程中，主祭大萨满要全身沐浴、更衣、严戒房事。萨满祭拜诸神后，便携带神鼓、腰铃，穿上神裙，到东方或北方的高山林莽之中，搭设居住的草帐或皮帐。此时，萨满忌食族中或家舍的饭菜，而在帐篷口立石架柴，吃烤牲肉、鸟肉、鱼肉，吃山中野菜、饮山中清泉或河水，不与常人来往。每日焚香击鼓，拜日神、星神。开始三夜不许萨满入睡，而由众侍神小萨满守护，鼓声总在耳边不断地响。"一连三宿，无眠无困，

---

① 在赫哲族里，"不是所有的人都愿意当萨满的，按他们的话说，一怕有人找他们治病，不去得罪人，去又怕误自己的事；二怕与鬼怪对抗会招来很多仇敌，不知道什么时候就吃亏。"（见舒景祥主编：《中国赫哲族》，黑龙江人民出版社1999年版，第410页）

② 郭淑云：《原始活态文化：萨满教透视》，上海人民出版社2000年版，第265-272页。

硬要睡也睡不着觉。"① 鼓声、铃声总是在萨满耳边不断鸣响，"萨满被折腾得像在闹场大病，不食，不喝，头晕昏迷中，不知不觉就像吃了神草，飘悠悠身子上了天，才能见到有欢乐的、跳蟒式的人很多，来接自己，就能见到许多神书上的神祇幻象和萨满先人们。"② 萨满醒来后，便击鼓跳神，叩拜神灵，口述神谕，依据梦中神灵的形象制作出神偶。③

对萨满的这个求取"神偶梦"的过程进行分析，我们可以得出这样的结论：这一"神偶梦"的形成，就是各种信息（包括输入与存储）对萨满的脑神经系统的强烈刺激而改变了萨满脑—心理的正常运动规律的结果。特别是在获取"神影"梦的这段时间，萨满"在山野数日，潜居山林之树上为蓬，或山冈架皮帐，渴饮山泉，饥餐兽肉，如野人生活，何日梦得神影何日返回村寨，与众萨满制神影，常有为此而死于猛兽或坠落山涧不得归者。"④ 由此可见，此时萨满的精神压力已经接近极限，可以说他已经失去了正常社会动物的属性。

其实，纵览人类宗教史与民俗文化史，我们不难发现，古今中外的祭司、巫师都患有由这种"神圣"角色、使命压力而导致的紧张、焦虑、强迫等心理障碍。李世武在云南少数民族地区所做的田野作业也证实了这一点：很多巫师都患有由巫师角色期待所产生的心理压力及其焦虑症。我们可以通过他提供的一个案例证明这一点。

　　　　A朵觋发疯的事件令F毕摩十分哀伤。F毕摩的妻子与A同为B村人。两人身体健朗时，常在火塘边切磋治送鬼神的知识，已有五十余年的交往。F毕摩善于教路，A朵觋精于跳庙和接触灾魔。A大半生为彝区民众解除灾魔，如今老来疯癫，令F毕摩感叹世事无常。如今他已被医院宣布无救，即意味着治疗观中的"药"的一面已无力，"神"的一面是否还有希望呢？A的次子入赘在H村对面的太平地，他来到F毕摩家，苦苦央求毕摩去治送疯神。

　　　　F毕摩认为，A的病症已无法救治，即使天师也无力。他无法回绝侄子的要求，只好带上法器，来到B村大村。A朵觋见到故友，浑然不知，只顾胡言乱语。B毕

---

① 摘自《吴氏我射库祭谱》。

② 《吴氏我射库祭谱》。

③ 至于萨满在梦中得到神谕获取"神影"的心理机制的分析，我在拙著《萨满的精神奥秘》（中国社会科学出版社2015年版）一书中已做了详细的分析，请参见该书第135-139页。

④ 富育光：《萨满教与神话》，辽宁大学出版社1990年版，第314页。

摩心酸不已。疯神是一个凶神，它附着在人的身上，令病人不阴不阳，神志不清。F毕摩从山林中砍来一根鬼棒，这鬼棒是一种无名乔木的树枝，他在A朵觋家中设立法坛，杀死雄鸡，用鬼棒点上鸡血，在一张红纸上画疯神的神像。疯神是一个扁长的怪物，面目畸形，蓬头垢面。他在法坛前敲击羊皮鼓，念《送疯神咒》。咒毕，他将鬼棒和疯神像抬起，送到大村两公里以外的山沟里烧掉。A朵觋的家人焦急地问他能不能将疯神送走，他说可能性不大，他最为精通的还是白事的知识。[①]

这就是F毕摩的心理压力：履行角色的知识、能力阈限所导致的矛盾、焦虑。我推想，A朵觋的疯癫也与他长期处于这种高压心理状态有关。

从神经心理学的原理分析，所有的动物都会有某种压力感。但是，灵长类动物却将这种压力感高度复杂化了，即灵长类动物的压力反应不仅可以被具体的事件激起，而且还能由纯粹的预期激起，因为灵长类动物拥有前瞻记忆和想象的能力，并且会形成一种持续的生物反应——紧张、恐惧、焦虑性的背景情绪。当这种预期的压力反应超过了动物生物调节的阈限，或者持续消极的背景情绪长时期弥漫扩散，就会产生一系列的神经反应，如交感神经活动增强、肾上腺活动激素增加、乳酸盐成分增加等，从而导致焦虑症、歇斯底里等。[②]

其二，除了履行神职角色的精神压力，还有萨满的生物生理属性所产生的心理压力，如独身、性禁忌等。宗教史学家埃利亚德的研究告诉我们，有时萨满的梦境有"灵婚经验"的信息——梦中萨满与所领之精灵"爱米"之间形成一种夫妻关系。在一些萨满的自传中提到"爱米"精灵十分善变，她来时，有时呈老妇态，有时变成狼，有时变成带翅的虎。"这就是迫使我跟随的神灵，让我伴随它游历。我跟着的只是熊，转瞬间它变成了女人。"接着就是整个性感觉的过程。萨满与精灵建立的互助关系是"在最强烈的人的激情上，即建立在性爱的冲动上"。如果萨满是个男子，他的爱米就必须是个女子；相反女萨满的爱米总是男子。从被选中之日起，在萨满和他的爱米之间便建立起真正的夫妻关系（在梦中），他们便成为夫妻。[③]运用心理分析

---

① 李世武：《巫术焦虑与艺术治疗研究》，中国社会科学出版社2015年版，第101页。

② 精神病学家告诉我们：当人们长期处于面临威胁或处于不利环境中时，焦虑症更易发生。（张亚林主编：《高级精神病学》，中南大学出版社2007年版，第442页）

③ ［美］米尔恰·伊利亚德：《萨满教：古老的入迷术》，段满福译，社会科学文献出版社2018年版，第74-75页。

理论对萨满的"灵婚梦"进行解释可以认为，这类梦的形成其实就是由于萨满的性压抑所导致的性渴望、性幻想在梦境中的投射。①

这里我们没有把蒙古族萨满教与藏传佛教、白博与黑博的斗争与竞争、其他氏族萨满与野萨满之间的竞争这种社会心理压力因素考虑进来，仅就上述所展示的萨满职业、身份、角色、人格负担而言，也可以得出这样的结论：萨满师几乎是在十分沉重的精神压力下践行他的角色使命的。

从心理学的原理审视，紧张、焦虑的心境积重难返，但却没有疏泄的途径，只能靠人们自己的苦闷和压抑来消化。然而，个体心理承受压力的能力是有限的，当压力超过心理阈限时，人们便会跌落到神经症的痛苦之中。尤其是当个体经常处于一种消极性的背景情绪之中，就可能引发神经异常连接、心理障碍以及躯体疾病。若用神经生物学原理对这一病理做一解释，亦即经常焦虑、紧张其实是一种与新皮层、边缘系统和下丘脑等层面上的很多脑系统运动有关的状态，它的形成主要是受当事人消极的背景情绪影响。如果这种状态经常持续，就会导致大脑机能的降低，推理能力受到影响和情绪极不稳定，并导致相应的心理问题。

总之，无论是意识性的负面情绪，还是无意识的情结碎片，它们如果长期集结并躁动于脑系统和心理世界之中，都将导致相应的神经、心理障碍。因此，应使它们流动起来，让它们流出人们的心理世界。那么，如何使这些情绪和情结流出来呢？一个重要的途径就是表达，特别是那些能够引导和负载人的情绪、无意识的说唱形式。随着这些情感信号的"输入—输出"，人们的脑—心理系统忙碌地进行信号处理工作：加工、编码、表征、唤起相应记忆……由于这一认知活动相当复杂，不仅调动了不同水平的神经资源，也调动了相应的心理资源。于是，无论是活跃于脑的边缘系统的情绪还是处于意识水平线下的无意识内容，通过信息处理活动都变成了清晰的情感、意识与观念。

这也是在仪式上，萨满引吭高歌、激越昂奋唱诵的原因，即其乃萨满情绪调节、心理疏泄的极佳途径。因此，他的表演虽有些狂谵，但仍在传播集体文化记忆。

---

① 我觉得，萨满的这种梦象形构不能用荣格分析心理学的"集体无意识"即男性和女性心理深层的阿尼玛、阿尼姆斯情结理论来解释（参见[瑞士] 卡尔·古斯塔夫·荣格：《原型与集体无意识》，徐德林译，国际文化出版公司2011年版，第57-59页）；当然也不适合一些学者在解读西方艺术中的永恒的蒙娜丽莎形象提出的"文化无意识"模型，即人类心理深层的"大母神"文化原型，它不是人类心灵深层的"永恒母性精灵"的浮现（参见[德]阿莱达·阿斯曼：《回忆空间》，潘璐译，北京大学出版社2016年版，第260-262页），而只能解释为萨满个体无意识中的性压抑情结在文化自我涣散后以梦境形式形成的表达。

关于萨满跳神仪式上发生的"昏迷"现象，此既与萨满的精神疾病有关，也与仪式情境对萨满的神经心理刺激所导致的心智变性有关。在《萨满的精神奥秘》[①]一书中，我曾运用神经生物学、生物物理学的原理对萨满的"昏迷"现象进行了详细的分析。

我认为，跳神过程中萨满的"昏迷"既有富育光所说的"痴迷"，也有真正的神经生物学意义上的"失神"。关于这个问题，我认同我国另一个萨满学专家孟慧英先生的观点：昏迷、附体、梦游……它们都是身体—心理的变化症状，是能被研究者客观地观察的心理—生理现象。[②]根据这一认知，下面我将从现代意识科学——认识神经科学、生物心理学原理就此做一阐释。

作为萨满教仪式的重要一环，或作为北方民族文化典型的"原始剧院"中的关键剧目，萨满"昏迷"不仅是萨满文化表演中最动人心魄的一幕，更是萨满教信众及萨满师本人宗教体验的主要途径，同时也是萨满教区别于其他民间信仰（民俗宗教）的个性化意象或表现特征。多少年来，萨满学、民俗学、民族学、宗教学学者们围绕这一问题生产出了大量的知识：从人类学的田野志到民俗学的表演叙事；从心理学常识性解读到人体科学的奇思怪想，不一而足。根据我对这些观点的分析，我觉得，目前人们对仪式上萨满意识异常即所谓"昏迷"的分析尽管视角、方法以及理论模型是多元的，但很多没有给出令人满意的解释。总体而观，有些研究要么游弋于直观感性的层面；要么着重强调萨满师个人意志与萨满"昏迷"的关系；要么把萨满的"昏迷"解释为一种学习所获得的"巫技"。我并不完全否认这些观点所具有的一定合理性，但它们共性的问题是，基本上缺乏深度性的解释，尤其是缺乏建立在意识科学基础上的分析。这里我们不妨以汉语萨满教研究学者们的一些成果为样本做一分析。

孟慧英先生通过对相关研究成果的整合和心理学原理，将导致萨满"昏迷"的元素归结为这样五点：一是萨满教仪式传统本身就要求萨满进入状态，并把它作为仪式成功的标志，这对萨满是个强制性的要求；二是萨满在仪式里进入角色之后，他个人的神经系统也在环境的影响和刺激下导致不同程度的意识状态变化，特别是他自身对超人间能力的追求作为某种推动力，无疑加强了他要达到宇宙旅行的幻想，毫无疑问，萨满的努力依赖于灵魂与身体分离的传统信仰基础；三是萨满比其他人更多地学习和

---

① 高长江：《萨满的精神奥秘》，中国社会出版社2015年版。

② 孟慧英：《浅谈萨满心理问题研究》，白庚胜、郎樱主编：《萨满文化解读》，吉林人民出版社2003年版，第85页。

掌握了与神经有关的反应技术及其作为宗教专家看似非正常的行为模式；四是萨满教仪式上的敲鼓、唱歌和舞蹈的节奏、韵律刺激了萨满师的中枢神经系统，导致其发生意识状态的变化；五是萨满教仪式上的某些器具和装饰，如萨满鼓（在萨满的表演中，鼓是上天的翅膀、入阴间的船具、驱魔的武器、神灵的坐鞍，并可以通过鼓声的节奏进行叙事、煽动参与者的情绪、渲染神秘的环境等）、萨满服上的铜镜（它是太阳的象征——光明、温暖、除障），也发挥了萨满信念的支撑作用。①

郭淑云先生从社会心理学原理对此做了分析，在《萨满"昏迷术"的社会成因分析》一文中作者认为，萨满昏迷固然有萨满个人的生理、心理因素，但其实质是氏族传统文化的产物，是氏族进行宗教活动必不可少的程序。通过昏迷这种形式，借神之威，为氏族祈福禳灾，为氏族成员治病、占卜，借此实现沟通人神的使命，并达到对氏族成员的感召、凝聚、取信的目的。具体地说，以下五个因素创造了萨满的"昏迷"。（1）传统的宗教信仰是萨满激发神秘体验的基础。一方面，萨满教思想观念为萨满的神秘体验提供了理论依托，即以灵魂与肉体分离、灵魂能出体外游为主旨的萨满教灵魂观创造了萨满产生灵魂出体等神秘感应的前提。另一方面，任何一位萨满关于神灵的体验无不受其宗教信仰的制约。萨满相会的神一般为本氏族或本民族萨满教万神殿中的神祇，而不会是其他族群的神，每一位被神灵选中的人在成为萨满这一精神转变的时期所产生的种种与神灵交会的体验，也无不受氏族宗教观念和习俗传统的制约。（2）民族的共同心理文化和对萨满的价值判断体系是萨满追求过的超自然体验的内动力，即北方民族普遍认为只有具备昏迷能力和技巧的萨满才是真正的萨满。在萨满教仪式中，萨满进入昏迷状态是萨满和族众共同期盼的目标。人们以无比虔敬之心，怀着神圣的感情企盼"神灵"的降临，以为氏族祈福禳灾。这种以氏族共同信奉的神灵为导引，而组成的以萨满与族众的宗教情感体验互动、互渗、共振为特征的心理文化场，无疑催发了萨满与超自然神力相会的意念和幻想，从而导致种种心理和意识变化。（3）特定的宗教氛围是引发萨满神秘体验的催化剂。在萨满教仪式上，由多重要因素共同营造一种神圣、肃穆、迷醉、狂热的气氛，萨满和族众在狂热中融为一体，从而引发萨满和族人的种种宗教情感和宗教体验。同时，萨满为仪式专门布设的祭坛，敬奉着作为神灵象征的神偶、神像和各种特制的享神贡品，构成了一个神圣的空间，使人顿生敬畏之感；萨满和

---

① 孟慧英：《中国北方民族萨满教》，社会科学文献出版社2000年版，第233-234页。

助神人通过鼓、腰铃、铜镜等神器的缓急不等的音响，传达萨满请神和与神交流的种种信息；萨满穿上被赋予神秘力量的萨满服，随着铿锵的音响起舞请神悦神，如行云，似疾风，宛如神灵在宇宙中飞翔。这些要素共同构设一个令人迷痴沉醉的神秘意境，使人产生了与神相交的神秘感。此时，在香烟缭绕、光线暗淡的祭坛前，经历了数日祭神活动的萨满精神高度亢奋、紧张，在同样处于催眠状态下的族众的拥戴下，已进入痴迷忘我的状态，而达到瞬间昏迷，神人合一的幻境。此外，萨满的激扬狂舞也是其昏迷的重要因素。（4）氏族的宗教教育为萨满掌握昏迷技巧，实现人神沟通提供了保障。每一位萨满，无论是神授萨满、世袭萨满，抑或族选萨满，都要经过这一特殊的教育阶段。学萨满核心的内容就是进行跳神训练，习练昏迷方术；跳神训练的最高标准是跳到神志不清，精神恍惚，自觉进入神灵附体状。（5）致幻药物的使用是诱发萨满神秘体验的助化物。萨满常在请神和神灵附体前秘服自制的迷幻药物，如烈性药酒、药泡旱烟、乌头水等，以求兴奋、解累、消渴、抗寒、壮胆、镇静等功效，使萨满能在长达数日的祭祀期间做到精神足、情绪好、体力壮、嗓音亮，从中获得必胜的信心。①

也有的学者试图通过心理学的"意志"理论来解释萨满"昏迷"的心灵模态。富育光先生的《萨满敏知观探析》一文就持这种观点。在他看来，萨满昏迷是一种人的主观能动创造出来的"迷痴嬉戏"："萨满在盛大祭祀氛围的特殊状态下，头脑和心智是清醒的，有知觉和感知意识，微闭双眼，身体颤抖，样似不省人事，实际上时时聆听着裁利（助神人）的话语。俗话讲：'三分萨满七分裁利'，萨满虽在裁利诱护下尽显狂态，但他知道做各式'迷蹓'特技时，不使身边人受到伤害。"②富先生与萨满文化结缘颇深，对萨满跳神的种种表现深谙要旨，因而，他的解释也独树一帜。不过，我觉得，将萨满师的"昏迷"解释为一种"痴迷游戏"、一种巫技的充分发挥，确有一定的田野数据支持，但这种解释也具有相当的再诠释空间。

关于跳神仪式上萨满昏迷的这些解释，其视角、视野、视度都可谓当代中国萨满学研究中较有特色的。学者们从个体心理和群体心理互动到仪式情境、象征符号刺激；从分子生物水平的反应到心智系统水平的变化，涉及与萨满"昏迷"有关的

---

① 郭淑云：《萨满"昏迷术"社会成因探析》，转引自白庚胜、郎樱主编：《萨满文化解读》，吉林人民出版社2003年版，第94—105页。

② 富育光：《萨满敏知观探析》，白庚胜、郎樱主编：《萨满文化解读》，吉林人民出版社2003年版，第62页。

不同水平的众多因素。这种融人类学、民俗学、宗教心理学、心理人类学种种理论为一体的分析，可以说为人们开辟了一个理解萨满"昏迷"的多元视角，也拓展了认识萨满"昏迷"的思维空间。但是，坦率而言，这些解释也可以进行进一步的思辨，其中较为明显的在于这样几个方面。

首先，人们把属于不同精神现象的萨满"昏迷"放到同一个平面上，使得其对萨满"昏迷"问题的分析与解释陷入逻辑上的混乱。比如，大都强调萨满"昏迷"的文化心理因素，如萨满教信仰、萨满的"文化自我"意识调节；都强调萨满"昏迷"认知方面的因素，如萨满学会和掌握了与"昏迷"有关的"神经技术"；也都聚焦于萨满"昏迷"的神经生物学因素，如知觉输入、萨满歌舞等对萨满神经系统的刺激。由此可见，学者们是在一种现象框架内解释两种不同的"昏迷"现象——作为萨满文化展演的"昏迷术"和作为萨满教仪式情境中所发生的神经生物学意义上的"昏迷"。这就如同把戏剧舞台上演员根据脚本和自己的角色规范而展演的痛哭同演员被戏剧情节所感动而自然地痛哭混为一谈一样。

其次，孟、郭二文对萨满"昏迷"因素的分析与解释，基本上是建立在心理学基础上的，而没有进入到心理—脑的层面，毕竟心理是以脑为基础的。

再次，论证理据也存在基础欠稳固的问题。比如，人们说萨满的"昏迷"是主观性的"意识"控制，或者说是为了表演完美的宗教仪式而采用经过学习训练的神经反应技术对意识施加的控制，这种说辞确实令我很惊愕。但我惊愕的不是这种观点的新异性，而是我无法想象这种观念是如何构造出来的。人们可以学习模仿某种姿态，但能学习、模仿"神经反应"吗？神经反应是人脑这一生物系统通过物理动力学所产生的一种物理过程，它如何反应、怎样运动，并非由人的心智控制的；至于说它是一种"技术"，就更令人觉得不好理解。神经反应是奇妙的生物—物理现象，没有人可以经过学习获得。说"我向他人学会了大脑神经反应技术"，这话让我们感到不知所云；即使是我解剖了你的大脑神经运动形式，但我仍然不知道这种物理反应的物理实现（意识反应）是什么，更没有办法来学习这种"反应"方式。再如，按照学者们的逻辑，萨满降神时昏倒在地，神志不清，这只是萨满理性意识控制下表演的一场神秘的迷蹈特技或萨满向师傅学来的神经反应技术，那么，我们该如何回答下面这个问题？有时萨满的昏迷状态要持续很长时间，饮食不进，他是怎样做到的呢？如果萨满此时还是一个"表演者"和技术复制者的话，他是怎样坚持下来的？特别是萨满被神灵附体后，他的一系列疯狂举动，如赤脚蹬烧红的铁铧子、"上刀山""过火海"等，这大概不是"成功幻想""角色期望""迷痴嬉戏""技艺"这类表述所能解释得全面的。总之，我认为，把跳神活动中的萨满"昏迷"解释为有意识的"迷蹭"表演或"神经表演技术"发挥只是萨满"昏迷"现象研究的一个维度，另有其他维度不可忽视。

当然，我不得不承认，关于人类的脑、心理以及精神现象，尤其是大脑中的物理灰质、化学成分等是如何与脑外的文化造物——仪式情境、各种符号发生关系并产生物理、心灵反应的，我们迄今所知——无论是神经学、心理学还是精神分析学——仍很有限，很多奇妙的现象还难以通过科学实验获得数据。这也就是为什么连诺贝尔生理学奖得主的杰拉尔德·埃德尔曼在意识研究中也回避谈论道德、美学等 文化因素的原因，因为在他看来，在这些领域，非常缺乏基于科学的准则和数据 ①，当然也是多少年来围绕此问题所产生的误解与奇谈怪论远远多于科学理论的原因所在。英国哲学家 C. 麦金曾认为："我们的认知能力擅长解决物理问题，但解决身心问题不是它的强项。……我们的大脑天生不适于处理这些问题。"② 我很欣赏麦金的坦率，但我并不认同心身问题如他所说的是人类认识领域的"终极神秘"。我一直坚信，世界上不存在任何神秘现象，也不存在萨满这样的超心理学、超生物学的不可理解之人，更不存在一种超然于生物物理学规律之上的"萨满昏迷"现象。世界上的某些事件之所以令我们感到神秘，是因为我们还没有找到与这种事件进行对话的科学方法和理论范式。如按萨满学界的共识，萨满"昏迷"现象系萨满师在某种特殊的情境下所发生的一种意识或精神状态的变化的话，那么，我相信，通过当代世界最前沿的科学认知科学 ③，我们可以对萨满"昏迷"这一精神谜案做出合乎科学的解释。

我认为，仪式上萨满"昏迷"之根本就是萨满特殊的精神特质。这里所说的"精神特质"不是有人所说的"神经反应技术"，而是我在上文所说的在北方民族中流行的一种特殊

---

① ［美］杰拉尔德·埃德尔曼：《第二自然：意识之谜》，唐璐译，湖南科学技术出版社2012年版，第30页。

② ［英］C. 麦金：《神秘的火焰：物理世界中有意识的心灵》，刘明海译，商务印书馆2015年版，第178页。

③ 我这里所说的"认知科学"就是神经生物学、神经心理学、精神分析学等涉及脑、心智运动的科学。神经科学家对精神分析学尤其是弗洛伊德学派的经典精神分析理论没有好感。在他们看来，弗洛伊德的精神分析理论主要由隐喻构成，无法验证，也不是科学的理论。（见［美］杰拉尔德·埃德尔曼：《第二自然：意识之谜》，第68-69页）神经学家的观点并没有错，但我这里所说的精神分析学不是弗洛伊德的学说而是荣格的分析心理学。因此，本文所运用的精神分析理论主要是荣格的遗产。

的心理—精神障碍。① 也正因为很多萨满患有这种意识障碍的神经性疾病，因此，当他们进入神事活动现场，在各种环境信号的刺激下，情绪的激活、意识不受控制的幻想以及剧烈的身体运动所导致的有机体内物理、化学物质发生异变。这一系列生命事件都将其推向了"意识丧失"的边缘并最终导致"昏迷"的发生。我的观点具体如下。

第一，它尤其与我在上面所说的"萨满病"密切相关。在跳神仪式这一情境下，由于我在前面所说的因经常性的宗教意识所形成的大脑中"超自然神经元共同体"即"宗教灵性"② 或荣格所说的萨满心灵深处的文化原型被激活而向脑的动态核心输入信号或对动态核心进行干扰；或此时萨满的脑神经空间分裂为几个核心，并形成了以"神圣痕迹"神经二级映射为主体的意识表征，萨满的脑—心理表象完全是萨满教神话的内容。在这种情况下，他的"先验自我"被瓦解了，甚至我怀疑他的"核心自我"也处于一种失活状态。由于"核心自我"主要执行生命自动管理功能，它通过整合身体传输的信号而调节生命活动。它的失活使得身体状态信号无法被加工、表征和感受，因而，身体的快乐与痛苦也就没有了任何意义。

第二，跳神活动中神鼓、腰铃等强烈的音响造成了对萨满大脑神经系统的刺激，使其脑神经组织运动出现了异常。神鼓、腰铃一直为后来各民族萨满作为主要的法器，

---

① 这类案例很多，这里我介绍几个代表性样本。

鄂温克族萨满霍巴太，二十多岁时患精神病，到处跑，医院治不好，只好请萨满治。萨满说，如果她当萨满病就好了。最后她和师傅一起学萨满跳神，自己的病好了，又为别人跳神治病。（孟慧英：《寻找神秘的萨满世界》，西苑出版社2004年版，第125页）

鄂伦春族女萨满戈初杰，十六岁时得了一场怪病：神志不清，乱跑乱藏，常常爬树，坐在树顶哈哈大笑。病了两年后家人请萨满毛季善为其治病。经过萨满的跳神，她很快痊愈了，并成为一名萨满。另一位女萨满禅灭彦十五岁时突然疯癫起来，出门就跑，一天到晚不停乱蹦乱跳，耳边总是响着乱七八糟的声音，眼前显出七彩的图画；她经常在森林里爬树，吃树叶。最后，家里人为她请来萨满跳神治病。她的疯癫病治好了，她也学会了萨满技艺，并成为一名萨满。（孟慧英：《中国北方民族萨满教》，社会科学文献出版社2000年版，第228-229页）

鄂伦春族大萨满孟金福，十六岁时家中连遭不幸，使其突生怪病，终日不吃不睡，呆坐于旷野和莽林之中，两眼模糊，耳畔嘤嘤作响，似有人与之耳语。其母请人为其祈祷、占卜、招魂均未奏效，只好请女萨满关乌力彦为他跳神，可连跳三次仍不见好转。关乌力彦对其家人说："他若不学萨满病是不会好的，此乃天神之旨意。"孟金福遂跟关乌力彦学萨满，其病也随之痊愈。（郭淑云：《原始活态文化：萨满教透视》，上海人民出版社2000年版，第78页。孟金福的"故事"有几个叙事版本，均有差异。如孟慧英的调查为：孟金福自称是得了"孤独症"，又和妻子关系怪异——一经接触如同触电，其妻死后病情益重，最后在关乌力彦的治疗劝说下做了萨满，病也好了。（见孟慧英：《寻找神秘的萨满世界》，西苑出版社2004年版，第19-20页）

② ［英］马尔科姆·吉夫斯、［美］沃伦·布朗：《神经科学、心理学与宗教》，刘昌等译，教育科学出版社2014年版，第101页。

也许还不完全是有些学者所说的萨满教仪式象征符号设计问题。我以为，它和萨满跳神时所需要的意识状态变化有着深层关联。简言之，萨满跳神时能否进入"昏迷"状态，往往与萨满鼓、腰铃有密切的关系。震天震地的鼓声、刷刷作响的铃声，尤其是鼓声，是对萨满身体感受器官的强烈刺激信号。这些强烈的物理信号通过神经元的轴突在其他神经元的细胞体上发放，可能促使人痴迷、狂躁，甚至出现意识的休止。

第三，跳神仪式上的萨满疯狂旋转，即"萨满舞"是导致其昏迷的重要的生物物理学因素。在《旋转与科尔沁博的迷狂》一文中，白翠英指出，"疯狂激荡地旋转是将科尔沁博导向昏迷境地的真正咒力和魔法"[①]，此可谓相当准确地捕捉到了科尔沁萨满昏迷与萨满舞之关系的奥秘。白翠英把萨满旋转眩晕而出现的神灵附体狂喜的出现解释为生物力、情感力、意念力"三元鼎力"作用下出现的"神人合一"的意识现象，这也切中要旨。根据意识神经生物学的基本原理，我们可以把这一过程科学还原为这样的模式："意念（信仰）→情感（情绪）→生物→迷狂"。若用文字表述即：首先，进入跳神仪式的萨满脑中的萨满教意念——神灵的存在、沟通神人的身份、跳神神事成功的追求——使其神性意识开始积聚并活跃；其次，仪式现场的各种符号激活了他神秘的宗教情感，使其处于一种神秘而亢奋的背景情绪之中；再次，在前两个因素的作用下，意识躁动和情绪亢奋的萨满的自主神经系统进入"战时模式"，即交感神经被激活，心率加快，身体处于紧张状态，这使人不得不跳跃激动出汗，使气管扩张，以促进携氧的血液流动和呼吸顺畅，于是，萨满开始疯狂旋转，而这一疯狂旋转又导致了脑神经组织的生物物理学结果：①疯狂旋转使得萨满的听觉、视觉系统无法接收清晰而连续的数据，混乱、无序化的知觉输入使萨满的大脑神经组织难以产生结构化的空间表征，造成了脑神经组织物理运动的混乱，它已将意识推向解体的边缘；②疯狂旋转、躯体剧烈运动所产生的血液快速流动和呼吸加速，不仅促使心脏等内环境运动的加快，而且携氧过多的血液、呼吸也会造成血液中毒，导致大脑反应迟钝乃至于意识丧失；③躯体、心脏、血液的激烈运动，不仅导致脑释放出大量的化学物质——乙酰胆碱——即神经递质，如 5- 羟色胺，它从脑干向上投射，令人产生超越一切的狂喜和灵魂脱壳的感觉，使人亢进，疯狂劲舞（这可能就是服用迷幻药之后使人亢奋狂舞的神经学原理）；还导致脑释放出另一种神经递质——谷氨酸，这种神经细胞分

---

① 白翠英：《旋转与科尔沁博的迷狂》，白庚胜、郎樱主编：《萨满文化解读》，吉林人民出版社2003年版，第499页。

布于各脑神经组织中，可以起到激活、兴奋其他神经细胞的作用（如果脑中的谷氨酸过多，就会导致它附近的神经细胞过度兴奋甚至于死亡），造成人的昏迷。①

这就是仪式上萨满"昏迷"的谜底。如果说萨满的仪式"昏迷"是一种意识现象的话，那么，这也就意味着仪式中的萨满完全处于"自我"消失的无意识状态，他也根本无法唱歌跳神，整个仪式将会一塌糊涂，变成一场疯谵的狂泻。在这种意识混乱的心智性态下，萨满仪式表演又如何担承集体文化记忆传播的使命，又何谈萨满系北方民族文化记忆的传播者？

这个问题可谓心灵哲学、语言心理学、传播心理学领域一个相当棘手的问题。多少年来与意识、语言、传播有关的学科都试图对其进行解释，但并未形成科学的思想。大多数学者仍未挣脱"意识—语言"绑定的思维框架：语言与意识是一张纸的正反面，没有意识就没有语言，没有语言就没有意识。这就是结论。

但语言与意识之关系远不止于此。如果我们对意识与心灵之间的关系有深入的了解，就可以看出传统的"语言—意识"理论并不完全正确，或者说这不完全是事实，尤其不符合人类大脑神经和心智系统运动的事实。因为没有意识活动，人仍然可以有心灵运动，可以产生言语活动。由于这个问题较为复杂，我不妨以认知科学原理从意识与心灵、意识与语言这两个方面进行解释。

第一，意识不是知识与经验，它只是大脑神经系统运动所产生的表征；但心灵却不是，心灵是人的知觉、记忆、知识的储存以及加工、编码、建构所形成的心理经验和知识图式。即使没有外界信号刺激，大脑神经系统不运动，不发生意识过程，但人的心灵仍是存在的。神经科学家 R. 达马西奥曾区分过二者："意识和心灵并不是同义词，在严格的意义上说，意识是心灵处于自我这个参照框架下的一个过程，它使我们知道自己的存在和周围物体的存在。……不过，意识和具有意识的心灵却是同义词。"② 这也就是说，意识和心灵是发生在人类生命系统中的两种不同的精神现象，它们有时是重合的，有时却是分离的。在另一处，达马西奥通过对神经疾病患者的意识与心灵现象的研究告诉我们：有些"病人可能有心灵的某些基本方面，

① 美国神经病学家奥利弗·萨克斯指出："冥想、灵修、疯狂的鼓乐和舞蹈之类的习俗都有助于进入和催眠相似的出神状态，使人出现生动的幻觉和生理变化。"见[美]奥利弗·萨克斯：《幻觉：谁在捉弄我们的大脑？》，高环宇译，中信出版社2014年版，第263页。

② [美]安东尼奥·R. 达马西奥：《寻找斯宾诺莎——快乐、悲伤和感受着的脑》，孙延军译，教育科学出版社2009年版，第114页。

可能在心灵中有某些内容是与其周围的客体有关的，但是，他却没有正常的意识"，"相对于其周围客体的表象，他并没有形成一个以自我为中心的认识活动的表象，一个正在与之相互作用的、被提升了的客体的表象，一种发生在每一特定的瞬间之前或在此瞬间之后可能发生的事情建立适当联系的感觉。"因此，可以得出结论："即使没有意识的参与，脑也可以通过多种神经中枢处理感觉信号，并且至少使某些通常包含在知觉加工中的脑区得到激活。"① 比如，某些处于昏迷状态的人，即所谓的植物人，这是典型的意识丧失，但是，通过在他们面前讲述他一生中感受最强烈、体验最深刻、记忆最牢固的经历、故事，或者他最喜欢的人在他的耳边唱歌、和他交流，就有可能将其唤醒，重新激活意识。此外，有很多临终病人已经处于数日的持续昏迷状态，普通的面孔识别以及输入加工都丧失了，但他在弥留之际最想见的人在他的面前言说却可能使其意识复活，发生短暂的交流之后便离开这个世界。诸如此类都证明，意识与心灵是可以分离的。尤其是某些处于严重昏迷状态的临终者，还能够自言自语地言说一些他平生很少说的——虽然不是连贯的、公共性话语——宗教性的以及古老的方言等② 也属于这种现象。更日常化的经验则是：在睡眠中我们会做梦；此时，我们的感官基本关闭了，一般情况下不再有感觉输入，没有任何意识行为，但我们的心灵仍在工作，导演着丰富多彩的精神生活。这些心灵活动刺激着脑的语言加工区，可以形成简单的言语形式。英国哲学家 C. 麦金通过"盲视"的案例分析，也做出了人的大脑思维有表层和隐层这两种机制的推想。由此得出的结论是，在表层机制瓦解的情况下，"隐藏的逻辑形式"仍可进行逻辑工作。③

　　第二，如果我们把分析的视野聚焦于最基础的脑系统的层面，我们便得到了一幅语言和意识的清晰的画面：言语和意识是人类大脑系统发生的两种不同的物理事件。尽管词语、句法能够使我们对世界进行精确的分类，使我们的意识转化为精确的思想以至于能够为未来做出推论、决策与想象，但是，这并不意味着意识活动始终和语言绑定在一起，言语过程一定离不开意识过程。即使我们不谈论诺姆·乔姆斯基的"先天语法装置"，仅就大脑生理学、大脑解剖学提供的大量数据分析，也能看到，人类的语言行为和意识活动是可以分离的。人类的大脑组织中有一个特殊

---

① [美]安东尼奥·R. 达马西奥：《感受发生的一切：意识产生中的身体和情绪》，杨韶钢译，教育科学出版社2007年版，第76页。

② 这个案例是我的研究生陈述其外婆去世前的一段"奇迹"。

③ [英]C. 麦金：《意识问题》，吴杨义译，商务印书馆2015年版，第136-139页。

的语言加工区，即布洛卡区和威尔尼克区。它们虽是脑的一个空间，但并不与意识活动绑定在一起。只有在高级意识活动中，即神经细胞形成巨大网络也就是复杂连接时，语言区才能与意识保持协同性；但此时的"意识"已经是"心灵"的同义词，二者重合到一起了。在睡眠和做梦的情况下，大脑中那片深层脑区残留机制的发放仍然可以刺激语言区产生言语行为，如梦话。尤其是那些全面失语症患者的临床案例表明：丧失了语言，这些人仍然有意识。克里斯托弗·科赫曾说："尽管内省和语言对社会生活必不可少并且支撑着文化和文明，但它们对体验某个事物是不必要的。"[①] 曾获得诺贝尔生理学或医学奖的神经科学家杰拉尔德·埃德尔曼甚至走得更远：思维能在没有语言的情况下产生——"因为思维本身仅仅是基于运动区的活动产生的大脑事件。"[②] 某些无意识的语言，如梦呓或令人莫名其妙的所谓"前意识言语"，就是在大脑不再进行输入信号处理、不发生意识过程的情况下，储存于广大脑区的信息即心灵的某些内容通过语言区的加工所形成的符号化形式。

通过意识科学对意识、心灵、语言三者关系的实证分析，现在我们基本可以得出这样的结论：尽管萨满患有相应的精神疾病，尽管在仪式上他会"昏迷"，但他仍可谓北方民族集体文化记忆的传播者，他所组织的仪式仍系文化记忆传播的媒介。不过，要把这一点论说清楚，我们首先需要解释清楚另一个问题，这就是在人的意识失活时，大脑处理的信息是什么？简言之，这就是被心理学家称之为无意识的内容。在关于日本禅学家铃木大拙的《禅学入门》一书的评述中，荣格写下了他对于个体心理无意识所做的阐释的最为精彩的文字：

意识领域充斥着各种限制，道路往往被重重高墙所阻挡。我们的意识是片面的——意识的本性就是如此。任何意识都只能同时容纳很小一部分知觉，其余的则必须退隐于阴影之中。同一时期内知觉内容的增加，即使没有造成混乱的程度，也会降低意识的明确度使之变得模糊晦暗。意识不仅要求其内容稀少而明确，而且其性质也决定了它非如此不可。意识的定向能力，便完全来自注意力的集中——只有在这种情况下，我们才能记录下转瞬即逝、先后继起的种种现象。然而，注意力的集中需要极大的努力，我们不见得随时都能做到，于

---

① ［美］克里斯托弗·科赫：《意识与脑》，李国威等译，机械工业出版社2015年版，第155页。
② ［美］杰拉尔德·埃德尔曼：《第二自然》，唐璐译，湖南科学技术出版社2010年版，第97页。

是便不得不满足于将同时呈现的知觉和前后继起的意象降低到最少。这样，广大心理领域中可有可无的知觉便不断地被排斥在外，而意识遂得以始终局限于狭小的范围。谁要是能于一眼之中看见自己被排斥在意识之外的那些知觉，其后果如何，恐怕不堪设想。人既无凭借其稀少而明确的意识建立起世界的结构，当他突然在一瞬之间清楚地看到更多的东西时，那样的景观，那样的所见，恐怕只能是一种神一样的景观，神一样的所见……无意识代表了意识之下所有不能呈现的东西，即一种潜在的"全景"，它构成了全部的"前在"，意识只不过是从中发出来的单一片段。①

由此可见，人类心理深层的无意识内容主要是由于受到人类意识张力限制而产生的。人的感觉系统每天接收来自环境的大量信息，如果我们要把这所有的知觉输入全部加工成条理清晰的意识形态贮存于记忆中，那我们的大脑就会瞬间爆裂，诚如荣格所说，只有神才能胜任这样的伟大工作。也正因此，威廉·詹姆斯把无意识称之为"意识的边缘"。"边缘"就意味着这些知觉数据还没有被"自我"进行深加工成意识经验便随着神经元资源的转移从前额叶皮层进入了基底神经节和小脑这些大脑的边缘区域。虽然它们没有占据意识的核心区域，但它们却可以通过重新提取经过加工成为意识。尽管荣格的分析心理学对于意识/无意识的生成机制的分析还缺乏细节呈现和实验数据，但它没有丝毫幻想的成分。可以说，它就是人类心灵内容的客观实在。美国社会生物学家爱德华·O.威尔逊在谈到睡梦的产生过程时这样写道："一旦在睡眠时兴奋沿着脑干中的粗大神经纤维传递至大脑，刺激着大脑皮层使之激活，梦便产生了。由于缺乏来自外部的日常感觉信息，大脑皮层就从记忆库中提取意象，编织着似是而非的故事。按照某种类似的方式，人类心智将会不断地制造道德、宗教和神话，赋予它们情感上的内在力量。"②威尔逊这里所说的"缺乏来自外部的日常感觉信息"，即是说由于睡觉时脑基本关闭了接收外在世界信息的通道，很少有知觉信号输入，因而意识也处于失活状态。但脑并没有休息，它还在从记忆库中提取储存的数据进行加工。这里的"记忆库"应该是一个开放的空间，不仅包括那些经过深加工、储存在前额叶皮质中的工作记忆、心理经验等，还包括那些没有被自我所关注的知觉存储，那

①　[瑞士]卡尔·古斯塔夫·荣格：《精神分析与灵魂治疗》，冯川译，译林出版社2012年版，第201页。
②　[美]爱德华·O.威尔逊：《论人性》，方展画等译，浙江教育出版社2001年版，第181页。

些只是经过大脑浅加工、储存在前额叶皮质周边的脑区的朦朦胧胧的记忆。当这些内容被大脑加工成意象进入大脑皮层产生表征后就是我们所说的梦境。也正因此，梦所编织的只能是一个个"似是而非"的故事。请注意威尔逊这里使用的"似是而非"这个词语的意趣："似是"意味着这些信息系环境输入但尚未被脑深加工的知觉；"而非"意味着它们是加工成意识前的数据而非意识的内容；特别是此时脑的活动具有明显的"大脑混沌学"特征，不同水平的信号和不同水平的脑共同加工、组合。也正因此，意识失活状态下的信息处理不仅"似是而非"而且具有"记忆原型"的特征，甚至具有创建性的灵感充斥其中。因为它所处理的那些"无意识"信息正如荣格所说，"它是我们知道但现在却没有思考的一切东西；它是我曾经意识到但现在却忘记了的一切东西；它是我感官感知但我的意识却没有注意到的一切东西；它是我们自发地、没有注意的感觉、思考、记忆、欲望和所做的一切东西；它是所有将来在我身上成型并在某个时刻进入意识的东西——这些都是意识的内容。"①

　　意识失活状态下大脑的信息处理原理及所处理的信息的特质解释清楚之后，我关于萨满精神异常情况下仍不失为北方民族文化记忆传播者之论基本坐实。我的基本观点如下。

　　首先，民俗学、人类学者所说的萨满"昏迷"或丧失意识，其实并非真正的彻底丧失心智，人们是在高级"脑活动"②这个层面来使用"昏迷""意识丧失"这些概念的，即此时萨满的脑由于受到异常刺激，导致脑的不同区域连接出现片段化分离，或许多脑区被同步激活，信号显示出齐上或齐下（如癫痫症）的情况下所出现的意识障碍。此时其虽丧失了意识但心灵仍在；虽然丧失了工作记忆或"自传式自我"但仍保持着适当的注意力，尤其是心灵仍可通过其他脑空间得以涌现，通过其心灵中存储的萨满教文化信息，如神话意识、神歌知识、表演技能等简单的信息编码形成神歌神谕，仍在传播萨满文化传统。

　　其次，一些野萨满在其巫师职业生涯中，无意识地获得的萨满文化知识、技能，已经以"痕迹"的形式盘存在其相关脑区。它们虽然并非萨满日常意识活动的

---

　　①　［瑞士］卡尔·古斯塔夫·荣格：《心理结构与心理动力学》，关群德译，国际文化出版公司2011年版，第129页。

　　②　所谓"高级脑"，用美国神经科学家保罗·麦克莱恩的"三级脑"理论来表述，也就是在"爬行动物脑""古哺乳动物脑"基础上进化而来的"新哺乳动物脑"，它的功能是执行语言、逻辑、数学等精神活动。

中心，但它们在某种特殊的情境下可以被激活，并形成神经发放，产生表征。特别是那些氏族萨满，在"为神灵服务，为氏族奉献"的精神的召引下，精心学艺，刻苦历练，增长自己的才干。如《富察哈喇礼序跳神录》云："萨满详析，宜精宜勤，宜细宜微，节中求节，微中求微"；《吴氏我射库祭谱》云：萨满"耳在聪，在微，在求，微求为重，耳为标也。耳在心，在思，在辨，思辨为重，纳为辅也。"如此详观细听，强闻深记的认知训练，北方民族集体共享知识已在其心灵底层牢牢构筑。特别是从西方古代"记忆术"的角度看，萨满在进行萨满文化传统存储的过程中，他所知觉的有些信息（如神灵名称），由于被赋予了魔力或具有魔法效力，成为卡米罗所说的精神"护符"，由此而形成的记忆就会更加深刻。①因此，当萨满跳神达到高潮进入所谓"意识恍惚"或"昏迷"阶段时，虽然他的"自传式自我"已经失活，无法按照个体的自传体记忆或工作记忆以及陈述性知识（如神歌的程式、句组的关联、语篇的逻辑等）进行信息加工和表演，但是，由于其心灵尚在，这些内隐于大脑深层甚至于分化于身体组织中的有关记忆仍在。尤其是萨满此时的萨满神话想象，如神灵临坛、精灵附体、上天入地神游等观念激活的体验刺激心灵，便可将这些记忆激活，产出仪式歌舞神谕。用历史学家尼特哈默尔的观点来表述，萨满此时表演的内容，也可谓萨满心灵之中的萨满文化记忆"残片"的表达。在尼特哈默尔看来，"没有什么会被完全遗忘，所有的感知都会在记忆的痕迹中留下一个或苍白，或被压抑，或被覆写的印迹，这些印迹原则上来讲是能够被重新找到的。"但是，由于这些记忆既没有被应用到过去的意义生产之中，也没有完全遭到被压抑的命运。它是表面看来没有传承或不被察觉地顺带传承了下来的东西，属于"位于社会意识到的和丢失了的东西的中间地带"，因此，它们只能以"残片"的形式存储在记忆之中。②因此，这些演绎才显现出粗糙、自由、个性化的形态。但换一种视角看，也正是这种狂野、自由、个性化的信息传递激活了参与者的紧张、惊悚的情绪，这种"低级水平"的恐惧则获得了传播的理想效果。③

（3）老萨满记忆机能衰退对文化记忆传播者身份的影响问题

作为北方民族集体文化记忆的传播者，无论是氏族萨满还是"野萨满"群体，

---

① [英]弗朗西斯·叶芝：《记忆之术》，钱彦等译，中信出版集团2015年版，第147-148页。

② [德]阿莱达·阿斯曼：《回忆空间》，潘璐译，北京大学出版社2016年版，第156页。

③ [美]卡尔·霍夫兰、欧文·贾尼思、哈罗德·凯利：《传播与劝服：关于态度转变的心理学研究》，张建中等译，中国人民大学出版社2015年版，第68页。

其主体都是那些资历深厚、德高望重、技能超人的老萨满。老萨满不仅通过"带徒弟"的方式成为集体文化记忆的主要传播者，而且也通过在氏族祭祀仪式或家族聚会上以自己的肉身之"灵"（言行）追忆展演氏族的"过去"，成为集体文化记忆传播的鲜活媒体。按照老年心理学理论，老人的往事追忆基本系出于逃避、强迫以及"第一次经历"的深刻印象、定义和说明自己的身份等心理需求①，这使得他们的"回忆"更具个人的"自传体记忆"色彩而缺乏集体共享知识的信息维度。但这不符合作为族群"文化精英"的老萨满的回忆事实。哈布瓦赫曾这样解释老年人的回忆心理："老年人阅历丰富，而且拥有许多的记忆，既然如此，老年人怎么能不会热切地关注过去，关注他们充当捍卫者的这一共同财富呢？正是这种功能给了他们现在有权得到的唯一声望，他们怎么能不会刻意地努力履行这一功能呢？"②我认为这也仅仅是老萨满成为集体文化记忆传播者的一个因素。其实，那些外向性高、责任心强的老年人，更企望通过这种回忆把集体和个人的文化进行确证和再生产并传递下去。我相信，人作为文化动物之伟大性，不仅在于海德格尔所说的人因语言而拥有自我和世界、历史与传统，更主要的还在于人意识到他是"类"世界的一个中介，他的肉体仅仅是人类历史文化川流中的一个涵洞。人此在的使命就是通过自己身体这一"符号作坊"不停地"编织文化动物的生命线"。尤其是作为北方民族的文化精英与智者，老萨满的回忆绝非源于记忆心理学之本能，而是记忆伦理学之动力。作为中原农耕文明和主流文化之边缘的渔猎、游牧文明和民俗文化，只有保证其"过去"的连续性传递，才能保证集体历史意识的连续性。也正是这种记忆伦理，使得被称为"智者""文化英雄"的老萨满，成为族群文化记忆的守灵人和传播主体。特别是萨满文化与神创宗教文化不同，由于"圣典"的缺席以及专业性的僧侣团体的缺失，集体共享知识主要靠口述传统传播，其传承和巩固之责便落于那些"历史化石"和文化神话生产的老萨满身上。如在满族家祭仪式上，老萨满向族人讲述开天辟地、人类起源、本族（本支）发祥、自然变幻、灵魂神气以及氏族萨满、祖先成为英雄神灵的文化神话，以"娱人乐神，崇德极远"。故其也被族人视为思想开化、文化传承的"蒙师与先导"。③在内蒙古草原上，老年科尔沁博则成为草原游牧民族集体文化记忆的重要传播者，在祭祀神灵的仪式上，他们咏唱

---

① ［荷］杜威·德拉埃斯马：《记忆的风景》，张朝霞译，北京联合出版公司2014年版，第213-214页。
② ［法］莫里斯·哈布瓦赫：《论集体记忆》，毕然等译，上海人民出版社2002年版，第85页。
③ 富育光：《萨满教与神话》，辽宁大学出版社1990年版，第200-202页。

科尔沁博英雄祖先"光辉业绩"的神歌。我想特别指出一点的是,通过仪式活动,老萨满们不仅践行了族裔文化记忆传承之义务,在回忆叙事加工和文化生产中体验到了文化自我实现这样一种存在价值,体验到了逃避孤独、排解烦倦、降低抑郁、提升自尊、自我实现的幸福感①,而且,口述文学的演绎也使得他们形成了非凡的记忆力——"凡没有文献的地方,人们的记忆力往往较强。"②这使得他们更能承担集体文化记忆传播者的使命。

---

① 西方心理治疗界与东亚的日本和中国的香港、台湾地区近年来的老年临床心理治疗——"忆旧叙事治疗"的大量临床数据支持了我的这一观点。

② [英]帕林德:《非洲传统宗教》,张志强译,商务印书馆1999年版,第13页。

4 萨满文化美学 与文化记忆传播的"内生"机制

在哈布瓦赫看来，作为一个社会单位，集体的灵魂本质上由集体记忆所构成。[①]
文化记忆理论奠基人杨·阿斯曼将哈布瓦赫的"记忆共同体"思想又进行了拓展和
推进："回忆文化是一种普遍现象，我们很难找到一个不具有任何（哪怕是再弱化）
形式的回忆文化的社会群体。"[②] 阿斯曼所说的"回忆文化"，指的是围绕集体文化
记忆的唤回与传递的文化传播体制，如文字、图像、仪式、纪念物、博物馆、报刊
影视等，也可称之为传媒文化。在认知心理学的意义上说，无论是"集体记忆"还
是"文化记忆"，都不具备能指性，因为作为一种神经—心理现象，所有的记忆都
是个体性的；但从人类文化史和传播学的视窗观照，它们确系人类世界真实的文化
事象。检视人类精神发展和文化流传史，对于"过去"尤其是被共同体想象为"过
去中的某些焦点""超越生活之大"的"集体共享知识"的记忆与传递，几乎成为
这颗小行星上高级灵长类动物最基本的"精神装备"与文化装备。正是它们，构成
了阿斯曼所理解的共同体的"免疫能力"。[③]

人们为什么会回忆过去？一个由若干个体聚合而成的集体为什么会对那些遥远
的、"超越生活之大"的"过去"怀有情愫，并不惜耗费大量的心智、社会、文化
资本生产出蔚为壮观的传媒文化（如神话、宗教、文学、媒体、历史学等）？美国
社会学家希尔斯把它归结为人的一种"心理机能"[④]，以色列学者阿维夏伊·玛格利

---

① ［法］莫里斯·哈布瓦赫：《论集体记忆》，毕然等译，上海人民出版社2002年版，第313页。

② ［德］杨·阿斯曼：《文化记忆：早期高级文化中的文字、回忆和政治身份》，金寿福等译，北京大学出版社2015年版，第22页。

③ 同上书，第145-146页。

④ ［美］希尔斯：《论传统》，付铿、吕乐译，上海：上海人民出版社2009年版，第55页。

特则将其解释为一种"伦理意识"①，阿斯曼更强调其的"意义循环与秩序生产"的政治诉求。特别是近年来崛起的传播人类学（Anthropology of Communication），作为传播学与人类学嫁接生成的新学科，因其知识基础的社会科学化，尤其是对人类学传统范式的移植，更强调文化传播的信仰塑造、文化生产能量。应当承认，这些学说都触及集体文化记忆传播的主要精神机理，但我认为它们都存在着一个共性的问题，即都选择了类似于普特南所说的那种"上帝的视角"（god's eye view），以超凡、理性、意义为语境框架阐释集体文化记忆传播的精神能量，而废黜了"人类的视角"，即文化记忆传播的感性动力——审美经验②这一精神维度。本节所要论证的就是这样一种思想：萨满教的文化记忆传播，之所以发生并能够运行，不仅在于历史学、社会学、传播学家所言，它生产着意义与秩序，还在于它也生产着情绪与美感。人们与萨满文化互动，实质即心理学家索尔索所说的"第三水平"或"内生知觉"经验——"趋向于感觉，而不是理智的解说；趋向于沉浸，而不是分析；趋向于感受，而不是评估。"③如果将萨满教文化记忆传播行为用扩展了的传播学经典模式"拉斯维尔程式"来解释，也可以这样说，正是由于萨满神歌的信息内容、传播形式、传播媒介的审美体验，才形成了作为民俗信仰的萨满教不同于其他文化体制的集体文化记忆传播的特殊机制与理想效果。在我看来，对于想象通过人类学范式的移植与创新，拓展了解释文化传播问题的视角与视阈的传播人类学而言，若欲在人类文化记忆传播这块早已耕耘的土地上真正兑现它的承诺，就必须突破传统人类学层迭的假设和范型的藩篱，而展开文化传播的新的视界——审美人类学视界。

从审美人类学的框架观照，人类之所以会热情传播那些久远的、想象的"文化神话"就在于传播的信息、形式、媒介之美。正是审美的激情才产生了传播的动力机制和效果。

---

① 在阿维夏伊·玛格利特看来，对他人（死者）的记忆表征的是一种善的关系。见[以色列]阿维夏伊·玛格利特：《记忆的伦理》，贺海仁译，清华大学出版社2015年版，第95页。

② 我所说的"文化记忆的美学元素"与F. R. 安克斯密特"历史写作是一种美学史写作"（[荷兰]F. R. 安克斯密特：《崇高的历史经验》，杨军译，东方出版中心2011年版，第109页）没有共同的语法，我所凸显的不是史学建构的美学语境而是集体文化记忆这种文化实践的感性经验这一维度；且我也不完全认同安克斯密特这种颇具后现代色彩的"美学历史学"。在这方面，我比较认同美国历史学家佩雷斯·扎格林的观点：安克斯密特的"历史编纂学的美学化……不可避免地导致了历史学的琐碎化"，没有体认到历史学作为一种思想形式的文明教育和人文教化意义。（见[美]佩雷斯·扎格林：《再论历史学与后现代主义》，彭刚编：《后现代史学理论读本》，北京大学出版社2016年版，第180—182页）

③ [美]罗伯特·索尔索：《艺术心理与有意识大脑的进化》，周丰译，河南大学出版社2018年版，第7页。

（1）"文化神话"景观与文化记忆的形象之美

作为人类"历史意识"的表征形式，文化记忆与"历史记忆"不同，尽管它也是对过去的"历史"的记忆。严格地说，"历史意识"作为惟人类独有的一种精神现象，在人类的知识图式中，具有两种不同的内涵：一种是作为集体共享知识的"历史"；一种是职业历史学家的"历史"。对前一种"历史"的记忆即阿斯曼所说的"文化记忆"。区别于历史学家的"历史"，文化记忆的"历史"可以解释为共同体通过神话意识、与文化想象并借助文化媒介生产出来的"过去"。这一表述中的"神话"概念不惟宗教学的含义，包括一个共同体的政治神话、社会神话乃至于家族神话；文化想象与认知科学意义上的"赫布法则"（Hebb's rule）或"启动效应"是不对称的精神现象，它不是神经元和心理层面上的精神活动，而是以"文化自我"为认知模板产生的梦想、幻想、构想等认知行为；文化媒介则指人类在文化实践中创造出来的那些具有历史厚度、民俗温度、审美维度的语言文字、图像仪式、广播电视等。文化记忆理论家那里，一个集体之所以创造、存储和传播这些由文化心理和文化媒介生产出来的"历史"，就在于为了"实现对自我的定义并校检认同"，将社会的秩序创造出来。[①]用西方人类学传播学派的话语来表述，即强化共同体成员的信仰，唤起政治参与和身份认同。无论是自我认同，还是秩序生产、精神建构等，在这层选的假设和话语中，我们清晰地看到了西方思想中自柏拉图、笛卡尔一直到黑格尔以来游荡的那个"幽灵"——人是被性宠爱的高级动物，所有的认知行为都要进行理性的"成本核算"并使得成本效益最佳化。

这里我不想去讨论"人的本质"这个从古到今消耗了无数思想家脑蛋白的"大问题"，我打算更直接一点回应文化记忆理论的这一思想。就人这种生物性与文化性合成的有机体而言，其生活实践与认知活动虽然无法摆脱大脑中那个理性"小矮人"阴影的纠缠，但在一般情况下我们是感性的。历史人类学家肯定了这一点："我们虽然能在某些方面决定着我们所想的事情，但却不能像我们心里所想的那样进行抉择。"[②]人类的认知行为不仅进行着社会成本的核算，也进行着情感效益的核算。人类脑空间中的那个"小矮人"不仅属于"社会自我"与"文化自我"[③]，

① ［德］杨·阿斯曼：《文化记忆：早期高级文化中的文字、回忆和政治身份》，金寿福等译，北京大学出版社2015年版，第148页。

② ［瑞士］雅各布·坦纳：《历史人类学导论》，白锡堃译，北京大学出版社2008年版，第133页。

③ 关于"社会自我"和"文化自我"这两个概念的内涵，见高长江：《艺术与人文修养》，吉林大学出版社2016年版，第104-115页。

也是达尔文主义上的"生物自我";认知活动不仅为寻求秩序、伦理、宗教等的意义,也追寻情感愉悦即美感的体验。在杜威看来,这种"追寻"其实就是从痛苦和艰难的世界中得以逃避和安慰的方式。①这也就意味着,共同体对作为文化假设和文化媒介生产出来的"神话信息"进行回忆与传播,并非完全是在自我定义、校检认同、创造秩序这种文化理性的调控下展开的,其中也激荡着海登·怀特所说的"情节化""故事化""诗性化"②以及R.安克斯密特所描述的"审美经验"③这类精神体验的元素。在我看来,怀特的"元史学"和安克斯密特的"美学历史学"也只有在"文化记忆"这种语境下才可能获得知识社会学意义上的编码有效性。正因为文化记忆传播活动的"审美介入",所以我们看到,人类所创造和传播的集体文化记忆形象,除了显现出神话、宗教、政治等意识形态属性外,还具有美学的风格。我们可以文化记忆史的若干案例来证明这一点。

在集体文化记忆及其传播的"神话景观"中,"过去"基本都被表象为共同体历史上的"黄金时代",是"美德、纯真、和谐"堪称典范的历史岁月,是"伟大而崇高"的祖先们的时代。被文化记忆理论作为经典案例经常提及的澳大利亚宗教仪式,举行它的目的就是为了重现和向部族传播神话—祖先时代神圣、吉祥的世界图像,亦即澳大利亚人所说的"梦幻"年代的集体记忆。对于古代欧洲人而言,回忆过去就是回忆古希腊—罗马时代——神话似的"黄金时代"、史诗般的"英雄时代"以及"骑士们的伟大精神"时代。无论是雅典的"壮观景象"还是罗马"美轮美奂的建筑"④,那种"前历史"的自然和谐、田园诗般的优美以及英雄主义的崇高,都给人以梦幻般的审美体验。事实上,也正是欧洲人文化记忆及传播的这种"美"的体验,才产生了柏拉图、亚里士多德、普罗提诺乃至于康德、黑格尔和谐、完美的宇宙学、政治学、人类学模型。同样,"轴心时代"中国的孔子念念不忘复兴周礼,就是因为在孔子的"历史"记忆中,过去的周代是一个君令、臣共、父慈、子孝、兄爱、弟敬、夫和、妻柔、姑慈……这样一个秩序、和谐、散发着迷人的人伦美之光辉的"黄金时代"。正是这种审美经验,使得孔子坚定不移地"从

① [美]杜威:《经验与自然》,傅统先译,北京:中国人民大学出版社2012年版,第57页。
② [美]海登·怀特:《作为文学作品的历史文本》《历史情节化与历史表现中关于真的问题》,彭刚编:《后现代史学读本》北京大学出版社2016年版,第45-49、62页。
③ [荷兰]F.R.安克斯密特:《崇高的历史经验》,杨军译,东方出版中心2011年版,第109页。
④ 参见[法]雅克·勒高夫:《历史与记忆》,方仁杰等译,中国人民大学出版社2010年版,第27页。

周"（《论语·八佾》）。

当然，人们可能会通过以色列人集体记忆的"苦难"形象这一案例反驳我的观点。在人类文化记忆史上，以色列属于个案。但我还不想以"个案"为托词为自己辩解，我仍会坚持用我的"文化记忆美学"观对以色列"苦难"回忆的美学经验进行解释。在以色列集体记忆形象中，"出埃及""辗转荒野""与神盟约"构成了其主体意象。但我认为以色列集体记忆的这一意识景观也不仅仅是阿斯曼所说的出于信仰与身份强化这种宗教、政治解放意识，其中仍有审美意识融汇其中。以色列人文化记忆"形象"的产生，主要源于"托拉"和《旧约》这两种文字媒介。无论是早期的祭司还是流亡巴比伦时期的学者，其以色列"历史"的撰写，并非完全受"苦难"、宗教意识所激动，也为审美意识所激动，即对以色列完美的梦幻般的未来的想象。有人认为，以色列人是一个艺术乏味的民族，因而其文化记忆根本不可能存在美的元素。我不想去讨论这种观点的正确与否，只想指认这样一点：艺术乏味并不意味美感的枯涩。特别是以色列人历史上尤其是"第二圣殿"之后屡遭磨难的经历所形塑的这个民族孤独、固执、冷漠、紧张的性格，使得犹太民族重视宗教而漠视艺术，耽于"圣洁的以色列"而贬抑俗世的感性快乐。当这种民族性、人生哲学与希伯来的"预言文化"传统融汇在一起之后，便构造了以色列人独特的"历史美学"与生命美学：历史之美不是指向"过去"而是指向"未来"；生命之美不是感性的世俗快乐而是想象历经磨难，将来一定会重返"公义、平安、荣耀、欢乐、美丽的耶路撒冷"[1]，在人间建立起"豺狼必与绵羊羔同居，豹子与山羊羔同卧……牛必与熊同食，牛犊必与小熊同卧"[2]的完美的"弥赛亚王国"。"完美的乌托邦"景观形构的前提是"完美"体验的经验。

这就是集体文化回忆及传播实践精神能量的另一重要维度——"历史美学"之维。中国北方民族所以能生产与回忆那些遥远的动植物神灵、祖先神灵、萨满师祖神灵形象，就在于在萨满和族众的心目中，这些形象是一种英雄主义的崇高、传奇式的"超凡"形象。如此，与这些美的"过去"相遇便不仅仅是为了寻求感性的愉悦，而是如伽达默尔所说，它使得生命产生一种整体性和充实性。[3]正是这种整体

① 此系犹太山地库兰宗团的"圣诗"《上帝之城歌》，选自《死海古卷》，王神荫译，商务印书馆1995年版，第243-245页。

② 《旧约·以赛亚书》11:6-9.

③ [德]格奥尔格·伽达默尔：《真理与方法》，洪汉鼎译，上海译文出版社1999年版，上卷，第89页。

性与充实性，使得生命的当下充满意义，未来的愿景更加完美。

这里关于文化回忆审美经验的阐释，也许会被认为是我的一种"私有化经验"。我不想就此进行辩解。现在我准备离开历史的视域，从审美人类学即种系意识发生以及人类基本认知模态的原理对我的"文化回忆美学"思想做一支持。

从意识种系发生学原理审视，人类的审美意识一定早发于政治与法制意识。我不想用席勒主义的"游戏论"来论证这一观点，也不想用心智资本核算，即审美作为一种感性活动在认知水平上具有比政治、法律意识更明显的优势作为论证理据。我准备回到神经达尔文主义的起点上来。意识的神经生物学研究表明，人类的审美机能与审美意识是高级灵长类动物为适应环境挑战和拓展生存空间，在千万年的与环境交互过程中最早选择进化出来的"生命组织系统"，或如神经科学家所说的"大脑中的文化"。诺贝尔生物学奖（1972）得主杰拉尔德·埃德尔曼曾主张在解释意识现象时应回避美学话题，但他还是没有避开这一问题，肯定人类意识发生的童年所具有的寻求"完整性"，填充"完形"和"虚构"的倾向。①埃德尔曼所说的这种意识倾向，若用人文科学的语言来表述，即追寻秩序与完美的倾向。著名神经科学家R·达马西奥将人类早期的审美、伦理意识解释为有机体"自动化体内平衡机制"的延伸。②总之，无论是生物学还是神经学都指认了这一事实，人类对和谐、秩序这些"美"的事物的感受与喜好意识早于其他意识发生。人类早期的这种意识并非出于我们今天所说的审美或德性需求，而是有机体生命自我平衡的"努力"形式，即这些感受及经验使有机体的快乐感和生存概率大大提升。随着有机体这种感受与经验的不断丰富，有机体脑内"快乐"的"表象流"与"情绪流"不断"流"过烙下的"痕迹"——脑机制与知识图式——的稳固，人类脑中的"审美细胞"形成了。人脑中的"审美痕迹"一经形成，不仅以"内隐知识"的形式调节人的生理反应（血液、肌肉运动等），而且也对人的意识活动进行调节，如记忆、知觉、情绪、表象建构等。③正是高级灵长类动物脑中的这种"审美神经网络"，使得人类在回忆与经验、探索与创造世界之时不仅必然发生"审美介入"，而且自然

① [美]杰拉尔德·埃德尔曼：《第二自然——意识之谜》，唐璐译，湖南科学技术出版社2010年版，第310、98页。

② [美]安东尼奥·R. 达马西奥：《寻找斯宾诺莎：快乐、悲伤和感受着的脑》，孙延军译，教育科学出版社2009年版，第102-106页。

③ [美]安东尼奥·R. 达马西奥：《感受发生的一切：意识产生中的身体和情绪》，杨韶钢译，教育科学出版社2007年版，第257页。

发生"审美先行介入"的认知行为，特别是心灵建构、精神体验这些高层次的认知活动，"美"必然成为一种尺度。怀特海说得好，"宇宙目的论就是导致产生'美'。"①我们不妨用现代科学史的案例来证明这一点。著名物理学家魏尔曾在《空间、时间与物质》一书中提出"引力规范"理论，魏尔曾认为这一理论作为一个引力理论的失真性，但它所显示出来的美又使他不愿放弃。于是，为了美的缘故，魏尔坚持这个理论（多年以后，当规范不变性被应用于量子电动力学时，魏尔的直觉被证明是完全正确的）。②人类对"美"的喜爱不仅先于"真"而且也高于"真"。"没有'美'，'真'则沦为平庸。"③经过千百万年选择进化出来的"人脑"是不会把精力耗费在"平庸"的事物上的。

到了这里，我们关于人类文化记忆及传播的审美经验之论已经基本落地。为什么无论是西方民族还是东方民族、古代社会还是现代社会，人们所回忆及向后人传播的那些"过去"的意象要么是田园牧歌般的"黄金岁月"，要么是英雄主义的崇高风格，就在于它是人类的基本"精神习性"。作为文化心理与文化媒介生产出来的集体共享知识，它不同于自传体记忆与历史记忆，后者的经验应当为真；前者的经验可以不真但却不能不美不善。追求快乐，以实现积极的生命调节而进行的持续努力是人类生存中的深层且被详细定义的一部分。④也正是这一"精神习性"才诞生了人类文化世界中十分特殊的传媒形式——"谱系学"。从中世纪开始，人们便热衷于"寻找"自己历史上的名门望族、英雄圣贤：法兰克人声称自己是特洛伊人的后裔；威尔士人发明了"凯尔特人是自己的祖先"的族群神话；雅典人声称是圣保罗点化过他们⑤；甚至于一个家族也通过修撰"家谱文学"来抬高自己的声望——吕济尼昂家族声称是美露西娜仙女的后代；中国人在功成名就之后做的第一件事就是重修族谱，把自己的祖先和家系与历史上的某个英雄、圣贤联系起来。并非每个共同体都需要一个家系和"根"的归属，而是每一个共同体都需要一个值得骄傲和自尊的"过去"证明自己的"超凡"。借此我们也可以对阿斯曼的理论做一矫正。阿斯曼认为，文化记忆的形象具有神话、宗教的特征，目的在于通过神话的现实化而使"历史"拥有规范

①　[美]A. N. 怀特海：《观念的冒险》，周邦宪译，贵州人民出版社2000年版，第46页。

②　[美]S. 钱德拉塞：《莎士比亚、牛顿和贝多芬》，杨建邺等译，湖南科学技术出版社1995年版，第75页。

③　[美]A. N. 怀特海：《观念的冒险》，周邦宪译，贵州人民出版社2000年版，第248页。

④　[美]安东尼奥·R. 达马西奥：《寻找斯宾诺莎：快乐、悲伤和感受着的脑》，孙延军译，教育科学出版社2009年版，第23页。

⑤　[法]雅克·勒高夫：《历史与记忆》，方仁杰等译，中国人民大学出版社2010年版，第163页。

性和定型性力量。①这肯定不是人类文化记忆及传播根本的精神动机。文化回忆中的神话、宗教形象也源于人类的审美动力。戈登卫塞在《早期文明》中曾指出：超自然主义之所以流行于早期文化中，是因为超自然的幻景具有美感上的吸引力，它的思想、形式、运动之美以及逻辑融贯性的可爱富于吸引力。②这就是满族尼玛查氏大萨满杨世昌在咏唱女神神歌时为什么一定要端坐炕上，并用绳索将双手捆上反背着；为什么当"妈妈耶……妈妈耶……"的咏唱响起来时，歌者听者无不因之动容，泪水纵流③的原因。这显然不是由于"历史"对现实的"规范化"与"定型化"所产生的激动；也不完全是对神的感恩激发的"情感狂泻"；它是一种审美冲动：当"（尼莫）妈妈"这一呼唤经由听觉组织进入大脑空间时，族众的经验瞬间被激活，那是一种依偎在妈妈怀抱的"完美"与失去这种完美的"痛苦"相互交织的复杂的审美感受；是安克斯密特所说的"失去与爱的感受奇特地交织在一起，一种结合了痛苦和愉悦的感受"④；也是美国心理学家罗伯特·索尔索所说的"第三水平"认知模式所生产的精神体验：审美感受使我们每一个人与古老大脑的生物性原型相联系。⑤

（2）萨满仪式与文化记忆传播形式之美

在文化记忆传播理论的视阈中，古代社会，集体文化回忆和文化记忆传递的主要媒介与形式是仪式和节日。"在宏大聚会的节日时间或者'黄金时间'（Traumzeit）中，地平线延展到了整个世界、创世纪之时、起源和重大变辙，它们共同描画了远古时代的世界。"⑥这一点无可非议。不过，由于从阿斯曼到人类学，人们只看到了节日庆典作为一种意义符号所发挥的集体文化记忆传承与社会秩序生产功能，忽视了它的另一重要精神能量——审美学的意义，而使得"节日庆典——文化传播"理论的根基出现了裂口。历史人类学和审美人类学研究表明，古代社会的节日庆典，作为文化传承与再生产的主要媒介和形体，它所以能够获得集体成员的喜欢、拥护以及积极参与，不仅在于其宗教、政治、社会表征与象征意

---

① ［德］杨·阿斯曼：《文化记忆：早期高级文化中的文字、回忆和政治身份》，金寿福等译，北京大学出版社2015年版，第47页。

② 引自［美］杜威：《经验与自然》，傅统先译，中国人民大学出版社2012年版，第61页。

③ 富育光、王宏刚：《萨满教女神》，辽宁人民出版社1995年版，第2页。

④ ［荷兰］F．R．安克斯密特：《崇高的历史经验》，杨军译，东方出版中心2011年版，第7页。

⑤ ［美］罗伯特·索尔索：《艺术心理与有意识大脑的进化》，周丰译，河南大学出版社2018年版，第249页。

⑥ ［德］杨·阿斯曼：《文化记忆：早期高级文化中的文字、回忆和政治身份》，金寿福等译，北京大学出版社2015年版，第47、52、149页。

义，更在于其美学意义。正如杜威所指认的："使得人们忠诚于迷信和礼节和忠实于部落的传统的并不是良心，……是对于人生戏剧的直接享受。"①

我认为，理解"节日庆典美学"的关键路径，就是要把握人类文化世界中节日文化所展现的三个不同历史维度：原始时代的生物学维度，即辛苦劳作身体的休养；上古时代的神话学维度，即通过节日庆典与非共时存在的沟通；从古至近现代的美学维度，即节日庆典活动的审美体验。

从发生学的视阈观照，节日，原本是一种物理时间节奏的符号。人类发明它是为了对绵延的世界进行标划，如柏拉图所说，乃民众祈望从劳苦中得到解脱和休养的一种社会生物学方案。但是后来，随着人类文化想象的植入，节日逐渐演化为"非共时存在"共时化的象征，变成了一个特殊的"文化时间"。如柏拉图所解释的，人们之所以喜欢和重视节日，不仅仅是为了休养生息，而且也可使那些"源自祖先的古老习俗重放光辉"。②不难看出，柏拉图的"节日观"还仅仅是第一、第二历史维度上的节日映像。巡视人类节日文化的整体面貌，第三维度的"节日文化"才真正构成了维特根斯坦所说的人类基本的"节日精神"，即对节日的意象之美和行为之美的陶醉。黑格尔当年就敏锐地洞察到节日庆典的这种"文化美学"意义："在节日庆祝里，人们也用漂亮的装饰品打扮自己的住宅和衣服"；人们的仪式热情"不在于空洞的希望和推迟到渺茫的未来的现实性，而在于对神的献礼的实际考验中直接享受这个民族自己的财产和装饰。"③一句话，美的享受成为人类节日庆典仪式的热情与激情。

讨论节日意象之美对人的节日精神之影响，我们首先与本雅明相遇。在本雅明看来，节日之所以"伟大而重要"，是因为在节日里可以与"以往的生活相逢"，而与"以往的生活相逢"就是与美的"生活气息"相逢。在谈论古罗马的节日时，他用波德莱尔的诗句将节日美的气氛描画为"华丽音乐的有力的和弦和落日在我眼里投映的色彩"，其间还闪动着古罗马女人"身体的美"和"智慧的美"。对于本雅明而言，正是由于古代节日所拥有的自然、生活与人性美以及媒介对节日美的景观的呈现，"极度地麻醉[人的]时间感"，从而使得人沉浸在"思乡病"的"泪水的热雾中"。④

---

① [美]杜威：《经验与自然》，傅统先译，中国人民大学出版社2012年版，第60页。

② 《柏拉图文艺对话集》，朱光潜译，商务印书馆2016年版，第275页。

③ [德]黑格尔：《精神现象学》，贺麟等译，商务印书馆2015年版，下卷，第235页。

④ [德]本雅明：《发达资本主义时代的抒情诗人》，张旭东等译，三联书店1989年版，第155-156页。

如果说本雅明"节日美学"的面向是古典社会，那么，德国伟大诗人荷尔德林则向我们呈现了他所生活的时代节日庆典的意象之美。在《如同在节日的日子里……》《弗里德里希·荷尔德林的和平庆典》《怀念》等诗作中，节日庆典都被诗人描画为"神奇、美丽、安宁"的自然以及棕色的女人、醇厚的酒、知心的话、"神圣的词语""热情的歌唱"合成的"神圣的数字"。①那是"伟大的精神所绽开的时间形象"，是诗人记忆中的"金色的梦幻"。②海德格尔从存在主义美学的角度对荷尔德林的"节日美学"做了如此诠释："节日是……异乎寻常的东西的开放，……不同于日常生活的无光彩的灰暗，乃是光亮的日子"——"人类与诸神的婚礼"。在海德格尔看来，这种人神"原始地起统一作用的整一"，就是"美"。③

关于节日庆典的形式之美，法国思想家乔治·巴塔耶用"笑声"做了概括。在巴塔耶看来，正是节日的笑声宣告了"某种东西"（法则）的死亡。④如果说巴塔耶的"节日笑声"还显得有些粗犷，那么，俄罗斯文艺理论家巴赫金则为我们做了相当细致而完美的阐释。在巴赫金看来，节日的"公分母就是欢乐的时间"，它显得"更为物质化、肉体化、人性化和欢乐化"："节日里的一切都是丰富的（节日的饮食、服装、居室、装饰），当然也保留了节日的所有善意祝愿（但几乎完全丧失了双重性），节日的祝酒词、节日的游戏与化装、节日的欢乐笑谑、胡闹、跳舞，等等。节日拒绝任何实用的考虑（如休息、放松等）……这是暂时通向乌托邦世界之路。"⑤

不同于巴赫金的"狂欢"视角，荷兰历史学家赫伊津哈将"游戏"的范式引入了节日庆典。在赫伊津哈的历史视界中，人类文化与文明的基础就建立在游戏之上。节日庆典，无论是普通礼仪还是神圣礼仪，本质上都是一种游戏。他以游戏的装扮为例分析说："对戴面具形象的凝视，能把我们带入超越'日常生活'的另一个世界，那里主宰着某种超出白昼的东西；面具把我们带回野蛮人、儿童和诗人的世界。"⑥赫伊津哈所说的节日主体通过节日庆典向野蛮人、儿童、诗人世界

---

① "神圣的数字"，即"宇宙的和谐统一精神"——荷尔德林原注。
② 以上诗句均引自《荷尔德林诗集》，王佐良译，人民文学出版社2016年版，第300-301、458-459、486页。
③ ［德］海德格尔：《荷尔德林诗的阐释》，孙周兴译，商务印书馆2004年版，第121-122、162页。
④ ［法］乔治·巴塔耶：《内在体验》，程小牧译，三联书店2017年版，第234页。
⑤ ［俄］巴赫金：《拉伯雷研究》，李兆林等译，河北教育出版社1998年版，第272、320页。
⑥ ［荷兰］胡伊青加：《人：游戏者》，成穷译，贵州人民出版社1998年版，第32页。"胡伊青加"（Huizinga）也译为"赫伊津哈"，普遍的是译为"赫伊津哈"。故本文在行文时采用"赫伊津哈"这一译名，注释时尊重原译。

的返乡，用伽达默尔的话说，就是"庆典的进行"（Begehung）和"独特的现在"（eine Gegenwart suigeneris）"①的精神体验，一种纯粹的审美体验。

　　无论是西方人的"狂欢""游戏"还是中国古人的"相和而歌，自以为乐"（《淮南子·精神训》）、"盛装彩服，通宵歌舞"（《隋书·音乐志》），乃至于北方民族的"腊月祭天，大会连日，饮食歌舞"，作为集体文化记忆传播媒介的节日庆典，如果我们将其纳入传播人类学的"传播者——受众"这一文化传播模式进行分析，更加确信这一点：正是节日庆典的审美经验产生了"节日魔力"，使社区成员保持着永不衰退的"节日精神"，更易于集体文化记忆的传播。②在北方民族那里，节日庆典通常由社区中最优秀的表演者萨满主持，其"文化明星"的美学光芒不仅产生了强烈的精神磁场，也照亮了在场者记忆网络的深层区域，铸就了参与者坚韧的记忆；在场受众也不是那些寻求"身份认同"与"生活秩序"的理性人，而是那些生活于白山黑水、大漠草原的渔猎、游牧民族，那些"审美饥渴"③的平凡肉身。如此美的表演与美的享受"使人在展演者的内在品质现场享受同时

---

　　①　[德]格奥尔格·伽达默尔：《真理与方法》，洪汉鼎译，上海译文出版社1999年版，上卷，第159页。

　　②　讨论节日文化的审美经验，我们再次与以色列相遇。作为犹太民族集体文化记忆传播的主要形体，无论是宗教节日还是世俗节日，多以"迫害""苦难"为主题，如新年、赎罪节、五旬节、逾越节、净殿节等。历史学家往往将其节日文化的这一特征归之于以色列民族孤独、固执、冷漠、紧张的性格所致。但我觉得这并非唯一因素，它还与我在前面所说的以色列人独特的"审美"理念有关。这是一种十分独特的"节日美学"：用过去的"苦难"映衬理想与未来的"完美"；面对"不可控制的世界仍能保持自负"的豪迈和欢乐。（[美]乔治·桑塔亚纳：《美感》，杨向荣译，北京：人民出版社2013年版，第179页）无论是逾越节家宴上讲故事以及咀嚼枯涩坚硬的食物还是净殿节时对犹太先人被驱离耶路撒冷又重返并圣化耶路撒冷的"历史追忆"等，这些节日文化不仅是为了唤起以色列人"苦难"而"光荣"的历史记忆，也通过家庭与圣殿的节日礼仪，通过听觉、味觉、触觉的混合形成一种复合的审美体验——忧郁而和谐、孤独而圣洁的崇高美感。"安息日及节日获得了富有诗意的魅力和气氛，在这神圣域所内，人们可以躲开外面所有的肮脏与压抑，呼吸纯净的空气，日常闲暇得以纯净，给晚间娱乐以礼遇在这两者中，人的个性与自由展露无遗。"（[德]利奥·拜克：《犹太教的本质》，傅永军等译，山东大学出版社2002年版，第231页）

　　③　历史学家和人类学者向我们提供了东西方民族对节日仪式的审美期待与热情的案例。美国历史学家汤普逊描述道：中世纪，"在庆祝节日，假面具和宗教剧，在教堂演出。在一个只有最粗俗的艺术和音乐，没有世俗艺术、没有世俗音乐的世界里，大礼拜堂中的壁画、花玻璃、音乐、灯盏和蜡烛的亮光、教士袍服的颜色（这些颜色按时间和场合有所不同）和焚香的气味，给人以情感上和审美的享受。"（[美]汤普逊：《中世纪经济社会史》，耿淡如译，商务印书馆1963年版，下册，第294页）中国学者陈永春在科尔沁草原的调查显示，在科尔沁草原，萨满教仪式尤其是由有名望的博展演的仪式，就是远近村屯的"文艺晚会"：只要有博的（跳神）表演，"全嘎查的劳力便不干活了，早早收工，天一黑便去看……跳博。"（陈永春：《科尔沁萨满神歌审美研究》，民族出版社2010年版，第225页）

获得经验的升华"。①其实，在我看来，在北方民族，正是由于节日庆典热烈、喜庆、欢愉、朴俗的文化美学意象打造出一种"图像魔力"吸引着人们并沉醉其中②，而使得它的循环与展演不至于成为令人厌倦的政治性公共戏剧，传输巩固认同意义的"血管"直通集体成员记忆系统并可能进入深层脑区，甚至成为一种集体文化无意识。

（3）神歌符号与文化记忆传播媒介之美

在无文字社会，仪式或"典礼性社会交往"使那些"巩固认同的知识得以循环和再生产"，将"生活秩序生产出来"。③"仪式就是传播，传播就是仪式"。这是无论阿斯曼还是罗斯布勒等的"仪式—传播"观的共同思想。虽然文化记忆学与传播人类学对仪式的文化记忆传承机制认识视角不同——前者凸显仪式的循环性与展演性；后者强调仪式活动的同一空间、身体在场、共同参与、情感共鸣的重要性，但二者对仪式的文化传播功能的认知却是一致的。用美国人类学家米尔顿·辛格的理论来表述，它们都是通过"文化表演"封装（encapsulate）着共同体特别关注的文化信息，为社区提供象征资源。

将仪式定位于文化记忆传播的重要媒介没什么问题。但我认为，无论是"文化记忆学"还是"传播人类学"的"传播仪式观"，对于仪式的文化记忆传播机制的认识都存在着一些问题。其中最明显的，它是一种理性先行的"逻辑建构"而并非根据仪式本身的知觉得出的经验。我们不妨就其仪式的"传播功能"理论做一剖析。

按照"传播仪式观"，仪式之所以具有集体文化记忆传播、巩固与再生产功能，就在于它是一套意义符号，或神话或宗教；或社会或政治。对于阿斯曼而言，仪式之所以会产生"计划与希冀"，在于它是一套"定型性文本"，仪式过程中起关键作用的不是媒介本身，而是其背后的象征意义。④对于象征人类学家而言，仪式表演是社会过程的特别阶段，是团体借此调整、适应内部和外部环境的"社会行动"。⑤在传播人类学者的视阈中，仪式就是通过将历史"戏剧化"的方式，促进社会的自我反思与界定。对仪式文化传播能力解释的这种"理性"情结，甚至于博

---

① [美]理查德·鲍曼：《作为表演的口头艺术》，杨利慧等译，广西师范大学出版社2008年版，第71页。

② 高长江：《民间信仰：文化记忆的基石》，《世界宗教研究》，2017年第4期。

③ [德]杨·阿斯曼：《文化记忆：早期高级文化中的文字、回忆和政治身份》，金寿福等译，北京大学出版社2015年版，第149页。

④ 同上书，第148、144页。

⑤ [英]维克多·特纳：《象征志林》，赵玉燕等译，商务印书馆2012年版，第24页。

学而睿智、自负为"文化深描"者的格尔兹也没有摆脱出来：任何仪式都是一种象征符号；对于仪式参与者而言，仪式所展演的就是信仰内容的模型，人们也正是通过这一"内容"模型而建立了"信仰模型"；审美欣赏只是那些"局外人"（来访者）的感受。①

我确实承认，人是卡西尔所说的那种"符号"世界的居民，对形而上以及社会知识的探问是人的精神性之一；但也正如梅洛–庞蒂所说，"精神的世界性是由精神自己所长出的根来保证的，当然这不是长在笛卡尔的空间里，而是长在感性世界中。"②这也就意味着，人不单是马克斯·韦伯所说的悬挂在意义之网上的动物，更是感觉世界的居民。关于这一点，马克思早在一百年前就做了深刻的揭示："作为对象性的、感性的存在物，是一个受动的存在物；因为他感到自己是受动的，所以是一个有激情的存在物。激情、热情是人强烈追求自己的对象的本质力量"。③经由马克思和梅洛–庞蒂的指引，我们现在完全可以跨越"传播仪式观"的"意义"栅栏，而展开"仪式传播"的新视野：仪式的文化传播过程首先是受众对仪式系统本身的感性知觉而非其背后的"意义"知觉。论及这一点，我想起后期维特根斯坦对弗雷泽的《金枝》进行时表达的观点。他否定了弗雷泽的巫术仪式"象征意义"说，指出仪式语言与图像的经验就是在场经验。④尽管维特根斯坦的"仪式观"仍残留着他所迷信的"语言技术主义"痕迹，但这不是我们所关心的，我们关注的是他向我们提供的理解仪式的新的认知路标：仪式行为本身。规则、重复、征用大量社会资源、文化资源乃至于精神资源的仪式文化之所以会成为人类尤其是古代社会部族"不散的筵席"，就在于它不仅向公众提供宗教模式、公共政治戏剧与社会调适手段，还在于仪式行为本身所放射出来的美学光芒。涂尔干在澳大利亚土著的仪式中就发现了这种审美形迹——幻想、欢腾、艺术的形式。⑤

对仪式知觉的这一新的认知，对于我们调整传播人类学"传播仪式观"的思维聚焦十分重要。仪式中"身体在场"的第一维度并非是传播人类学所说的"意识[理性]在场"，而是参与者对仪式的各种媒介物知觉的在场，是梅洛–庞蒂所说的

① [美]克利福德·格尔兹：《文化的解释》，纳日碧力戈等译，上海人民出版社1999年版，第129–130页。
② [法]梅洛–庞蒂：《可见的与不可见的》，罗国祥译，商务印书馆2016年版，第273–274页。
③ 马克思：《1844年经济学—哲学手稿》，人民出版社2000年版，第107页。
④ [英]维特根斯坦：《维特根斯坦论伦理学与哲学》，江怡译，浙江大学出版社2011年版，第15–18页。
⑤ [法]爱弥儿·涂尔干：《宗教生活的基本形式》，渠东等译，上海人民出版社1999年版，第500–503页。

对"宇宙范围的各种元素（水、空气……）的知觉"，人"溜进了这些'元素'中间"，获得了自我与世界。①在梅洛-庞蒂所映现的"现象学世界"中，我们看到，在场的身体不是某种"理念"操控下的木偶，而是对各种在场之物（它们是"我与世界"间的媒介物，如环境、人的身体、言语、乐舞等）有着一种狂热、色情般侵掠倾向的欲望体。我并非要彻底否定人类学与传播学"传播仪式观"的"意义"理论，我只想提醒人们，在认知与阐释仪式的文化传播原理时不能粗暴地贯彻"从上到下"的认知模式，还要尊重人类"从下到上"的认知规律。仪式的神话、宗教与社会、政治意义的传播与接受是建立在"审美"传播与接受的基础上的——审美意向的在场诱惑力与审美意象的记忆"打印"②力。像克尔凯郭尔那样断然拒绝"精美的教堂和尽善尽美的仪式"③，主张通过弃绝"美学上强烈地享受生活"去获取"存在的真理"④，只能导致人"孤独的自我抽象"和心理的"郁郁寡欢"⑤，变成我所说的"惟灵论"的精神怪物⑥，又何谈文化传播的理想效果？

当然，若使上面的立论根基牢固，我们需要阐释清楚一个根本问题——仪式美学。从文化发生学的角度观察，仪式始源于人对神的祭献，它起初也确系一种象征性的文化表演。但即便如是，这种表演也绝不可能仅是简单粗糙、神秘惊悚的膜拜行为。在祭献过程中，出于对神的谄媚、尊奉、祈求、感恩，人们会将其所认为的世间最美好的东西奉献给神，从猪羊的鲜美、祭品的丰盛，甚至于少女的婀娜、语言的艺术、歌舞的优美等。桑塔亚纳颇具慧眼地揭示了人类祭献行为的审美心理："一个并不知道什么东西能讨好神的人，他最终只能用自己感到喜悦的东西去让神喜乐。"⑦正是先民的这种"神话美学"想象，使得古代社会的祭拜仪式成为一场"美学的盛筵"。人在想象神受贿了这一"美学盛筵"而大悦之时，比神灵更加实惠地享受了这一"美的盛筵"，从听觉、视觉到味觉、触觉……正是从感觉到精神

① [法]梅洛-庞蒂：《可见的与不可见的》，罗国祥译，商务印书馆2016年版，第276页。
② "打印"，在认知心理学理论中，指的是烙下细节丰富和印象深刻的记忆。（[美]斯滕伯格：《认知心理学》，杨炳钧等译，中国轻工业出版社2006年版，第158页）
③ [丹麦]索伦·克尔凯戈尔：《克尔凯戈尔日记选》，晏可佳等译，上海社会科学院出版社2002年版，第252页。
④ [丹麦]克尔凯戈尔：《概念恐惧·致死的病症》，京不特译，上海三联书店2004年版，第304页。
⑤ [英]特里·伊格尔顿：《美学意识形态》，王杰等译，中央编译出版社2013年版，第174-175页。
⑥ 高长江：《宗教美学》，吉林大学出版社2019年版，第3页。
⑦ [美]乔治·桑塔亚纳：《宗教中的理性》，犹家仲译，北京大学出版社2008年版，第33页。

的畅快享受激发着人们的仪式激情与热情。①

随着仪式的发展，随着人的感觉的丰富化与人类学化，仪式的审美元素也不断扩增，"美学化"日渐成为仪式展演的主流风格。对于节日庆典从"神圣游戏"向"审美游戏"的这一转变，也许很多人会产生与赫伊津哈同样的疑惑："人类的精神过程是如何从对宇宙……神秘的概念，或至少是无逻辑的概念发展的仪式游戏的"？②其实，个中的原理并不深奥。如前所述，在千百万年的进化中，高级灵长类动物在与环境交互的过程中，由纯自然、贫乏的知觉即简单的"刺激—反应"模式逐渐向人类学的、丰富的知觉或古生物学家夏尔丹（中文名"德日进"）所说的"刺激—反射"模式发展：过去的"分散""分隔""模糊"的知觉发展为"概念和经验连接成一个统一的整体"，虽然"它还是原来的东西，但同时它又是全然不同的东西，它的面貌改变了"。③这种新的"精神面貌"即大脑神经网络中刻下了我于前文所说的"审美痕迹"。作为人类大脑里最早诞生的"文化"，这些审美细胞的功能并非如康德所说使人类获得知性的愉悦，而是生命调节的一种机制，也可以说是有机体生命平衡运动由生物学水平上升到人类学的水平的表征。"审美判断最为基本的原理……引导我们朝向一个更为健康舒适的状态（如丰富的食物与性），并避免那些低劣回报的行为（如贫瘠的食物与性）"。④有机体生命平衡这种"痕迹"或经验模式的向外投射，使得人类的生命实践活动——无论是社会生活还是文化创造——都表征出审美的倾向，成为马克思所说的"按美的规律来构造"。正是在这种历史情境下，古代社会的各种仪式从单一的"象征符号"系统扩展为宗教、社会、审美这样一种复合型符号系统，仪式行为也实现了巴塔耶所说

---

① 这里所说的"仪式美学化"，是就人类社会尤其是历史学家所说的"高级文化"里的仪式通例而言，不包括那些"野蛮"、血腥的"人祭"仪式。其实，即便是那些"野蛮"仪式，对于部族成员而言，也包含着审美经验的成分。如赫尔斯所描述的巴厘岛的"拉甲"葬礼，虽然有三个女人焚身陪葬这样骇人的情节，但当地人仍把这场仪式视为"赏心悦目""心情愉快""目眩神迷"的时间。（见 [美]克利福德·格尔兹：《尼加拉：十九世纪的巴厘剧场国家》，赵炳祥译，上海人民出版社1999年版，第116-122页）阿兹特克人的祭太阳神仪式——人祭仪式，俘虏的火烧和剖腹过程虽然骇人，但人类学家民族志中的阿兹特克人却将其视为"激动人心的庆典""人们沉醉在节日的气氛中"。（[美]乔治·C. 瓦伦特：《阿兹特克文明》，朱伦、徐世澄译，商务印书馆1999年版，第209页）对这类仪式的审美心理分析需要扩展标准化的"美学模型"，但这已经不是本文所能完成的任务。

② [荷兰]胡伊青加：《人：游戏者》，成穷译，贵州人民出版社1998年版，第21页。

③ [法]德日进：《人的现象》，范一译，北京联合出版公司2014年版，第136页。

④ [美]罗伯特·索尔索：《艺术心理与有意识大脑的进化》，周丰译，河南大学出版社2018年版，第161-162页。

的由"神圣的兽性"向"世俗的兽性"即审美愉悦的转换。①这就是"赫伊津哈之谜"的科学解答。

人类仪式的"美学原型"解释清楚之后，我们再具体解析作为北方民族文化传播媒介的萨满教仪式基本元素的审美特质及其对文化记忆传播效果的影响。作为一种文化表演，萨满教仪式主要以三种物质媒介展开：空间、身体、语言。②在仪式场域中，这三种物质已非以本源的物理属性呈现在人们面前，而是高度修辞化了，成为一种复合型的文化"符码"——空间塑造为情境——仪式场景；身体幻化为造型与姿势——萨满舞蹈；语言编码为文化符码——神词神唱。例如仪式空间，虽然它还是这个世界的某个物理场域，但它已非简单的三维物理空间，而是人类化的多维空间，如西炕上、神树下，等等。再延伸一下视野，我们甚至可以移植段义孚的人文地理学模型，把它理解为"地方"——通过人文元素的植入，如彩带、祭坛、旌旗等，它变成了"提供关怀的场所，一个记忆与梦想的储存室（仪式发生的空间或环境总是在专门设计的地方：庙宇、家庭的场院以及中心街道或社区广场）"③。不仅诱发回忆，而且也诱发想象与审美愉悦，发展成段义孚所说的"恋地情结"，使记忆更具有温暖性和持久性。④再如仪式中在场的身体，无论是萨满还是受众，此时都不再是一个普通的肉身：前者脱胎换骨为一个美学符号——从"造型性空间""音乐性时间"到神装、玛虎、佩饰……表演者不仅通过身体"沟通这个世界与另一个世界之间的鸿沟"，而且"加速运动的肉体脱掉自身的重负而产生快感与欢乐"，也使其"创造性的异想天开"⑤，这种审美愉悦使得其传播能量达到了最大化；后者此时则成为梅洛-庞蒂所说的"烤火者"——对传播者身体文本的阅读，奇异而美的火苗将其从"社会"意识怠懒中唤醒，精神开始燃烧，而投入文本中的一切。⑥传播人类学所说的"情感共鸣"就发生在此时此刻。至于萨满教仪式语言，它已不同于日常交流的符号系统，而是我所说的那种"文化语言"。无论是神话的讲述、"史诗"的叙事还是古韵的"神唱"，"信息制作

① ［法］乔治·巴塔耶：《色情史》，刘晖译，商务印书馆2006年版，第76-78页。

② 关于语言的"物理属性"的诠释，请参见高长江：《萨满神歌语言认知问题研究》，吉林大学出版社2017年版。

③ ［美］段义孚：《空间与地方》，王志标译，中国人民大学出版社2017年版，第137页。

④ ［美］段义孚：《恋地情结》，志丞、刘苏译，商务印书馆2018年版，第136-140页。

⑤ ［德］库比特·萨克斯：《世界舞蹈史》，郭明达译，上海音乐出版社2014年版，第2、108页。

⑥ ［法］梅洛-庞蒂：《世界的散文》，杨大春译，商务印书馆2005年版，第10-11页。

者……都拥有这种审美冲动"。①我们也不妨以古希腊为例。在阿斯曼看来，希腊人正是以史诗《伊利亚特》为媒介进行文化回忆和传播集体文化记忆的，并在这种基础上形成了"希腊民族"意识。②我不去讨论阿斯曼对于古希腊"史诗回忆"结果的结论是否正确，只想指认这一点：《伊利亚特》不仅是希腊人建构政治认同的"定型性文本"，也是一个文学艺术文本。尤其是当其在泛希腊节日上集体朗诵时，人们脑海中所浮现的确是古希腊"英雄时代"景观，但史诗的"个性化"人物、"奇异化"③故事等审美元素也同样令人心醉神迷，把人变成"眼花缭乱的迷恋者"。④

到了这里，本节关于北方民族文化传播与萨满教仪式媒介审美特征之关系的讨论可以画上一个休止符。简单梳理一下，我的基本思想是：仪式作为北方民族集体文化记忆传播的重要媒介，其功能的发挥也许并不单像传播学、人类学、文化记忆理论所理解的那样，因为它们是一种象征符号，承载着某种文化意义；更在于它是一种审美符号，激动着人们的仪式"激情与热情"。大卫·休谟曾说过："最生动活泼的思想还是抵不上最迟钝的感觉。"⑤前文我亦暗示了这一点：我们能够回忆和记住什么，主要取决于我们认知行为的经验维度。秩序、愉悦的感觉与我们古老大脑中的生物性原型相匹配，激活了有机体大脑的信息网络，产生了传播学家所说信息传播的"瞬间效果"。⑥博厄斯曾认为，世界各民族人都有艺术天赋，他们创造的日常用品、仪式等都可视为艺术品。⑦这显然是夸张之辞。"远古人"并非艺术家，他们也没有创造仪式艺术。他们只是将自己从祖先那里继承下来的精神财富——"审美细胞"——的知觉经验通过媒介物（仪式）的棱镜折射出来，于是在集体在场中产生了"共鸣"。"表面上我们'欣赏'艺术、文学、音乐、理念与科学，而本质上，我们所看到的仅是这些深深触动了我们的美好事物所揭示的我们自

① ［美］菲利普·帕特森、［美］李·威尔金斯：《媒介伦理学》，李青黎译，中国人民大学出版社2006年版，第287页。

② ［德］杨·阿斯曼：《文化记忆：早期高级文化中的文字、回忆和政治身份》，金寿福等译，北京大学出版社2015年版，第294-302页。

③ ［古希腊］亚里士多德：《诗学》，《亚里士多德〈诗学〉·贺拉斯〈诗艺〉》，罗念生等译，人民文学出版社1988年版，第88-89页。

④ ［美］戴维斯：《哲学之诗——亚里士多德〈诗学〉解诂》，陈明珠译，华夏出版社2012年版，第204页。

⑤ ［英］休谟：《人类理智研究》，吕大吉译，商务印书馆1999年版，第11页。

⑥ 李彪、郑满宁：《传播学与认知神经科学研究》，人民日报出版社2013年版，第21页。

⑦ ［美］弗朗兹·博厄斯：《原始艺术》，金辉译，贵州人民出版社2004年版，第1页。

己的思维。"①关于仪式的审美表达与文化传播的这一关系，美国表演符号学代表人物理查德·鲍曼做了一个朴素而又相当确切的诠释："由于这些表达的载体代表着文化的风格、关注焦点和兴趣，它们把表达性元素组织成了审美的结构，并通过这些结构传播着事件的主要信息"②；用马克思的话说，就是"感觉在自己的实践中直接成为理论家"③。

通过休谟的经验主义、鲍曼的"表演符号学"与马克思的"审美人类学"，我们展开了传播人类学未来发展的新思维：传播人类学若要使其"传播仪式观"具有可论述性并打造成文化记忆传播理论的新地标，仅靠人类学知识垒筑地基是不够的，它还必须将理论思维的触须伸展到人类文化记忆的深层结构——感觉与精神体验的层面。简言之，构造起以审美人类学为核心的思维结构。就让我用伽达默尔的一段话结束本节的讨论。

我们怎样彼此经验的方式，我们怎样经验历史流传物的方式，我们怎样经验我们存在和我们世界的自然给予性的方式，也构成了一个真正的诠释学宇宙。④

① [美]罗伯特·索尔索：《艺术心理与有意识大脑的进化》，周丰译，河南大学出版社2018年版，第249页。
② [美]理查德·鲍曼：《作为表演的口头艺术》，杨利慧等译，广西师范大学出版社2008年版，第91页。
③ 马克思：《1844年经济学—哲学手稿》，人民出版社2000年版，第86页。
④ [德]格奥尔格·伽达默尔：《真理与方法》，洪汉鼎译，上海译文出版社1999年版，上卷，第20页。

第三章 神话景观：
北方民族文化记忆的传播形象

在20世纪90年代，人类学家阿尔盖·阿帕杜莱创造了"媒体景观"（Mediascape）这一概念，用以解释现代世界大众传媒对人类生活世界意象的生产这一传媒现象，诸如"族群景观""媒体景观""意识景观""技术景观"等。虽然人们对阿帕杜莱的这个概念的适当与否还持有争议，但我认为，至少在传播人类学研究中，在解释"媒介创造世界"这一传媒现象时，这个概念还是好用的。本书的"意识景观"这一概念，也是从阿帕杜莱那里借来的，我用它来指涉萨满教的主要媒介系统——萨满教神话文学对北方民族文化记忆形象的塑造。这里的"景观"一词，不限于现代媒介所创造的"影像"，更主要是指任何一种媒介作用于人的视觉、听觉等所产生的"形象"与"意象"。

根据前文对"文化记忆"内涵的界定，如果说共同体文化记忆的主要内容系共同体的文化神话，并且，如果我们采用的是杰克·古迪赋予"神话"的含义——"涉及人们的宇宙观，属于最本地化的口语文学，最深刻地嵌入文化行动之中，并成为'文化的关键'，对整个社会都拥有解释力"①——那么，中国北方民族文化记忆的主体意象乃是由三种不同的文化神话所构成的，即自然神话、族群神话和萨满文化神话。由于这三类神话讲唱的目的、环境不同，因而，运用古迪的"口语语体学"理论，它们属于不同的口语文学：自然神话可视为神话文学；族群神话可视为史诗文学②；萨满文化神话则可视为传奇文学。

虽然从发生学的意义上说，每一种神话都是某一空间环境下集体智慧与经验的结晶，但从传播人类学的视角看，神话因一种古老的集体智慧而成为共同体的公共信仰与文化传统，却是由该共同体特殊的媒介——口语文学的塑造与传播。对北方民族而言，正是萨满教的神话文学这一地方化媒介，尤其是与仪式捆绑在一起的神话讲唱，才创造了北方民族意识空间中神秘的宇宙图像、壮丽的族群史诗以及传奇的萨满文化意象。

---

① ［英］杰克·古迪：《神话、仪式与口述》，李源译，中国人民大学出版社2014年版，第50-51页。

② 维科曾指出：神话故事都是"凭生动强烈的想象创造出来的……必然是崇高的。"（［意］维科：《新科学》，朱光潜译，商务印书馆2012年版，下册，第465页）这使得它更具史诗的特征。

◥◤ 1　自然神话：宇宙的神秘图像 ◥◤

在心理学家看来，人类的记忆，尤其是作为个体人生编年史的"自传体记忆"，往往被各种环境意象充斥着。人们对往事的回忆，不仅是那些以叙事语言书写的故事或简历，更主要的是那些曾经的环境与往事交融所涌现的意象，如房屋、院落以及院子外面的麦田、家乡的河流、夕阳西下时乡间小路上游动的人群等。但对作为集体共享知识的文化记忆而言，环境意象似乎就不是主体了。因为正如阿斯曼和我在第一章所展示的，文化记忆的主体形象是一个集体的文化神话，是那些超越自然之上、超越"生活之大"的东西。因而，在文化记忆理论研究中，环境意象常常被排除在人们的视野之外。

但这是一种误识。只要我们对人类的记忆文化做一历史考察便会发现，环境意象并非仅仅属于个体"自传体记忆"的主要形象，也是人类文化记忆的主要形象。因为环境并非人类栖居其中的地理世界，它也是人类精神孕育、生长的摇篮，也可谓人类文化创生的母体。正是它构成了一个共同体文化记忆的核心——文化神话的基本信息。下面我就以人类文化神话为线索展开分析。

通常所说的文化神话，大抵由三个基本范畴构成：一是人类的起源、生存、发展历史的神话化，它们构成了神话学所说的历史神话；二是人类的先祖、英雄的神话化，它就是我们所说的祖先神话；三是人类与其地理环境的交往而将环境中的某些存在神话化，这就是人类的自然神话。我认为，人类神话世界观的形成不是人类抽象思维的产物，当然也不是谢林所说的原始语言的产物，而是人类与地理环境互动的产物。在地理人类学的意义上说，正是不同的地理环境影响着人们的幻想与形而上学，创造着不同的宗教。恩斯特·卡西尔发现："神话世界观形成一种空间结构，它虽然在内容上不是同一的，但在形式上却与几何空间和经验的、客观的'自然'构造相类似。……在神话中，每一种质的区别似乎都有空间性的外观。"①这

---

① ［德］恩斯特·卡西尔：《神话思维》，黄龙保等译，中国社会科学出版社1992年版，第97页。

种"类似"恰恰说明了人类的"环境观"在"神话观"中的投射。"几乎每一件人类从事的重要活动,从田间掘士……经营商务,到传播福音……都受到当事者的地理知识的影响。"①也正因为人类的文化神话系统中由相当一部分源于地理知觉与知觉经验的"神思"或形而上学化,故我们在世界各民族的记忆文化中都看到了地理的意象;或者说"神圣大自然"构成了所有共同体文化记忆形象的主要范畴。

中国北方少数民族,无论是大漠草原之上的游牧民族,还是白山黑水、莽莽林海之中的渔猎民族,与中原农耕民族相比,与大自然的关系更为密切,甚至可以说他们就是自然界的肉身化形态。自然界不仅是他们的生存空间、他们的生活保障,也是他们精神世界的原初世界。人们的生与死、苦与乐、悲哀与幸福就取决于星空、草原、林木、河流、各种动植物以及一年四季的时令变化。这里所说的"取决"并非仅仅是环境经济学意义上的所指,即大自然为其提供生存的基本物质保障,如食物、居地、水源和阳光,更主要的是指它的环境心理学及地理人类学层面的内涵,即人在与环境的交互中,通过观察、体验环境的变化以及生存的适应力所产生心灵的反应,形成了某种文化形而上学经验,如神话、宗教、伦理等意识、观念。哈耶克曾说过:人类"世代相传的'有关世界的知识'(knowledge of the world),在很大程度上并不是由那些有关因果关系的知识构成的,而是由那种与环境相调适且发挥着环境信息之作用(尽管它们并没有明确指涉环境)的行为规则构成的。"②作为北方民族的原始宗教,萨满教的宇宙观、神灵观、灵魂观乃至于萨满文化的基本形态,从某种意义上看,就是北方民族地理知觉与经验的投射。不仅萨满教仪式离不开具体的环境,甚至于萨满仪式上表演的歌舞也多源于环境信号的加工所产生的经验表象。我们不妨看富育光先生对满族鹰雕神祭祀文化的起源的一段描述:

> 满族祭祀中的鸟神,因各族个性(部落)祖居地域不同,所崇祀的鸟类也不尽统一。各姓鸟神多则五七位,少则二三位。但所祭鸟神均有猛禽鹰、雕、海东青等类和各种鸠科鸟类与鸭科水禽鸟类,几乎包括各种鸟种,其中鹰雕神祇神威无比,敬崇倍极。据凭萨满教穹宇九天说,宇宙间各种大神都住在浩渺高远的宇

---

① [英]R. J. 约翰斯通:《地理学与地理学家》,唐晓峰等译,商务印书馆2015年版,第252页。
② [英]哈耶克:《知识的僭妄》,邓正来译,首都经济贸易大学出版社2014年版,第38页。

内金楼神堂之中。祭祀时要由萨满鼓声迎请，众神祇便借天上的七星光亮降临世间。在原始人的想象中，居于浩渺宇宙中的尊严神楼，地上的人类是没有能力登谒的。唯独鸟类，有奇妙的双翼，有无与伦比的凌空本性。所以，在萨满教意识中便被赋予了超凡的神秘性，认为它们是天的信使，神的化身或某种精灵，可以无拘无束地随意升降于天与地、人与神之间。因此，鸟神，在萨满神谕中被尊奉为多重神性的神祇。它们往往既有自然大神所特有的火、光、风、雷、雨、雹等神威，又有鸟类神祇所具有的叱咤山岳、勇悍无敌的神姿，同时又有鸟类特有的迅捷、畅飞的特性。因此，在早期的萨满教野神祭祀的跳神仪式中，萨满迎请鸟神降临，模拟鸟类飞腾的各种体态，气氛最为活跃、火爆、虔诚、惑人。①

　　根据富育光的这一描述，我们也许可以对满族先民鸟神崇拜的起源尤其是环境在人类文化记忆系统中的重要性意义有更深入的了解：满族先民活跃、火爆、惑人的雕神祭祀仪式也同样源于对自然界中鹰雕个性的投射，人们希望通过这种鹰雕神祭仪式，将自己的美好希望传送到上天，获得上天的佑护；同时，他们也从鹰雕神的形象中找到了自我的品性定位——自由畅飞，勇悍无敌。由此我们也可以这样说，在仪式上萨满表演的歌舞，其实乃北方民族文化记忆复活的媒介。

　　自然环境对人的精神生活的影响，不仅体现于中国北方民族的身上，在人类这一种群中具有普遍性。比如，立陶宛人对野牛的崇拜与歌颂即如是。它们不是崇拜这种森林动物，而是在讴歌立陶宛人的原始野性与反抗精神②，在通过"野牛"这一媒介形象传播立陶宛人的精神传统。再如，世界诸多民族都有"春祭"这种仪式，其缘起并非民俗学所解释的因春天是一年的开始，此时举行仪式，寄予着人类对丰收的希冀和祈愿，而是源于从冬天走来的春天、由枯寂而变得万物葱茏的春天景观使得"终有一死"而又怕死的人类在仪式中看到了生命的意义。"春祭"不是自然之祭，而是人类为自己举行的庄严的生命祭礼。"在这个杳无人迹、光辉灿烂的草场上，我们观赏到的是又一场正在上演的重生剧，腐于尘土的尸身转化为大自然的勃勃生机，带来植物的复活。"③也正如被誉为20世纪神话学大师的约瑟夫·坎贝尔所说："当你身在树林中与花栗鼠和大猫头鹰在一起时，那是一种完全不同的成长世界。所有这些事物

① 富育光：《萨满教与神话》，辽宁大学出版社1990年版，第59-60页。
② ［英］西蒙·沙玛：《风景与记忆》，胡淑陈等译，译林出版社2013年版，第44-45页。
③ 同上书，第237页。

都围绕着你，代表着生命的力量与神奇的潜能。它不属于你，但又是生命的一部分，对你开放。你会发现它在你心中回荡，因为你就是自然。"①

正因大自然为人类奉献了物质财富尤其是精神财富，那些与自然朝夕相伴、靠自然维生的民族的文化神话基本上是一种神奇而神圣的"自然故事"。不仅他们的历史神话、祖先神话带有鲜明的地理意象，而且其自然神话也十分发达。大自然的日月山川、植物动物形象构成了其神话形象的主要范畴。作为北方民族文化记忆的重要媒介，仪式上萨满讲唱的神话文学中有诸多神话化了的自然物象，如：祭星词、祭火歌，歌咏模拟黑熊、野猪、猛虎、雄鹰、天鹅、蜜蜂、柳树、山岩的神词等。在满族野祭以及蒙古族、赫哲族、鄂伦春族祭礼仪式上，萨满讲唱这类神话，不仅仅是对本族所信奉的自然神灵的祭祀，也是通过这一媒介景观对该族远古时期与自然相依相伴的"过去"的回忆，也可以说是通过神话所呈现的各种动植物神灵意象传递北方民族的文化神话。

我们不妨再来看富育光先生在关于满族人"鸟神"崇拜习俗的起源以及萨满在祭祀仪式上所以跳鸟神舞蹈时的一段分析：

> 东北、西伯利亚及远东地区是世界上鸟类群聚区之一。北方诸民族以及其长期相邻的各个部落，生活在黑水白山与东濒大海的林莽沃野之上。……在这块广袤无垠的土地上，向来是鸟类生育的乐园。从地图之中可见，东北地区南临黄海，东近日本海，北面有鄂霍次克海，在黑龙江入海口，有众多的岛屿，湖泊密布，河川若网，夏季日照又长，春秋天不燥热，多雨湿润，是众多鱼虾繁衍之所。因此，东北及远东地区为各种留鸟与远方候鸟，提供了充沛食源和生育后代、避暑栖息最理想的乐土，向来是百禽的故乡。我国北方诸民族先民就是繁衍与开拓在这片鸟王国的沃土上，与各种鸟类共朝夕，同相邻。在北方民族的民间传说中，就有"鸟引路探宝""坐鹅翎跨海""与鸟女成亲安家""鸟神驮人避洪水"等故事。满族还有的神话讲述有位巴图鲁，进山找寻鹿妻，被林海围住迷失方向，是啄木鸟帮他攀上神峰，找到被恶魔藏在树洞里的美丽的鹿格格。这都反映鸟给人类的恩惠。在生产力低下的原始初民时期，鸟类对于人主要不是衣食之利，鸟类是生活的伴侣，凭依鸟群惊鸣与飞向，卜测灾异……

---

① ［美］约瑟夫·坎贝尔、比尔·莫耶斯：《神话的力量》，朱侃如译，浙江人民出版社2013年版，第126页。

鸟有功于人，无害于人，故所祀鸟神，都属于温厚善良的氏族守护神。……为了生存，它们观察着候鸟的行踪，追寻鸟的北行路线，边觅食，边北上，逐渐向北迁来。至今在萨满祭祀中，还可以看到依鸟迹行进的影子。萨满请鸟神，要走八字步、拐子步和连锁步。侍神人与族众边在后面跟着边唱边叫边舞。这些快乐的鸟叫鸟舞的舞蹈动作，追溯其源很可能就是模仿先人们追寻鸟踪行进的故事在宗教中的复演。①

富育光先生对萨满"鸟神舞"起源的这一分析，也可谓为我上面的阐释提供了坚实的地理人类学支持：萨满教野祭仪式以及仪式上萨满表演的歌舞不仅源于自然物象的心灵投射②，而且也是北方民族文化神话的回忆与传播。由此我们也可以解释如下一些萨满文化人类学现象。

在蒙古族萨满教仪式上，萨满唱诵众多歌咏自然的神话（神歌）。如《候鸟之歌》：

> 当飞鸟在空中排列成行
>
> 雪山上的积雪开始融化
>
> 淡米黄色骒马要下驹的时候
>
> 我们要举行盛大的召唤仪式

---

① 富育光：《萨满教与神话》，辽宁大学出版社1990年版，第64-65页。

② 满族、鄂伦春族、赫哲族、蒙古族、朝鲜族萨满之所以在下神跳舞时通常仅模仿某些动物，是因为这些动物的意象不仅在他们的脑—心理系统形成了由上至下知觉加工而成的"生态原型"，而且还形成了[由上至下的文化心理加工而成的]"神话原型"——对驯鹿鄂温克族的萨满而言，山林中的鹿就是他心灵中的动物/神灵原型；对满族萨满而言，天空中的雄鹰就是他心理中的动物/神灵原型；对于鄂温克族萨满而言，驯鹿就是他心灵中的动物/神灵原型……也正是其心理这一"生态神话模型"的作用，使得萨满无论是祈求神灵前来佑助还是跳神达到高潮时的痴迷之舞，其脑—心理表征的主要内容就是这些动物意象（高长江：《萨满的精神奥秘》，中国社会科学出版社2015年版，第168页），因为这些动物神灵的生命意象已经在他的脑神经组织"模块化"、在他的心理系统"图式化"了，故萨满才不仅能够惟妙惟肖地模仿其所降动物神灵的动作样态，甚至于狂歌漫舞而不走样，因为这些动物神灵意象表征着该族群的"历史"意象，构成了其文化记忆之所，故不同民族的萨满舞总是显现出不同动物的舞体意象，如鄂温克族萨满的鹰、天鹅、熊的舞姿，满族萨满的金钱豹、熊、野猪的舞态，朝鲜族巫堂舞的鹤步等。正如荣格所说："在无意识的条件下……精神的产物就浮到了表面，不仅在形式上而且在内容和内涵里都显示出人类发展处于原始水平时的全部特征。"（[瑞士]卡尔·古斯塔夫·荣格：《人、艺术与文学中的精神》，姜国权译，国际文化出版公司2011年版，第122-123页）

呼来　呼来　呼来

当鸿雁从南远远飞来
峰顶上的积雪将要融化
金棕色的马待产的时候
我们要举行浩大的召唤仪式
呼来　呼来　呼来

当黄鸭成双成对地飞来
铺满原野的小草绿意泛开
花骒马要下驹的时候
我们要举行隆重的召唤仪式
呼来　呼来　呼来

当白额雁成行成群地飞来
洼地里的积雪还在融化
淡黄色的骒马要下驹的时候
我们要举行拥有福佑的召唤仪式
呼来　呼来　呼来

当喧哗的野鸭铺天盖地地飞来
湖里的冰凌渐渐解冻
马驹刚刚套上笼头的时候
我们要举行充满喜庆的召唤仪式
呼来　呼来　呼来

当雄鹰在空中展翅盘旋
山峦上方的冰雪正在消融
黑骒马要产驹的时候
我们要举行盛大无比的召唤仪式

呼来 呼来 呼来

当百灵鸟在欢欣歌唱
被冰雪封住的泉眼开始涌流而出
铁青色骒马要生育的时候
我们要举行福大吉多的召唤仪式
呼来 呼来 呼来

当布谷鸟欢唱之时
山间深谷积雪融化之时
青山羊要下羔的时候
我们大家要举行召唤仪式
呼来 呼来 呼来

当蜃气浮现 雾气弥漫
母黄羊在野外下羔
拉长绳索拴起马驹的时候
我们要举行声势浩大的召唤仪式
呼来 呼来 呼来

当草原繁茂昌盛的季节来临
竖起耳朵的野兽开始下崽
乳房胀大的母牛已经在挤奶的时候
我们要举行何等丰盛的召唤仪式
呼来 呼来 呼来

当春暖花开的季节来临
榆树柔枝在微风里飘动
黑母驼就要产羔的时候
我们要举行充满欢乐的召唤仪式

呼来　呼来　呼来

当荒芜的时辰已经过去
桦树的细枝在春风中摇曳
小羊羔们依偎成群的时候
我们要举行无比吉祥的召唤仪式
呼来　呼来　呼来

当汹涌的泉水在潺潺流淌
细嫩的柳条随风飘荡
两岁的牛和小牛犊们成群结队的时候
我们要举行充满福祉的召唤仪式
呼来　呼来　呼来

…………

直到黑发变白　少年变老
洁白如玉的牙齿松脱掉落
让我们永远生活美满
在永不枯竭的幸福之海中享乐
让我们铸就
像高山那般威武雄壮的身躯
像大海那般广阔深邃的胸怀
像日月那般光明美好的心灵
美丽如那绽放的花朵
每一天都是吉祥的日子
每一月都在幸福中度过
呼来　呼来　呼来①

---

①　尼玛、席慕蓉：《萨满神歌》，民族出版社2015年版，第12-16页。

在内蒙古草原上，每年春季各个族群都会请萨满主持盛大的祭祀仪式，召唤鸟类神灵。这首神歌就是萨满在仪式上咏唱的作品。这首神歌的主题虽为"召唤候鸟"，但神歌所召唤的并非候鸟，而是草原牧民心目中的各种鸟类神灵，如鸿雁、黄鸭、白额雁、雄鹰、百灵鸟、布谷鸟等。神歌的语言细腻形象，不仅表达了草原牧民对万物复苏、茁壮成长的春天的美好祝福，而且也通过神歌这一媒介唤起了人们对与草原人民游牧生活朝夕相伴的、给草原人民带来福祉的各种鸟类神灵的回忆，传递着草原游牧民族感恩大自然、崇拜候鸟的"草原神话记忆"。

　　赫哲族萨满神歌也有众多动物神灵的形象。如下面这首《请神歌》：

阿日马力——所力给尼
休日来科一——
带路神呀
铁的护身神呀，
一对银的护身神呀，
守门神啊，铁的刺猬神呀，
八度长的鳇鱼神呀，
三度长的水獭神呀，
十度长的鲸鱼神呀，
铁的鹰神，大雕神呀，
胸前的十五个铜镜呀，
背后的九个铜镜呀，
十五位鸟神呀，
九位布鸪神呀，
十五位老鹰神呀，
九位杜鹃鸟神呀，
能喷火的虎神呀，
漂亮的豹神呀，
强悍的熊神呀，
烈性的猫神呀，
震山响的腰铃呀，

> 扫风起的神裙啊，
>
> 九个权的神帽呀，
>
> 四尺厚的神刀呀，
>
> 忠厚的保护神呀，
>
> 你们各位神灵快点来吧，
>
> 你们各位神灵尽情享用吧！①

在这首神歌中，出现了刺猬神、鳇鱼神、鲸鱼神、水獭神、鹰雕神、老鹰神、虎神、豹神、猫神、熊神等众多自然神灵。这也不单是作为渔猎民族的萨满对自己的图腾神灵的祭祀，也是通过神歌所创造的景观传递着赫哲人对与林中动物、水中鱼类以及空中的飞鸟朝夕相伴、获得其佑助的文化神话。

除了动物神灵形象，北方民族萨满神歌中还有众多植物的形象，如桦树、榆树、松树、柳树等。但在众多讲唱树神形象的神话中，凸出的形象是柳树。崇柳、敬柳、爱柳、娱柳可谓北方渔猎民族的一种信仰习俗。满族的堂子祭、赫哲人的鹿神祭、鄂伦春人的萨满仪式乃至于朝鲜族的巫堂祭祀，都有歌咏柳树神灵的歌舞表演。北方民族为何崇拜柳树？其意义又为何？我们在珲春满族喜塔拉氏的萨满神谕中找到了这样的答案：

> 满族为什么敬柳？原来，当阿布卡赫赫与恶魔耶鲁里鏖战时，善神们死的太多了，阿布卡赫赫只好往天上飞去，耶鲁里紧追不放，一爪子把她的下腭抓住，抓下来的是一把披身柳叶，柳叶飘落人间，这才生育出人类万物。②

显然，这只是一则萨满教传奇神话，对我们理解北方民族柳树信仰习俗的形成以及这种仪式的文化记忆功能价值不会太大。它所传递的信息也仅仅是：祭柳是传承萨满群体的萨满文化记忆——萨满师祖记忆。③在《萨满教与神话》一书中，富育光先生对这种信仰习俗的成因做了这样的解释：

---

① 黄任远、黄永刚：《赫哲族萨满文化遗存调查》，民族出版社2009年版，第138-139页。
② 转引自富育光：《萨满教与神话》，辽宁大学出版社1990年版，第115页。
③ 关于这个问题，请参见本章第三节的分析。

柳，属于落叶乔木，大者成树，小者为条，俗称柳条，喜生于潮湿水塘之滨。故沿河低地，多柳条林，俗称柳条通，枝树生长最速。北方诸女真族先民古代多以渔猎经济为主，主要生栖于河滨之地。柳成为生活所必须，编织容器，或代为柴枝，在古人类生活中成为最有助益的树种，久之敬柳为神，神话与传说附会甚多。柳崇拜蕴含着水崇拜。东北地区不乏江河湖溪，但它有漫长而寒冷的冬天，打井取水又较之南方困难得多，而水又是人类生存所须臾不可离的东西。加之满洲先民长期过着"逐水草而居"的渔猎生涯，所以找到柳，也意味着找到了水。柳成了水的标记。而找到水源就意味着找到了生命的源泉，找到了氏族、部落的生存、发展的源泉。①

富育光先生的这段分析解释至少在生态人类学的原理上看是合理的，但我认为仅止于此还不够充分。其实，北方民族的柳树崇拜以及萨满文化中的"祭柳"文学与仪式还具有传播人类学方面的意义，即通过"祭柳"仪式传播北方民族如柳树般的顽强的生命精神。不只是柳树崇拜文化，包括松树、白桦树等所谓"神树"崇拜文化的形成也都是如此。从认知人类学的原理看，人类与环境的交互，那些与原始先民生产生活息息相关的自然信号的反复输入，久而久之，在人们的脑—心智系统中形成了比较稳定的环境意象以及生态图式。在人们夜晚的梦境中、在人们日常生活的喜怒哀乐中、在人们对超自然存在的神话想象中，这些意象与心理图式首先得到了表征。当这些树的意象表征被原始民族的神秘思维投射进"神话"色彩和形而上学意蕴时，人们关于"树"的"神话"心理图式便构形了。仪式上听到关于这些树的言辞，看到这些树的形象，人们就会想起北方民族远古时代与树相伴、如树一般不折不挠的生存历史，令人们产生如伊利亚德所说的关于生命再生的思想、青春永恒的思想、健康的思想以及不朽的思想②这一文化神话的体验。就如同美国人对"巨杉林"的崇拜一样——这些历经千年风霜的"英雄"，时间使它伤痕累累，满目焦枯，备受蹂躏，闪电将它拦腰劈断；但与那些残垣断壁不同，这些巨树又萌发了苗壮有力的绿枝，重获新生。"巨杉"这一媒介所创造的意识景观传播着美利坚民族的文化神话、民族精神等文化记忆。③

---

① 富育光：《萨满教与神话》，辽宁大学出版社1990年版，第114页。
② ［罗马尼亚］米尔恰·伊利亚德：《神圣与世俗》，王建光译，华夏出版社2003年版，第84页。
③ ［英］西蒙·沙玛：《风景与记忆》，胡淑陈等译，译林出版社2013年版，第220-225页。

　　萨满神歌中所记忆的自然物象不仅有这些能够被具体感知的动物与植物形象，还有那些自然天象，如星、雪等。萨满学者们在黑龙江北部地区满族中发现的《雪祭神谕》，作为满族雪祭仪式上主祭大萨满诵唱的神词，作为"雪祭"仪式的主要程式，向我们叙述了远古时期满族先民雪神祭拜信仰习俗的缘起。

> 相传，
> 祖先起根的遥远年代，
> 我们先人们，
> 狩猎于黑龙江北宁涉里山。
> 山西住着仇家大部落，
> 人称"巴柱"魔怪。
> 先人受其伤害，
> 被欺赶逃遁……
> 猎肉没有了，
> 皮裘没有了，
> 火种没有了，
> 先人尸横遍野……
> 巴柱部落追踪赶来，
> 先人啊全藏在雪被里，
> 大雪弥漫如毛裘，
> 像天鹅舒展的翅膀。
> 先人藏在温暖的翎毛腹肚下，
> 恩佑脱险。吉祥啊吉祥，
> 后啊由此接续，留存，
> 祖先感激天赐神雪，
> 代代诚祭雪神……①

　　可以说，仪式上萨满诵唱的这首神词，不仅仅是为了记录满族先民的早期生

---

① 富育光、王宏刚：《萨满教女神》，辽宁人民出版社1995年版，第112-122页。

活，它也是满族人在"历史意识"的作用下，通过神词与皑皑白雪景观的互映而对白山黑水之中满族先民"超凡"的"过去"的再现。总之，无论是"星祭"还是"雪祭"，北斗七星、皑皑白雪景观的再现，其意义已经超越了神灵祭祀的维度，而成为一个族群文化记忆传播的重要形式——对本族先人在大自然的母体怀抱中顽强、自由生存的非凡的"过去"的追忆。历史学家西蒙·沙玛说得好：无论我们是在登山，还是在森林中漫步，我们的……意识将会背着一个鼓鼓囊囊的背包，装满神话和回忆的。我们走的是迪内考特开辟的小径，攀爬的是彼特拉克凿出的弯弯曲曲的山路……背包里全是有用的礼物……①在北方民族的口语文学里，之所以不断讲唱着"神圣自然"主题的神歌，就在于它使满族的后裔记忆着满族之所以是满族的那些东西。

---

① [英]西蒙·沙玛：《风景与记忆》，胡淑陈等译，译林出版社2013年版，第671-672页。

2 氏族神话：族群的壮丽史诗

氏族以及氏族记忆是北方民族集体文化记忆十分重要的一部分。一个族群由无数个氏族或家庭构成，一个族群共享的集体知识也由这些小的共同体文化所构成。在这种意义上可以说，北方民族的家庭或氏族记忆实际也就是北方民族的公共文化记忆。

按照人类学和家庭社会学的传统理论，家族或家庭所保存下来的传统就是这个共同体生存和繁衍、发展和创造的历史记录。但事实上并非如此。被称为家族"传统"的东西，无论是家族史还是家族记忆甚至于作为世系编年史的谱牒，都绝非单纯的一个家族集体成员的出生与死亡、家族绵延与兴衰的编年史，它仍然渗透着文化想象的成分，具有文化神话的特征。因此，不能把家族记忆等同于个体的自传体记忆（如出生地、父母、亲属关系网）和社会记忆（把家庭作为一个社会单位，其发生的事件作为一种社会事件的保存），而应将其视为一种集体文化记忆。尽管从记忆心理学的角度看，我们愿意相信我们关于家族传统的记录档案，关于家族历史的记忆都是发生在这个集体身上的真实史实，但事实上，作为这颗小行星上的文化动物，每个人的自我意识中都有一种关于"我是谁，我从哪里来，我属于哪个集体"这类问题的神话化的"历史学"倾向。正如历史人类学家所说，"历史话语"充满了主观性，其是一种梦想的产物。[①]也正是人的这种"历史意识"，使得人们对家族的历史与传统进行润饰和加工，不断完善和美化，以符合每个人"文化自我"声明与认同的需要。爱德华·希尔斯在谈到这一点时这样写道：

> 人类的精神冲动导致了编史创造和编史实践，这种冲动在本质上与另一种冲动同出一辙，后者引导人类去想象他们的起源和早期发展，从事物的过去推

---

① ［瑞士］雅各布·坦纳：《历史人类学导论》，白锡堃译，北京大学出版社2008年版，第71页。

究合理性，树立历史英雄的声名，并且，确定过去的行为模型和社会组织模型。[①]

希尔斯的这一论述，也可谓对"家族历史"的一种理性定位：家族历史就是一种家族神话，属于文化记忆的范畴。

萨满作为北方民族的氏族祭司，其主要职能就是主持氏族祭祀活动。在满族那里，氏族祭祀主要包括两个方面的内容：祭神与祭祖。蒙古族、赫哲族等其他少数民族也祭祀萨满群体的祖师。无论是祭祀族群共同信仰的神灵还是祭祀祖先抑或萨满祖师，其实都可以归结为祭祀神灵。在满族人的心目中，不仅那些已经故去的尤其是对本族的繁衍发展做出重大贡献而享有较高声望的先祖都已成为神灵，而且在有的氏族神话中，其祖先也与某些非凡的自然物具有"血统"关联性。对于萨满群体的师祖而言，他们大多数就是自然神灵幻化而成的。也正因萨满祭祀仪式的这一"神话"向度，使得早期萨满所创作的作品大多系关于本族先祖以及本族发祥与发展的"非凡"历史记载的"史诗"文学，祭祀仪式上萨满的神歌说唱因而也成为本族文化记忆传播的一种形式。我们先来看下面这首吉林九台佛满洲石克忒力氏族萨满在祭祖仪式"南炕祭"上诵唱的神歌：

因为

缘故

根基

石姓

仄力属相

骨肉干净

系上腰铃群子响器

领神人报告上神先祖

跪在尘埃

磕头

众位神妖同请

诸位上神

---

① ［美］爱德华·希尔斯：《论传统》，付铿等译，上海人民出版社2009年版，第59页。

原已老根在沈阳

罕王爷老家

钦天监观星观出真主

落在吴总兵府

府下罕王爷被困

罕王隐匿

万岁

总兵口说妄妇

被害君主皆无

总兵妄妇

言说

备马而行

上长白山去

旷野大川过去

大明江山失去

大清坐下

南炕满人

老家立祖宗

三洛供

各样供物

遂时

供物

求众

诸神

寿香烟

白酒

米酒

外山野鸡鸭

祭神

汉香点上

年旗香炉双趁

　　家的祭猪俊美

　　外买的猪并无一点白毛

　　乌猪一口并无一点白毛

　　救命之恩

　　结续

　　…………①

　　这首神歌以简练的神词叙述石克忒力氏族的发祥与绵延的"历史"，通过"神词"媒介在人们的脑海中呈现出石氏祖先"非凡"的开山立业之壮丽景观，听后不仅令人肃然起敬，而且也使得祖先的英武形象深深刻写于族人的心中。

　　有时仪式上萨满唱诵的神歌既是对氏族祖先创立族业丰功伟绩的叙事，又是对氏族萨满先祖英雄业绩的回忆。如：

　　为什么而说

　　谁在此时说

　　众姓中的何姓

　　石克忒力哈拉

　　代代相传

　　赤身孽生

　　留住老根基

　　从始至终居于此

　　住在花叶堡

　　曾祖去了

　　老老少少进了城

　　已经过了多年

　　高祖来了

　　子子孙孙

---

　① 赵志忠：《满族萨满神歌研究》，民族出版社2010年版，第310—312页。

家家都去

赶到老城

头辈太爷：舒崇阿玛发（元祖）留下

从始至终

在长白山

在三个山峰之上

从那三道河到松花江

三条船与三棵树

在树枝上

由大瀑布下来

大瞒尼依附

头辈太爷：舒崇阿玛发（元祖）等待

天上日月旋转

去吉林乌拉

出田野

从阿敏地方赶来

从纳音地方赶来

渡过松花江

乘四面之风而来

在打牲乌拉衙门当差

出于公务

到朗通屯落户

在众姓中

与敖褚道哈拉是亲戚

将主祭大萨满

如神主一样

在吃饭喝酒之时

说着闲话

越说越多

我的神祇显灵

他的太爷显灵

话已说出

不能不算

我能变青鳇鱼

我能坐鼓过河

手拿金马杈

有八只眼睛

马杈被折

身受重伤

死去了

妻子不悦

七七四十九日

吉日还魂

回远处的娘亲

老少商议

近夜点火

石克忒力哈拉族长

天亮一看

大火惊人

神灵座山雕

鹰神降下

众神都来救火

火烧三天三夜

在沙滩上燃烧

油火酒火渐大

鹰雕之神受伤

众神去长白山

在大沙滩上比武

在沙滩上点火

油火酒火渐大

神祖劳苦

被阴人暗算

因金身已无

银身已碎

二十多年后

抓二辈太爷：恩杜林危玛发

众神灵造化

欢喜愉悦

十多年后

萨满跳神

抓三辈太爷：塞崇阿玛发

萨满主神的灵魂

死去成神

乌里萨满死了

抓四辈太爷：神奇玛发

领三十年

从生到死

成了神魂

三四十年

忽然的病

从生到死

故去了

百有余年

抓五辈太爷：抢扦玛发

从三岁起

身负重难

看出大病

传与乌云萨满

因为骨肉干净

祖宗祭祀原因

从三岁起

抓为大弟子

勾住魂灵

前来问话

族中之人不懂

说满洲话的长辈

一件一件告诉

愚人过多

本屯如此

三支人相商

三个屯合议

意见统一

商议跳神

石克忒力氏的根基

百有余年

神祇不断

陆陆续续

子子孙孙世代承继

…………①

　　这首神歌主要叙述石克忒力氏族的"头辈太爷"的身世。神歌唱道：在石克忒力氏族的文化神话中，"头辈太爷"就是氏族的元祖，因此，神歌也可谓对石氏家族"非凡"族史的回忆："头辈太爷：舒崇阿玛发（元祖）留下/从始至终/在长白山/在三个山峰之上/从那三道河到松花江/三条船与三棵树/在树枝上/由大瀑布下来/大瞒尼依附/头辈太爷：舒崇阿玛发（元祖）等待/天上日月旋转/去吉林乌拉/出田野/从阿敏地方赶来/从纳音地方赶来/渡过松花江/乘四面之风而来/在打牲乌拉衙门当差/出于公务/到朗通屯落户。""通过沟通回想过去，不仅仅是个将过去的经验和事件现实化并传承下去的过程，而且它还总是一种集体实践，正是这种集体实践才把家

———————————

　　① 赵志忠：《满族萨满神歌研究》，民族出版社2010年版，第97-105页。

庭定义为一个有着自己特殊历史的集体"①。

满族的"背灯祭"仪式也是家族记忆传播的一种形式：夜深人静之时，萨满领牲后熄灭一切光亮，族人跪地，萨满用神刀、腰铃、卡拉器合奏出沉重和谐的声响，高声唱诵神歌：

> 蓝天万星出齐了，
> 银河千星出齐了，
> 高天北斗七星出齐了，
> 柳梢之星出齐了。
> …………
> 迎请那丹拉浑降临神堂！
> 阿浑年赐，降临神堂！
> 胡拉贝子，降临神堂！
> 纳伦色夫，降临神堂！
> 泰宁格格，降临神堂！
> 索林渥库，降临神堂！
> 代敏嘎哈神雕降临神堂吧！
> 庇佑八方安宁，
> 长夜无病无灾。

通过神歌"对其先人遥远的星光古洞生活的追忆和再现"②，唤起族人对本族"超凡"历史的回忆，成为这类神歌咏唱的价值核心。

鄂伦春族、赫哲族、蒙古族、锡伯族等北方少数民族也都有祖灵信仰习俗，每年定期举行祭祖仪式。仪式上萨满唱诵的神歌，也是族群超凡历史记忆传承的一种方式。如赫哲族的"祭西炕仪式"以及萨满咏唱的"西炕神歌"就是这方面的典型。据此，也可以这样说，家祭仪式上说唱的神歌就是氏族"超凡过去"的壮丽史诗，通过它，集体的文化记忆一代又一代地传递下去。

---

① ［德］哈拉尔德·韦尔策：《在谈话中共同制作过去》，载［德］哈拉尔德·韦尔策编：《社会记忆：历史、回忆、传承》，李斌等译，北京大学出版社2007年版，第99-100页。
② 王宏刚、富育光：《满族风俗志》，中央民族学院出版社1991年版，第136页。

通过对上述祭祖神歌的分析，我们基本可以这样断言：萨满教仪式上诵唱的神歌，作为一种史诗文学，它是北方民族文化记忆传播的重要媒介。因为被称为祖先身世或本族发源、繁衍、发展历史的叙事，它不是家族历史的记录而是集体的文化记忆。以石克忒力氏族神歌为例：首先，不难看出，神歌所叙述的萨满师祖以及氏族祖先的身世与来历并非真实的历史，而是在氏族"历史意识"的作用下融传奇文学与神话文学的元素为一体而构造的一幅氏族文化神话景观。例如：石克忒力氏族元祖"头辈太爷"的身世与来历被叙事为"在长白山，在三个山峰之上，然后从三道河到松花江，经过三条船与三棵树由大瀑布下来，来到打牲乌拉衙门当差，最后到朗通屯落户"，创立了石氏一族以及日后与敖姓萨满斗法被害，火炼金身，再抓二辈太爷，等等。这一"身世史"如用理性的历史学语言表述便会无法取信于人，现在用史诗与神话语体尤其是口语文学语言来表述，则易令人信以为真。因为它的情感性、意象性形成了对人的思辨力的解构。文化记忆虽不等同于历史记忆，但它却不能完全取消历史的元素，如时间、空间、地点等。因为空间意象比较抽象，也比较空虚，它必须借助于"地方"的具体图像才能变成充实意象。上面这首神歌就很好地体现了这一原则。如，在这则神歌中，出现了一系列真实的地理学意义上的地方，如长白山、三道河、松花江、吉林乌拉等，更使其产生了较好的传播效果。哈布瓦赫曾说："任何被家庭记住的事件或人物，都具有如下……特征：……它再现了极为丰富的画面，非常有穿透力，……使得我们恢复了我们个人通过亲身经历所了解的现实。"[①]其实远不止于此。正是"长白山""三道河""松花江""吉林乌拉"等这些地理符号的介入，使得头辈太爷从"神山"而下这一"超凡"身世的空虚意象瞬间充实起来。由"长白山山峰而下"的神话意象与"吉林乌拉""朗通屯"这些实在的地理意象凝聚到一起，再加之语言的情感性参与，在人们的脑海中创造了一幅生动、鲜明并具有神话色彩的"意识景观"，从而使得"头辈太爷"以及石克忒力氏族的"过去"不仅充满了奇异壮丽的色彩，而且也更像真实的过去。文化记忆之所以不同于历史记忆，就在于它不是历史信息的存储，而只是对历史中某些元素的创造性运用，是史密斯所说的"一种选择性的历史事实与理想化的结合物"：它强调的不是历史真实，而是"浪漫、英雄主义以及独一无二的成分，

---

① [法]莫里斯·哈布瓦赫：《论集体记忆》，毕然等译，上海人民出版社2002年版，第122页。

表现出一幅激动人心的、让人感到亲切的共同体的历史画像"①。在这个意义上我们思考传播人类学家斯特凡·里格尔在《传媒的个体性———一种人学史》中说的一段话，可谓意味深长："人通过对传媒……的体验，人作为知识客体以及作为对他人他物感知和自我感知的客体，就发生变化了。"②

萨满神歌对祖先及其家族过去的记忆，除了石克忒力氏萨满神歌这种形式外，还有另一种形式，这就是北方汉军萨满在祭祖仪式（亦称"烧香""喜乐祖宗""跳堂神"）上表演的神歌。汉军萨满祭祀仪式主要祭祀四类神灵：祖先神、动物神、儒释道神、"唐王东征"诸神。前三者基本与满族神灵祭祀相同，唯有第四类即祭奠"唐王东征"神灵的仪式及其表演的神歌有些特殊。从表象上看，这一仪式及其神歌叙事是为了祭奠唐王东征时落水淹死的战将和士兵，是一则历史传奇的叙事，但其实质仍然是一种祖先祭祀，即对所谓随唐王东征时被水淹死的战将及士兵、对唐王东征悲壮战事的回忆，所传播的仍是汉军萨满文化记忆而非历史记忆。据程迅先生分析，汉军萨满祭祖仪式上表演的神歌，大抵可以概括为四个方面的信息：一是唐王东征时大水为患，有不少将士死于非命，故而冤魂不散；二是唐王班师回朝时，在辽河岸边，被迫为屈死的冤魂设坛大祭，亲读祭文以慰忠灵；三是唐王得胜回京之后，遗忘了弃置在辽东的尸骨游魂，京中父老思念不已，家家作长夜之哭，致使太宗患病，他在惊悸中有所醒悟，于是请道士设坛敬祭；四是唐太宗在辽东曾封赏亡魂入庙受香火，致使辽阳一带家家烧香。③我们不妨以郑德先生等人收集到的辽宁省新宾县冷氏神歌为例做一分析。④

盖苏儿几次三番打下战表

---

① ［英］安东尼·D. 史密斯：《全球化时代的民族与民族主义》，龚维斌等译，中央编译出版社2002年版，第72页。

② ［瑞士］雅各布·坦纳：《历史人类学导论》，白锡堃译，北京大学出版社2008年版，第153页。

③ 程迅：《满族陈汉军烧旗香礼俗与唐王东征》，引自吉林省民族研究所：《萨满文化研究》（一），吉林人民出版社1998年版，第32页。

④ 在吉林永吉太平乡常氏家中发现这个主题神歌的另一个版本，表述与冷氏神歌有别，但内容基本相同。不妨录冷氏神歌于下面以供参考：

六月里来百草生/唐王夜晚睡朦胧/连做三个珍珠梦/梦里梦征去征东/黄道日子调人马/良辰吉日发大兵/辽阳城里穿心过/紫禁城里扎下营/六月过江江不冻/打发小卒去探江/螃蟹搭桥兵走路/托着兵马过江东/唐王勒马回头看/一哨人马沉了江/连叫三声来救命/真魂落到水当中/冤魂围住唐王马/又与唐王要真魂/唐王封他红门进/冤魂听差逢门进/辽阳城里九座门/家家烧香供灵魂

战表打到西地长安城

唐二主一听好好好

齐心协力征服辽东

招兵买马选能将

许多好将来充军

军师催动三军来到东海岸

波浪滔天海水滚滚起大风

虾兵蟹将成千上万齐举手

跨海浮桥接连的紧绷绷

唐二主为过海一直往前走

马蹄踏上海东岸

连船浮桥紧挨着兵

唐二主想回头看看兵和将

皇上这一回头不要紧

吓坏了蟹将和虾兵

蟹兵虾将挤进海

叽叽喳喳掀起大浪刮海风

可惜王君带领的人和马

淹死三千运粮的兵

军师说三千阴魂无处所

夜里紧跟着吵闹军营

唐二主刷道圣旨对帐外讲

三千忠魂要听真

封你们在关东见寺门就进

关东山里人家广

家家打鼓演神灵①

　　如果做一比较，我们发现，上面两首神歌的叙事情节、语言表达形式虽有些差

---

① 冷氏神本（有删节）。

异，但基本信息一致，即对随唐王东征而被淹死的兵将的怀念与祭祀，是汉军旗人对自己先祖悲壮的沙场征战事迹的缅怀，当然也有对他们虽忠心耿耿但却遭到唐王遗弃这一生命悲剧的哀怨。正如神歌所云："唐王勒马回头看，一哨人马沉了江，连叫三声来救命，真魂落到水当中……""这不仅是对淹死的将士冤魂的写照，更是汉军旗人对先人乃至于对自己的命运的一种哀怜。"①但不管怎么说，在汉军旗人祭祖仪式上诵唱这类神歌，就是在传递着汉军集体"过去"的创伤性记忆，它仍属于集体文化记忆传播的形式。虽然神歌所叙述的"唐王东征"以及将士淹死、冤魂鸣冤、唐王封祭等故事嵌入了"历史"的元素，但其本质上仍是汉军旗人集体的"文化神话"创造，是通过历史神话化和神话历史化的相互辉映，构造出汉军旗人"非凡"的过去。

---

① 郑德、赵丽娜：《汉军萨满祭祀与神歌"唐王东征"》，《黑龙江民族丛刊》，2016年第4期。

3 萨满神话：宗教的文化传统

在阿斯曼看来，文化回忆的形象都具有宗教的意义。[①] 即使我们不在阿斯曼文化记忆的时间坐标即"上古时代"这一语境下理解他的这一思想，他的观点也无疑是正确的。也正像我在第一章所分析的那样，文化记忆之所以不同于社会记忆，就在于它是通过"历史神话化"和"神话历史化"的方式进行的集体"文化神话"生产。这一文化神话不仅超越生活之大，而且超越凡俗之上。通过这一集体共享知识的生产与传播，使人产生"非凡"的身份认同。也正因为文化记忆的这一性质，使文化记忆的形象与宗教形象产生了高度关联性。尤其是我们考虑到集体文化记忆形象的另一个重要特征——非共时性这一点时，文化记忆的宗教维度就更清楚地显现出来。正如哈布瓦赫所说："民族古老的历史，是在其传统中度过的，因而也全部都渗透着宗教观念。"[②] 作为一名社会学家，哈布瓦赫的思路很清晰，由于宗教人类的文化传统乃至于与人类文明的历史密切关联在一起，因而，人类关于历史、传统、文化的知识的生产、保存与传递，就离不开宗教的成分。若按有的学者的解释，"宗教的一般作用表现在通过回忆、现实化和重复，将不存在于当下的东西引入当下"[③]，那么，我们也可以这样说，集体文化记忆的景观中总有宗教的影像。

在中国北方少数民族文化记忆的意识景观中，宗教形象同样占有很大界面。作为渔猎—游牧民族，北方民族没有创造和发展出农耕文明那种理性化的宗教文化，而是创造出一种与他们的生存、生活环境密切相关的民俗宗教——万物有灵的信仰。这种万物有灵的原始宗教观念通过神与人的中介——萨满的"媒介化实践"而

---

① ［德］杨·阿斯曼：《文化记忆：早期高级文化中的文字、回忆和政治身份》，金寿福等译，北京大学出版社2015年版，第47页。

② ［法］莫里斯·哈布瓦赫：《论集体记忆》，毕然等译，上海人民出版社2002年版，第145页。

③ 见 ［德］杨·阿斯曼：《文化记忆：早期高级文化中的文字、回忆和政治身份》，金寿福等译，北京大学出版社2015年版，第61页。

得以系统生产和代际传递，构成了北方民族"文化神话"知识的一部分。这里所说的萨满的"媒介化实践"即萨满所创造的神话文学并通过神歌说唱的形式进行集体文化记忆的锻造与传播。

萨满神歌创造的神话景观——萨满文化形象，具体来说主要有三种：氏族萨满祖神和萨满始祖形象、萨满师父形象以及萨满文化形象。第一类主要为氏族萨满的超凡身世与英武形象的呈现。如我在前面所引的石克忒力氏叙述"头辈太爷"的身世与经历以及氏族五代萨满传承过程的神歌就属于这一类型。这类萨满文化形象往往与氏族其他神话形象混合在一起。但也有一些形象不属于这种情况，即这些神灵与"头辈太爷"不同，他们不是氏族的始祖，但和这个家族有关系，他们仅属于萨满神，是萨满祭司的祖先。如石克忒力氏的家祭仪式中就有祭祀萨满神的活动，主要祭祀"瞒尼"神，按满语的意思，"瞒尼"相当于"鬼祟"。如此，这些"瞒尼"神就是萨满神，是死去的萨满变成的神。在石克忒力氏的"神本子"中，收录了几首萨满神灵祭祀仪式上唱诵的神歌。如：

一

为什么而说

谁的原因

众姓中的何姓

石克忒力哈拉

萨满属相

系上腰铃、裙子、叉子等响器

转向七星北斗

再次请神

大声诵唱

小声呼唤

从大瀑布下来

大瞒尼、众佛

身穿盔甲

盘旋于九重天

在天峰之上

石克忒力氏祈求

萨满附体

请进屋里

依附头辈太爷：舒崇阿玛发

在沙滩上燃烧

与吴初力哈拉是亲戚

像萨满一样

九族商议

许愿不传

祭祀人的属相

口说不算

敬奉长辈

一心一意

手持大神镜

双凤鳌鱼神

双鸟神啊

什么原因

保佑太平

老少平安

依靠神仙

老人吉祥

三面关闭

四角整齐①

二

为什么而说

谁的原因

众姓中的何姓

---

① 赵志忠：《满族萨满神歌研究》，民族出版社2010年版，第115-117页。

石克忒力哈拉

萨满属相

再次请神

住在长白山

从子峰下来

在第九层山峰

巴图鲁瞒尼、众佛

七星行走

萨满附体

请进屋里

大声推脱

鼓声咚咚

手持八个扎枪

四辈太爷：神奇玛发等待

巴图鲁玛发神奇，

统辖七道山谷

天生红脸

居于头品

花翎顶戴

赏赐颜面

身骑红马

有文采的

鞍马备齐

强健行走

利箭疾驰

四十兵丁在马上

二十兵丁在待命

男女属相

新立祖爷

供桌放上

方盘摆上

众臣祭祀时

把芸香引燃

双趔香在前

汉香点燃

诚心诚意

敬奉先辈

三面关闭

四角整齐①

    前一首神歌是石克忒力氏萨满在祭祀仪式上唱诵的叙述"大瞒尼"的身世与经历的神歌；后一首则是叙述石氏的巴图鲁瞒尼即"勇士瞒尼"神灵的身世与英武形象的神歌。这两首神歌所叙述的"大瞒尼""巴图鲁瞒尼"的身世虽与石克忒力氏族的"头辈太爷"有关系，但由于它们并非石氏先祖而仅仅是石氏萨满的先祖，因而神歌所创造的萨满先祖神的形象与祖先神形象不同。如果说，祖先神叙事更注重先祖身世的轮廓性形象，那么，萨满神灵叙事则更侧重神灵非凡形象的呈现。如神歌中的"大瞒尼"虽然也是"从大瀑布下来，在天峰之上"，但它"盘旋于九重天"，这就将"瞒尼"的整个形象赋予了神话想象的色彩。尤其是其"手持大神镜，双凤鳌鱼神，双鸟神"与"头辈太爷"的形象显著不同。聆听这样的神歌，在人们的意识中建构的意识景观是神灵而不是人的形象。"巴图鲁瞒尼神歌"则是虚虚实实的神话想象与历史传奇融会在一起，"天生红脸，居于头品，花翎顶戴，赏赐颜面，身骑红马，有文采的，鞍马备齐，强健行走，利箭疾驰，四十兵丁在马上，二十兵丁在待命"，这一切似乎都是一个真实的战斗英雄的形象，但在受众的认知表征上，它毕竟不是人而只是神，因为它在长白山的"第九座山峰"，随"七星行走"而下。这非人之能力所能为。

    萨满神歌用这种类似写实的方式塑造萨满神灵的形象，是否会影响萨满群体文化记忆的建构呢？我的回答是：不会。恰恰相反，也正因为这些带有"史"的色彩的叙述方式，才使得人们相信萨满神话文学的"真实"性，相信这不是萨满在虚构

---

① 引自赵志忠：《满族萨满神歌研究》，民族出版社2010年版，第119-122页。

传说故事。这不仅是由于哈布瓦赫所说的"这些记忆……并不是由一系列关于过去的个体意象组成的……它们表达了这个群体的一般态度，……确定了它的特点、品性和嗜好"①，而且还在于如古迪所说的"表演与传播的语境"因素，即神话传奇是在仪式上讲唱给成人听的，而传说故事中是在闲暇时说给儿童听的。②

第二类即萨满师祖以及师父的形象在萨满神歌中也占有相当大的比重。可以说它构成了萨满师群体文化记忆的重要内容。这些非氏族祖先萨满的身世与超凡能力的叙述原则上与上述情况不同。它基本不使用历史的元素，如时间、地点等，而是通过神话想象与浪漫夸张的方式，为人们展现出萨满祖神超凡无比、神威盖世的奇力形象。这类神歌一听便知属于神话。如《乌布西奔妈妈》：

> 东海清晨出现两个太阳
>
> 红光照彻了一个河边的豹皮帐
>
> 东山来了一个赤脚哑女
>
> 招手能唤来白鹰成千
>
> 招手能唤来鲟鱼跃岸
>
> 萨满的神鼓
>
> 乘坐能追逐飞鸟
>
> 滚烫的激流
>
> 脚踩如履平地
>
> 用手语告谕罕王族众
>
> 她自称是东海太阳之女
>
> 选中了炖鱼皮的哑女
>
> 身领东海七百噶珊萨满神位
>
> 便可使乌布逊永世安宁
>
> 会像旭日东升，祥光永照
>
> 平定盗寇，四海升平
>
> 如果不准领受萨满神主

---

① [法]莫里斯·哈布瓦赫：《论集体记忆》，毕然等译，上海人民出版社2002年版，第103页。
② [英]杰克·古迪：《神话、仪式与口述》，李源译，中国人民大学出版社2014年版，第55页。

乌布逊老幼必遭罪咎

古德老罕王虽摇头难信

只好照谕令架盖神楼

噶珊萨满齐聚楼下侍候

次晨，螺号齐鸣

倾族众人山人海

古德老罕王跪请哑女

身边陪拜还有众萨满与臣仆

女奴成千，彩衫如海

群山百鹿

苍松翠柳

红雁白鹤

都跷盼天女萨满出世

红乌响了

腰铃响了

神鼓响了

众萨满焚香叩拜东海

只见从江心水上走来了

一鸣惊人的哑女

她用海豸皮做了一面椭圆鸭蛋鼓

敲起疾点像万马奔腾

哑女突然开口诵唱神语

她把白鼠皮披挂全身

她把灰鼠皮披挂全身

她把银狐皮披挂全身

她把黑獭皮披挂全身

她用彩石做头饰

她用乌骨做头饰

她用鱼骨做头饰

她用獠牙做头饰

她用豹尾做围腰

她用虎尾做围腰

她用熊爪做围腰

她用猞尾做围腰

全身披挂百斤重

坐在鱼皮鸭蛋深鼓上

一声吆喝

神鼓轻轻飘起

像鹅毛飞上天际

在众族人头上盘旋一周

忽悠悠落在乌木林毕拉河面上

一群水鸟飞游四周

鱼群蹿出水面

乌木林毕拉的众头领个个目瞪口呆

乌木林毕拉的盗首个个抱头鼠窜

乌木林毕拉的毒瘟顿时烟消云散

乌木林毕拉的天空立刻阳光闪耀

众萨满跪在女萨满跟前

古德老罕王用手捧金印叩拜神女

女萨满扶起众人，紧握老罕王手

"我为乌布逊部落安宁而来人世

你们就叫我乌布西奔萨满吧"

从此，东海响彻新的征号

乌布西奔萨满大名百世流传①

　　在这首神歌中，女萨满已经脱去了人形而完全超自然化了。她不仅"一声吆喝，神鼓轻轻飘起，像鹅毛飞上天际……落在乌木林毕拉河面上"，令"一群水鸟飞游四周，鱼群蹿出水面，乌木林毕拉的众头领个个目瞪口呆，乌木林毕拉的盗首

---

①　引自富育光、王宏刚：《萨满教女神》，辽宁人民出版社1995年版，第273-275页。

个个抱头鼠窜，乌木林毕拉的天空立刻阳光闪耀"，而且其装束亦非世间所有。尤其是她坐在神鼓上在天空中飞翔，平定乌木林毕拉部落的叛乱，这一系列非凡意象，更使得受众的脑海中涌现出萨满师祖的"超人"形象。

蒙古族萨满神歌中也有叙述萨满师祖传奇身世的形象。如祭祀腾格里、吉雅其神灵仪式上的神歌。虽然腾格里、吉雅其被草原游牧民视为天神，但在蒙古萨满教中，尤其是黑博群体中，它们就是草原萨满教至高无上的神。在黑博举行的祭祀仪式上，萨满只祭拜腾格里而不祭拜佛主。如《呼唤腾格里诸神》：

我的三十三天和三位天上的女神
我的九十九天和三座仙人的神洞

位于西南方的巴音毕斯曼腾格里
能够拯救一切灾难的巴音查干腾格里
霍日穆斯塔腾格里
五尊气流的腾格里
九座愤怒的腾格里
驾云的腾格里
位于南方的腾格里
七尊用绿松石雕成的腾格里啊

脚踏白云的五尊雷电腾格里
脚踩蓝云的五尊横行腾格里
手里拿着掸子从天而降的七尊无赖腾格里啊

位于东南方乘坐米黄毛色山羊的伊藤腾格里
嗅觉灵敏在瞬息间就能降住这家主人的腾格里
五尊里门上的腾格里
五尊外门上的腾格里
哈伊，海日瓦佛就是马首金刚啊

在阿日杭盖住在十五座敖包上的腾格里

七尊盛气凌人的腾格里

那威风凛凛、骑在雄狮和大象上的

七尊可怕无比的腾格里

还有那红箭山上的七层宝座啊

白雪覆盖的山上

白石构成的巨岩之旁

那棵大树上所有的枝丫都是我的先祖

都骑着海螺

叶片上都是咒语和神符

我的满珠西利阿爸

有口椿木寿材

霍布格泰 阿爸的祖先

有口柏木棺材

带着苍天赐给的生命之绳索的太白金星啊

是我沙日拉吉·伊都干额吉①

  这首神歌祈请诸位不同的腾格里，最后落点在蒙古族萨满祖先霍布格泰上，其所传达的信息是：祭祀腾格里并非仅仅是为了祭祀蒙古草原上的一位普天天神，而且也是祭祀蒙古族萨满的主神。因而，神歌所传播的不是草原游牧民族普通的宗教记忆，而是蒙古族萨满的文化记忆。

  蒙古族萨满神歌对萨满文化记忆的传播，更主要地体现于对蒙古族萨满的祖先赫柏格泰②的形象的塑造。在祭祀赫柏格泰的仪式上，黑博咏唱《向黑博的六位祖先祈祷》神歌：

  啊哈尼呀，祖先啊，

---

① 尼玛、席慕蓉：《萨满神歌》，民族出版社2015年版，第59-60页。

② 这里的"赫柏格泰"与上文的"霍布格泰"系同一神灵称谓，因神歌汉译不同出现这种情况，为尊重原文，故不统一名称。

神威的降临吧，
啊哈尼呀，祖先啊！

博的祖先是赫柏格泰，
啊哈尼呀，祖先啊，
一千两百年的历史啊，
啊哈尼呀，祖先啊！

两面黑鼓啊，
啊哈尼呀，祖先啊，
铜镶神鞭啊，
啊哈尼呀，祖先啊！

从博的四书呼请，
啊哈尼呀，祖先啊，
从参天树敬请，
啊哈尼呀，祖先啊！

从金色圣殿请，
啊哈尼呀，祖先啊，
从檀香树恭请，
啊哈尼呀，祖先啊！

从神圣的雪山请，
啊哈尼呀，祖先啊，
从弧梯的神树请，
啊哈尼呀，祖先啊！

从雪白的山峰请，
啊哈尼呀，祖先啊，

从雕刻的四字请，

啊哈尼呀，祖先啊！①

其次，我们再来看蒙古族萨满神歌所塑造和传播的萨满师父和萨满文化的形象。

蒙古族萨满神歌对草原萨满群体文化记忆形象的塑造与传播，除了黑博的师祖赫柏格泰之外，还有黑博师父形象和萨满教祭祀礼仪文化的意象。如下面的这首神歌：

在我行将啊，咳啊呀，

病亡的时候，咳啊呀，

是师傅您啊，咳啊呀，

拯救了我呀，咳啊呀。

给我围上了啊，咳啊呀，

花衣裙，咳啊呀，

虔诚地祈祷啊，咳啊呀，

学法术，咳啊呀。

当我掉进啊，咳啊呀，

漩涡的时候，咳啊呀，

是师父您啊，咳啊呀，

拯救了我呀，咳啊呀。

给我穿上了啊，咳啊呀，

花衣服，咳啊呀，

让我跳着舞着，咳啊呀，

练行博，咳啊呀。

在世的，咳啊呀，

---

① 陈永春：《科尔沁萨满神歌审美研究》，民族出版社2010年版，第416页。

父母啊，咳啊呀，
十世的，咳啊呀，
恩师啊，咳啊呀。

一世的，咳啊呀，
父母啊，咳啊呀，
九世的，咳啊呀，
恩师啊，咳啊呀。

神鼓是，咳啊呀，
经书，咳啊呀，
教导是，咳啊呀，
经文，咳啊呀。

铜鞭是，咳啊呀，
神笔，咳啊呀，
教义是，咳啊呀，
经书，咳啊呀。
没有文字的，咳啊呀，
经书啊，咳啊呀，
教导我们的，咳啊呀，
祖师啊，咳啊呀。

没有文字的，咳啊呀，
经文啊，咳啊呀，
教导法术的，咳啊呀，
师父啊，咳啊呀。

老虎为什么，咳啊呀，
发威啊，咳啊呀，

因为深山的，咳啊呀，
险峻啊，咳啊呀。

年幼的我们，咳啊呀，
靠什么，咳啊呀，
因为神灵的，咳啊呀，
庇护啊，咳啊呀。

神龙为什么，咳啊呀，
发威啊，咳啊呀，
因为云雾的，咳啊呀，
力量啊，咳啊呀。

无知的我们，咳啊呀，
靠什么，咳啊呀，
因为神灵的，咳啊呀，
保佑啊，咳啊呀。[①]

这是一首对蒙古族萨满师父纪念的神歌。按蒙古族萨满的解释，在祭祀萨满先人的仪式上，要先祈祷神灵，然后才能祈祷萨满师父，因为神灵是天界的、超凡的存在，而师父是凡界的，是传授自己行博的法术及规则的老师。但不管怎么说，师父祭祀仍是蒙古族萨满文化记忆的一部分。特别是这首神歌，不仅传递着师父向后人传授行博法术的信息，而且还传递着蒙古族萨满行博的法器——神鼓、神鞭以及法术传授的传统方面的信息，通过这样的叙述，在蒙古博群体中刻下了萨满文化记忆。

此外，蒙古族萨满神歌中还有咏唱萨满的法裙、神鼓、神镜以及祭品的作品。它们与颂赞祖师的神歌一起，构成了蒙古族萨满文化记忆传播的主要媒介。如《法裙》：

---

① 陈永春：《科尔沁萨满神歌审美研究》，民族出版社2010年版，第61页。

一件花围裙，
系在正前方，
宝鼓带响铃，
紧紧贴胸膛。

一件花法裙，
系在后腰间，
皮鼓带响铃，
握在手里边。

穿好花围裙，
再把铜镜戴，
缓缓迈起步，
跨进场内来。

身着花法衣，
挂上九面镜，
徐徐迈起步，
踏入场地中。①

　　这类神歌作为萨满祭祀或治病驱魔仪式上唱诵的作品，其功能不仅是为了炫耀萨满法器的神秘能量，从而衬托萨满的神威，也不单单是向萨满弟子和族众介绍萨满法器、饰物的魔法性质，它也在传播草原萨满教集体共享知识。正如希尔斯所说："某些器物、工具尤其是被赋予特殊象征意义的器物，更能激活人们对器物使用者以及对这种传统的回忆。"②

---

① 陈永春：《科尔沁萨满神歌审美研究》，民族出版社2010年版，第97-98页。
② [美]爱德华·希尔斯：《论传统》，付铿等译，上海人民出版社2009年版，第85页。

第四章 语言符号：
北方民族文化记忆的传播媒介

按照凯瑞的"传播仪式观"，仪式本身就是文化传播的媒介，人类文化传播的总体特征就是通过仪式接受一种信仰和形成精神体验。在有的学者看来："传播就是仪式。仪式就是传播。"①不过，根据我的分析，无论是将传播理解为一种仪式行为还是将仪式定义为一种传播媒介，严格说来都非仪式传播性质的精准界定，而仅仅是对仪式的传播功能的解释。作为人类社会一种普遍化的文化现象，作为一种本土化的文化实践，作为一种集体性行为，仪式本身不具备传播的元素。仪式之所以能够成为传播的媒介，不仅在于它的重复性行为本身，还在于将这种行为架构起来的各种符号，是由于仪式运行的载体——各种符号所承载的信息写入参与者的脑与心灵，而且还如理查德·鲍曼所说，"这些表达的载体代表着文化的风格、关注焦点和兴趣，它们把表达性元素组织成了审美的结构，并通过这些结构传播着事件的主要信息。"②"仪式就是传播"这个命题的有效性是建立在"仪式乃一种符号行为"这个前置命题的基础上的。

从仪式人类学的视阈而观，宗教文化的传播，不过是各种象征符号传播的过程；即使是非宗教文化传播也是建立在各种象征符号、记事符号的基础上的。萨满教之所以成为中国北方民族文化记忆传播的媒介，不仅在于它是一种以仪式为信息传达主要形式的民间信仰，更在于它无论是在北方民族的生活世界还是仪式活动现场，都嵌置了诸多具有地方性、民俗性文化意蕴的个性化符号。没有这些符号的示意，无论是示现还是象征，萨满教仪式不过是一只"空转的轮子"。皮尔斯说得好："我们通过它（符号）可以了解更多的东西……我们所有的思想与知识都是通过符号获得的。"③

① 参见[英]尼克·库尔德里：《媒介仪式》，崔玺译，中国人民大学出版社2016年版，第33页。
② [美]理查德·鲍曼：《作为表演的口头艺术》，杨利慧等译，广西师范大学出版社2008年版，第91页。
③ [美]皮尔斯：《论符号》，赵星植译，四川大学出版社2014年版，第31页。

▌ 1 萨满教符号系统 ▌

任何一种宗教都创造和使用丰富的符号来传播自己的信仰与文化。在某种程度上也可以说，宗教文化就是一种符号文化。如基督教的十字架、圣杯、圣剑乃至于教堂和教堂的颜色。但是，与基督教、佛教、伊斯兰教这些理性化的宗教相比，作为民间信仰和民俗宗教的萨满教，其符号文化更加丰富，符号寓意更加深广也更加神秘。这并不难理解，作为一种原始信仰的遗存、作为口述社会的信仰体系，萨满教不仅存续着原始先民结绳刻记表意记事的文化传统，而且，它也没有理性化宗教的寺观庙堂、经卷圣典、教阶教团体系，因而，它的存在、传播与文化的维系，只能以丰富的符号为基础和媒介。尤其是萨满教的神秘特征，它的理念、信仰的传达以及信众的接受与体验，也只有依凭这些神秘奥义的符号来完成。其实，我这里所说的"符号"，还不是开放的、现代符号学语境中的含义，诸如仪式、建筑、音乐、舞蹈、神话、神歌等，而是经典符号学意义上的所指，即那些具有具体的记事、表义之功能的知识符码，如语言、神偶、图案、实物等。尽管我们把萨满教符号系统的内涵限制得比较狭窄，但只要我们走进神秘的萨满世界，仍然会有这样的感触：萨满世界实质上乃一个神秘的符号世界。

通过对民俗学、民族学者撰写的萨满教符号民族志的研究，我们可以勾勒出萨满教符号系统的基本轮廓，它们大体上由语言符号、实物符号、偶体符号、图画符号所构成。如果按照美国哲学家皮尔斯的"符号学"分类法，我们也可以把语言符号称之为"规约符"，把实物、图画符号称之为"指示符"，把偶体符号称之为"象似符"。[①]不过，我不打算完全移用皮尔斯的这个"符号分类模型"。我更倾向于以皮尔斯所说的"符号品质"为标准，把与萨满教仪式有关的符号系统分为语言符号、实物符号、造型符号、地理符号四大类。

---

① 关于符号的"三分法"，可参见皮尔斯《论符号》一书第51—61页。

语言符号　　将语言视为一套符号系统，是语言学家索绪尔的卓越贡献，但对语言符号性质阐释得最为系统的是德国著名社会学家诺伯特·埃利亚斯。这位社会学家在九十出头的高龄耳目失常、身体极差的情况下完成了他的《符号理论》一书。在这部书中，埃利亚斯从人的潜能、人的社会属性以及文化传播能力等角度探讨了语言的符号性质及语言符号的社会学、人类学、传播学价值。如："通过语言符号方式进行交流是人类的普遍潜能""语言是社会的优质资源""语言符号系统是个人进入社会的知识库"①，等等。虽然埃利亚斯"符号理论"的宗旨是推动知识社会学的历史性革命，但他的工作却为我们理解语言作为人类重要的符号系统留下了无比珍贵的财富。也正是在这种意义上，任何一种研究符号的知识，都不能不关注语言符号。

萨满教同样是以语言符号为存在基石和重要传播媒介的。萨满神歌、神谕、神判、招魂、驱魔等神事行为，都是建立在充满丰富的历史文化与萨满文化蕴意的语言符号的基础上的。北方民族集体文化记忆的传播形体虽是萨满教，但其主要媒介是语言符号。

实物符号　　这是萨满们秘密珍藏并在某种特殊场域进行展示的实体物件。在萨满的意识中，在族众的心目中，一块石头、一块兽骨、一根木块、一根鸟羽、一张兽皮……都不是普通的物质器件，它们表征着萨满的神事活动经历，凝聚着本氏族先人或萨满的故事与神话。通过这些实物符号，萨满便可如数家珍一样讲述本族的"过去"与萨满文化传奇，传播集体的文化记忆。尤为重要的是，这些实物符号不仅仅是集体文化记忆传播的媒介，而且还是其他传播媒介的支撑物——它们为那些"曾经""见证"。希尔斯说得好："在每一个传递和接受的阶段中，如果没有暂存的物质基础，那么有待解释的象征符号这一层次就不可能持久，它们也就不可能成为传统传递下去。"②

造型符号　　包括神偶、图画（萨满教的"神图"和"神像"）、萨满神服上和神具上的图案、萨满神帽上的装饰，如鹰雕、鹿角等。有的学者将其视为"实物符号"。它们确系物质性实体，但它们已高度人文化了，已不再是一般的物质实体，而是在心灵的作用下被塑造成了某种"型"，是造型符号。用皮尔斯的符号学理论

---

① ［德］诺伯特·埃利亚斯：《符号理论》，熊浩等译，商务印书馆2018年版，第13、15、128页。

② ［美］爱德华·希尔斯：《论传统》，付铿等译，上海人民出版社2009年版，第85页。

来表述，它们已不是"指示符"而是"规约符"。这些造型符号的创造与展示，都不是艺术表达和审美满足的需要，而是萨满教观念、信仰、文化以及族群文化神话的载体与传播媒介。

地理符号　萨满教某些特殊的祭礼举行的地址，如雪祭、江祭的地理位置，也是一种符号。"江心岛""雪峰""敖包"等，它们虽是物质化的地理实在，但它们已经不是显现自然地理意象的符号，而是显现人文地理意象的符号，是人造的"圣地风景"。正如人文地理学家所言，人为景观作为"人类所创造并放置于地球上的普通而平常的东西，为说明我们的过去、现在和形成过程中是什么样的人提供了有力的证据。……景观特征有创造一种对'悠久而光荣的过去'的共同记忆的作用。"①

由于受传播人类学视阈中的并非文化记忆传播理论研究主题的限制，本章我主要讨论与萨满教仪式有关的几种萨满符号的特征及其传播效能。

---

① ［英］R．J．约翰斯顿：《哲学与人文地理学》，商务印书馆2014年版，第140-141页。

【 2 语言：文化传播的媒介主体 】

为了阐释的条理更清楚，我将本节的内容分为两部分：其一，萨满教仪式上的诸多符号，尤以语言符号为主体；其二，萨满操作的语言符号系一种特殊的符码，对受众的文化想象、情感激活与共鸣具有特殊的效能。

（1）仪式符号的语言主体性

萨满教仪式活动，无论是祭祖祭神还是驱魔招魂，主要行为是神歌唱诵。神歌说唱，从民俗学的角度看，是一种民俗文化表演的口头说唱艺术，用美国民俗学家理查德·鲍曼的"表演符号学"的理论来表述，也可谓"一种言说方式"。①但从宗教文化学的角度审视，它却不仅仅是一种说唱形式，因为它不完全是民俗表演，同时也是传播萨满教观念，激活参与者的心灵体验的一种特殊媒介。所谓心灵体验，我指的是无论是表演者还是受众通过仪式表演而进入到神圣或神秘的情境之中，从而不仅产生对表演者以及所传播信息的非凡认知，而且，这一点尤为重要，表演者本人也在表演过程中体验到了"自我"——生命、言语以及行为的超凡性。也正是这种"共同体验"的"表演美学"②，使得仪式上表演的神歌与一般的口语文学作品不同，与理查德·鲍曼所说的"言语形式"也不同。它的构成元素不仅有言语符号，还有音声符号（乐曲与乐器）、造型符号（舞蹈）。大型仪式上的神歌演绎，无论是出于文化表演的宗旨还是心灵体验的表达，通常都离不开这三个元素。

不过，无论乐、舞在仪式表演中具有何等重要的意义，但神歌作为一种口语文学，最核心的要素乃是语言。没有音乐与伴奏乐器、没有舞蹈仍有神歌；但如果抽离了语言就无所谓神歌，而变成了萨满乐舞表演。故也可以说神歌之本质是语言

---

① ［美］理查德·鲍曼：《作为表演的口头艺术》，杨利慧等译，广西师范大学出版社2008年版，第2页。

② 这里借用了德国戏剧美学家费舍尔·李希特的"表演美学"概念，指的是在场者的"经历"和"体验"过程。（［德］艾利卡·费舍尔·李希特：《行为表演美学》，余匡复译，华东师范大学出版社2012年版，第49页）

体式。从文学的角度看，人们通常把神歌看作是一种民族文学形态。其实，综观多少年来的萨满神歌研究，民族文学研究范式几乎是一种主流。这也恰好说明了神歌是一种言语体式。特别是作为一种特殊的宗教文学——萨满神歌，与其说是一种民族文学作品还不如说是一种宗教言说体式，或者将其理解为萨满教仪式上萨满的一种说唱形式——"说着唱，唱着说，边说边唱"。也正是这种表达形式，使得萨满神歌的纯文学元素十分稀薄。尤其我们注意到，萨满神歌的表达形式与普通的民族口语文学作品不同，它是在某一族群特定的萨满教仪式上由萨满唱诵的一种音声形式。它不是供个体阅读而是供集体聆听的；不是文字写意的而是表达展演的。聆听淡化了文本情境而诉诸流动的音声符号，这使得其"文学性"更逊一筹；作为一种表演，如美国民俗学家理查德·鲍曼通过"表演符号学"理论所分析的，与一般的文学不同，它乃是一种口头艺术，一种言说的方式，是通过口语建构文本以及展示表演者的交流能力，从而使观众获得经验的升华的语言展演。鲍曼将这种"展演"的特征归纳为：主要依靠特定的言语符号和行为手段，诸如特殊的符码、古语系统、比喻性语言、平行关系的句式（如语音的重复、话语的重复或者韵律结构的重复）、特殊的套语、求诸传统等。[①]在"表演"的意义上，我觉得把萨满教仪式确定为一种口头言语表演行为是合适的。

从萨满文化学的视角审视，我们也可以把萨满教仪式认定为一种封闭性的言语仪式。按照民俗学家的观点，北方民族的萨满教仪式，基本可以分为三种，即祭祀仪式、治病仪式和民间文化仪式。这三种仪式皆由不同类型的神歌所贯穿，因而也可以说是由不同的言语符号所构成的，如献祭符号、魔法符号、传播符号、娱乐符号。现分别陈述之。

①祭祀仪式与语言献祭

为礼拜、颂赞、祈请、媚悦神灵而举行的祭祀仪式、唱诵的神歌，实质即通过语言活动赞颂神灵的至善至美，表达对神灵的虔敬崇拜，呈现对神灵献身，从而借助以语言这一符号系统的"指示""规约"性与"非共时存在"进行沟通，并将其引入到当下的时空结构，使神圣之光投射到在场，使受众产生被庇护以及接受福祉、与神合一的想象与感受。

---

① ［美］理查德·鲍曼：《作为表演的口头艺术》，杨利慧等译，广西师范大学出版社2008年版，第2、18-25页。

也许有人不以为然。无论是萨满教祭祀仪式上的神歌唱诵还是基督教礼拜仪式上的念诵祈祷文、唱赞美诗或是印度教崇拜仪式上的《吠陀经》宣唱,仅仅是一种言语行为,它们怎么可能成为一种献祭呢?没有具体的牛、羊、猪,怎么能取悦神灵呢?

确实,语言不是牛、羊、鸡、布帛绸缎,它仅仅是一种符号。因此,它和神灵所索要的牺牲或奉献并非同物。但是,我们必须看到,语言不仅有意义,而且也有形式;作为信息的媒介,它不仅具有陈述思想之功能,也具有呈现心灵、赞美愉悦、表达情感之功能。也正是语言的这一功能,使它被人们想象为祭拜仪式的本身。首先,从仪式语言形式的视阈看,宗教仪式上的语言是一种高度形式化的符号体制,音韵、音律、格调以及句法形式都是规约化、定型化、模式化的。这种规则化的语言形式恰好与仪式的规则化本质相通,或者说宗教仪式正是通过这种规则化的符号系统的展演而不是随意性的言说才使其具备了非凡的属性。曾庆豹先生曾从仪式的"表演"属性这一视角论证了圣事是一种语言游戏的观点。他这样写道:

> 圣事中的仪式是"被表演的某种东西",是一种行动而非模仿,它表现一种对事件的神秘再现,与其说它是象征性的,不如说它就是实际的行动。与儿童游戏一样,圣事一开始就包含着游戏的全部特有因素:秩序、张力、运动、变化、庄严、节奏、迷狂和像"天国"般的不可思议性。①

正是通过语言的"秩序、张力、运动、变化、庄严、节奏"等形式化展演,将人们对神的忠诚、敬爱、崇拜等精神意向"神秘地再现"出来,人们仿佛看到了神已经收到了它所想要收获的东西。

其次,从语言作为一种表现媒介这一视阈看,萨满神歌语言的献祭功能便会更充分地显现出来。仪式语言其实不仅是一种信息形式,还是一种具有特殊的象征意义和神秘力量的符号,因而它本身就成为献祭的一部分。冯·O. 沃格特说得好,一个宗教社团或团体的公众宗教活动即崇拜体系,就是由这些具有艺术色彩的语言构成的:祈祷就是这种行为,唱圣歌也是,集体朗诵教义是,宣誓忠诚于某个道德信条也可能是,举行圣礼和参加圣礼都属于这种行为。②确实,对于宗教信仰者来

① 曾庆豹:《上帝、关系与言说》,华东师范大学出版社2011年版,第138页。
② [美]保罗·韦斯、冯·O. 沃格特:《宗教与艺术》,何其敏等译,四川人民出版社1999年版,第142页。

说，在祭拜礼仪上，用语言讲述神话，是对神之创世神圣历史的赞颂；基督教徒在仪式上唱诵"赞美诗"是对神的至善至美的赞颂；用语言宣誓自己的信仰，就是向神贡献自己的灵魂；祈祷不单纯是向神灵的祈求，它也是通过语言在神灵面前呈现自己的灵魂，成为向神灵奉献的一种形式……此时，语言就不再是一种言说工具，它就如同布帛鱼肉一样，成为献祭的符号。尤其是语言作为一种媒介物，它具有庄子所说的"得鱼忘筌"的神秘性，即当人们被言辞引向所意指的事物之后，人们便不再觉察到是在语言的路上，语言被忘却了，我们直接达到的是意指的本身。正如梅洛-庞蒂所说："语言把我们投向了语言意指的东西，它通过它的运作在我们面前隐匿自身，它的成功就在于它能够让自己被忘却。"①对于言说的这一奥秘的解释，梅洛-庞蒂确实不同凡响："活动的言语不谈论意义，而是用意义来说话，或者让意义在我之中说和被说。"②一句话，所言说的就等于所为的。

关于祭祀仪式上神歌的文化记忆传承功能与语言之关系，是本书的主要内容，也见于本书各处的论述之中，此处没有必要专门讨论。这里我只想指出一点，在那些无文字的小型社会，人们的文化记忆，无论是存储还是传播都是通过语言来操作的。在北方民族中，有些共同体的文化记忆和文化回忆不是通过书写符号而是通过言语符号实现的。也正因此，萨满才显得如此重要。

②治病仪式与语言魔法

所谓治病仪式即在北方民族中，一些人罹患特殊的疾病（大多属意识障碍和心理疾病、精神疾病），经经验医学医治无效，只好请萨满跳神治疗，即"招魂驱魔"。这种跳神仪式实质是语言魔法的展演。

按照有的学者的解释，萨满神歌本质上是语言的魔法。张佳生先生主编的《满族文化史》一书在论及萨满神歌时这样写道：

> 萨满歌是语言的魔术，通过它，萨满可以接触那个无形的神秘世界。它将人类的诉求、希望和信念传到与自己有关的神灵那里，并等待神灵给他们带来某种结果。萨满歌的这种特殊功能，使得萨满们把它看成一种神圣的东西，而不仅仅是一般的语言工具。萨满歌的内容有些可能就是通鬼接神的"咒语"。③

---

① [法]莫里斯·梅洛-庞蒂：《世界的散文》，杨大春译，商务印书馆2005年版，第9页。
② [法]梅洛-庞蒂：《可见的与不可见的》，罗国祥译，商务印书馆2016年版，第147页。
③ 张佳生主编：《满族文化史》，辽宁民族出版社1999年版，第580页。

　　"萨满神歌是语言的魔术"这个断言句可谓击中了萨满神歌之本质。其实，对萨满神歌的"语言魔法"功能的认知，不仅源于学者们的理性分析，也有萨满关于神歌体验的自我报告以及族众神歌接受的个案研究与田野观察数据的支持。在我看来，与其说萨满神歌是一种诗歌艺术和民歌艺术，还真不如说它就是一种语言魔法。正是通过对神歌语言魔力的体验，族众才被带入到被神圣灵光笼罩的超凡世界，萨满才体验到了他作为氏族的祭司、一个集神格与人格为一体、掌握着"超级生命形态"、拥有与神灵沟通的神奇密码的奥秘、能力的超凡存在物的价值。

　　特别是萨满治病仪式上唱诵的神歌尤其凸显了神歌的魔法特征。所有治病仪式，萨满都要说唱除魔驱邪治病神歌。这类神歌唱诵的宗旨是通过这种言语行为恳请神灵附体和呵退邪魔，禳灾解难。无论是招魂、追魂还是驱魔祛邪，仅仅靠鼓乐歌舞是无济于事的，它必须借助于语言这一媒介，也可以说是通过言语展演的一种超凡事件。这种超凡事件要取得预期效果，事件的展演——无论是仪式程序还是神歌言语——都必须规范、严谨，如此才能使这平凡的言语符号具有"超凡"的效力。也正因此，这类神歌的语言都具有规范化、定型化的格调，且几乎每次都与上一次相同。

　　从神话学的角度看，人类的每一群体的神话观念，都与语言的"魔法"意识紧密关联在一起。正如德国哲学家恩斯特·卡西尔在《神话思维》一书中所论述的："神话的每一种源头，尤其是每一巫术世界观，都渗透了对符号之客观性质和客观力量的信念。词的魔力：形象的魔力和文字的魔力，是巫术活动和巫术世界观的基本要素。"[①]在《语言与神话》这篇杰出的宗教语言学论著中，卡西尔用了整整一章的篇幅来分析"语词魔力"。比如，"一个知道神的名称的人，甚至会被赋予支配该神的存在和意志的力量"；"死者的灵魂在踏上去往死亡国度的路途之际，不仅必须得到一些物质财产，诸如食物和衣服等，还必须配备上某种有魔力的东西：这主要是那些来世之国的守门人的名称，因为只有知道了这些名称，才能叩开死神之国的大门"；"甚至一个人的自我，即他的自身和人格，也是与其名称不可分割地联系着……名称从来就不单单是一个符号，而是名称负载者个人属性的一部分，这一属性必须小心翼翼地加以保护。"[②]最后，卡西尔总结道：

---

　　① ［德］恩斯特·卡西尔：《神话思维》，黄龙保等译，中国社会科学出版社1992年版，第27页。

　　② ［德］恩斯特·卡西尔：《语言与神话》，于晓等译，三联书店1988年版，第72-73页。

正是语词，正是语言，才真正向人揭示出较之任何自然客体的世界更接近于他的这个世界；正是语词，正是语言，才真正比物理本性更直接地触动了他的幸福与悲哀。①

　　尽管卡西尔的语言魔法理论还是建立在语言认知高级心智加工水平上的，是一种由上而下的理论模型，即他更看重的是原始人神秘的文化心理模型向自然语言的投射，赋予语言符号某种神奇的力量，具有一定的局限性，但通过卡西尔大量的神话样本分析，我们看到了不仅在萨满教，而且在世界上所有原始族群的神话思维和魔法、巫术操作中，语言都是核心的媒介。

　　关于神歌的心理治疗功能与语言之关系，我在《萨满教"灵魂治疗"的心灵奥秘》②著述中已做过系统的阐述。此不赘述。

③民间文化仪式与语言游艺

　　北方各民族均有说唱习惯，它也是人们最喜闻乐见的文化活动。尤其是受北方民族生存环境以及由此形成的生产生活方式的影响，说唱几乎成为北方民族最主要的文化生活。所谓说唱，主要就是神歌说唱。神歌说唱除了为祭祀神灵和"灵魂治疗"外，还有民间文化娱乐，增强人们生活的幸福感以及促进个体认知发展、心理和谐这样一种人类学价值。③到了数九寒冬，大雪封山，不便于开展户外活动，族人男女老少或在室内、窝棚或撮罗子内偎依火坛（火盆），听族中萨满或长辈、老人讲唱故事、神话、神歌。

　　据相关史料记载，北方一些民族很早便形成了"神歌唱诵比赛"的习俗。《东海沉冤录》描述道：东海窝稽部落中的诸部落一向有春秋两季出海前后的赛歌仪式。届时，各部落遴选族中男女歌手和舞蹈专长者组成歌舞班，称为"乌春朱子"。所歌内容主要以萨满教神话和民间神话为主。赛会之时，各部落族人骑鹿、马、牛等或者赶着大轮车携家带口参加盛会。人们一边烤肉一边饮酒一边欣赏各部

---

　　① ［德］恩斯特·卡西尔：《语言与神话》，于晓等译，三联书店1988年版，第72-73页。
　　② 高长江：《萨满教"灵魂治疗"的心灵奥秘》，《世界宗教研究》，2015年第4期。
　　③ 心理学家爱利克·埃里克森也指认了这一事实：个体发展早期的文化游戏给予个体的是一个世界观，这一世界观不仅能够给予人们由感知和技能所定义的发展空间，而且能够给予人们一个能够克服脆弱、无能和非现实性的广泛愿景。（见［美］爱利克·埃里克森：《游戏与理智：经验仪式化的各个阶段》，罗山译，世界图书出版公司2017年版，第39页）

落表演的歌舞，甚至长途跋涉到海滨做筏，点燃篝火赛歌舞，以致招来海岛百里之外的"野夷呀呀手舞助兴"。赫哲人的"跳鹿神"、朝鲜族的"农乐舞"以及鄂伦春族的"赛神"活动，其中所表演的神歌，大都是这种游艺心理即文化娱乐的产物。如鄂伦春族的"赛神会"（一般在每年的农历四月举行），主要通过跳舞请神、唱《吉祥神歌》《显神歌》进行神歌表演和比赛。它实际上是鄂伦春族一年一度的萨满文化表演集会。赛会上，表演者不仅是萨满，在场的每一个人都要参与其中，帮着萨满唱神歌，围着萨满跳萨满舞。这种神歌赛唱，虽然萨满的唱功是最重要的评价标准，但神歌的歌词，即语言，包括用词、表义、句式、衬词的使用也同样是十分重要的标准。因此，我们也可以说，北方民族的萨满神歌赛歌游戏，就是一种语言游戏。

根据上述分析，我们基本可以得出这样的结论：无论何种仪式上的萨满神歌表演，其实都是一种言语表演。也正是在这种意义上，我才认为，语言是萨满教符号系统中最重要的符号，是中国北方民族文化记忆传播的主要媒介。

（2）萨满语言符号的特殊性

语言与记忆之关系，无论是自传体记忆还是文化记忆，可谓记忆理论研究的一个绕不过的话题。尤其是讨论集体文化记忆传播，一定离不开语言。这已经成为文化记忆理论和传播学研究的共识。如此看来，这里再来讨论语言与文化记忆传播之关系未免显得太缺乏品位，也太缺乏慧根。但我想我还不至于愚蠢到这种程度。虽然语言作为记忆传播媒介的价值已为传播学、文化记忆理论所及，但综观近十几年来学者们的思维触角和理论视域，不难发现，其焦点还都汇聚于语言的语义与修辞层面，即语言对事件的命名、记录、表达对语义记忆的支撑这个层面：在杨·阿斯曼那里，语言所具有的象征义使得一个群体的文化认同得以构建和传承[1]；在阿莱达·阿斯曼这里，语言对事件的命名帮助我们唤回物体和事件而成为记忆最有力的稳定剂[2]；对哈瓦布赫而言，正是语言的意义构成了集体记忆的基本框架[3]；对康纳顿而言，仪式语言独特的修辞构式巩固了社会记忆[4]。这就是集体记忆理论触角所

---

① [德]杨·阿斯曼：《文化记忆：早期高级文化中的文字、回忆和政治身份》，金寿福等译，北京大学出版社2015年版，第145页。
② [德]阿莱达·阿斯曼：《回忆空间：文化记忆的形式和变迁》，潘璐译，北京大学出版社2016年版，第284页。
③ [法]莫里斯·哈布瓦赫：《论集体记忆》，毕然等译，上海人民出版社2002年版，第80页。
④ [美]保罗·康纳顿：《社会如何记忆》，纳日碧力戈译，上海人民出版社2000年版，第69页。

探访的语言媒介之"能量"场。

对语言与集体文化记忆之关系理论的粗犷梳理，我们不仅看到了语言于文化记忆的重要性，而且看到了当下学界对语言与文化记忆之关系认知的局限性，至少从上面所排列的理论中我们看到了这样一点：迄今为止，学者们关于语言与文化记忆价值的思考还局限于普通语言学的层面，即人们的思维触角和理论视阈主要还聚焦于语言的基本层面——语义再延伸到修辞的层面，关注的是语言作为一套交流系统和象征体系对事件的命名、记录、表象对人的语义记忆的支撑这个层面。其实，语言与文化记忆之关系的这种认知并非始自今天，早在18世纪，赫尔德曾就表达了这样的认知：

> 语言是部落的徽号和家族的纽带，是传授经验和知识的工具；语言又是关于父辈的英雄行为的史诗，从语言中听得到家族的先祖发自墓穴的声音。①

确实，语言不仅是人类思维的重要元素，保证了记忆信息的可能性，而且也是收留世界万物、存储与传播人类文化的基本载体，是人们进行回忆的基本框架和范畴。用海德格尔的话说："只有有语言的地方才有人的世界。"②也就是说，只有语言的介入，世界才不再是一个模模糊糊的混沌物，而是变成了轮廓清晰的区域，才能够被认知、被言说、被传递。但我还是认为，人的世界的语言筑基不仅表现为早期海德格尔在"林中路"中所知觉到的语言构成了人的"存在之区域"③、体现于阿斯曼们所说的通过存储、调取而把世界唤回这一维度，还在于人因语言而成为人——因为语言人才有了自我、社会与世界，即埃利亚斯所说的通过语言而以其"第五维度"的符号形式使人获得了社会④，才成为文化的动物，才克服了肉身的先天缺陷而成为这颗小行星上的万物之灵长；在于通过语言，不仅是语法框架、修辞形式、象征系统，还包括对语言中的历史涵度、文化土壤的知觉，宇宙万物、世间万象不仅不再是人的知觉之流，而且还成为与我具有亲熟关系的"我的世界"；在于后期海德格尔在"语言之途中"感悟到的通过语言而"成道"⑤或梅洛-庞蒂所说的"我的生产性"⑥——能够

---

① [德]J. G. 赫尔德：《论语言的起源》，姚小平译，商务印书馆2014年版，第115页。
② [德]海德格尔：《存在与在》，王作虹译，民族出版社2005年版，第116页。
③ [德]海德格尔：《林中路》，孙周兴译，上海译文出版社1997年版，第317页。
④ [德]诺伯特·埃利亚斯：《符号理论》，熊浩等译，商务印书馆2018年版，第75-76页。
⑤ [德]海德格尔：《在通向语言的途中》，孙周兴译，商务印书馆1999年版，第229页。
⑥ [法]莫里斯·梅洛-庞蒂：《世界的散文》，杨大春译，商务印书馆2005年版，第159页。

进行计划、希冀、形上之思和"我"的脱胎换骨。只有在这种意义上，我们才能深刻理解语言作为人类文化记忆传播重要媒介的价值。

为了充分阐释语言符号独特的文化记忆传播媒介功能，我觉得，在讨论这一问题时，我们最好对两种不同的语言符号形式做一区别。今天再用"语言VS言语"的索绪尔结构主义模型来描述这种区别未免显得太俗套，我更喜欢用梅洛-庞蒂创造的"被言说的语言"和"能言说的语言"①这两个短语来区别两种不同的语言符号形式。庞蒂解释说：

> 被言说的语言，是读者和书本一起提供的语言，是既定的符号与可自由处置的含义的各种关系之全体（masse）。如果没有这一全体，读者实际上不能够开始其阅读，是它构成了语言以及该语言的全部书面的东西……但是，能言说的语言，乃是书本向没有偏见的读者打招呼，它是这样一种活动：符号和可以自由处置的含义之间的某种安排由于它而发生了变化，接下来它们双方都产生改变，以至于最后，一种新含义分泌出来……②

也可以这样说，"被言说的语言"指的是人类自然语言的词汇和句法系统以摹本的形式记录、储存文化记忆；"能言说的语言"则是指人们通过在语言系统中植入的文化格调、精神习性激活的情感与想象所铭记甚至创造丰富的记忆；前者可称之为"知识符号"的语言，后者可称之为"心灵符号"的语言。"知识符号"的语言是一种文明制度，"心灵符号"的语言是一种文化生产；"知识符号"的语言是理性的，"心灵符号"的语言是感性的；或用梅洛-庞蒂的话说，是"自恋的、色情的，并赋有把其他意义吸引到自己的网中的天然魔力。"③民间信仰、民间艺术、民俗事象等民间文化之所以成为集体文化记忆的最佳媒介，就在于它创造并操演着文化记忆的这一言语之"道"。

从"两种符号"这一理论观照，萨满教的语言符号可谓北方民族文化记忆的绝佳媒介。无论是神歌还是神谕，其符号形式与"被言说的语言"不同，形成了具有浓郁社区与族群文化经验的修辞构式和符码体式：不仅是定型的语汇系统与修辞组

---

① ［法］莫里斯·梅洛-庞蒂：《世界的散文》，杨大春译，商务印书馆2005年版，第10页。
② 同上书，第10、12页。
③ ［法］梅洛-庞蒂：《可见的与不可见的》，罗国祥译，商务印书馆2016年版，第146页。

织，而且作为"言说民族志"所说的"文化特殊性的范畴和功能"①之符号系统，具有鲜明的文化认知风格，类似于非洲的格里奥所说的"父亲的语言""祖父的语言"，"记载着千年万载历史的秘密"的"语言的口袋"。②它不仅通过特殊的句法个性显现着一个家族、氏族、民族或社区古老的言说习俗，传递着集体的文化感觉，而且它扩张了的"能指"——民俗化、历史化、情感化、形而上学化经验所唤起的复杂的感受质体验③，也使人们不仅想象到了共同体的过去，还仿佛闻到了亲人的味道，感受到了家庭的温暖，倾听到了蜷曲在语词、句法、语调中的神鬼的呢喃，成为对"沉睡的过去"最有力的招魂。比如，萨满教仪式上，无论是神话讲述还是"历史"叙事，都是以民族、社区的言语习俗、本土经验、民俗心理等富有文化厚度感的言语构造句法和语体的：科尔沁博的神歌表演操作的是草原游牧民族的语言；满族萨满祭祖祭祀上唱诵的神歌使用的是满语和贮满满文化习俗的表达式；赫哲族、鄂伦春族萨满教仪式上的神歌唱诵则是赫哲人、鄂伦春人历史文化世界的言语。这些散发着牛羊、草原、汗水、森林、江水、泥土味道的"文化语言"使人产生了最佳的通达性，即令参与者产生最强烈的亲熟感以及属于"我们"的那种意识体验。正如冯·洪堡特所说："人们在语言中可以更明确、更生动地感觉和猜测到，遥远的过去仍与现在的感情相维系，……语言深深渗透着历代先人的经验感受，保留着先人的气息。"④由于它激活了人们信息加工的情绪与想象，使产生的记忆也更深刻。⑤传播人类学家所说的"符号互动"就发生在这种言说情境下。

总之，萨满教仪式的语言符号作为"能言说的语言"，其于文化记忆传播的重要性不仅在于为回忆提供所指和框架，还在于它所激活的回忆活力以及文化记忆的再生产。在仪式上，一句本地谚语或一则带着民族习性的修辞构式、一连串独特的变形喉音，把一个消逝的世界甚至其中的某个情境呈现于受众面前。特别是这些语言符号由于激活了大脑的知觉网络，将"记忆系统"中那些有些模糊的"过去"意象编辑成一个清晰而丰满的文化神话界面。因为我们表征了房屋，所以也能表征出家庭、祖先以及往昔岁月。

---

① [美]理查德·鲍曼：《作为表演的口头艺术》，杨利慧等译，广西师范大学出版社2008年版，第316页。

② [塞内加尔]D. T. 尼亚奈整理：《松迪亚塔》，李振环等译，上海译文出版社1983年版，第2页。

③ 关于语言的复杂的"感受质"体验问题，请参阅我的新著：《萨满神歌语言认知问题研究》，吉林大学出版社2017年版，第287-288页。

④ [德]威廉·冯·洪堡特：《论人类语言结构的差异及其对人类精神发展的影响》，姚小平译，商务印书馆1999年版，第75页。

⑤ 高长江：《萨满神歌语言认知问题研究》，吉林大学出版社2017年版，第161-165页。

3 符号与"心理词典"

萨满神歌作为一种言语体式，它之所以能够成为北方民族的文化记忆传播的媒介，能够激活人们的文化回忆，根据上文所表述的观点，就在于它不是普通的，而是一种集体文化实践的"文化言语"。这种"文化言语"的最大特点就在于，它沉淀着一个共同体的共享知识，如语言传统、地方习俗、精神习性等，能够在集体成员中产生共鸣、产生吸引、产生共同的文化生产力。用认知语言学的理论来表述，也就是神歌的言语与北方民族的记忆——语言记忆、生活记忆、传统记忆——具有的匹配效应。所谓匹配效应，就是在编码—译码者之间共享一种的"语言理论"，如分析哲学家唐纳德·戴维森所表述的那样："听者和说者之间具有一个复杂的系统和理论，这个系统可以清楚地表达各个话语之间的逻辑关系，并可以解释以有机的方式翻译新话语的能力。"[①]用认知科学的理论来解释，就是信息输入与接收者的脑—心智系统中存储的知识，尤其是语言知识、文化习俗、世界观范畴乃至于审美嗜好有着密切关联，输入可以在接收者那里不用进行大脑模型转换便可加工、编码而获得表征。

就语言认知的一般规律而言，凡是能够产生匹配效应的概念，通常也是某一共同体的世界概念系统和语言库存中那些最基本的项目。认知心理学家和认知语言学家将这些基本概念和语言项目称之为"心理词典"。所谓"心理词典"，即个体心智系统中存储的基本概念和语言单位。"基本"，就是说这些项目与其他项目比较，不仅具有语义的清晰性、表征的稳定性，还具有调取的常规性。正是这"三性"使得人们的语言处理不仅具有效率，而且可产生较好的效果。

（1）"心理词典"理论

在人类的脑—心智系统中到底存在不存在这样一种"心理词典"系统？它们在

---

① ［美］唐纳德·戴维森：《真理、意义与方法》，牟博译，商务印书馆2012年版，第233-234页。

人们的语言认知、文化记忆中具有何种意义？为了把这些问题解释清楚，我们需要从"心理词典"这个概念入手展开分析。

所谓"心理词典"亦被有的认知心理学家称为"心理词库"。在认知科学的"方言"系统里，它指的是关于语言的语义、句法和词形信息的心理储备器。与词典学家编撰的词典工具书不同，"心理词典"被认知科学家解释为以特异性信息网络形式组织起来的原型心理词库。关于"心理词典"的形成以及在人类认知活动中的主要功能，认知科学的解释和说明还比较笼统。从认知心理学和语言生态学的角度分析，我认为，与词典学的词典相比，人类心智系统中的这部"心理词典"的产生及其功能可做如下解释。

第一，心理词典是个体在与环境的相互作用中，对环境信息知觉的范畴化、概念化的结果。个体虽然生存于具体的生态体中，与环境发生各种各样的交互关系，但对环境系统中各种信号的知觉程度以及加工水平是不同的。感官接收各种环境数据，只有其中一部分被注意和觉知，能够被加工编码成清晰而稳固的意象和概念；并且，可以认为，能够达到这种水平的其实仅是我们知觉世界中很少的一部分，即经常被知觉、与人们日常生活以及世界认知密切相关的范畴，而其他不具备这种水平的信息则没有进入深加工。它们随着神经元资源的转移而转换成了无意识的东西。那些能够进入深加工，形成心理意象和概念、命题形式的这些知觉经验的系统化、概念化体系，组成了个体心理词库中的语词清单或基本项目。

第二，心理词典中的项目清单不仅源于我们上面所说的环境知觉经验，而且沉淀了个体心智系统中丰富的文化知觉经验，包括个体在社会世界、文化传统中所培育出来的信仰、世界观等。对这些文化信息的反复加工以及记忆、存储构成了个体心理词库的另一部分原型项目。并且正如认知语言学家所指出的，不仅"特定领域的认知模型归根到底由所谓的文化模型决定"，而且"文化模型……对范畴的概念结构有着巨大影响。"[①]也就是说，文化经验还会修改我们通过环境经验知觉所形成的概念范畴。

第三，通过上文的分析，我还推测，人类"心理词典"中存储的语言项目有"表层"和"隐层"这样两种不同的形态。属于表层的就是我们所说的那些"原

---

① ［德］弗里德里希·温格瑞尔、汉斯-尤格·施密特：《认知语言学导论》，彭利贞等译，复旦大学出版社2013年版，第56、62页。

型"单位，它们十分容易被激活、被调取而产生表征；而"隐性"的则是"失活"的语言项目，它们位于"心理词库"的"地下室"或边缘地带。在日常语言生活中，我们很少使用这部分资源，甚至也很少意识到它们的存在，只是在"基本库存"表现能力不足、脑不再控制语言资源的分配与使用的情形下，它们才得以复活，形成表达。这种现象的存在与语言生态学的竞争原理密切相关，即：有些项目虽然曾经成为个体"心理词典"的基本单位，但由于个体心理、心智资本投入的转向与环境的变化（如感觉输入的变化）以及语言思维方式变化的关系，使得这部分词典资源没有被经常激活、唤起和调取，渐渐地，它们的生命活力开始消失，在脑海中的印记开始淡化，有的甚至随着神经元的新陈代谢而消失；有的则转化为类似于无意识的内容，成为个体早期"心理词典"修订后的"残留物"。由于它们已经转移出了前额皮层，所以在一般的言语活动中既激活不到也提取不到这部分资源。只有当我们语言库存中的基本单位不能适应信息处理，个体反复激活脑的广泛区域或在无意识状态下脑自由活动时，这些存储于"地下室"的单位才可能被提取出来进入加工程序。语言创造天才乃至于精神分裂者创造的新奇的语言可能就是这样加工出来的。我想，承认我们"心理词库"或大脑语言模块中存在着一些隐形的语言项目并不会导致语言神秘主义；相反，它可能引发心理语言学和认知心理学的一场思想革命。

第四，作为个体心智系统中的心理词库，它不仅为个体提供"上手的"表达工具和认知范畴以及认知路标，而且它也为个体与他者互动、交流提供了理想化的路径，即可协议性。"越常用的单词提取得越快。"[①]这也就意味着，虽然个体的心理词典受到个人心理图式、自我风格等个性化因素的影响具有相当的"自我"性，但它在本质上是公共性的。至少，在一个文化共同体中，个体心理词库中的基本项目都具有符号的原始性、经验的共享性。如此，个体从其心理词典中调取出来的项目、加工而成的表达单位进入流通领域后具有广泛启动或知识匹配效应，即我们所使用的语言项目，无论是词汇清单还是句法模式能够将接收者心智系统中的某些概念、经验激活，产生认知体验；或者说，这些单位在言说与听者的知觉系统穿梭，重新安排了说者与听者散漫的世界。就如同我在写作这部分文字的时候，我不仅充

---

① ［美］葛鲁尼加等：《认知神经科学：关于心智的生物学》，周晓林等译，中国轻工业出版社2013年版，第336页。

分发挥我个人的语言创造技巧，表现我的个人风格，也可能会创造性地使用一些词句，但我所有的这些企图都必须受到"公共性"的制约。因此，也基本上能够为本专业的读者所理解。用认知语言学的理论来表述，也可以说是"大脑模型匹配"原则的表现：我、你、他虽都有自己使用言语的个性，但由于社群的语言经验已经构成了语言社团每一个体基本相当的大脑模型，因此，当我们接受常规信息时，一般不用调整大脑模型，不会付出太大的努力便能够达到理解。①在认知人类学的意义上也可以这样说，只要言说者挖掘出该共同体的"史前语言"，只要人们能够被带回共同体语言的"黄金岁月"，交流就没有任何障碍。

心理词典中存储的项目不仅仅是我上面所说的词语清单，还包括一个共同体相沿成习的表达习惯。"习惯"的匹配同样为表达与回忆提供了理想模型。我们不妨以前文所征引的石克忒力氏祭祀神歌为样本来解释句子组合形式与接收者脑—心理系统中的"习惯模型"匹配这一原理。

> 头辈太爷：舒崇阿玛发（元祖）留下
> 从始至终
> 在长白山
> 在三个山峰之上
> 从那三道河到松花江
> 三条船与三棵树
> 在树枝上
> 由大瀑布下来
> 大瞒尼依附
> 头辈太爷：舒崇阿玛发（元祖）等待
> 天上日月旋转
> 去吉林乌拉
> 出田野
> 从阿敏地方赶来

---

① ［美］斯蒂芬·克莱恩、罗莎琳德·桑顿：《普遍语法探究》，李汝亚译，商务印书馆2015年版，第193页。

从纳音地方赶来

渡过松花江

乘四面之风而来

在打牲乌拉衙门当差

出于公务

到朗通屯落户①

　　这首神歌作为石氏家族"头辈太爷"的身世与经历以及氏族发源、发展的神话史诗，作为石克忒力氏家族萨满历史的叙述，涉及了许多历史事件、地形学信息，这是很重要的，正如莫里斯·哈布瓦赫所说："如果要想让一个真理留在群体的记忆中，就需要用事件、人物和地点的具体形式表现出来。"②在石克忒力氏家族中，世代流传着这样一个（家族神话）传说——大萨满"头辈太爷""火炼金身"的故事：头辈太爷与妻弟敖姓萨满比武斗法不幸去世，死者炼成了不坏金身，最后归长白山修炼。按照史诗和叙事文学的逻辑，对于石氏家族"头辈太爷"的这一神话与英雄史诗的颂唱，神歌语言叙述应更具有戏剧性、细节性、过程性，以便族群文化记忆的传播。尽管按照文化记忆理论，对于文化记忆来说，重要的不是有据可查的历史，而只是被回忆的历史，"在文化记忆中，过去也不能依原样全盘保留，过去在这里通常是被凝结成了一些可供回忆附着的象征物"③，但对于家族记忆而言，正如莫里斯·哈瓦布赫所分析的那样，必须把所有细节都有意识地整合到一起，并且通过描述重构家庭的日常氛围。"当这个场景浮现出来的时候，它可以以一种扣人心弦的缩影的形式，使家庭成员的'思想'得以恢复，从而使得我们再次沉浸其中。"④然而，这首神歌的语句组合却非人们所期望的那样：其句与句组合的逻辑相当松散，语义表述的细节性也很差。如"在长白山，在三个山峰之上，从三道河到松花江，三条船与三棵树，在树枝上，由大瀑布下来……天上日月旋转，去吉林乌拉，出田野，从阿敏地方赶来……"就人们语言认知的通常模式而言，此

---

① 赵志忠：《满族萨满神歌研究》，民族出版社2010年版，第98-99页。

② ［法］莫里斯·哈瓦布赫：《论集体记忆》，毕然等译，上海人民出版社2002年版，第329页。

③ ［德］杨·阿斯曼：《文化记忆：早期高级文化中的文字、回忆和政治身份》，金寿福等译，北京大学出版社2015年版，第46页。

④ ［法］莫里斯·哈瓦布赫：《论集体记忆》，毕然等译，上海人民出版社2002年版，第106、108页。

神歌的每一个小句都呈现了一个独立的意象；尤其是神歌所使用的介词性短语和动词性短语的排列方式，使得该神歌的意象更加分散，语言的逻辑关联到处被阻断。它令人想到马致远的小令——"枯藤老树昏鸦，小桥流水人家，古道西风瘦马。夕阳西下，断肠人在天涯"的语句空间结构。按照现代语言学的"语篇"理论，语篇是由一组有意义的并且具有意义连贯性、逻辑推理性的语言单位组合而成的。"衔接是建造（语篇）大厦的基础"：在情境语境方面是连贯的，在语域上也是一致的，语言本身也具有逻辑性，也就是衔接的。①在这一语篇组构规则的视角下，我们至少也可以这样认为，这首神歌的语言编码从语篇规则上看是有碍交流的。

那么，这首神歌的语篇结构是否会影响到族群文化记忆的传播呢？答案是不会。神歌语言的这种逻辑空间并非萨满神歌语篇构造规则的缺陷，也没有给人的聆听、理解、体验造成认知障碍，反而显得神歌的语言更精练，表象的整体感更强，所唤起的回忆也更能动。这其中的缘由为何呢？传统的解释主要从史诗、歌曲艺术特征的角度来建构理论，虽然或多或少有点儿根据但很勉强。现在，我们可以根据认知心理学和认知语言学的相关原理给出解释：对这种语言体式的理解源于人们心理词典中的语句组合模型：每个人心理词典中的语言认知"脚本"模型。正是这一脚本模型，激活了人们对所遭遇的符号系统的相关背景知识以及信息，填平了语句组合空间的空隙，即缺省信息，从而可以很好地在大脑中表征出记忆的形象。"人们在理解语篇时总倾向于运用认知世界中的知识将语句中有关信息进行'搭桥'操作，不断主动地创造连贯性，通过语句中所提供的信息，激活概念之间的照应关系，建立话语之间的语义关联，形成一个统一的认知世界，或者说可把各个语句的意义纳入一个统一的意义框架之中，寻找一个上义概念以建立一个统一的主题，这样就能获得语篇的连贯性，也就能理解语篇的信息了。"②这里所说的语篇认知的"搭桥"或"意义框架"的认知规律，就是认知科学所说的"脚本"模式。

"脚本"理论并非语言学家的发明而是人工智能专家的发现。耶鲁大学的人工智能学者Roger Schank和Robert Abelson最早推出了语言认知的"脚本"理论。他们对"脚本"的解释是："这是一个特定背景下对事件按适当序列进行描述的一种结构体。脚本由时段和可填充这些时段的那些必需品一同构成，该结构体是一个互相

---

① 王寅：《认知语言学》，上海外语教育出版社2007年版，第353页。
② 同上书，第359页。

连接的整体，在一个时段中的事物也会影响在另一个时段中的事物。脚本操纵着程式化了的日常情境。它们不会服从于太多的改变，也不会为有待操纵的虚构情境提供平台。"①人工智能学的这一"脚本"理论被认知语言学引进来，用来解释人类语言加工的连贯性、整体性心理经验。故此，在认知语言学这里，"脚本"意味着"为经常发生的事件序列所特别设计的知识结构"。认知语言学家认为，我们在说话或听话时，无意识地填入了取自框架和脚本的大量信息；更有甚者，如果不提供这些信息，我们肯定连最简单的话语片段也无法理解。"脚本"是如此深刻地影响着我们，以致在形成故事的心理表征时，我们甚至没有意识到重要的故事情节并没有用语言表达出来。②计算机科学家和心理学家共同设计了关于"餐馆的脚本"的语言故事。根据这一"脚本"模型，人们设计了这样两个语言样品。

[1] 他走进一家餐馆，向女服务生要了一杯鸡尾酒。他付了钱离开了。

[2] 他走进一家餐馆，他看见了一个女服务生。他站起来回家了。

虽然这两个故事的语句组合形式无别，提供的信息也无大差别，但第一个语篇的意义是完全可以理解的，而第二个似乎没有什么意义。因为[1]的语句组合符合我们在心理词典中储存的一般情况下关于用餐的知识框架和语篇脚本，也就是说，通过我们在餐馆用餐的经验所形成的知识结构，我们能够毫无困难地将没有说出的信息填充完整；或者说通过上下句的信息可以激活我们在餐馆用餐的经验表征，产生一个完整的心理意象以及语篇模型：

他走进一家餐馆，在一张桌子旁坐下来。女服务生递过来菜单，他点了两份菜，还要了一杯鸡尾酒。吃完饭，他向女服务生道了谢，在服务台付了款后便离开了酒馆。

语篇[2]的语句组合之所以难以理解或者被认为是无意义的，是因为这个语言单位的句与句之间没有形成逻辑关联，在人们的心理词库中没有储存这种用餐的知识

---

① 见[美]斯滕伯格：《认知心理学》（第三版），杨炳钧等译，中国轻工业出版社2006年版，第207页。

② [德]弗里德里希·温格瑞尔、汉斯-尤格·施密特：《认知语言学导论》，彭利贞等译，复旦大学出版社2013年版，第239-242页。

框架，没有"脚本"知识提供的回忆支撑，即是说，"看见了女服务生"和"起身回家"这两个语句没有产生任何刺激意义，没有激活我们通常用餐经验的记忆（女性歧视者是个例外），即在我们用餐的知识框架中没有"某人走进餐馆—看见女服务生就回家"这样的经验。由此可见，我们心理词典中的"脚本"框架确实是我们在语言生产和理解过程中十分重要的心理资源和知识框架。正因为人类心理词典中的"脚本"知识，才使得人类的言语交际变得如此简洁高效；正因为人类心智系统中的"脚本"知识，人们所言说的那些僭越形式逻辑的语句才不再是一个个零散的知觉之流，而是被我们的大脑表征为一种整体感和世界感；也正因为人类心智系统中的"脚本"知识，"小桥流水人家"这样的表达才不会被我们理解为心智丧失后的"无意义话语"，而是令我们产生一种难以言喻的美感。尤其是在面对面的口头交谈中，在某些不便明确表达的交际情境下，我们心理词典中共有的"脚本"知识便成为说话人与听话人之间有效沟通的十分必要的认知资源。没有这种"脚本"心理词典，不仅人们的言说会变得琐碎不堪，而且人类的艺术生产与艺术传播——诗歌、小说、戏剧——就无法产生。

尽管迄今为止，认知科学关于人类语言加工和表征（句子的组合与理解）的"脚本"理论在很大程度上都还是基于人工智能的计算机模型建模，这种模型与人类的认知心理是否完全对应还值得进一步研究，但是，这种建模对于我们理解人类信息处理的认知规律却不无启发。通过大量的实验室数据，特别是从发展认知神经科学家提供的数据与推想的角度审视，几乎可以肯定，在人类的心智系统中，在一个共同体每一成员的心理词典中确实存在着这样一个信息处理的"脚本"模型。其起源于个体在早期的脑与心理发展过程中，在与环境、与符号系统的相互作用，对输入信号进行反复加工、编码、建构过程中所形成的信息处理的神经表征模式。这一模式经过反复表征内隐为心智系统中知识体系的一部分，故它也被认知科学称为"内隐记忆"或"程序记忆"，即包含在个体技能或程序中的记忆，且个体通常不能有意识地感觉到[①]，但却在某种情况下可以激活形成表征。从认知语言学的角度看，这种"内隐"的语言"脚本"与诺姆·乔姆斯基所说的人类语言的"深层结构"及有的认知语言学家所说的大脑的"生物蓝图"语法程序不是一回事儿。它不是先验的生物基因，而是源于个体认知实践中语言处理活动对大脑的反复刺激、激

---

① ［美］马克·约翰逊：《发展认知神经科学》，徐芬等译，北京大学出版社2007年版，第142页。

活、编码所形成的经验模型，如早期的日常语言加工、社会语言游戏加工以及文化语言习性的加工等所建构起来的语言—意识经验：一个词、一个句子输入到人的大脑，所激活的不仅仅是这个词和句子本身的意义，还唤回了对与之相关的背景知识的记忆，从而可以对信息进行系统化。从认知神经科学的原理分析，也可以说是语言结构的反复输入、加工、表征形成了固定的神经连接模式。这种语言加工、编码所形成的稳固的神经表征模式，认知神经科学家也用"习惯化"来概括。这种神经计算、表征的习惯化升华到心智水平，便成为人类心理词库中的一种库存，成为信息处理活动中的知识框架，也就是我们这里所说的语言处理的"脚本"知识。随着个体心智系统的成熟、心理资源的丰富以及信息处理神经计算经济学的考虑，尤其是对人类共享的"脚本"心理词典的悟解，在交流中人们就可以将属于"脚本"的内容隐去，于是生成了我们上面所看到的[1]的语篇形式。

　　人类心理词典中的语言"脚本"模式解释清楚之后，我们再回过头来审视前面那首满族萨满神歌的语篇逻辑空间，也就不会感到异常和不可理解了。确实，若从这首神歌语句组合的表层结构而观，其上下句之间的语义连贯性、信息衔接性十分松散，句与句之间出现很大的逻辑断裂。有人曾认为，这可能与这些民族的心智倾向或语言特质有关。现在我们看到，这并非什么民族心智、语言特质的问题，而是共同体语言心智的普遍特性。根据"脚本"理论我们也可以这样说，萨满在进行这首神歌的语言编码时，其心理词典中有一个"脚本"模式做知识框架，也可以说是心智系统中存在着一个细节化的、逻辑化的神歌语篇"脚本"；而且还可以肯定，由于其心理词典中的这一"脚本"模型在他的族人心智系统中是共享的，族人在听到这首神歌的语句时也同样可以激活其心理词典中的程序化"语言记忆"，并由这种"记忆"中的"脚本"知识将其加工成一个整体性的意象或心理表征。

　　这里我想特别指出一点的是，由于受众在对这首神歌进行语言加工的过程中，其"知识"框架虽是固定的，"脚本"虽是模式化的，但"知识"和"脚本"中的信息却可以是开放的，人们可以将其心理词典中的"脚本"知识、日常生活经验、民族文化传统（如萨满教神话）与神歌表演的具体情境整合到一起，创构一个开放的认知模型。从传播媒介的角度分析，神歌对所关涉的这些信息的陈述没有用具体的描述性语言进行表述，而是行云流水，形式简练，充满了一些萨满神歌的固定格式和家族记忆中的一些核心语汇，这不但不会影响神歌的文化记忆传播效果，反而会增加其文化记忆传播的质感。因为对于这类神歌而言，它的叙事是否具体并不重要，重要的是用媒介对这一超凡"历史"进行重复性的叙事展演。如果神歌的叙事与历史完全吻合，它就不再是文化记忆而变成了历史，也就失去了其集体文化神话的意义。我们必须明白，对于文化记忆传播而言，重要的不是"过去"经历所留下的印记，而是媒介展演在人们的心智系统勾勒出来的印记。这一"印记"虽与洪堡特所说的"因为语言深深地渗透着历代先人的经验感受，保留着先人的气息"①这一符号本能有关，但更主要的还在于这些由共同体心理词典中的项目组构而成、散发着共同体精神光泽的符号已将人们的精神系统抓出一道深深的印记。在与这一符号遭遇的瞬间，人们经由言语记忆的复活而将与这种言语经验相关的记忆全部激活。阿莱达·阿斯曼曾说："有许多事情，我们对它们有多少回忆，取决于我们有多少机会对别人叙述它们，有些事情，我们叙述它们的次数越多，就越是不怎么记得自己对这些事情本身的体验，倒是越能记得起此前叙述它们时所使用的那些话语。所以说，对这些回忆的记忆是通过重复而得到巩固的。"②我觉得，用阿莱达的"痕迹"和"轨迹"这两个概念来区别"历史记忆"和"文化记忆"颇为恰当。对于文化记忆而言，"痕迹"并不重要，重要的是言语之力冲刷出来的"轨迹"。在这个意义上说，这种高度简略化的氏族史诗文学语言倒可谓集体文化记忆传承的绝妙媒介。正是这种媒介形式，才可唤起人们更为丰富、更为奇异的神话意象——一个梦幻般的头辈太爷"火炼金身"的史诗画面。反之，如果像历史、数学语言那样构造规则的语句形式逻辑来表达，这首神歌的传播效果就会大打折扣。

　　根据心理词典的"脚本"理论，我们不仅可以理解满族萨满神歌语言的逻辑空间，也可以理解草原游牧民族萨满神歌的语言逻辑空间。如：

　　　　花的高处有宝座，
　　　　玉峰南头有坟茔，
　　　　旋转中带着威风，
　　　　转响着九面铜镜，
　　　　供奉着众多翁衮，

---

　　① ［德］威廉·冯·洪堡特：《论人类语言结构的差异及其对人类精神发展的影响》，姚小平译，商务印书馆1999年版，第75页。
　　② ［德］阿莱达·阿斯曼：《回忆有多真实》，载［德］哈拉尔德·韦尔策编：《社会记忆：历史、回忆、传承》，李斌等译，北京大学出版社2007年版，第60-61页。

敬请自己的祖先。[①]

这首神歌的语言逻辑空间虽然表层关联断裂很大，但因为草原游牧民族人们心理词典中储存的语言加工、编码的"脚本"框架提供的内部视角和"故事"结构，因此，神歌这种松散的表层结构完全可以激活人们系统的记忆表征，在大脑里呈现出一幅细节丰富、意象完整的科尔沁萨满祖先的图画。

按认知神经科学的解释，人们的心理词库不仅包括一套形式词汇清单，而且还包括基本的句法模式等。那么，从句法模式这个角度审视，这首神歌的文化记忆传承功能在心理词典的使用上也获得了十分成功的表现。它的句法结构短小精悍，成分简单紧凑，形容特质的修饰词紧贴近中心词，"主语—谓语—宾语"十分紧密，没有多余的单位，如"发亮的绒毛""刀般的犄角""宽厚的硬腭""喉咙接着是脖子""肩胛旁边有肋骨"……这种句法形式不仅符合认知心理学关于人类语言处理的基本模态——人们在对句子进行加工时，尽管大多数单词都受到重视，但并非所有单词的待遇都是一样的，人们会将80%的精力投向文本的实义词汇；并且，谓语与所陈述的主语在层次上距离越远，人们在检验该陈述的正确性时花费的时间越长[②]，这显然会消解神歌的体验性——也与蒙古族民众心理词典中的句法模型"原型"相匹配，更便于记忆和回忆。

其实，不仅是蒙古族萨满神歌，所有的萨满神歌在语言使用上都具有"原型匹配"的特征。我们再通过一首萨满神歌来证明这一点。

> 树啊，你是神树！
> 保佑全村人平安的神树！
> 你辛辛苦苦日日夜夜守卫在这里，
> 你对我们有大海一样的恩情。
> 我们来朝拜你，
> 你永远保佑我们的康宁幸福。[③]

---

① 引自陈永春：《科尔沁萨满神歌审美研究》，民族出版社2010年版，第453页。
② [美]斯滕伯格：《认知心理学》（第三版），杨炳钧等译，中国轻工业出版社2006年版，第255、203页。
③ 这是由朝鲜族巫堂舞演化而来的"农乐舞"中巫堂演唱的一首"神歌"。

这是一首朝鲜族巫堂在"祭树神"仪式上唱诵的神歌。这首神歌与前面那首科尔沁博神歌在句法形式上就有显著的区别。它的句法形式较为复杂，句子主干上附加了相应的修饰成分；神歌用词、语体显出一种抒情、稳重、雍容的风韵。没有科尔沁萨满神歌的赤裸、狂热，没有满族萨满神歌的固定套式，也没有赫哲族萨满神歌的古朴、直白，而是以典雅构成了其表达模式。这种神歌语式恰恰是朝鲜族作为一个迁徙而来的农业民族那种理性心理结构的表征，也是朝鲜族心理词典的句法原型。虽然从民族历史学的角度看，朝鲜族先民与鄂伦春、鄂温克、满族同属北方民族，面对大致相同的生态环境，有着共同的"万物有灵"的原始信仰，但是，经过长期的人口迁移，他们迁徙到朝鲜半岛，后又从朝鲜半岛跨境而来，在长白山下、鸭绿江、图们江沿岸定居，开始了精耕农业（水稻种植）以来，生态环境与生产、生活方式对他们的心理系统又进行了修剪与重塑，使得朝鲜族的文化心理结构与游牧、渔猎民族形成了一些差异。正如地理学家所说，不同的地理环境，会对人类的精神和思想产生不同的刺激。[1]水稻种植所形成的务实、理性意识生成了这块土地上的朝鲜族与草原上游牧民族、松花江和长白山区的渔猎民族不同的心智倾向，如语言文化、生态文化、民俗文化等。例如，朝鲜族对鹤的偏好与汉民族对鹤的偏好文化心理就有一定差异。在朝鲜族民众的脑—心理中，鹤的飘逸、纯洁、长寿、飞升的意象更丰富，更具活力感，并由此编码出朝鲜族民众心理世界中的鹤文化图式：梦鹤入怀必得贵子，梦鹤飞走家有小灾，梦见鹤鸣官禄显赫，梦见放鹤必得财富；普通民众的家庭用具（如屏风、橱柜、炕柜、窗帘、坐垫等），多"双鹤飞舞""松鹤延年"之图案以象征吉祥；甚至朝鲜族民众的服饰文化——喜白色服装，并因此而被称为"白衣民族"——也不单纯是太阳神崇拜的遗风和有些学者所说的与朝鲜族的"以净为喜"[2]的审美心理有关，也同样与该民族心理深层洁白干净的鹤的形象崇喜这一生态潜意识有关。确如朝鲜族诗人南永前的诗《鹤》所云：

　　　　取白衣魂之洁白翎羽为衣
　　　　取白衣魂之娴熟飞翔为舞

---

　① 　[美]詹姆斯·菲尔格里夫：《地理与世界霸权》，龚权译，上海人民出版社2016年版，第19页。

　② 　金东勋、金昌浩：《朝鲜族文化》，吉林教育出版社1990年版，第197页。

取白衣魂之一对硬翅为筋骨

取白衣魂之亮眸为日为月

天地间游荡者白衣魂

激荡着白衣魂之聚集与飞散

激荡着白衣魂之归去与归来。①

总之，正是朝鲜族民众脑—心灵系统中的"鹤"的文化意象，使得朝鲜族巫堂跳神尤其是"世袭巫"的跳神形成了自己独特的风格：舞步前行后退交织，左右迈动搭配；双手前后拍、平行拍、抬手拍、甩手拍……依次变换，显得舞态和谐庄重，节奏凝重遒劲；尤其是巫堂的装束，额头和足尖的红花与洁白的巫袍相映，手腕弹手与双脚并跳相配，迷离恍惚的"回身舞"与"慢长短"的节拍相结合，使得巫舞②显得时空清明，力感适度，舞姿异常神奇而美丽。③

对萨满神歌语言进行系统考察，我们可以总结出其语言编码"心理词典"原型概念运用的基本形式。一类是生活世界经验的原型符号；另一类是民俗文化经验的原型符号。

（2）生活世界经验的原型符号

"心理词典"的形成、认知特征及其记忆功能解释清楚之后，我们就来具体解释共同体"心理词典"中的一些核心范畴及其文化记忆传播的功能。

正如前文所说，在人类的"心理词典"中，有一些概念或语词较之其他项目更具有语义的清晰性、表征的稳定性以及使用的经常性，诸如"人、山、火、水、树、红"等。认知语言学家将人们心理词库中的这些项目称为"原型"项目。"原

---

① 南永前：《南永前图腾诗集》，作家出版社2009年版，第10页。

② 这是朝鲜族特有的巫舞——"鹤舞"的舞体。

③ 即使民间的朝鲜族巫舞，也基本上属于这种理性、文静的风格。在民间，朝鲜族巫舞主要由算卦、请神、捉鬼三部分组成。行巫者包括"念经人""请神人""做鬼人"三个角色。通常是念经人在右，请神人居中，捉鬼人居左。巫堂先在供桌前表演，（供桌上摆上打糕、鸡、苹果；用三个铜碗装上米插上香）然后开始念咒："婆婆世界海东第一某某县某某村人因不吉利身患疾病……今日摆开天地支八八六十四卦，请来上、中、下神将，速把各鬼撵走，以求家世平安。"念及此开始有节奏地敲打鼓、盆。"请神人"和"捉鬼人"开始登场。"请神人"手抓"请神杆"，随鼓点上下起落，平举时随肩膀起落，杆上纸穗上下飘摆，发出"唰唰"的响声。由于朝鲜族民间巫舞通常在炕上表演，动作平稳，活动范围小；走场前后退步，身体旋转半圈；神杆的舞动也很平稳，通常不离舞者的身子左右，整体上仍呈柔美深沉之态。（见《通化市民族民间舞集成》，通化市文化局编，1990年，第53页）

型"问题是近年来认知语言学很感兴趣的一个课题，而且也取得了较丰富的研究成果。在有的学者看来，"原型"现象实质是人类的"形式心理词汇学"。这种理论对于解释人类加工和理解语言提供了一种简单而优雅的模型。诸如，为什么一个语言共同体的所有成员在言语行为中有些单位的使用频率高而有些单位的使用频率却很低？为什么我们对某些言语形式的加工、理解总是能够获得一种比较稳固、比较清晰的心理表征与概念意义？这是因为共同体成员的心理词典中都存储着这样一种叫作"原型"的单位。汉语认知语言学者把人们心智结构中的"原型"归结为这样几个特征：经验感觉上的完整性、心理认识上的易辨性、地位等级上的优先性、行为反应上的一致性、语言交际上的常用性。①若用心理语言学的理论来解释，也就是那些在人类心理词库中的占据核心位置的单位就是原型单位。若用语言生态学的理论来解释，我们也可以这样来理解心理词典中的"原型语符"：原型语符就是语言"生态群落"中的核心生态丛。它们不仅构成了语言的原生态要素，而且构成了共同体表达经验以及理解和传递集体共享知识的基本符号系统。它是人类符号系统中的"史前语言"，是人类语言"黄金岁月"的沉淀物。正如赫尔德所形象地表述的："每个词都像是一个灌木丛，围绕着一棵神圣的橡树——即一个感性的基本概念——交错纵横地生长起来，而在那棵树上面还残留着一些痕迹，让人们看得出树精或森林女神曾经带给语言发明者的印象。"②

　　不过，坦率地说，就认知语言学领域的"原型"理论研究通观，目前对这一问题的研究仍存在着许多问题。一个是人们关于"心理词典"中"原型"范畴存在的论证还缺乏充分的实验证据，因为我们根本无法进入我们自己和他人的"心理词库"，"原型"说更多的是通过人们的言语行为实践而做出的一种推想和假设，因而，这一理论假设在有些情况下漏洞很多。另一个问题是关于"原型"范畴与言语共同体成员文化心理结构的关系，尽管也引起了一些认知语言学家的注意，认为"认知模型（语境）归根到底由所谓的文化模型所决定"，"文化模型对范畴的概念结构有着巨大影响"③，但研究得并不够深入，还滞留于常识思维的层面。依我看来，人们"心理词典"中的"原型"系统，虽不能说是由文化创造的，但至少接

---

① 王寅：《认知语言学》，上海外语教育出版社2007年版，第137-138页。

② ［德］J. G. 赫尔德：《论语言的起源》，姚小平译，商务印书馆2014年版，第49页。

③ ［德］弗里德里希·温格瑞尔、汉斯-尤格·施密特：《认知语言学导论》，彭利贞等译，复旦大学出版社2013年版，第56、60页。

受文化的范畴化。人类的意识、经验、知识、心理图式等都通过其所凹陷其中的文化情境而建构，"原型"系统也由文化模型所选择。比如，游牧民族和渔猎民族、海洋民族和农业民族"心理词库"中的"原型"系统就有差别；在言语行为中，人们对语言项目的加工、译码与范畴化不仅参照具体的认知模型，而且还受到文化模型的影响。这些认知语言学都没有给予系统研究。

总之，尽管"原型"理论模型还存在着高度理想化和假设性的缺陷，但我觉得这个理论模型还是可用的。依据认知语言学"原型"说的基本理论，我们可以认为，在萨满的心理词库中，也存在着一个"原型"系统。也正是这个"原型"系统的存在，构成了萨满神歌语汇系统的稳固性范畴。我们先看这样一首神歌：

> 修长的身体，很哲，
> 发亮的绒毛，很哲，
> 刀般的犄角，很哲，
> 夜明珠双眼，很哲，
> 元宝般双耳，很哲，
> 耳听八方啊，很哲，
> 如意的羊头，很哲，
> 如盖的头颅，很哲，
> 笔直的鼻子，很哲，
> 鼻子的鼻翅，很哲，
> 蓬松的嘴唇，很哲，
> 口腔有齿龈，很哲，
> 洁白的牙齿，很哲，
> 宽厚的硬腭，很哲，
> 磨石般宽舌，很哲，
> 吃草要食道，很哲，
> 喝水要气管，很哲，
> 喉咙接着是脖子，很哲，
> 脖子接着是胸骨，很哲，
> 胸骨接着是心脏，很哲，

心脏接着是肺脏，很哲，

肺脏接着是元乳，很哲，

元乳接着是肝脏，很哲，

肝脏接着是胆囊，很哲，

胆囊接着是瘤胃，很哲，

扔掉的是那瘤胃，很哲，

弃置的是重瓣胃，很哲，

七十回弯的宕斯，很哲，

帐幔般洁白脂肪，很哲，

说起大肠，很哲，

四度长啊，很哲，

说起小肠，很哲，

八度余啊，很哲，

一共是啊，很哲，

十二度啊，很哲，

一对腰子，很哲，

肥嫩羊肉，很哲，

宽大膀胱，很哲，

说完里面，很哲，

再说外头，很哲，

说起骨头，很哲，

有肩胛啊，很哲，

肩胛旁边，很哲，

有肋骨啊，很哲，

八个肋骨，很哲，

肋骨接着，很哲，

是腰板啊，很哲，

十八节啊，很哲，

接着荐骨，很哲，

荐骨两端，很哲，

是胯骨啊，很哲，

宽大尾巴，很哲，

肥又嫩啊，很哲，

四只羊腿，很哲，

柱一般啊，很哲，

一对踝骨，很哲，

踝骨有胫，很哲，

胫骨有肉，很哲，

三十二个，很哲，

十六对啊，很哲，

是那爪子，很哲，

一一禀明，很哲，

肉没熟透，很哲，

错在厨师，很哲，

告祭有误，很哲，

萨满之责，很哲，

煮肉夹生，很哲，

错在庖丁，很哲，

祭告有误，很哲，

萨满之责，很哲，

洁白哈达，很哲，

五谷杂粮，很哲，

香醇美酒，很哲，

献给祖先，很哲，

解救病痛，很哲，

奉献自己，很哲，

享用祭品，很哲，

营养杂粮，很哲，

醇厚美酒，很哲，

圣洁哈达，很哲，

敬献祖先，很哲，

减轻病痛，很哲，

拯救我们，很哲，

奉献自己，很哲，

一切平安，

哎呀咳咿呀。①

这是一首科尔沁萨满在祭祀长生天仪式时演唱的《镶色勒呼》神歌。蒙古族萨满教信仰有一种特殊仪式——"祭祀长生天"。在祭祀仪式上要奉献一只全羊。萨满此时唱诵的神歌就是要将牺牲之羊身上所有的皮骨内脏等描述出来，其目的是展示奉献牺牲的完整与完美，表达对长生天之神的崇敬，从而传承蒙古族萨满教祭祀长生天仪式的记忆。而萨满的诵唱若要为族人所了解，能够记忆，就要求萨满神歌的语言编码符合语言生态学之法则，即与蒙古族民众心理词典的"原型"系统相匹配：词汇不仅须是草原游牧民族所熟悉的，而且还必须是草原游牧民族生活世界的"原型"语汇，而不能是动物学、生物学、解剖学词典中的语汇，尽管它们的表述更准确、更专业。这首神歌语言最鲜明的特征就在于萨满调动了草原游牧民族心理词典中的"原型"单位，如"绒毛""犄角""胯骨""荐骨"……神歌中如此众多的"原型"单位不仅直激活在场者的生活经验，人们几乎无须转换大脑模型和调动过多的心理资源便可存储这些经验，而且，我推想，它还激活了人们的高级认知活动——敬畏的情绪，以及讲一只完美的全羊、香醇的美酒奉献给神灵，神灵大悦，为草原人们保佑平安这样一种细节丰富的记忆。

（3）民俗文化经验的原型符号

作为北方民族古老氏族宗教的祭司与巫师，萨满虽然被族人视为族群的文化英雄、文化明星、大慧之人，但他毕竟是氏族的一员。由于这些氏族的历史悠远，其生活繁丰多样，并形成了独具族群特色的语言习性，如语汇系统、表达方式等，故而，萨满在氏族祭祀仪式上诵唱的神歌，也必然涂上该族群的精神习性色彩。这符合语言生态学的基本原理。因为人类语言的概念即语义甚至语法是以某一共同体与其周围环境的交互经验为基础的，而人们与环境的交互又总是受到身体活动及其认

---

① 引自陈永春：《科尔沁萨满神歌审美研究》，民族出版社2010年版，第94-96页。

知范围的限制，因此，某一共同体成员心智系统中的词汇体系、语法模式①以及修辞形式必然刻上地方风俗习惯的印记。如此，当萨满进行神歌生产时，他所征用的词汇、所习惯的语法规律以及所进行的修辞活动，便自然表现出地方民俗的特性。确如戴维森所说："一切的人类语言都充满了几乎未被掩盖的拟人化特征。"②这其实意味着，萨满神歌语言民俗文化经验原型符号的运用本质上是萨满心智系统中的民俗记忆的符号化实践。

如从传播学的角度审视，也只有充分显现氏族精神习性的符号，才可使族众产生亲熟感，才能唤起并筑牢人们的文化记忆。也就是说，作为氏族的宗教活动，作为族群集体共享知识传递的神歌，其符号既源于集体的民俗经验，又服务于人们民俗经验的组织与传递。萨满神歌在符号设计上的这一特征，就是我这里所说的民俗文化经验原型符号的投入。

但这仅仅是萨满神歌语言地方化、民俗化特征的一个因素。从传播心理学的"自我传播"这个视界分析，萨满神歌语言民俗文化经验原型符号的配置，也源于萨满"文化自我"价值实现的诉求。萨满教作为一种民族性、氏族性的民俗宗教，具有鲜明的地方个性；神歌作为萨满文化传播的重要媒介，无论其唱诵的方式、规则还是符号系统都应与本族群的文化经验相通达，如此，才能激活人们的知识与经验，才可唤起文化记忆——从意义的编码到情绪与想象的激发。尽管萨满被社区和族众视为集"人性与神性为一身"的特殊生灵，是族群生活的"百科全书""民族的智者"和集体知识的保存者，但人们对萨满所做的"特殊生灵""百科全书""民族的智者""文化记忆保存者"的认知并非根据专家的认知模型而恰恰是民俗文化的认知模型。置言之，也正因萨满对本土民俗文化的熟谙以及能够成功地将他的这些民俗文化经验应用到他的集体文化记忆传播实践中去，他才能够被社区居民视为"神通者""百科全书""民族智者"和"文化记忆保存者"；萨满也只有在神歌创作及表演中体现出这种民俗文化经验，他也才能够获得神歌表演"自我传播"的体验——表达乐趣以及"百科全书""民族智者""文化智者"这些"自传式自我""文化自我"的荣誉及人格价值。用传播动力学理论来表述，是传播者与环境关系融洽的诉求。

---

① 此处的"语法模式"指的是组词造句的习性，并非我在前文所说的那个"生物蓝图"的语法机能。
② [美]唐纳德·戴维森：《真理、意义与方法》，牟博译，商务印书馆2012年版，第317页。

再者，萨满神歌符号配置的民俗文化经验化，也是萨满"组织传播"的媒介策划，即神歌表演宗旨——文化记忆传播的"理想化"方案之一。作为一种文化的存在物，人们总是生活在具体的民俗图像之中，总是沉陷于活脱的地方民俗经验的言说方式之中，总是通过自己的民俗经验辨识周围发生的词语。因此，传播效果如何，不仅取决于传播者的语言知识，更取决于传播者的民俗经验。"摆上八件，供上净酒"，当人们听到这样的言说，人们所获得的就不仅是某种食品的意义表征，而且还可以意向到缺席状态下的满族祭祀的具体场景。这也就是我在前文所说的"能言说的语言"的文化记忆传承功能。集体的经验、家族的气息、由古至今贯穿下来的言语传统，都通过这种民俗文化经验的原型符号被一次次唤醒。作为氏族的智者、民族文化的"百科全书"，萨满师虽然没有梅洛-庞蒂那样深刻的哲学思维，但他却感性地悟解到了这一道理："文化的沉淀给予我们的知识、给予我们的言语一种不言而喻的共同根基，它自身必须首先由这些姿势和这些言语来实现，稍微一点倦意就足以中断这一最深入的交流。"①

　　下面我们就通过几首神歌来分析萨满神歌符号民俗文化经验性及其文化记忆传播功能。

一

　　　我祷告保护我们的诸神灵，
　　　赶紧光临我这顺江霍通，
　　　前来分享我们虔诚的祭礼，
　　　接受我们点燃的圣克列香烟。

　　　你们端坐在树棵草稍之上，
　　　你们附在蒿草尖上，
　　　你们停立在神杆上，
　　　你们歇息在供奉的托罗木桩上。

　　　那巴阿恩都力在天之神，

---

① ［法］莫里斯·梅洛-庞蒂：《世界的散文》，杨大春译，商务印书馆2005年版，第158-159页。

那纳阿恩都力在地之神，

那山神、树神、河神、海神，

那能潜水的鳇鱼神，

那会飞行的金钱豹神，

那熊神、鹿神、虎神、野猪神，

那风神、雨神、星神、月亮神，

你们快快降临吧！

你们在这里躺三天待四天，

自己找自己的地域歇息吧。

……

那传递信息的托布通棒槌鸟神，

那报春迎新的克库布谷鸟神，

请你们立即展翅飞腾，

敬请我那部落的保护神灵。

那南海岸边老林里的库查卡玛发，

还有慈祥的库查卡妈妈。

有了你们的帮助才大仇得报，

才建起了两座城镇，

在这桩桩大事都告完成的时候，

才来到这里摆放祭神的祭坛。[①]

二

从东北方的

呀拉格日啦格日啦格日啷萨咴，

足哈日杭萨的住所

呀拉格日啦格日啦格日啷萨咴，

妖魔鬼怪的住所，

---

① 乌丙安：《萨满信仰研究》，长春出版社2014年版，第129-230页。

呀拉格日啦格日啦格日嘟萨唉，
召唤您，
呀拉格日啦格日啦格日嘟萨唉。

屈死的魂啊，
呀拉格日啦格日啦格日嘟萨唉，
拖着肚脐眼的鬼啊，
呀拉格日啦格日啦格日嘟萨唉，
猝死的鬼啊，
呀拉格日啦格日啦格日嘟萨唉，
做了亏心事的主啊，
呀拉格日啦格日啦格日嘟萨唉。

吊死的魂啊，
呀拉格日啦格日啦格日嘟萨唉，
拖着脚后跟的鬼啊，
呀拉格日啦格日啦格日嘟萨唉，
被车撞死的魂啊，
呀拉格日啦格日啦格日嘟萨唉，
猝死的鬼啊，
呀拉格日啦格日啦格日嘟萨唉。

跳井死的魂啊，
呀拉格日啦格日啦格日嘟萨唉，
被毒死的鬼啊，
呀拉格日啦格日啦格日嘟萨唉，
吃毒药的魂啊，
呀拉格日啦格日啦格日嘟萨唉，
穿花裙的博，叫你们，

呀拉格日啦格日啦格日喃萨唉。①

三

在巍巍的高山下，
神明的吉雅其老人，
放心不下你的马群吗？
夜夜都要降临。

龙棠做眼睛，
绢帛做金身，
供在包内朝南方啊！
看到家园总该放心。

胸前挂着接羔的皮袋，
袋里装满炒米干粮，
供在毡车上停前方啊！
面对马群总该放心。

虎皮斗篷披在肩，
风吹雨淋多劳累；
献上祭羊祈求你，
保佑牲畜永远兴旺、安康！

在牛山的山脚下出现的神灵，
放牧着牛马的吉雅其；
从额尔德班贝岭上出现的魂灵，
端坐在马背上的吉雅其。

---

① 引自陈永春：《科尔沁萨满神歌审美研究》，民族出版社2010年版，第85-86页。

在花山的山脚下出现的吉雅其，
是福佑牲畜的神明；
在金班贝岭上出现的吉雅其，
是全蒙古族尊奉的神灵。

带领着五个孩子的吉雅其，
手托着长处的套马杆；
带领着九个孩子的吉雅其，
捆绑着花斑的长绳。

黄昏降临的时候，
把牲畜圈回栏圈，吉雅其；
晨露初生的时候，
把五畜赶进山谷，吉雅其。

身体是哈达制作，
眼睛是龙棠镶嵌；
众人之父，阿爸吉雅其，
请消除我们的黑白灾难。

身体是白布制作，
眼睛是珍珠镶嵌；
众民之父，阿爸吉雅其，
请保佑牲畜平安。

供桌供椅摆好了，
蜡烛香火点燃了，
四条腿的祭羊也备好了，
四个角的祭袋也装满了。

用双手捧着酥香的炒米，
未到嘴边就闻到它的芳香，
炒米拿到山里吃了吧！
让空气和泉水也一起分享！

我们献上圣洁的祭品，
请神明的吉雅其品尝。
保佑我们的牛羊繁殖，
保佑我们的五畜兴旺。[①]

四

方盘

供物三落

打糕

年香录上

点上

净酒一坛

甜米酒

屋里干净 俊美

保佑长命百岁

乌猪退里

祖爷灵圣

供桌前摆上八件

卧月箔

百年无灾

六十无病

保头清眼明[②]

---

① 引自乌丙安：《萨满信仰研究》，长春出版社2014年版，第173-175页。
② 赵志忠：《满族萨满神歌研究》，民族出版社2010年版，第196-197页。

第一首是赫哲族隆重的萨满教祭祀仪式——祭猪神活动上萨满唱诵的神歌。这首神歌的符号系统可谓高度民俗化了。赫哲族生产、生活、文化等民俗事象通过这些民俗语汇化作一个个具体的民俗图像浮现在人们的脑海中。"圣克列香烟""神杆""托罗木桩""山神""树神""海神""河神""鳇鱼神""金钱豹神""熊神""鹿神""虎神""野猪神""棒槌鸟神""布谷鸟神""库查卡妈妈神"……这些符号不仅与赫哲人的生态环境、生活习俗相通达，也与其所信仰的萨满文化习俗高度一体化。民俗文化经验的符号与接收者的民俗文化经验的直接通达，十分容易激活赫哲人的萨满文化记忆。

第二首神歌系科尔沁萨满在治病招魂仪式上唱诵的招魂歌，主要是历数附身于病人身上的各种邪怪。按科尔沁草原的信仰习俗，能够附身作祟的那些鬼怪，通常是一些非正常死亡者，亦称"暴死"或"横死"。因为他们死得凄惨且不甘心，所以便经常返回阳间附于人的身上作祟以发泄自己的愤懑或索要奉献。这首招魂神歌对符号的编排，也正是以科尔沁牧区的这一信仰习俗为认知模型，构建了一个极具地域性萨满文化特色的神歌符号系统，如"拖着肚脐眼的鬼""吊死的魂""拖着脚后跟的鬼""被车撞死的魂""跳井死的魂""被毒死的鬼""吃毒药的魂"等。萨满用这些极具鲜活民俗经验的符号进行招魂，既有萨满神歌表演活动中民俗文化经验符号自动加工的因素，也是萨满的文化传播"认知主义"效果策略。因为只有这种民俗风格的符号，才能与病患和在场族众的民俗心理经验相匹配，才能激活人们知识和经验中关于疾病的民俗记忆。从而不仅便于人们了解疾病之缘由，也为后面对萨满驱魔活动的体验建构了一个心理空间。

第三首神歌是科尔沁萨满在祭祀草原游牧民族的畜牧保护神——吉雅其——仪式上唱诵的神歌。这首神歌符号的民俗风格更鲜明，所激活的人们关于吉雅其神灵的形象记忆也更鲜活。符号将草原上游牧民族的生产习俗、生活习俗、信仰习俗融为一体，在人们的脑海中再次浮现出草原游牧民族的超自然保护神——吉雅其的意象，且形象丰富、动感强烈、个性鲜明：（1）环境风俗——牛山山脚、额尔德班贝岭上、花山脚下、金班贝岭上，这是内蒙古草原游牧民族放牧的生态风俗；（2）生产习俗——放牧的牛马、长长的套马杆、花斑的长绳，黄昏降临之时把牧畜圈回栏圈、晨露初生之际将五畜赶进山谷；（3）生活习俗——蒙古包、毡车、接羔的皮袋、炒米干粮、鹿皮斗篷、哈达、白布①等；（4）信仰祭祀习俗——黑白灾难、祭羊、炒米等。聆听这样的神歌，符号的民俗文化经验与人们民俗文化经验的通达，更容易唤醒草原牧民的萨满文化记忆。也可以这样说，对神歌中这些民俗文化经验符号的加工，所激活的已不单单是吉雅其这位游牧民族神灵职业化、个性化的知识表征，而且，它还将吉雅其神灵的意象——身披斗篷、背着皮袋干粮、拖着长长的套马杆在花山脚下、金班贝岭上放牧——在人们的脑海里鲜活地呈现出来。不仅使人倍感真实，而且还令人倍感亲切。更重要的是，这种民俗文化经验原型符号在激活人脑意象表征的同时也激活了人们愉悦的情绪体验。这种愉悦的情绪又作为"暖认知"因素影响着人们的信息加工活动，更能把吉雅其这位神灵加工成亲切、善良、勤劳、爱民的形象，从而使人对这位神灵的记忆更加牢固。

第四首系吉林九台满族关氏神本子中的一首神歌。满族神歌虽多呈官家规范之痕迹，讲究用语规范、语篇程式，但在语言使用方面仍体现出民俗文化特征。如神歌中的"方盘""三落""打糕""甜米酒""乌猪""八件"等，就是满族饮食尤其是祭祀饮食习俗的展现。在这些民俗经验丰富的神歌符号的召唤下，人们关于满族饮食习俗尤其是祭祀仪式上食品供奉习俗的记忆被再次唤醒。

我在前文已指认，在个体、社团的交流实践以及集体文化记忆传播活动中，"心理词典"中的"原型"单位是人们十分重要的认知资源。上面我通过对神歌中两类"原型"单位使用的文化记忆效度的分析已证明了这一点。下面我将通过样本分析与理论阐释相结合的方式，对萨满神歌中的心理词库中"原型"单位使用的文化记忆传播功能做一理论化的诠释。

第一，萨满神歌在语言加工、编码活动中心理词典中的"原型"项目应用有助于产生广泛的认知经验。从文化记忆传播的角度而言，它不仅可以使人轻易地调取记忆，而且更容易存储这些记忆。从某种意义上说，每个个体心智系统中的心理词典，就是该社团所有成员共有的生活经验。它不仅记录了自我与世界互动的基本经验，而且记录了共同体共享的语言习俗、文化传统。因为这一"经验"是该社团所共享的，

---

① 白布是蒙古族民众的服装色彩习俗，其色彩喜好与蒙古族民众的生产习俗有关。"蓝蓝的天空上飘着那白云，白云的下面跑着雪白的羊群。羊群好像是斑斑的白银，撒在草原上多么爱煞人。"（蒙古族民歌·牧歌）游牧民族与自然的交互，对白云、白色羊群这些环境信号的加工，产生了其喜白的心理。特别是蒙古人的祖先是狩猎民族，白雪皑皑的冬季是狩猎的黄金时节，人们纵马扬鞭驰骋于银装素裹的林海莽原，这也铸就了蒙古族民众的喜白心理。所以，其服饰风俗以白色为上，如白袍、白色的哈达……

所以在人们的信息加工与知识传递中，从这一"词库"中提取出来的任何一个项目都能够形成"经验投射"，产生激活效应，唤起人们的认知体验，从而达到有效沟通与传播的目的。现象学社会学家阿尔弗雷德·许茨认为，尽管在沟通中，沟通者的解释图式和解释者的解释图式不可能完全统一，因为解释图式是由生平情境以及从生平情境中产生的关联系统严格决定的，但他还是承认这一点，个人之间、社会群体之间的沟通是成功的，因为这些成员共享从实质上看有同样的关联系统。[1]许茨所说的"关联系统"，就是戴维森所说的交流的"目前的理论"，即"共享的东西"[2]，也就是我在这里所说的语言共同体成员心智系统中的"心理词汇"的关联性、共通性。传播学的"效果理论"所说的"沟通效应"其实也就是编码者从心理词典中提取的基本项目加工信息、译码者加工的信息与其心理词库的内容一致所产生的信息处理效果。用梅洛-庞蒂的话说，也就是彼此之间的"心灵感应"。[3]如果接收者对于输入数据不能产生这种"心灵感应"，不能激活经验与记忆，那么，就不存在"互动""共享"。要理解他人的思想并产生反应，"就需要我与他人生活在共同的世界中具有许多对其主要特征（包括其价值）的反应"[4]。有研究者曾从认知神经科学的角度对句子理解过程中"常识性知识"的重要性进行了分析：仅有动词论元结构还不能驱动句子理解过程中的眼动，还要求这些单位是人们常识中的、并被经常使用的单位。[5]"常识性知识"就是心理词库中的"原型"单位。在日常性（而不是科学性）言说中，人们比较喜欢使用那些常用的语汇、句式和修辞方式的原因，不是因为他们平庸和无聊，而是因为那些符号不仅是共同体经验世界的一部分，人们用它们来谈话就是在组织自己的生活经验，感受他们的世界与传统，更主要的也是诉求与共同体共有世界的协调性、和谐性。戴维森说得好："我们对自己作为个体乐意地继承文化上演化而成的范畴所能说得越多，我们个人所能创造的东西就越少。"[6]达达主义的语言艺术家、实验家格特鲁德·斯泰因的语言实验之所以失败，并不像有的学者所分析的那样，是因为她的语言没有表达什么，离开了语境和

① [德]阿尔弗雷德·许茨：《社会实在问题》，霍桂恒等译，华夏出版社2001年版，第421页。
② [美]唐纳德·戴维森：《真理、意义与方法》，牟博译，商务印书馆2012年版，第244页。
③ [法]梅洛-庞蒂：《可见的与不可见的》，罗国祥译，商务印书馆2016年版，第313页。
④ [美]唐纳德·戴维森：《真理、意义与方法》，牟博译，商务印书馆2012年版，第384页。
⑤ 常欣：《认知神经语言学视野下的句子理解》，科学出版社2009年版，第46页。
⑥ [美]唐纳德·戴维森：《真理、意义与方法》，牟博译，商务印书馆2012年版，第319页。

语言的整体性环境①，而是因为她的符号系统超越了人们心理词典的范畴框架，人们无法对其所接收的信息的语义和语法进行常规编码，即使进行大脑模型转换也难以进行经验匹配。正如埃利亚斯所指出的，创新虽为对应于新的共同经验的符号的产生提供了机会，但如果个体从语言模式的传统储存中偏离出来的空间过大，他就不再为同胞所理解。②符号创新虽是激动人心的，但也是充满危险的。

第二，神歌运用心理词库中的原型概念进行编码与交流，具有集体知识传递过程中的通达性效应，从而加快信息处理的效率。正如我在前面所说，在我们每个人的语言知识系统中都有两部词典：一部是词典学家编撰的综合性百科全书；一部是共同体成员在与环境的长期相互作用中认知经验的范畴化、典型化概念系统，即心理词典。前一部词典尽管词条丰富，但在民间生产与生活实践中用处不大，因为人们对那些概念不熟悉，也不感兴趣；后一部词典虽然存量有限，但在人们的沟通生活中却十分重要。因为这些符号在编码者与译码者之间具有长期通达性。也正因为心理词典中的这些单位具有广泛的通达性，因此，人们在信息处理过程中几乎不需要调动复杂的心理资源，这不仅大大降低了信息处理的成本，提高了信息加工的效率，而且挖掘了记忆的深度。当然，词汇通达不仅与共同体成员共有的心理词典相关，还与认知心理学家所说的"词优效应"（即包含在单词内的字母比独立的字母或在不成词的字母堆中的字母更容易理解）、背景效应等因素有关。但是无疑，心理词典的通达性是十分重要的因素。

第三，萨满神歌中原型符号的使用还可以丰富人们的认知体验。在记忆心理学的意义上说，可使唤起的记忆更为具体与丰富。信息加工不仅仅指语义加工，还包括对符号的质感、语言的情感、人文意义的体验等。对于那些不在我们心理词典检索、翻译的核心范畴之内的项目，有时我们借助工具书、借助语言的背景参照也可能理解它们，但它有很大的缺陷。首先，这种理解只能发生在阅读中，而在口头沟通中其效度就会打折，因为人们必须通过大脑模型扩展或转换才能形成与接收到的信息的匹配，但由于人们的工作记忆不能长时间保留多种言语工作记忆，有很多单位未经细加工便消失于脑神经元资源的转移之中了。认知语言学家所说的言语认知的"吝啬原则"，就是强调在言语认知活动中，为了最大限度地降低对认知的要

---

① ［美］乔纳·莱勒：《普鲁斯特是个神经学家：艺术与科学的交融》，庄云路译，浙江人民出版社2014年版，第200页。

② ［德］诺伯特·埃利亚斯：《符号理论》，熊浩等译，商务印书馆2018年版，第94页。

求，为省力起见，尽量避免扩展大脑模型。[①]其次，即使可以加工，但也只是抽象的命题式编码而缺乏意象感。虽然我们也可以理解一句话的意义，但却很难形成意象表征，因而也就削弱了信息处理中的体验效度。我在后文将会具体阐述语言意象构造与认知表征在认知活动中的重要性，故此不做展开。在此我想特别指出的是，信息加工中所形成的意象表征，不仅有助于记忆，而且还可强化体验，如情绪、想象的激活等，从而巩固记忆。在我们的心理词典中，有些单位不是以专业概念、命题的形式储存的，而是以民俗概念的形式储存的，如精灵、鬼怪、阴间等。因此，表达中这些民俗符号的调用，就可能激活听话人心智中的民俗经验，产生情绪、想象等伴随性体验。这不仅增强了表达效果，而且可唤起丰富的回忆。如："他像个幽魂似的站在那儿。""幽魂"就是一个民俗意象十分丰富的符号。当它输入到人们的大脑，立刻激活了人们储存于脑中的关于"幽魂"的文化经验，在大脑中表征出一个幽魂的意象。尽管人们对于"幽魂"的理解仍很模糊，但人们仍可以通过意象加工形成体验。

"心理词典"中的原型项目的性质及文化记忆传播价值解释清楚之后，现在我们就对萨满神歌"原型"符号的使用做一分析。我们先来看两首神歌。

一

为什么而说
谁在此时说
众姓中的何姓
石克忒力哈拉
…………
从泥什哈河下来
泥贞不库巴纳神主
日月旋转
共请日神
众臣祭祀

---

① ［美］斯蒂芬·克莱恩、罗莎琳德·桑顿：《普遍语法探究》，李汝亚译，商务印书馆2015年版，第192页。

众臣祭祀时
众神皆请
随时恭请
众神降位
随时祈求
贝子下马
时时祈求
执事人去
各样供物
洁净吉祥
把烈性酒
近处贡献
把甜米酒
田野上的
好看的鸭子
把芸香引燃
双趟香放前
谁养的祭猪
家养的祭猪
圈养的俊美
耗费生命
断绝后代
贡献理善
称扬的原因
为什么而说
谁在此时说
男女属相
接连许愿
一再说出
不能不说

不可推脱
有的要说
不可含糊
出去旧月
换来新月
吉祥之日
吉祥之日
供品摆上
制作祭品
净水灌上
洁品备上
供桌放上
方盘摆上
明白人不在
糊涂人过多
言语若有错
但敬意诚心
敬奉先辈
然后祭祀
过世错误
弃之他处
求先祖怜爱
只怪祭者
若抬起头
喜悦吉祥
若举起颜
快乐吉祥
从此向前
从此往后
世代延续，

家传万代

祈求福禄 ①

二

顺着战神方向查询，

沿着供神方向追踪，

到各处高庙堂去打听，

这些地方没有再到别处，

也许叫过横道的鬼怪拖跑了，

或许叫过往的闲神带走了，

这里没有再找别处，

说不定叫鬼怪骗走了，

可能叫妖魔拐去了，

哪儿有就到那儿找，

应该攻击的就攻击，

应该讲和的就讲和，

愿各位斯翁使把劲。 ②

第一首是满族石克忒力氏家族的家祭——石氏萨满祖先祭祀仪式上萨满演唱的神歌。整首神歌长达99行，在满族萨满神歌中可谓最长的一首。如此长的神歌，会不会给族众的接收、编码、记忆与回忆造成困难呢？不会。因为组成该神歌的语言项目基本上是该共同体成员心理词典中的原型单位。由于这些词汇的普遍经验性、长期通达性以及知识的共享性，提高了人们处理信息的速度。因为这些词汇在满族民众的心智中是如此熟悉，高度匹配，它们的输入激活了与其相关的诸多记忆和经验，产生连环的心理表象，因而也就获得了很好的记忆效果。

第二首是一则赫哲族萨满跳神时演唱的神歌。与前面那首神歌不同，这首神歌的语言充满了渔猎民族赫哲人心理词典中的词汇。诸如"战神""供神""横道

---

① 赵志忠：《满族萨满神歌研究》，民族出版社2010年版，第185-191页。

② 舒景祥主编：《中国赫哲族》，黑龙江人民出版社1999年版，第416页。

的鬼怪""过往的闲神""斯翁"等。这些神歌语言与赫哲族民众心理词库的通达性，不仅加工起来简易快捷，而且其所激活的集体知识记忆也十分丰富。

有一个问题需要特别解释一下，日常言说、民间交往或生活中的原型单位的使用由于其具有在某一语言体系中的典型性以及生活经验的普遍性而产生了通达性，因此更易于理解和体验，这对日常交流和生活经验的组织是方便的。但是，由于宗教生活是一种特殊的超凡生活，它使用的语言要超凡俗语言之上，因此，人们心理词库中的"原型系统"可能不适合这种模型。确实有这个因素。但这不是人类共同体语言认知的事实。前文我曾说过，人类心理词库中的"原型"系统是文化模型建构的结果而不仅仅是自然经验化的结果。不同的宗教文化形成了不同宗教群体心理词库中的"原型"系统，如基督教、佛教、伊斯兰教都有自己的"原型"语言系统（道、佛法、空、色、逻各斯、主、天堂、地狱、极乐世界等），这也就是一种宗教文化与另一种宗教文化对话甚难的一个重要原因。[①]但不管怎么说，宗教言说也是以宗教共同体成员心理经验通达为基础的，仍然需要与一个教派信众心理的形式词汇表相匹配，否则，言说就失去了信仰传播与情感体验的功能。对于萨满教这种古老的氏族、民族宗教而言，如何通过族群心理词典中原型范畴的使用，使其更加容易也更加广泛地唤回人们的萨满文化记忆，我想，作为氏族祭司、氏族文化英雄以及集体共享知识保存者、传承者的萨满，有着超出族群其他成员的认知与智慧。

---

① 高长江：《符号与神圣世界的建构：宗教语言学导论》，吉林大学出版社1993年版，第322-326页。

▌4　意象与"神话想象"▐

阿斯曼曾认为："回忆形象需要一个特定的空间使其被物质化，需要一个特定的时间使其被现实化，所以回忆形象在空间和时间上总是具体的。"[①]阿斯曼这里所说的回忆形象"时间—空间"化，用认知心理学的理论来表述，也就是回忆特征的"意象"化。所谓"意象化"，也就是信息接收即信息知觉所产生的心理表征以具体的物质、景象的形态呈现出来，即形成"心理意象"。心理意象的形成，主要源于人们知觉活动的图像化。与语言符号知觉不同，图像因其与所表征事物的相似性以及形象性，更能使人产生具体的时间、空间性的心理表征。对于文学作品来说，说人们心中所产生的心理意象源于语言的"图像"会令人觉得很生硬，因为图像总是用来指涉具体的图画。故我在此借助中国古典美学的"意象"理论将其标示为符号的"意象化"。所谓符号的"意象化"，即符号使用者通过将"心中之象"化为"媒体之象"，即将大脑中的艺术形象通过生动的艺术语言创造成一个个具体的意象。在艺术知觉的意义上说，意象化的符号可使得抽象的真理具体化并伴以情感特征。在传播心理学的意义上，意象传播可形成鲜活的知觉：它不仅为记忆提供空间和框架，而且使得记忆形象变得有血有肉，因为记忆的"信息"已经具象化了。萨满神歌作为北方民族文化记忆传播的重要媒介，不仅在于它拥有不同于文字、图像以及特殊的"文化语言"，这些媒介，更在于它通过艺术语言把神歌所表现的"真理"化为一个个具体的图像即意象符号，在受众心理空间建构了鲜活的、具有浓郁的情感意向和生活意蕴乃至于与集体文化无意识相通的一个个意象。

论及神歌语言意象所唤起的心理意象，有必要区别一下这两个概念。"语言意象"或"符号意象"与"心理意象"，实则属于不同的认知现象。关于"语言意

---

① ［德］杨·阿斯曼：《文化记忆：早期高级文化中的文字、回忆和政治身份》，金寿福等译，北京大学出版社2015年版，第31页。

象"，我在前文已做过解释，此不赘述；关于"心理意象"，认知心理学家的认识虽然有一些差异，但基本上同意这是由对事物（如物体、场景、事件的听觉、视觉、味觉等）的知觉所形成的心理表征。例如，当你走到杭州西湖的苏堤，苏堤的知觉信号加工所激活的你过去与恋人一起漫步的记忆而产生以往场景的心理表征，这就是心理意象。认知心理学家告诉我们，心理意象甚至可以表征出你的感官从未注意到的事物，表征想象者头脑之外根本不存在的东西。[①]由此可见，"语言意象"属于认知输入风格，"心理意象"属于认知表征风格。如果我们通过"老屋门前是一条河道，河上架着一座爬满青藤的石桥"这个句子的加工而产生"一座古老的房屋""一条河道""一座石桥"这样的心理意象，那么，二者的关系也可以描述为这样的图式：

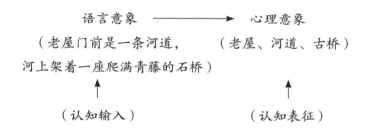

讨论"心理意象"，还有另一个概念需要解释一下，这就是"意象图式"。按认知心理学家的定义，所谓"意象图式"，指的是"对空间关系和空间移动的动态模拟表征"[②]。"意象图式"与"心理意象"的区别在于：首先，"意象图式"不同于真实意象，后者被我们称作"细节丰富的"意象；"意象图式"由存在于具体意象并为空间关系和运动提供基础的动态空间模式构成，比普通的意象更为抽象。其次，"心理意象"是临时表象，而"意象图式"是体验的永久属性；最后，"意象图式"是未经思考的体验的突生属性，而"心理意象"是有意识的认知活动的结果。[③]认知心理学家还对"意象图式"表征的大脑空间位置进行了探讨。学者们认为，由于意象图式不是心智的具体属性，只是反映了心理表征不清晰而从未得到编码的经验完形，特别是它具有跨模态的特点，因而，它不可能只是在视觉皮质，也

---

① ［美］斯滕伯格：《认知心理学》（第三版），杨炳钧等译，中国轻工业出版社2006年版，第169页。

② ［德］德克·盖拉茨：《认知语言学基础》，邵军航等译，上海译文出版社2012年版，第268页。

③ 同上书，第268、275页。

不可能是在前额叶等位置表征，它也可能在其他皮质中编码。

"语言意象"与"心理意象"的关系解释清楚了，我们就比较方便从传播心理学的角度阐释萨满神歌语言符号与文化记忆的关系了。限于文字和认知条件，这里我主要讨论如下几个问题。

（1）神歌语言意象创造的"心理理论"

我们知道，作为萨满教仪式活动的重要组成部分，萨满神歌是一种以语言为主要媒介的音声形式，其意象的创造尽管也离不开音乐的要素，如音律以及咏唱的技艺，但最主要的是语言符号的作用，是"图像修辞"的结果。因此，要解释神歌语言意象的创造及其与文化记忆之关系，我们就必须从修辞与语言意象创造的关联性开始。

修辞与语言意象之间的关系并不是一个新课题，传统修辞学亦多涉及这一领域。但传统修辞学与我在本书中所论述的"修辞与意象"的研究视角是根本不同的。传统修辞学所关注的更多的是如何调动语言的意象元素使表达更加生动、形象、鲜明的问题；而本书对修辞与意象的关联性研究所关注的则是通过修辞行为构造起来的言语意象是如何激活语言加工者的认知表征，建构起丰富的心理想象，从而对文化传播产生理想效果的。置言之，我也可以这样解释二者的差异：传统修辞学的语言与意象研究是语言技术主义的宗旨；传播心理学视角的语言意象研究是传播效果理论的宗旨。萨满神歌的意象研究，其根本宗旨是从言语接收者的认知激活—认知表征的角度解释作为一种言语活动，作为一种修辞模式，萨满神歌所创造的言语意象是如何激活言语行为者的萨满文化记忆这一问题的。为了能够将这一复杂的问题解释清楚，我不得不从基础做起，先来解释与萨满神歌修辞、意象相关的几个重要理论问题以及概念的内涵。

在《符号与神圣世界的建构：宗教语言学导论》一书中，我曾对宗教实践中的修辞行为与日常言语行为（也包括科学、艺术活动）的修辞活动进行过辨析。我的观点是，宗教生活中的言语修辞根本目的就是通过特殊的语符设计形成特异的表达式，从而激活人们某种神秘的体验，解构人们的理性意识，以悟解宗教的神圣性，产生一种超越感、神圣感以及宗教生命感。[1]从这种表述的意蕴而观，二十年前我对宗教修辞的研究所采取的就是一种认知主义的路径，只不过没有使用认知科学

---

① 高长江：《符号与神圣世界的建构：宗教语言学导论》，吉林大学出版社1993年版，第282页。

（认知语言学和认知心理学）的典范，如概念、理论等。 今天，我对宗教修辞动机论的解释仍然如此：宗教修辞术不是普通修辞术，它关心的不是关于遣词造句技艺的知识，而是关于如何通过语言修辞技艺来传输宗教观念、激活人们的宗教情感与想象，从而巩固人们的宗教记忆，深化人们的宗教体验的语言之术。这种修辞观念与哲学家皮尔斯的"纯修辞学"理论有某种契合之处。在皮尔斯看来，符号学有三个分支：第一个分支是"思辨修辞学"，其旨在探明什么东西必然相符于每一种科学心智所使用的再现体，从而使符号可以体现任何意义；第二个分支是逻辑学，其旨在探究什么东西必然相符于每一种科学心智所使用的再现体，从而使它可以适用于任何对象；第三个分支是纯修辞学，它的任务是探明任何心智中一个符号产生另一个符号，尤其是一种思想产生另一种思想的一般规律，也就是"研究意义通过符号从一个心灵转化到另一个心灵，从一种心灵状态到另一种心灵状态"的科学。① 可见，皮尔斯这里所说的"一种思想产生另一种思想，从一种心灵状态到另一种心灵状态"，亦即我在上面所说的由宗教修辞意向所产生的语言意象所激活的听读者的知识、经验、想象等认知活动，从而产生神话心理意象表征这一思想的另一种表述形式。

如果说宗教修辞的宗旨就是通过"艺造"符号激活人们的记忆与想象，使人产生具体的心理意象，从而巩固与深化人们的宗教情感及其记忆，那么，萨满神歌的修辞意向便不是佛教的因果论证，也不是基督教的神话叙事与道德训诫的体式构造，而主要是意象的建构。所谓"意象建构"，指的是通过语言的"图画"与"表象"功能创造出形象性而非命题性的表达形式。用修辞学的观点来表述，也就是描写、述状等形象化的语言操作。我们可以一个具体的言语单位为例：

> 两座山冈的中间地带是一条清澈的小河，河水顺着山脚欢快地奔走着，听起来有一种甜甜的感觉。

从编码者的角度分析，言说者首先形成这样一种心理意向：将对流动的小河的描述化为具体生动的图像，从而给人留下鲜明的印象。这种心理意向促使其调动心智系统中所存储的表达技艺与修辞知识形成这种意象化的表达式。从译码者的角

---

① ［美］皮尔斯：《论符号》，赵星植译，四川大学出版社2014年版，第5、24页。

度看，接收这样的句子，在人们的脑海里便会浮现出一幅山间小溪轻盈流淌的鲜明画面。这个画面就是由意象符号所激活的人们的记忆、经验与想象而建构起来的心理意象。具体地说，译码者这一鲜活而丰富的心理意象的形成，是建立在对"山冈中间""清澈的小河""顺着山脚欢快地奔走"以及"甜甜的感觉"这些意象符号所创造的视觉、听觉、动觉乃至于联觉所唤起的经验、记忆等心理表征的基础上的。在编码的过程中，编码者所使用的这种听觉、视觉、动觉、触觉的描述性语言越多，创造的言语意象越丰富，媒介景观也就越有鲜明的画面感，所激活的受众的感觉记忆、情景记忆以及想象就越活跃，所表征出的心理意象就越丰满，所产生的回忆与记忆也就越丰富。尤其是"联觉"这种修辞手法（汉语修辞学将这种修辞手法称之为"通感"）的使用，如"听起来有一种甜甜的感觉"，它所激活的不仅仅是单一的知觉表征，而是复杂的、跨知觉模态的表征，而且还伴随着复杂的情绪感受，这更加深了人们对认知单位的记忆。也正因为意象符号具有这样的信息传播效应，因此，它更适合于萨满教仪式上的神歌语言符号设计的宗旨。其主要依据有以下三点。

第一，萨满神歌不是阅读的文字系统而是聆听的音声形式。聆听作为一种听觉信号输入及其信息加工活动，它对输入的要求不仅要简明清晰，而且还应富于图像特征，这样才可以使听者避免因心理能力（注意力分散，尤其是言语工作记忆能力）的限制对信息加工造成干扰。因为意象加工相比概念或命题加工不仅更能激发意识活动的活力感，而且意象加工也可使人的信息加工速度更快，所产生的表征更丰富，记忆也更丰富。

第二，如果从认知神经科学"特异脑"的理论来分析，意象符号的加工并不主要是左侧脑的认知活动，接收者对意象符号的加工，也可能是双侧脑以及不同区域的皮质共同被激活。多脑区的交互合作，虽然会影响认知的准确性，但所形成的心理表征会更丰富，并且，它还可以激活人们的情绪并参与认知活动。萨满神歌之所以被一些民俗学家称之为"语言的魔法"，能够产生神秘的心灵反应，我认为在很大程度上可能就与其言语的意象化质感有密切的关联。

第三，神歌的意象符号创造使得神歌语言的"感受质"发生了重要变化，即由符号的"基本感受质"转化为"复杂性的感受质"。与基本感受质相比，复杂感受质对人的知觉系统的刺激更强，产生的认知体验更深刻，因而对神歌信息的存储更丰满、更牢固。

这就是我对萨满进行神歌语言符号设计的心理的一种还原。虽然这里的萨满符号设计"心理理论"系研究者强加给萨满的，但原理却是真实的。用哈耶克的话说，虽然萨满的心智系统没有这套符号设计的"心理理论"，但他一定有这套"默会知识"。确如哈耶克所说，如果我们的所作所为，全让我们对这些结果确实掌握的有限知识来支配，我们的处境会变得更加可怜。[①]

细心的读者也许已经注意到了，我在上文的讨论中使用了"感受质"这一概念，并把神歌语言意象符号的传播"魔力"解释为符号所具有的特殊的"感受质"的作用。那么，什么是语言的"感受质"？它是如何作用于人们的知觉系统产生精神体验的？它对文化传播的功能又是什么？这些问题可谓传播心理学，应该说是传播生物学的重要课题，可惜它们并没有得到重视。现在我就解释这些问题。

"感受质"是意识科学、认知科学领域中的一个十分重要的概念，在某种意义上甚至可以说它构成了认知科学理论的地基。所谓"感受质"，在心灵哲学家那里，它是"给予心理状态现象特征的感觉状态的性质"[②]；意识科学家则把它解释为"拥有一种特定体验像是什么的感受就是那种体验的可感受的性质"[③]。这里我们不妨引证著名意识科学家克里斯托弗·科赫关于"感受质"的一个较为通俗的解释：

> 感受质是可感受的特质的复数。拥有一种特定体验像是什么的感受就是那种体验的可感受的特质：红色的可感受特质在诸如看到火红的日落、中国国旗、动脉血、雕琢过的红宝石、荷马的暗红色海等完全不同的知觉印象中是共同的。所有这些主观状态的共同点都是"红"。感受质是原生的感受，即构成任何一种意识体验的元素。[④]

科赫同时还进一步指出，人类所知觉的对象，有些感受质是基本的，而有些感受质则是混合的：

① ［英］弗里德里希·奥古斯特·冯·哈耶克：《致命的自负》，冯克利等译，中国社会科学出版社2017年版，第88页。

② ［美］西德尼·梅舒克：《物理实现》，王佳等译，商务印书馆2015年版，第5页。

③ ［美］克里斯托弗·科赫：《意识与脑》，李恒威等译，机械工业出版社2015年版，第29页。

④ 同上。

有些感受质是基本的——黄色、突然袭来又令人无法忍受的背下部肌肉的疼痛或似曾相识的熟悉的感受。其他的则是混合的——偎依着我的狗时所闻到的气味和感受，恍然大悟的"啊哈！"或当我第一次听到这不朽的台词"我已看到了尔等不相信的事实。激昂的战舰在猎户星座的肩头出发。我凝望着黑暗中天国之门附近的万丈光芒。所有的那些瞬间将迷失在时间里，像雨中的泪水。死期将至"时被完全惊呆的清晰记忆。拥有一种体验意味着拥有感受质，而那种体验的感受质是指明该体验并使之区别于其他体验的东西。①

这里的"黄色"就是符号的基本感受质，它们是宇宙和物质存在的一种属性；而听到那段台词所产生的"惊呆"感受则是混合的，它源于对语言文字的历史文化语义加工所产生的复杂感受质的体验。这里的"历史文化语义"就是符号的复杂的感受质。它作用于人们的知觉系统，形成了不同于黄色、红色等简单的知觉感受。② 前者使我们能够形成关于某物基本特质的感受；后者则可使人产生对某物的混合以及深度的感受，如基督教大教堂紫色玻璃窗的色感以及神秘感乃至于敬畏的情绪。

由此可见，感受质是物质世界的一种属性。不过，对宇宙内各种物质的感受质的感受或者说感受质的物理实现却只是高级灵长类动物神经组织的一种属性。无论我在我的苹果笔记本电脑上画出多么色彩缤纷的图画或写出多么激动心魄的言语，它都不会产生感受质体验，无论它的配置多么高级。就言语知觉而言，语音输入到人类的感觉器官，人能够感受到元音、辅音、声调、语调，甚至能够形成对说话人的态度的表征。尤其是句法形式，由于它是按照物理法则将离散的单词组合起来的，这一规律恰好与人类大脑神经元的活动规律相一致，因此，句法知觉可以产生意识体验。

根据物质世界感受质以及对感受质的体验的这一属性，我们也可以这样说，人类对宗教或巫术魔力的感受，既与人类自然语言的这一基本物质属性有关，也与人

---

① ［美］克里斯托弗·科赫：《意识与脑》，李恒威等译，机械工业出版社2015年版，第30页。

② 按照神经科学家R.达马西奥的观点，"感受是对特定身体状态的知觉，是对特定的思维方式的知觉和有特定主题的观念的知觉"（见［美］安东尼奥·R.达马西奥：《寻找斯宾诺莎——快乐、悲伤和感受着的脑》，孙延军译，教育科学出版社2009年版，第54页），那么，"黄色""疼痛"感受质源于对身体状态的知觉，而台词所激起的"惊呆"感则属于由特定观念（宗教观念）所引发的知觉。

类言语生产过程中符号感受质的复杂化及其结果有关，更与人类脑—心理系统中的知觉识别器有关。我在窗前听到外面公园中传来的狗吠和孩子喊叫的声音的混合，但我可以辨别孩子的喊叫与狗吠声，这源于对人类自然语言的物理属性的感知。我在教堂听到修士优雅的晚祷而产生一种净化、升华感，这与言语感受质的复杂化有关；同样，它们更与我的知觉系统正常、拥有宗教知识储备有关。

符号的基本的感受质可以产生信息加工者一般性的感受；复杂的感受质则会引起信息加工者复杂、多样化的感受，如科赫所描述的那种混合的体验。不难看出，科赫所说的"混合的感受"已经不再属于符号的基本感受质体验，而是编码者对符号基本感受质的超越，即在基本感受质的基础上对符号进行再生产。这类语言告别了人类言说的"黄金岁月"而踏上了一条既创造新秩序又创造新混乱之路。"激昂的战舰在猎户星座的肩头出发。我凝望着黑暗中天国之门附近的万丈光芒。"这些语言单位的感受质相当复杂，已经超越了语言的基本意义，而带上了杰夫里·N.利奇所说的理性、内涵、社会与情感意义[①]等；或者说言语者通过将自己复杂的意识、思想、想象以及文化观念向语言投射，从而使得语言由"自然符号"而转化为"文化符号"，即我所说的"文化语言"。言语复杂的感受质就是这样产生的。如果有两个人分别对我说"你这头猪。"和"你这头猪！"这两个句子，我能够感受到哪句话是亲昵的，哪句话是侮辱的，并产生痛苦和愉快的不同的感受，这源于我对语言所具有的基本感受质以及语言以外的知识，如语境、文化、美学信息的复杂加工所产生的知觉。这种言语形式的刺激力更强。相对于语言的基本感受质所产生的刺激力（"张力"），我们可称此为语言感受质的"活力"。如果说"张力"是语言的物理力的话，那么，"活力"则属于语言的文化力。其实，"物理力"与"文化力"之说还不完全是因为组成语言的"力"的元素即感受质的成分的不同，还因为它们在人们不同的精神系统所产生的刺激与反应之别：脑系统和心灵系统的。尽管心理也是以脑为基础的，但自从人类的心理形成以后，它与脑就形成了不同的知觉反应形式。总之，我们对符号知觉所产生的各种不同的感受，就源于符号感受质之"力"的性质与水平。

检视语言文化史，语言具有超凡之"力"是人类在"史前语言"时代就形成的一种语言意识。《旧约》中上帝以言语创造世界、中国古代神话中仓颉造字惊鬼

---

① ［美］杰夫里·N. 利奇：《语义学》，李瑞华等译，上海外语教育出版社1987年版，第13-22页。

神等，就是古人对史前语言所拥有的某种不可知的神秘之"力"的直觉与想象。尽管古人的这种"语言之力"之思是神话思维的结晶，但神话思维并非无中生有，也有它的经验基础。用今天认知科学的原理来解释，远古时代人们之所以会产生"语言神力"的思想，一定有它的认知基础，人们一定是在这种符号的知觉活动中感受到了其所具有的某种"刺激力"。语言所具有的这种刺激力，也就是语言学所说的"语力"。

什么是"语力"？简单地说，语力即语言之力；或更确切地说是语言作为一种符号系统的刺激的效力以及产生的影响力。按照宇宙学的两大基本学说，宇宙由两种基本的定律构成：物质守恒的化学定律和力的守恒的基本定律。宇宙的"力"可以分为两种形式：张力和活力。"精致的物体也能和运动的物体一样，含有一定数量的不可磨灭的力。在运动中前者的张力就转换为后者的活力。"①作为物理宇宙的一种信息波，语言符号也具备这两种"力"。当然，语言符号与宇宙的其他物理符号不同，它是一种人工符号系统。但即便如是，只要它流动于社会空间成为一种信号，就具备了与其他物质一样的基本的"力"。也许有人会提出质疑：内部言语没有进入宇宙空间，不是流动的物质，它是不具备"力"的。我觉得这种质疑不具备沟通的意义。"内部言语"不是语言，我们称之为"思想"或"观念"。如果有人说他在用内部言语进行交流——自我或人际——我也不反对别人有这样的习惯和能力，但内部言语发生在个体脑—心理系统中，我们无法从外部观察它，因此它也不在我们所讨论的"语言之'力'"的范畴之内。如果有人一定坚持内部言语也是语言，那么，好吧，我们同样可以指出它所拥有的"力"度。回忆一下：当你用内部言语进行言说——"亲爱的，你让我心醉神迷，你那纤细柔软的肢体、细腻柔滑的皮肤，充满弹性的双乳……"时反思一下你的意识、血液、心脏以及性欲这一系列生理、心理变化，你就会明白，只要内部言语是以规则的语言结构（句法和语义）形式呈现的，能够对意识形成刺激，它就具备了"力"。正如威廉·詹姆斯所说："任何词语的搭配都可以有意义——即使是睡梦中那些任意的词语也是这样。"②总之，作为物理世界的信号形式，语言具有一种原生性的基本之力。这种力作用于它的使用者，形成一种改变使用者的意识、思想以及行为的"张力"和

---

① ［德］恩斯特·海克尔：《宇宙之谜》，袁志英等译，上海译文出版社2014年版，第198页。
② ［美］威廉·詹姆斯：《心理学原理》，田平译，中国城市出版社2003年版，第362页。

"活力"。"张力"是符号的原始刺激力；"活力"是在张力的基础上对符号之力的再发掘所产生的"再生力"。一个尚不具备意识的婴孩的一声喊叫就可以改变母亲的意识、情感与行为。由此，我觉得我们应这样来理解"语力"：语力就是语言具有的张力与活力。

其次，我们再把"语力"落实到具体的言语或话语的层面。前文我曾不止一次地指认这一事实，语言是人类的认知与传播工具，言语行为是人类的一种认知与沟通活动。认知作为一种心智活动，它发生于有意识的高级灵长类动物生命活动的每一瞬间。在言语交互发生的每一刻，无论交际者是否意识到，"语力"事实上都客观地发生了。每一股哪怕是细微的言语之流都对受话人心灵的河床发生了冲击，都产生了对受话人生命状态的某些改变之效力。在《心理学原理》这部心理学著作中，威廉·詹姆斯在谈到这一点时这样写道：

> 在人类言语中，没有一个连接词或者前置词，也几乎没有一个副词短语、句法形式或者声音的变形，不表达我们有时确实感觉到存在于我们思想的众多对象之间关系中的这样或者那样的细微之处。①

总之，语言作为物理宇宙的一种物质存在，作为一种物质运动、信号活动形式，本身具有一种基本的"张力"，即按物理法则构造的句法形式以及具有"物理质"的语音形式。这些物理信号输入受话人的大脑、心智系统就会导致相应的物理实现，也就是心理学家所说的"刺激—反应"以及思想、身体行为。这就是语言最原始也是最基本的"语力"。只要语言属于一套符号体系，属于一种信息形式；只要言语交互发生在两个具有共同的认知模型（文化模型）的个体之间，就能产生刺激，就具有刺激能力和效力。正如哲学家蒯因在谈论语言的刺激意义时所分析的那样：一个句子S，在时间T，对某一个说话者a，具有系数几秒长的刺激意义；并且，刺激就是启动某种行为（最基本的就是做出肯定或否定的行为倾向）。② 蒯因的这一表述若用认知心理学的理论来表达，也就是每一个信号的输入，其语音、语义、语法形态乃至于字形都会对受话人的感觉器官、神经组织和心理系统产生相应

① ［美］威廉·詹姆斯：《心理学原理》，田平译，中国城市出版社2003年版，第342页。
② ［美］W. V. O. 蒯因：《语词和对象》，陈启伟等译，中国人民大学出版社2006年版，第34-35页。

的刺激，激活相应的心理表征，产生一种新的编码和心理建构。这就是我在上面反复论说的语言的"张力"及其产生的结果。并且，我还认为，每一次信号的输入所引发的感受与体验活动都是独特的，下一次同样的信息输入人们不可能发生与上次相同的生命活动。这也就意味着，每次言语交互，无论个体意识到与否，"语力"都产生了，都会使他者的意识、心理发生变化，尽管这种变化人们意识不到。梅洛-庞蒂说的好："在同一个文化世界中，每一个人的思想都至少以烦扰的形式把一种被掩饰的生活带给了别人，每个人都推动别人，正像自己为别人所推动一样，在他对抗别人的时刻与别人结合在一起。"[①]例如，我们在阅读时，字面上文字的笔画、字体等激活了我们的视网膜神经元，它们将这些内容传送到初级视皮层；在那里，信息又被转发到皮层的视觉词形区，通过这一脑区对数据的加工会形成我们关于汉字、书法、审美的基本表征，甚至于形成对书写者的情绪、态度乃至于曾经历的某件事情等更为复杂的表征。这一意识（意识就是大脑神经元集合体的运动过程）和心智运动过程就是"语力""刺激—反应"的作用。

根据对"语力"发生机制的这一分析，我更倾向于把"语力"简单地解释为语言作为一种信号形式对脑—心理系统的刺激所产生的脑、心灵水平的体验及其相关反应。如果改用解释性的表述，也就是话语形式S，在某种环境下Y，对信息加工者N所产生的刺激意义而使得N启动某种行为的效力。这里原理可以图示如下：

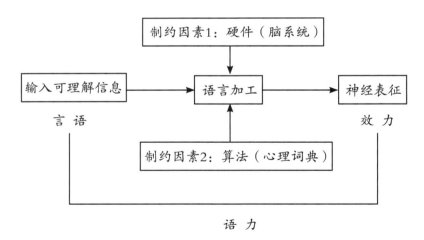

坦率地说，这个"语力"发生的解释模型还是一个闭合系统，即这个模型是建

① ［法］莫里斯·梅洛-庞蒂：《世界的散文》，杨大春译，商务印书馆2005年版，第107页。

立在言语交互行为发生这样一种假设背景下的。其实，如前所述，即使是在不发生言语交互行为的情形下，如阅读、思考、回忆等，语力仍然是存在的。这没什么好奇怪的。一块石头不会体验到"语力"，因为它没有接收物理信号（语言）的物理装置（脑神经系统）；即使我们对它大声说话，它也体验不到"语力"，因为它仅仅是石头。但猫和狗等动物却有简单的"语力"体验，因为猫、狗的大脑不仅仅是一坨肉，一堆物理之水，那里面有数万个神经元，那些"脑中的幽灵"能够对人类与它们长期的交流中所形成的简单的刺激—反应模式的信号形成反应和同步发放，能够产生意识。更何况人类的大脑是一个比狗和猫的脑复杂得多的神经系统，即使没有信号的输入输出，大脑不同脑区储存的数据的交互，也会产生相应的心理表征，产生某种经验和行为。如一个人在静坐的时候突然想到某个词、某个句子，甚至于意识阈下闪现出的某些词句，也同样可以产生情绪、感受，激活我们的心理表征，加工出某种心理经验乃至于产生某种体验；甚至使人产生神奇的认知体验，如狂喜、神游甚至于行动表现。据此，我决定把我上面提出的语力定义修改为这样的陈述句：

> 语言形式 S，在某种环境下 Y 对信息加工者 N（N1[言说者]+N2[接收者]）所产生的刺激意义而使得 N 启动某种行为的效力。[1]

人类自然语言基本的"力"即"张力"的属性及其发生机制解释清楚之后，我们再来分析语言的"活力"问题。前文我曾简单概括说，语言的"活力"是由语言

---

[1]　我这里关于语言之"力"的思想，其实并非我的首创，在语言学、符号学史上，它也曾是一些敏锐的思想家的"语言感受"。美国人类语言学家爱德华·萨丕尔在论及语言的语音成分，如长短、音势之类的现象时，就把它们理解为一种"动力现象"，指出它们具有"心理动力价值"。"动力"也就是"张力"的表现形式。如果说萨丕尔关于语言的"力"意识还不十分清晰，其"动力"概念还有些模糊的话，那么，他的门生、杰出的人类语言学家本杰明·李·沃尔夫则毫不隐晦地表达了他对语言之力的质感体验，尽管有些笼统也有些粗疏。在《语言、心理与现实》这篇出色的论文中，沃尔夫在谈到印度的曼怛罗公式语言时认为，这是一种"专门语言"，用来表达另外一种力量的运动；或者说是生物体内部和周围更微妙的"电能"或"西米能"。（［美］本杰明·李·沃尔夫：《语言、思维和现实》，高一虹等译，湖南教育出版社2001年版，第253页）沃尔夫所谓的"微妙的'西米能'"其实就是我在上面所说的语言的"活力"。哲学家皮尔斯所说的符号的"物质品质""显示性""再现性"（［美］皮尔斯：《论符号》，赵星植译，四川大学出版社2014年版，第35-37页）也可以理解为对语言的"物理力"和"心理力"作用于人的意识活动所产生的认知效应的另一种描述。

"张力"的元素转换而来。如果说"张力"是语言的"洪荒"之力、原生力质，那么，"活力"则是语言的"再生力"或者"升华力"，那么，语言的基本"张力"又是如何升华为"活力"的呢？当基督教牧师指着葡萄酒和面包说"这是主的肉和血"，在听者那里，葡萄酒和面包是如何就真的被当成耶稣的血和肉来体验，分食酒和面包之后就会使人回忆起耶稣死在十字架上，想象到耶稣的死给他们带来的救赎与自由的呢？当巫师对着狂躁的病患喝道"你这个畜生现在必须走！"时，病患是如何产生附体的魔怪被驱走的体验的呢？

从人类语言史学的角度看，远古时代人们从来没有把语言当作交际的工具与符号系统来看待，而是把它看作一种超凡的能量系统：它是神灵的象征，是超自然力所在，是一种魔法，是自我的命运——幸福与悲哀、永恒与沉沦——的保证。[①]恩斯特·卡西尔在分析原始语言思维时曾说道："语词首先必须以神话的方式被设想为一种实体性的存在和力量，而后才能被理解为一种理想的工具，一种心智求知的原则，一种精神实在的建构与发展中的基本功能。"[②]但无论是语言史学还是卡西尔的符号哲学，仅仅向我们说明了符号之"力"形成的结果，而缺乏对这种符号之"力"的知觉与体验的心智运作机制的展示。而这一点恰恰是我们今天需要解决的传播心理学的核心问题。

我在前文阐述"语言魔法"的观点时曾提及这一点，作为一套符号系统，作为人类所创造的交往媒介，语言之所以被人们理解为一种超凡之"力"的存在，不仅源于人们对语言所固有的"张力"的感受，也就是它的物质化的质感形式，如音律、音韵以及基本的句法结构等，正是这种感受质使我们能够将语言与大千世界的其他物理声音区别开，可以作用于我们的听觉系统产生知觉反应；还在于高级灵长类动物的神经网络与心智系统中存在着一种语言的感受机制，也可以称为人类知觉系统中的"感受器"，它能够把物质化的语音符号加工成各种细微的体验及意识、经验，形成系列心理表象而产生心灵活动。我用某种声音呼唤我的爱犬，它会摇头摆尾地走到我的身边，但它也仅仅是执行它习惯性的信号指令，它不会感受到我的情感与态度，当然也无所谓心灵反应。我把"亲爱的，你让我心醉神迷，你那纤细柔软的肢体、细腻柔滑的皮肤，充满弹性的双乳……"写进我的笔记本电脑，但电

---

① 高长江：《符号与神圣世界的建构：宗教语言学导论》，吉林大学出版社1993年版，第160-161页。

② [德]恩斯特·卡西尔：《语言与神话》，于晓等译，三联书店1988年版，第83页。

脑不会突然激动地跳起来亢奋，也不会在晚上梦见和它连接在一起的电子狗。只有人才具有如此的心灵反应。因为人拥有与其他动物不同的信号感受器，能够知觉复杂的语义，即人类赋予这些符号形式以复杂的历史、文化、民俗语义厚度，并在处理这些信息时能够激活那些赋予的"语义"，参照具体的语境和具体的情境框架，即不仅通过心理物理学水平的加工、编码、表征等一系列活动，我们达到对语言的理解与体验，而且还通过高级心智水平的语言加工，即言语发生的外部环境与心智系统内存储的认知模型的互动而形成表征和编码。语言感受质的"活力"就是这样产生的。

将上面的分析做一总结，我认为，人们之所以能在神歌这种音声形式中产生一种非凡的体验，被带入神圣世界、超凡"历史"之中，就源于神歌符号的"感受质"发生了变化：由基本"张力"转化为"活力"；此外还有人类信息接收的"感受器"的复杂化，即在神歌信息加工过程中一些重要的认知元素的介入。法国宗教人类学家马塞尔·莫斯在《巫术的一般理论》中曾提出"巫术力"的概念，并认为"巫术力"形成的三个要素为巫师、仪式和精灵。①他的思路是对的，可惜视阈有些狭隘。在我看来，神歌"魔力"的主要元素形成有如下几点：其一为语言所拥有的"活力"，即神歌符号拥有的复杂的"感受质"，它可以被人们觉知到并产生脑—心理系统的物理运动；其二为神歌表演的当下情境，情境虽然不是语言体系的一部分，没有语言的"张力"，但它作为言语行为发生的具体在场，作为与言语信号一起被知觉的感觉输入，形成了信息加工的网络信息，如此，语言信息+网络信息的联网的加工形式，形成了对语言之力的特殊知觉；其三为神歌语言加工过程中人们心智系统中存储的认知框架，即认知语言学家所说的心智系统中的认知模型，如知识、经验、动机、信念乃至于心灵深处的文化无意识，它们会无意识地影响人们的信号知觉行为，改变直接知觉的经验而重新建构知觉。

总而言之，由于人类对于符号的加工波及不同系统水平的知觉活动，如生物调节系统、神经系统、心智系统、符号体制系统、传播行为发生的生态系统以及自上而下和自下而上的加工方式。正是各种加工、计算、编码方式和行为的共同作用，使人们产生了对萨满神歌语言超凡的语力——"魔力"的精神体验。古往今来，人

---

① ［法］马塞尔·莫斯、昂利·于贝尔：《巫术的一般理论·献祭的性质与功能》，杨渝东等译，广西师范大学出版社2007年版，第126-127页。

类语言生活中发生的一系列"神奇"事件一直是各种神秘主义语言学即"语言魔力说"的形而上学资源。尽管从唯物论的角度看,无论是"语言的神力"还是"语言的魔力"皆属无稽之谈,并给人类的心灵生活带来了无尽的麻烦。但这实在无奈。因为人类信息传递的符号的"感受质"被人类"活力"化了,人类大脑中的语言感受器能够知觉这种感受质。正是语言符号的"感受质"在人类大脑中的"物理实现",使得人在信息处理活动中"启动"链接和想象性的心理加工,把"形而下"的东西"神秘"地加工成"形而上"的事物,或者说把"形而下"的符号加工成"形而上"的精神。"没有任何东西向我们保证说人与人之间的联系一定不包括巫术和梦魇成分的。"①梅洛-庞蒂的这种感受正是源于高级灵长类动物符号知觉的这一特质。物理学家阿瑟·爱丁顿曾说过这样的话:"有意识的力在物理上的显现,即对神圣存在者的信仰使人们产生某种心理活动,这种活动可以影响物理现象的进程。"②他的话可以说是揭示了神歌符号"魔力"体验发生的认知心理学原理。正是在这种认知框架内,我们可以说,在萨满教仪式上,萨满和信众的神魂颠倒、行为失常或神情庄重都不是有人所说的精神与身体"修辞",它不是姿态,而是对仪式上各种符号尤其是萨满神歌语言感受质的"活力"体验,是一种真实的心理事件,当然也可能产生真实的物理效应(不仅在大脑物理学和心理物理学的意义上)。这也就是为什么在萨满教神事活动中,神歌表演行为为何如此重要的心灵奥秘。

通过对符号"感受质"的认知功能以及"力"的分析,我们现在可以得出这样的结论:萨满神歌之所以令人产生深刻记忆以及传播文化记忆的功能,使人形成神圣而又神秘的心灵体验,就在于萨满神歌的语言符号不仅拥有北方民族语言原生质之"张力",可以激活人们的意识体验,还在于神歌语言在民族语言原生之"力"的基础上又嵌入了"活力"。它已经不是一般的符号,而是一种"魔弹"。我们来看这样的例子:

一

复活吧,请降临,司彦召,

---

① [法]梅洛-庞蒂:《可见的与不可见的》,罗国祥译,商务印书馆2016年版,第37页。
② [美]阿瑟·爱丁顿:《物理科学的哲学》,杨福斌等译,商务印书馆2014年版,第224-225页。

蓝白色的腾格里，司彦召，
带着轻雾降临吧，司彦召，
红白色的腾格里，司彦召，
带着薄雾莅临吧，司彦召。

银白色的腾格里，司彦召，
带着烟雾降临吧，司彦召，
嘎剌的主火神爷，司彦召，
嘎吉日的土地爷，司彦召。

敖剌主山神爷，司彦召，
额德的主财神爷，司彦召，
七十二洞的师傅，司彦召，
西方的三个霸主，司彦召。

五十五尊腾格里，司彦召，
东方的三尊霸主，司彦召，
四十四尊腾格里，司彦召，
东西所有腾格里，司彦召。

九十九尊腾格里，司彦召，
三尊至圣的女神，司彦召，
三十三尊腾格里，司彦召，
三位娇美的姐妹神，司彦召。

腾格里的坐骑宝木勒，司彦召，
宝木勒的坐骑众翁衮，司彦召，
众翁衮的坐骑博们，司彦召，

博们的坐骑是我们啊，司彦召。①

二

把你送回去，

啊，嗬嗬嗬，

不要怨恨花衣博，

啊，啊，嗬嗬，

走出很远你留下，

啊，嗬嗬嗬，

不要再扑花衣博，

啊，啊，嗬嗬。②

第一首神歌用了众多色彩十分强烈的形容词，如"蓝白色""红白色""银白色"等，为人们展现了神灵降临的色彩鲜明的意象。从认知语言学的视角分析，这是一种"背景—侧显"的语用方案。由于主体被置于这一背景意象之中，符号产生了十分复杂的感受质：蓝白色、红白色、银白色的神灵与云雾交融在一起，在人的脑海中浮现出一幅十分生动而具体的神灵降临的鲜明图像，使人仿佛看到了蓝白色、红白色、银白色的神灵驾着各种各样的云雾从天而降，从而更加深了人们对神灵形象的记忆。

第二首神歌是一首"送魂歌"。这首神歌最突出的言语特征是萨满每对受事者言说一句之后都要加上一句"啊，嗬嗬嗬"或"啊，啊，嗬嗬"之类的衬词。我认为，这些衬词的嵌入当然不完全像人们所认为的那样，只是为了增强神歌演唱的节奏感、旋律感，它和情绪激活的目的有关。根据我的分析，萨满神歌，尤其是满族"放大神"仪式上萨满神歌和蒙古族萨满行黑博仪式时表演的神歌，"歌"的气质更少，呼唤的含量更多，或者说所"歌"的信息并不重要，"呼"的情感刺激力才是重要的；即是说，通过这样带有原始野性格调感叹句的反复铺陈形成"魔弹"效应——激活仪式参与者的情感，从而形成对萨满"驱魔"文化的深刻记忆。

---

① 陈永春：《科尔沁萨满神歌审美研究》，民族出版社2010年版，第66-67页。
② 同上书，第187-188页。

符号"力"的理论对于我们解释萨满神歌的传播效果十分重要。20世纪40年代后，传播学领域流行一种"魔弹论"，亦称"万能媒介论"，指的是传播媒介所具有的强力传播效果。不过，无论是早期建立在行为主义心理学基础上的"魔弹论"还是后期罗威勒等人改造后的"魔弹论"，其思维的主要聚焦点还都局限于媒介的"轰炸力"层面，即通过大众传媒重复多次的信息轰炸刺激人的各种感官，强行灌注某些思想与行为方式。①也正由于"魔弹论"的这种单一视阈，使得它遭到了人们的种种诟病。不过，我认为信息传播的"魔弹"现象确实存在。只不过"魔弹论"成立的前提不能仅仅局限于信息的"轰炸力"程度上，更重要的因素还在于媒介的形式。用我们上面的分析理论来表述也可以这样说，"魔弹"的"魔"力在很大程度上源于媒介符号的"活力"，也就是信息符号的"感受质"设计技艺。"张力"仅仅是讯息传递的基本能力，"活力"才是其"魔"性的主要因素。因此，传播效果理论不能仅仅研究媒介关联的"态度效果"，其"认知效果"才是重点研究的对象。

符号"感受质"及其"力"的问题讨论清楚之后，现在我们再回到神歌语言意象之文化记忆传播效果这个问题上来。根据认知心理学理论，人类在认知活动中，无论是知觉还是回忆，心理表征通常采取以下三种形式中的一种：命题、心理模型和意象。命题是通过词语的语义加工所产生的对意义完全抽象的表征；心理模型是我们为理解和解释其经验而建构的知识结构；意象则是一种十分特殊的表征形式，它保留了很多根据已知范例的特定细节、从特定角度观察得来的特定物体的知觉化特征。②这也就意味着，相比于命题符号，意象符号拥有相当复杂的"感受质"，是一种具有"活力"的符号。因而，于受众而言，对这些符号的知觉，更具认知的细节性、鲜活性，也更容易稳固人们的记忆。特别是这种意象符号通常与人的情感、想象相联系，使得人对信息的记忆更具深度。萨满神歌的文化记忆传播效果正在于此：萨满通过修辞术创造了大量的意象符号，如时—空意象、环境意象乃至于文化原型意象等。这些意象符号不仅增强了神歌表达的可感性，更重要的是，它们改变了神歌语言符号的感受质形态，对人的知觉产生了强烈的刺激，令人产生的记忆更生动、更具体、更稳固。我们也可将神歌语言意象符号的这一记忆功能用

---

① ［英］斯蒂文·小约翰：《传播理论》，中国社会科学出版社1999年版，第419页。
② ［美］斯滕伯格：《认知心理学》（第三版），杨炳钧等译，中国轻工业出版社2006年版，第183-184页。

16世纪意大利记忆术大师朱力欧·卡米罗的理论称之为"剧场"效应。根据叶芝的分析，卡米罗的所谓"记忆剧场"，也就是把人们所要记忆的内容置放于一个由语言、意象、事物组成的剧场里。[①]由于这个剧场不仅有丰富的意象，而且这些意象还具有神圣性，因而，它不仅可以激发情感以增强记忆——"一个好的记忆形象要具备感情或感染力，而这些形象恰好充分表达了主神朱庇特的平和、火星马尔斯的愤怒、土星萨杜恩的忧郁和金星维纳斯的爱。……不同的情感流从行星的源头涌出，穿过分为七层的剧场"[②]。"图像的力来自它们不可控制的情绪潜能"[③]，而且使得人们所形成的记忆细节性更强，调取的记忆也更生动。

萨满神歌语言符号所创造的意象基本有三种：空间—地方意象、环境—生态意象、"前历史"意象。现分别就它们的特征和文化传播效果做一分析。

（2）空间—地方意象

在人类的意识中，空间感是十分重要的范畴。从某种意义上甚至可以说，人类的世界意识、自我意识都是以空间感为轴心建构起来的。这并不奇怪。人类所生存于其中的物理宇宙是由物质、空间和时间构成的。作为以这个物理宇宙为栖息地的一种特殊生命体，人类总是凹陷于具体的空间和时间之中。英国心灵哲学家C.麦金曾说，"世界的空间性是某种我们无法躲开的东西，它事实上烙印在我们所有的经验中"，"生命在根本上是一系列关于空间的磋商"，因此，人类关于空间的"知觉是人类（和动物）意识本质的一部分"。[④]确实如此。如果说人类的意识活动源于对世界的知觉加工，世界又是以"时间—空间"这样的二维结构构造起来的，那么，人类所接收的输入以及对输入的加工与表征所产生的心理意象总是回避不了"空间+时间"意象这一模式。

从人类知识结构的角度审视，人类心智系统中的空间经验基本上有三种模式，它们分别是几何空间、认知空间和语言空间，人们正是通过这三种空间形式的知觉才形成了超越于一般动物的复杂的"空间经验"。几何空间是客观的物理空间，是人与动物共有的空间感；语言空间既是人类空间经验的语法形式，又是人类通过语词建构的

---

① [英]弗朗西斯·叶芝：《记忆之术》，钱彦等译，中信出版集团2015年版，第136页。
② 同上书，第138页。
③ [德]阿莱达·阿斯曼：《回忆空间》，潘璐译，北京大学出版社2016年版，第247页。
④ [英]C.麦金：《神秘的火焰：物理世界中有意识的心灵》，齐明海译，商务印书馆2015年版，第91、90页。

符号空间，为人类所独有；认知空间即人类根据其所拥有的认知模型（专家模型与民间模型、文化模型与环境模型）所形成的空间经验，具有文化特异性，也可以称之为"文化空间"。几何空间是物理学研究的对象，作为言语意象的认知问题研究，我们对它不感兴趣。"语言空间"和"认知空间"作为梅洛·庞蒂所说的"人类学意义上的空间"，是我们关于空间经验和空间符号之关系研究的重要课题。

依据人类认知行为的基本原理，如果说，人类知觉经验的形成是对知觉符号心理加工的结果，那么，人类的空间经验在很大程度上是物理世界的反应，或者说是物理空间的几何结构在人脑—心理的物理实现。但事实上并非如此。因为人类所接收和加工的知觉信号包括三种，即自然信号、人工信号和认知信号：自然信号是客观世界信息，人工信号是人类创造的语言信息，认知信号则是人类心智系统中内存的文化、心理信息。就此意义而言，人类的空间经验其实是建立在语言空间和文化空间的基础上的，且几何空间很多情况下依赖于文化空间而存在，也依赖于语言空间而存在。如果我们既不曾回忆也不曾想象（而回忆和想象又常常与语言交织在一起），那么，也就不可能把世界存在的现象组织成某种空间模式；如果没有符号系统的"上""下""左""右""在那里……""从那边……"等这类表达空间方位的语词，我们也难以形成清晰而准确的空间范畴。当然，反驳者会说：人类先有空间知觉，然后才产生了概括这些空间知觉的概念和语词。我在这里不想讨论"语言—经验"孰先孰后这个问题。因为这个问题讨论起来非常棘手，当然，也有可能是，这些问题本身就是虚幻的。在这种意义上，如果说文化空间属于人类的主观空间，那么，语言空间则是符号空间。符号既将我们的空间经验条理化，又把我们的空间经验表达出来；语言既是人类空间经验的概括与传达，又是人类空间经验形成的媒介和框架。符号的意义还不止于此，由于语言符号是一套表情达意体系，其所表达的空间经验不仅仅是物理空间的投射，还往往带有相应的情感色彩，这将改变人类的物理空间感而使空间经验更具刺激力，产生某种或亲切或厌恶的空间感。梅洛-庞蒂曾说："世界并不是真正可观察的，在所有的观察中都总会有越界现象……被人们称为可感的东西仅仅是短暂的显现（Abschattungen precipite）……有一种想象性的、存在的、象征性基体的沉淀或结晶。"①例如："为了找到她，他走遍了大漠之上的广袤原野。"虽然我是在漆黑的夜晚的灯光下读这样的句子

---

① ［法］梅洛-庞蒂：《可见的与不可见的》，罗国祥译，商务印书馆2016年版，第240页。

的，我与几何空间隔绝开来，而且我也不曾体验到大漠以北的那片空间，但这样的句子仍能唤起我浩淼的空间感。总之，由于语言的人文属性及人类文化心理经验的投射，使得一些空间符号具有了文化属性，对这些空间符号的加工，便可建构人类特殊的空间经验。在二十多年前出版的《文化语言学》一书中我就指出，生活中的空间名词，作为文化的符号，不仅体现了人类的一种文化感知和体验，还给人以特殊的情感体验。①比如，"西"这个空间名词在某些民族的空间意识中就表征着"死亡"的经验。C. 麦金所说的"空间意识的情感化"以及"素朴的民间空间理论"②，就是我关于人类"空间文化感"理论的另一种表述形式。

通过上述对空间符号与空间经验之关系的讨论，我认为，信息传递过程中空间符号的使用并非完全是一个语法学问题，即所谓的"空间语法"③问题，它也是一个修辞学和传播学问题。也就是说，人类在使用某些空间符号（方位词、短语、小句）描述自己的空间经验或建构一个空间意象时，并非仅仅在于解说个体与空间的关系，标示个体在某一空间结构中的位置，其中也渗透了交流的"效果"意识，即达到加强刺激、激活想象、强化记忆的目的。我们来看这样的句子：

[1] 我在村子后面的小河旁徘徊，追寻着童年的欢乐的记忆。

[2] 我在村子后面的小河周边徘徊着，追寻着童年的欢乐的记忆。

两个句子的重点论元是相同的，但由于所使用的空间语词不同，所产生的刺激力以及所唤起的人们的空间体验也不同。再如："我希望奶奶的西行之旅一路走好。"这句中的"西行"一词不仅仅代表一个简单的行走方位或认知路标，它所表达的是一种相当丰富的心理经验。可惜的是，空间符号的这种语用效果认知语言学还很少涉猎。基于对认知语言学尤其是其空间语法理论的这一认识，本专题对萨满神歌空间意象与文化记忆之关系的研究，我不会采用"空间语法学"的进路，而是

---

① 高长江：《文化语言学》，辽宁教育出版社1992年版，第303-304页。

② ［英］C. 麦金：《神秘的火焰：物理世界中有意识的心灵》，齐明海译，商务印书馆2015年版，第92、106页。

③ 据我分析，认知语言学的"空间语法"不过是语言加工与空间表征之关系的研究。我的一个印象是："空间语法"理论对语言在线加工与空间表征之关系研究的视野还很狭窄，它把主要注意力更多地投向了通过语言而了解人类的空间知识以及不同族群通过语言而建构起来的空间文化这一视阈，在某种意义上我或许可以说，这不过是传统的语言人类学模型而非现代的认知语言学模型。

采用修辞学应该说是认知修辞学的进路。具体一点说，我的工作平台是空间化修辞符号；工作宗旨是符号的空间意象与文化记忆传播价值的解释。我的观点是：萨满神歌之所以使用诸多空间符号进行"空间意象"造型，并非仅为了描述表演者的物理世界和心灵之中神圣者的空间特征，其实也是通过神歌的空间符号的编码，向人们呈现萨满文化神秘的空间经验，并通过这种空间意象传播萨满教的文化记忆。

为了使下文的分析更方便，首先我介绍一下萨满教与北方民族心理世界的空间观念。作为一种崇信"万物有灵"神话的古老氏族宗教，萨满文化的空间观与物理学的空间观不同，甚至与素朴的常识空间观也不同。在萨满及北方民族的心理世界，物理宇宙的几何空间是一个梦幻般的神秘空间。这是一个现象学家所说的"先验自我"建构起来的主观空间，一个充满神灵形象的神话空间。按照萨满文化的宇宙"三界"说，人类生存于其中的这个宇宙空间是由上、中、下三种不同空间（三界）结构组成的，用萨满教的话语来表述，是由最高的"天界"、中间的"人界"和最底层的"地界"这三维超凡空间所构成："天界"乃神灵所居之空间；"人界"乃人类和其他生物生存的空间；"地界"乃亡灵和恶魔存在的空间。在满族萨满文化空间模型中，人界即"中界"还不仅仅是人类及其他生物的栖息之地，而且这些"其他生物"也属于各种各样的精灵，只不过与"天界"的神灵相比能量稍显弱了一些而已。可见，萨满文化浸染下的北方民族心灵世界中的宇宙空间实质乃为神灵、精怪、恶魔这些超自然存在架构起来的文化形而上学空间。在这个空间里，到处充满了神灵与恶魔。作为北方民族的"民间空间理论"，正如C. 麦金所说，它表现的是"一个漫步在难以置信的大宇宙一隅中的小行星表面的存在物对空间的特定看法"，是人的"感觉的局限性而表现狭隘的人类观点以及对世界的片面看法。"①局限、狭隘、片面确是千百年来民俗心理空间模型的基本特质，但这实属无奈。人类天生就是一种追寻空间秩序的精神动物，以保住存在意义的明晰性；但大自然并没有赋予人类这个种群大多数成员合理处理空间运动规律的特殊心智，而只是赋予了他们一种空间感知的神经机能便送他们进入浩渺的宇宙空间。在浩瀚、深渊、混乱、无情、单调、永恒的宇宙空间面前，人类那渺小的肉身、虚弱的心灵简直微不足道。尤其是物理空间中那些无情的巨爪，一次次把人类的生命世界撕

---

① ［英］C. 麦金：《神秘的火焰：物理世界中有意识的心灵》，齐明海译，商务印书馆2015年版，第106、107页。

碎，抛向浩渺的宇宙空间。可以说，在原始人那里，空间就是噩梦之源。法国古生物学家德日进所说的人类的"时空病"，即"面对宏大的宇宙的压抑感和张皇失措感"①就是这样产生的。当生存在冷酷的物理空间面前变得混乱不堪时，人类只好将物理空间人文化，赋予它特异的文化形而上学意蕴，并通过献祭、媚悦、谦卑、商讨等文化手段来消除心理的恐惧。从认知人类学的角度看，也许正是由于人类空间认知的局限性和追求空间秩序的意向性，才产生了人类的神话和宗教。人文主义地理学家段义孚先生曾指出："神话空间是一个经验上已知的、知识上不足的模糊区域……它是世界观的空间部分，即人们在从事交际活动中形成的地方化的价值观。"②"经验上已知"是高级灵长类动物与环境互动、知觉器官进化—选择的结果；"知识上不足"则是人类心智与文化缺陷的表征。萨满及其沉浸于萨满文化中的北方民族的空间经验也正是人类神话—宗教空间观的反应。当萨满的这一空间经验模型通过神歌的形式表达出来时，其实也就意味着将萨满教的空间观念传递给他的族众，人们便可从神歌的空间意象加工进入萨满教的世界。我们来看下面这首科尔沁萨满在祭天仪式上表演的《向宝木勒祈祷神祠》的神歌：

> 在圣格斯尔汗的时候，
> 出现了三尊宝木勒，
> 它是长生天的坐骑，
> 是我们花衣博的灵魂。
>
> 从天上雷鸣般降临的，
> 是下凡的汗宝木勒父亲；
> 从天上闪电般降临的，
> 是下凡的后宝木勒母亲。
>
> 有万劫不变的宝石宫殿，
> 有铜浇铁铸的四扇大门，

---

① [法]德日进：《人的现象》，范一译，北京联合出版公司2014年版，第181页。
② [美]段义孚：《空间与地方：经验的视角》，王志标译，中国人民大学出版社2017年版，第70页。

九层天的大帝啊，
尊贵的后王母娘娘。

有万尘不染的圣洁宫殿，
有金雕玉刻的四个大门，
九十九层天啊，
神采奕奕的帖根（仙女）——三位女神。

有雄伟壮丽的水晶宫殿，
有描龙画凤的四扇大门，
三十三层天啊，
妩媚秀丽的铁根——三位女神。

画在锦缎上的五彩尊神，
是阿民汗王敬仰的九尊宝木勒天。
用五色丝帛装塑的神灵，
是台吉公爷供奉的五尊宝木勒天。

驾着蓝云巡游的七尊宝木勒天，
是百姓们敬畏的一尊虎疯宝木勒；
驱着闪电翱翔的五尊宝木勒天，
是万民信仰的一尊虎疯宝木勒天。[①]

    这则神歌中的神灵"宝木勒"是草原游牧民族也是蒙古族萨满教神灵系统中的自然守护神，直接隶属于草原上的最高统治神"长生天"，并代长生天管辖周游世界的众多神灵。但是，由于神灵意识大多是抽象的，因此，为了使族众获得宝木勒的具体形象，这首神歌便启用众多空间符号展示人们头顶的空间——上天的神圣性，宝木勒以及众神灵就在这一浩渺无垠的"九层天""九十九层天""三十三层

---

① 白翠英等：《科尔沁博艺术初探》（通辽市文化处内部资料，1986年版），第116页。

天"的非凡空间之中。尽管这首神歌的空间意象还显得比较空泛，缺乏具体的意象呈现，但通过对"上天""九十九层天""三十三层天"这些萨满教文化空间符号的加工，仍可激活科尔沁博以及信众关于神灵宝木勒的记忆，产生神话性的心理空间表征：草原上的神灵宝木勒、三位女神、后王母娘娘、大帝等众多神灵居住在"九层""九十九层""三十三层"这些肉体凡胎连想都不曾想到的"浩远"上天。用皮尔斯的话说，由于神灵形象被萨满教文化的空间符号"解释化"了，于是，神灵形象十分容易在人们的心灵之中扎根。

如果说这则神歌的空间意象还有些虚幻，那么，下面这首《向腾格里祈祷》的神歌其空间意象则比较丰满。

> 西南方向降临的，呀咳来，呀咿哟，
> 财神比斯满腾格里们，呀咳来，呀咿哟
> 它的旁边降临的，呀咳来，呀咿哟，
> 白音阿海翁衮腾格里们，呀咳来，呀咿哟。

> 正西方降临的，呀咳来，呀咿哟，
> 瓦其日巴尼腾格里们，呀咳来，呀咿哟，
> 西北方降临的，呀咳来，呀咿哟，
> 洪巴特日腾格里们，呀咳来，呀咿哟。

> 正北方降临的，呀咳来，呀咿哟，
> 道格昕乌很腾格里们，呀咳来，呀咿哟，
> 东北方降临的，呀咳来，呀咿哟，
> 伊日瓦勺日腾格里们，呀咳来，呀咿哟。

> 东南方降临的，呀咳来，呀咿哟，
> 玛日撕拉合木腾格里们，呀咳来，呀咿哟，
> 正南方降临的，呀咳来，呀咿哟，
> 四大天王腾格里们，呀咳来，呀咿哟。

天上降临的，呀咳来，呀咿哟，

阿斯日霍日穆斯塔腾格里们，呀咳来，呀咿哟，

腾格里的儿子达木杜噶日，呀咳来，呀咿哟，

腾格里的女儿达合尼斯们，呀咳来，呀咿哟。

九十九尊腾格里，呀咳来，呀咿哟，

三位至圣的女神，呀咳来，呀咿哟，

三十三尊腾格里，呀咳来，呀咿哟，

三位娇美的姐妹神，呀咳来，呀咿哟，

敬请腾格里们，呀咳来，呀咿哟，

向吉雅其阿爸禀告。①

　　这首神歌的空间符号很多，创造的空间意象较为具体：西南方向、西北方向、正西方向、正北方向、东北方向、东南方向……东西南北，构成了神灵降临空间意象的完形结构；并且，为了凸显萨满所祈请神灵的广博性和萨满教神话世界的宏阔性，神歌中还加了"天上"这个空间词。如此具体而又广袤的空间意象输入，激活了人们关于神灵腾格里以及其他神灵无处不在的神秘的宇宙空间想象。如此空间意象不仅传播着萨满教"神话宇宙观"，而且它也使人产生对萨满"神通"的认知：它不仅唤起了人们对萨满教"天界"神灵形象的回忆，而且也升华了人们对萨满"神通"的崇信——作为腾格里神灵的弟子、人界的代言人，萨满的背后是无所不在的众多神灵。

　　我们再看一首科尔沁萨满（白博）祭祀佛主的神歌《向佛主祈祷》：

面向四方，咳呼呼呼嘿，

我敞开；

面向天堂，咳呼呼呼嘿，

在祈祷；

穿上衣帽，咳呼呼呼嘿，

在祈祷；

---

① 　陈永春：《科尔沁萨满神歌审美研究》，民族出版社2010年版，第40-41页。

四方的佛爷，咳呼呼呼嘿，
请保佑！

面向八方，咳呼呼呼嘿，
我祷告；
面向普陀岭，咳呼呼呼嘿，
在祈祷；
虔敬的弟子们，咳呼呼呼嘿，
在祈祷；
八方的佛爷，咳呼呼呼嘿，
请保佑！

面向十方，咳呼呼呼嘿，
走起来；
面向观音菩萨，咳呼呼呼嘿，
在祈祷；
花衣弟子们，咳呼呼呼嘿，
在祈祷；
十方的佛主，咳呼呼呼嘿，
请保佑！

世界主宰，咳呼呼呼嘿，
释迦牟尼；
和平万象的，咳呼呼呼嘿，
娘娘菩萨；
黑教的汗主，咳呼呼呼嘿，
霍日穆斯塔；
黄教的汗主，咳呼呼呼嘿，
释迦牟尼。

佛爷呀，咳呼呼呼嘿，
有显兆；
活佛呀，咳呼呼呼嘿，
有敕谕；
腾格里呀，咳呼呼呼嘿，
有征兆；
叛逆的六位师傅，咳呼呼呼嘿，
有敕命。

西方的，咳呼呼呼嘿，
圣地哟！
班禅达赖喇嘛的，咳呼呼呼嘿，
威严啊！
扎噶日吐蕃德的，咳呼呼呼嘿，
宝地哟！
噶日布赛音布，咳呼呼呼嘿，
却京。

北京城的，咳呼呼呼嘿，
雍和宫，
瑜伽泽日，咳呼呼呼嘿，
赞丹召，
沈阳城的，咳呼呼呼嘿，
神庙啊，
赐予朝觐的，咳呼呼呼嘿，
玛哈卡拉。

五台的五座，咳呼呼呼嘿，
神山，
文殊菩萨的，咳呼呼呼嘿，

圣地，

巍峨庄严的，咴呼呼呼嘿，

神佛，

降幅鬼魂的，咴呼呼呼嘿，

哈央希日瓦。

南四十九旗的，咴呼呼呼嘿，

庙宇啊；

北五十七旗的，咴呼呼呼嘿，

庙宇啊，

一百零六座啊，咴呼呼呼嘿，

庙宇；

各旗庙宇的，咴呼呼呼嘿，

佛主们保佑，

把佛经啊咴，

上供敬请啊，向霍日穆斯塔腾格里，

禀告。①

　　与前面的神歌相比，这首神歌所使用的空间符号呈现的空间意象更加清晰也更加具体，在广袤的空间"四方""八方""十方""西方""北方"中加入了地方——"五台山的五座神山""北京城的雍和宫""沈阳城的神庙""南四十九旗"等。如果从认知语言学家所说的"认知经济性"的角度来考虑，这首神歌运用如此众多的方位词语和地理名词来建构空间意象，实在是一种心智的浪费，即不符合"最大信息通过最小心理努力获得"的原则——"四方"就包括东、南、西、北、北京、沈阳等；但如果从历史心理学或文化记忆理论来分析，这确是一种合乎理性的表达方式。因为空间意象既广袤又分散，它对人的知觉的刺激过于强烈而难以为人的大脑所具体感知，因此，在适当的时候，将"空间意象"与"地方意象"结合在一起，既可使人产生广袤无垠的空间感，又可使人产生熟悉而具体的空间

---

① 陈永春：《科尔沁萨满神歌审美研究》，民族出版社2010年版，第42-45页。

感，这对于构筑人们的萨满文化记忆是十分有益的。从文化回忆的角度看，这种抽象的"空间"与具象的"地方"意象相互交融，对于唤起人们心中的神灵形象回忆也是十分有益的，因为这些地点不仅可以激活人们关于某些形象的回忆，而且，"它们还体现了一种持久的延续，这种持久性比起个人的和甚至以人造物为具体形态的时代的文化的短暂回忆来说都更加长久。"①如果从认知语言学家所说的"侧显"理论的角度加以审视，这种表述还颇藏玄机，具有特殊的认知效度。如果说这个认知单位包括主体（博）和客体（神佛）、背景（神佛所在方位）这三个系统的话，那么，神歌的这些方位语词、地理语词对抽象空间与地方背景的细化，则激活了听众的空间想象，产生了两种认知效度。首先，它唤起了白博群体的文化回忆：通过将白博的圣祖佛所在空间的广袤化、细节化，具有一种记忆唤醒的"文本地形学"效应。其次，它还凸显了白博神通的无边，即通过凸显佛主遍及四方这个认知点，侧显了白博的神圣能量：从东南西北四面八方请来佛主。也就是说，人们通过这些空间与地方意象的加工激活的不仅是佛主从不同的圣地、处所接踵而至的心理表征，而且还激活了白博神通广大、法力无限的形象想象。这是一个精心设计的认知策略：它唤醒了信众关于草原萨满教白博与黑博斗争的历史记忆——黑博仅拥有宝木勒、腾格里等为数不多的草原神灵；而白博则不仅拥有草原神灵，还拥有如此众多的佛主。通过神歌一个又一个空间与地方意象的构造，引导人们形成这样一种蒙古萨满文化认知：白博的神圣能量高于黑博。

尤其是满族家祭仪式上的萨满神歌，与科尔沁博神歌的空间意象形态不同：它很少构造蒙古族萨满神歌那种抽象而广袤的空间意象，大多是将"空间意象"转换为具体的"地方意象"。如我们前面介绍的石克忒力氏族家祭仪式上的祭"头辈太爷"神歌就是如此。"头辈太爷"的身世与经历不再通过东、西、南、北这些抽象的空间意象来叙述，而是通过那些具有地理学属性的"地方"意象——"长白山""三道河""松花江""吉林乌拉""朗通屯"来显现。按段义孚的解释，由于空间更为抽象，因此，在人们的空间意识中，那些无差异的空间会被转变成我们逐渐熟悉且赋予其价值的"地方"——亲切的经验。②段义孚这种心理地理学的空间经验研究给予我们很多启示。满族萨满神歌之所以与蒙古族萨满神歌构造的空间

① [德]阿莱达·阿斯曼：《回忆空间》，潘璐译，北京大学出版社2016年版，第344页。
② [美]段义孚：《空间与地方：经验的视角》，王志标译，中国人民大学出版社2017年版，第4、114页。

意象不同，用具体的"地方"替代抽象的"空间"，就在于蒙古族作为草原上的游牧民族，在空旷、广袤的大草原上游牧，逐水草而居，自由、随意、率性；特别是春夏之季大草原一望无垠的绿色、秋冬之季的白雪苍茫，使得游牧民族的空间感更强，锻炼了他们的空旷空间感知能力。因此，抽象、空泛的空间意象更易为草原信众所感知。而满族作为渔猎民族，在森林中骑射，尤其是后来由渔猎向农业文明过渡，过着定居的生活，这使得他们的空间感知更倾向于地方。除了环境与生产生活因素，从文化记忆之认知原理审视，空间意象与地方意象不同：空间意象是抽象的、空旷的、移动的；地方意象是具体的、丰富的、亲切的；前者更适合于那些较为抽象的神灵形象的回忆，如腾格里，后者则更适合具有"历史"感的神灵形象的回忆，如先祖。尤其是从文化记忆的角度分析，如果说文化记忆是通过"神话历史化"和"历史神话化"所创造的集体文化神话，那么，这首神歌空间意象的构造可谓文化记忆传承的绝顶介质：它通过"三道河""松花江""吉林乌拉""朗通屯"这些具体的地方，把从长白山峰下来的"头辈太爷"这位超凡祖先的神话身世与经历历史化了，从而，使得氏族的文化神话不再仅仅是一种想象，而变成了有迹可循的"过去"，进而使得集体的文化记忆更具历史"土壤"感。

在满族萨满祭歌中，不仅家祭神歌，即便是野祭神歌所构造的神灵行动的空间意象也大多以地方意象为主。如：

> 为什么而说
> 谁的原因
> 众姓中的何姓
> 石克忒力氏哈拉
> 萨满属相
> 系上腰铃、裙子、叉子等响器
> 跪在尘埃
> 在地上磕头
> 七星行走
> 众神立起
> 鼓声咚咚
> 住在长白山

山路崎岖

从拉林山下来

从拉林河过来

一层层山峰

万年得道

十年修成黑熊神

萨满附体

七星行走

高声呐喊

用百度长绳绊住

用力脸微红

白山道路

萨满保佑

扎里齐备

恭敬长辈

宗族尽心

男女属相

口头述说

日月吉祥

祭祀众神

祭品做成

洁品备上

点燃一把香

双趟香在前

汉香点燃

石克忒力氏来祈求

邀请众神

依靠众神

祈求众神

三面关闭

四角整齐①

这是吉林石克忒力氏萨满在野祭仪式上咏唱的祭黑熊神的神歌。这首神歌所呈现的黑熊神降临的空间位移意象就具有鲜明的地方意象。不是东南西北这类抽象的空间意象而是"长白山""拉林山""拉林河"这些具体的地方意象。它使得族众关于黑熊神形象的回忆更加具体，而由此产生的神灵降临、附身萨满、佑护族人的文化记忆也更扎实。从记忆心理学的原理审视，抽象空旷的空间意象为回忆提供的往往是记忆框架，而具体可知的地方意象则往往唤起具体而丰富的回忆。"三道河""拉林山""拉林河"……这些具有自然地理学性质的地方，唤醒了族人关于先祖"头辈太爷"的身世与氏族创基的具体回忆，回忆与再记忆的形象比起"由东南（长白山）→西北（乌拉朗通屯）"这样抽象的空间意象更有细节性。对空间—地方意象与记忆的这种关系，早在文艺复兴时期，布鲁诺就在其《记忆术》中给予了阐释。布鲁诺认为，"旷野"是记忆中的关键"印记"。无论它是记忆的还是幻想的，其场景和形象性都为记忆技能的发挥提供了广阔空间。"根基需要而构出的可感知的地点与事物的形象，借此提醒我们需要记住的不可感知的事物。"②

对萨满神歌文化空间符号构造的空间意象分析，我们还捕捉到了这样一个细节：萨满神歌的空间符号与日常叙事的空间符号相比，有一个很大的差别，这就是符号内涵基本上是空旷、宽泛的，也就是说，它与我们日常言语中"我的狗拴在花园东侧的那棵杨树下"这类具体的空间—地方符号不同，而是以空间标识并不十分确定的形式为空间意象的基本形态，即使是满族萨满神歌虽加进了"地方"化符号也是如此，如"二十里外""云雾之上""长白山""拉林河"等。如此空间符号的使用，从神歌生产与表演的角度分析，既有客观的因素，也有主观的因素。其客观因素乃萨满心智系统中抽象虚幻的神灵世界意识在语言上的投射。虽然在萨满的形上空间意识里，宇宙空间的上、中、下三界均充满了神灵恶魔，但这些神灵所在的空间并非萨满观察到的物理空间，它并没有一个清晰而准确的空间拓扑学结构，而仅仅是萨满的神话思维在空间意识中的漫射。这听起来令人觉得有些疑惑：既然"神圣空间"是萨满意识的构造，那么他为什么不能将其进行空间拓扑学的定位？

---

① 引自赵志忠：《满族萨满神歌研究》，民族出版社2010年版，第134-137页。

② [英]弗朗西斯·叶芝：《记忆之术》，钱彦等译，中信出版集团2015年版，第239、240页。

这个问题理解起来有一定难度，我尝试着运用认知心理学原理做一解释。

首先，正如我前文所指出的，人类的意识比较适合处理物理世界的信息，但不适合处理心灵世界的信息。因为神灵不是客观的物理实在而只是一种心灵实在，因而，人的认知对它的处理也就不可能精细化。我们可以这样说，萨满在创作这首神歌时只是某种神秘想象的空间意象在大脑里浮动，而他的心灵并没有明晰过。也就是说，这种空旷的空间意象生产与萨满的认知状态有关——无知与愿望的交织。可以说，虚幻经验就产生于无知与愿望之间。它是一个尚未成型的意识与观念，是一种没有完全成功的思想尝试。"未曾察觉的领域是每个人无法克服的神话空间。"① 然而，他又希望他的思想能够令人信服。世界上所有的"神秘文化"都是这样产生的。

可能有人会对此提出质疑：既然萨满的心智系统中没有形成清晰的神灵空间表象，那么，萨满是如何记住这些神灵及其所在空间的？在仪式现场，萨满又是如何回忆这些神灵形象的？这些问题并不难解释。其一，即使没有真实感知，也可以通过符号形成知识与记忆。这里我还要强调这一点：语言并非仅为世界的投射物，也并非仅为经验的沉淀，它是通过人的想象创造的知识与记忆符号。当萨满关于"空间—神灵"的种种想象投射到符号系统时，也就意味着这些空间符号在其心智中种植了空间记忆。梅洛-庞蒂说得好："词汇表不是符号的总和，它是人类文化的一种新器官。"②

其二，这些神灵大都是萨满的先祖神、保护神，因而萨满关于它们的记忆也是最深刻、最稳固的。记忆形象的性质与记忆的这种关系，早在16世纪，菲尔诺就做了阐述：在记忆系统中，如果使用的基本记忆形象具有或假定具有护身的能力，以及从记忆中吸收天界影响和精神的能力，它便会成为与宇宙神圣力量密切相连的、"神圣的"人的记忆。③这也就是萨满在神歌唱诵中，即使是在意识混沌的状态下仍能如数家珍一样诵出丰富的神灵名称以及所在空间的记忆奥秘。

其主观因素可以这样理解，这种抽象而空泛的空间符号与意象也是萨满文化记忆传播的"传播效果"计略。确如莫里斯·哈布瓦赫和杨·阿斯曼所分析的，神话、宗教记忆都是非时间性、"非具体化的，其重要的不是有据可查的历史的真实

① [美]段义孚：《空间与地方：经验的视角》，王志标译，中国人民大学出版社2017年版，第70页。

② [法]莫里斯·梅洛-庞蒂：《世界的散文》，杨大春译，商务印书馆2005年版，第77页。

③ [英]弗朗西斯·叶芝：《记忆之术》，钱彦等译，中信出版集团2015年版，第148页。

再现，而是要引导记忆，强化记忆"。"十方""八方""长白山"……神歌所要叙述的不是神灵世界与物理世界的对应性，也不是萨满神灵、氏族祖先超凡分布的历史记录，而是通过这种抽象、空旷的空间意象不仅传播萨满教"万物有灵"的宇宙观，也侧显萨满的"神通广大"。

从信息接收这个视角分析，对神歌这些空旷的空间符号的加工，因没有在人们的大脑编码出清晰而准确的神灵处所及运动方位，这会不会影响人们对神灵形象、对萨满文化的认知体验呢？我的回答十分简单：不会。刚才我已经说过，人类大脑处理空间信息不完全是素朴的实在论的，它也是"自由主义"的，即人们一方面根据输入的信息产生空间表象，另一方面也根据心灵的意向对输入的信息再生产，创造出空间意象。当人类心智的这种特征与萨满神歌那些虚虚实实的空间符号交集在一起，尤其是心智系统中的文化模型参与信息加工时，一个"超凡"的空间意象便建构起来了。其实，在神歌表演过程中，无论是表演者还是受众，人们理性的空间认知并没有真正地活动过，其正在知觉的只是一种"自由"化的神话空间，进行着神秘的情绪体验。但这已经够了。在北方民族，萨满神歌之所以成为文化记忆传播的重要媒介，就在于神歌中这些空间符号所构造的神灵所在的空间意象虽然抽象但却激活了想象；既使人体验到神灵世界的浩瀚（空间），又感受着自己"真实"的"根"系。用段义孚的心理地理学语言来表述，即：地方是安慰，空间是自由；我们守护着两者中的某一方，神往着另一方。①

（3）环境—生态意象

如果说神歌的空间—地方意象为北方民族的文化记忆提供了框架和心理地理学维度的态度，即使人相信，那么，神歌的环境—生态意象则通过将神灵形象环境化、生态化，从而为文化记忆提供细节而鲜活的意象。在这个专题里，我将探讨萨满神歌是如何通过富有北方民族生存环境（自然生态与人文生态）个性、具有生命真实质感的环境—生态意象的构造，激活人们的环境记忆，并通过人们心智系统中"神话"生态图式的高层加工唤起丰富的想象，从而巩固并传播萨满文化记忆的。由于这个课题在认知人类学和传播心理学领域都是一个从未有人探究的问题，因此，我准备从一些基本概念和理论的解释入手开始我的工作。

第一，神歌的"环境—生态意象"这个概念，我指的是在神歌创作与表演活动

---

① ［美］段义孚：《空间与地方：经验的视角》，王志标译，中国人民大学出版社2017年版，第44页。

中通过选择相应的描述生态现象的语言项目来构造符号意象，从而使得神歌显现出鲜明的生态感质这样一种表达手段。说到此，我必须赶紧提醒，并非所有的生态符号都是生态意象构造的素材。"鲜花盛开的村庄""大雁飞过天空""步枪的子弹射中了熊的腹部"这些句子，虽然也用了"鲜花""大雁""熊"这些描述生态现象的语汇，但它们却不属于生态符号构造出来的生态意象。"生态意象"这个词在这里有它特定的所指，即它总是与某一生态体中的人类群体在与周围的生态环境长期相互作用中在大脑神经元群和心智系统中所构建起来的生态图式有关。作为从大自然中进化出来的有机体，人属于自然。因此，人的思想与经验表述也以生态语为原型符号，即是说并非所有的生态语汇都能激活人心智系统中的生态意象，只有那些能够与人类心智系统中稳固的生态图式相关的符号系统才能激活人们心理的生态意象与想象。在这种语境下，我所说的神歌的生态意象指的是能够激活人心智系统中的生态图式或生态经验框架，从而产生个体的生态化知觉这样的神歌表达方式。

第二，在上述表述中我使用了一个新概念——"生态图式"，根据我在前文对"生态意象"这个概念的内涵所做的厘定，也可以这样来解释人们心智系统中的生态图式：它指的是人类某一群体在与其周边生态环境的长期相互作用中，于心智系统中建构起来的较为稳定的生态意识结构。这一意识结构不仅包括人们关于其生存世界的某种生态情境的基本记忆，也融汇了个体与这种生态环境互动所形成的生态体验模式。例如生态环境所唤醒的个体的熟悉感、所激发的亲切感、所产生的占据感乃至于所体验到的审美感、神圣感和生命的意义感等。在其他著作中，我将人类心理的这种生态图式称之为"生态自我"（这个概念亦被生态心理学所使用，但我在使用它们时赋予了其与生态心理学不同的含义）。由于心理图式是一种意识的永久属性，也是未经思考、体验的突生属性，因而，在人们的认知活动中，其对认知的影响往往是无意识的，故也可将其称为"生态无意识"。由此可知，人类认知活动中所产生"生态意象"也是心智系统中的"生态图式"的一种投射。

第三，"生态意象"与"生态图式"这两个概念解释清楚之后，还剩下一个艰难的理论问题：人类的心智系统中是否存在一种"生态图式"或生态无意识？迄今为止，认知心理学在讨论"图式"的时候只讨论抽象的"图式"，并且大都限定在"动势图式"的框架内，并没有涉及其他的心理图式。这对我们构建"生态图式"理论虽然产生了一些困难，但也留下了广阔的思考空间。我可以先简单地回答这个问题：生态图式是人类心智中的一种精神实在。如果说"图式"是人类在与环境的交互中所形成的感知经验的结构化、抽象化、模态化，那么，人类在与生态环境交互中就不可能不形成这样一种心理图式。现在就把我的论点稍做扩展。我们不妨从人与环境交互的基本认知活动的分析开始工作。

从人类生命史的角度看，自人类由爬行动物进化为哺乳动物，脑神经组织的日益完善，并在与客观世界的相互作用中加工各种环境信息，形成各种情绪感受以及初级意识①之日起，生态世界就不再是一个单纯的动物栖身场，也不仅是一个客体化的"自然环境"，而是高级灵长类动物凹陷其中，摄取各种信息并将其转化为各种生命元素的"资源库"。人类不仅与它所凹陷的这个世界相依相伴，从中获取各种物质能量，维系生命的基本运动，而且也从生态体中接收信息并加工成相应的心理经验，创造新的生命元素。环境的这种作用"不会将我掏空，不是抽空我的'意识'。而是相反将另一个自我叠加给我。"②从人类生态认知史的角度看，人类所栖身其中的生态世界绝不单纯是人类的材料仓库，也是人类的认知域。人类的生命畅快、心理和谐、精神健康或生命痛苦、心理紊乱、精神疾患很重要的一个原因就是生态知觉—经验作用人的身心的结果。很可惜，迄今为止，对人类生命而言这个十分重要的问题人们并没有展开深入的研究，无论是生态哲学还是生态心理学③都是如此。我觉得，生态哲学、生态心理学不仅是心理学的重要分支学科，也应是传播生态学的重要分支学科。它不仅可以使我们理解生命体与生态体之间的深层联系，让人类认识到自己的根，而且它对于启发我们认识信息传播与生态系统的关系，如何使编码具有生态性，从而获得理想的传播效果，都具有十分重要的意义。

从地球生物史的角度看，在千万年与环境的相互作用中，地球上的新哺乳动

---

① "初级意识"与神经生物学家所说的"核心意识"不是同一个概念。

② [法]梅洛-庞蒂：《可见的与不可见的》，罗国祥译，商务印书馆2016年版，第296页。

③ 关于生态心理学，我认为人们并没有对其内涵进行准确的科学界定。它所研究的基本问题，它的理论、框架、范畴对象是什么，仍然很模糊。因为本书的主题并非生态心理学专题研究，我不想在此展开详论，只能做简明扼要的概述。我的基本观点是，生态心理学是研究有机体所栖身的生态世界与人类的心灵世界相互作用之关系的一门科学。更具体一点说，生态心理学所要研究的核心问题是生态系统如何作用并影响人类的心理/精神系统（优化与劣化）以及人类的心理/精神系统是如何作用并影响生态系统的（优化与劣化）科学。它的理论资源当然不排除生态哲学、生态伦理学、生态神学、生态政治学甚至于生态女权主义等，但我相信它们不会提供太多有价值的东西，有的甚至还会影响我们的理论思维，创造伪科学。生态心理学最基本的理论基石是生态神经科学。没有生态神经科学提供的人类对生态数据加工、编码的脑神经运动模型及其心智活动规律理论的支撑，人们仍然难免陷入当下生态心理学所面临的那种困境。即使是征用"巨链"理论、"全子"理论、系统论生态学、"盖娅"学说也同样于事无补。

物之所以形成了某种环境偏向，即对某种生态环境喜与恶的情感和意识，其实并非有的学者所言，源于伦理意识，它不过是人类生物属性的一种表达，亦即它可以使人类感受到生命的快乐或痛苦。如果说远古人类的脑中有一种生态伦理学的话，那么，这种"生态伦理学"只能是最基本的生物反应——驱乐避苦。生态伦理学等都不过是生物生态学的衍生物。社会生物学创始人爱德华·威尔逊曾说过："人类心智是为生存和繁衍而设计的，推理则仅仅是其各种技巧中的一种。"①"原始自我"对生态数据加工所产生的意识向度是：能否提供食物来源，这些食物能否转化为能量，以维持与生命相一致的内部化学平衡；能否保护有机体抵抗外面的威胁，等等，简言之，能否有益于调节生命的快乐状态。即使在现代人这里，"生态感"也是建立在"生命感"的基础上的。试想一下，当你躺在绿荫如毡的草坪上，仰望着蔚蓝的天空，耳畔传来阵阵悦耳的鸟鸣，夹杂着沁人心脾的花香的微风拂过你的脸庞……此时，你的感觉是什么？你可能会立刻联想到很多词：舒适、放松、平静、快乐、幸福……这也就是我们所说的生命存在的最佳状态，也是有机体生命运动的最基本的宗旨："为实现积极的生命调节而进行的持续努力是我们生存中深层的且被详细定义的一部分——我们生存的第一现实。"②人类之所以会形成这种舒适、快乐的精神体验，就源于人类的知觉系统所接收到的环境信号的刺激以及这些刺激在生命体内的物理实现。更具体地说，也就是当环境世界的某些信号刺激我们的感觉系统，感觉系统将这些信号传输到相应的脑组织，随着信号在脑结构几条路径的传递与加工，对我们的身体变化产生了相应的感受，便形成了我们的生态体验（意识）。身体的舒适、畅快给我们以快乐的感受，也就是说当客观世界的环境信号刺激我们的感官所产生的化学、电化学信号的传输活动恰好与人类体内平衡系统生命管理的工作原理相协调时，我们便产生了愉快的情绪和感受。相反，还以刚才那个"构造意象"为例：当我们躺在凸凹不平的土地上，仰望天空乌烟瘴气，耳畔传来尖利刺耳的声音，闻到的是恶臭的空气，这些感觉数据输入加工产生的感受则与人类生命管理系统工作的模型、与我们快乐的心理经验发生冲突，便令我们产生不适、痛苦的情绪与心灵体验。和谐的心灵源于脑的和谐的感受；和谐的脑感受源于身体输送给脑有效管理生命的各种化学、电化学数据。人们之所以喜欢、钟情于

---

① ［英］爱德华·O. 威尔逊：《论人性》，方展画等译，浙江教育出版社2001年版，第2页。
② ［美］安东尼奥·R. 达马西奥：《寻找斯宾诺莎——快乐、悲伤和感受着的脑》，孙延军译，教育科学出版社2009年版，第23页。

和谐优美的环境，就是因为它就是有机体自我调节的一部分，即保持体内平衡并追求快乐的一种"高级生命管理"①。这就是人类生态心理范畴中"生态图式""生态自我"起源的奥秘。爱德华·威尔逊所说的"生物偏爱"、生态心理学家吉布森所说的"可供性"——环境的某些特性能给人类供给、遮蔽、食物采集和纵览风景的机会，如人类对某种树的形状的偏爱，是因为在物种进化过程中，这些物体或景观给了我们更多的生存机会②，其实就是我在这里所说的"生态自我"或人类心理的"生态图式"。当个体或共同体心理中这一基本的"生态图式"经过人们的文化心理加工而具有了某种文化色彩，或者说当这种"生态伦理模型"被"文化模型"投射进去某些文化意象而构成某种心理图式时，我们就称这种生态图式为"文化生态图式"，如动植物图腾。

近年来，生态心理学还使用了"生态原型"这一概念。其实，"生态原型"与我在上面所说的"生态图式"息息相关。其基本内涵可以理解为：在人类大脑的某个空间以及心理深层，先验地存在着对某种环境"好"与"恶"评价的信息，这种评价信息与人类后天与环境互动形成的伦理评价无关，而是源于爬行动物时期有机体与生存环境的相互作用所产生的模式化的神经表征并编码于神经组织中的环境模型。作为一种基因形式，这种环境模型通过染色体的方式在种系基因中延续。这便是今天人类心理结构中先验的"生态原型"。例如，人类对某种景观的好恶偏向，对某种生态环境的先天喜爱等，它们起初并不是生态美学的产物，而是动物基本生命调节活动的经验。人类的"生态美学"不过是其"分子生物学"的副产品，是人类生存能力的衍生物。只是随着人类脑的进化，心理脑和文化脑③的出现，并具备了将各种知觉整理成经验之后，生态体才具有了审美的内涵。美国心理学家罗伯特·索尔索就此写道："我们喜欢玫瑰而恶于粪便；我们追求美味而拒绝腐坏的东西；我们喜目于美丽而对平庸视而不见。我们对自然的所有回应都与我们的生存需要密切相关。但是，渐渐地，我们对刺激物产生了二价反应，事物变得美而不是愉快。"④以人对蛇的恐惧为例，人之所以恐惧蛇，并非因其狰狞的面目和怪异的身

---

① 我认为，"美感"有理性的和非理性的或高级的和初级的。高级美感是理性的审美意识；初级美感属于快感的范畴，是生命调节的一部分。
② [美]保罗·贝尔等：《环境心理学》（第5版），朱建军等译，中国人民大学出版社2009年版，第36页。
③ "文化脑"与一般的"新脑"还是有区别的。它是伴随着人类"文化自我"的产生之后而发展起来的一种脑神经元共同体。
④ [美]罗伯特·索尔索：《艺术心理与有意识大脑的进化》，周丰译，河南大学出版社2018年版，第246页。

248

体，而是因为人脑中编码了这种基因数据。当人类遭遇到蛇的袭击而产生痛感体验时，这种体验就在人的神经突触刻下了痕迹，并在DNA中编码。以后，当蛇的信号传送到人脑，随着大脑对这一信号的加工，人被蛇袭击的痛苦的情景记忆就会被激活，当蛇的意象与疼痛的情景记忆连接在一起时，便使人产生了恐惧感。这种恐惧感反复产生激活模式和编码，便成为一种基因模式。它通过生物机制遗传，便构成了人类关于蛇的审丑反应的"生态原型"。

也可能有人会质疑我的"生态原型"说，认为对某种生态体的好与恶的评价不可能通过染色体遗传，就像人类的伦理、审美意识不能遗传一样。关于"文化原型"是否存在，人类的某些经验图式是否可以遗传的问题，我在后面将做详尽的阐释，此处我不准备展开对这个问题的论述。这里我只想强调这一点，人类从白垩纪到第三纪，从爬行动物到新哺乳动物这一漫长的进化过程中，扬弃了很多东西，但也保留了一些重要的东西。即使是"前人类"的大脑也并非白板一块，它保留了亿万年进化所积累的财富。如果没有这些进化—遗传的"精神财富"，后来者一切都要从头开始，那么，人类至今可能还停留于啮齿类阶段。就如法国古生物学家德日进所说的那样，人类遗传的"祖先遗产"中有一部分属于与环境相互作用所获得的"精神珍宝"[①]。德日进所说的"精神珍宝"其实就是人类心灵深处的"文化原型"或"集体无意识"。其实不仅人类，一些动物的大脑中也有这种"生态原型"。例如，一只没被老鹰袭击甚至于从未见过老鹰的幼鹅看到天空中出现的老鹰的轮廓就会十分恐惧，这说明在小鹅的基因中已经通过遗传基因盘存了对老鹰恐惧的信息。人类脑中的"生态原型"，是生态神经科学、生态心理学研究的相当重要的课题，只可惜现在还没有人进行系统的认知方面[②]的研究。

上面我关于人类心理"生态图式"形成的基本原理的解释还只是驻足于理论思辨的层面，很多细节性的神经生物学原理并没有呈现出来。为便于理解，下面我就以一个人处理环境数据的具体事件为例对人的"生态心理图式"发生的流程做一还原。

假设你外出旅游，来到了茫茫草原或神秘莫测的原始森林。你一边走一边欣赏

---

① [法]德日进：《人的现象》，范一译，北京联合出版公司2014年版，第178、179页。

② 有人认为，"生态潜意识"也就是荣格的"原型意象"或"原型"，它是指潜沉在人类的记忆中，流淌在人类的血液中，是人类在与自然既斗争又统一的生存发展中的一切快乐与悲哀、希望与憧憬、想象与情感的根底。（见吴建平、侯振虎主编：《环境与生态心理学》，安徽人民出版社2011年版，第75页）这种观点并不准确，也缺乏心理认知的基础。

风景，乐不可支。突然，你发现草丛或林木中有一个陌生的动物在跟踪你。这时，你立即警觉起来，一方面做着应敌的准备，一方面开始加快脚步，以免自己受到这个家伙的伤害。这里的描述不仅是我们从生存实践中悟到的基本常识，而且也是各种各样的安全知识喋喋不休地教育我们的，但事实上此时我们的神经反应过程要比这里的描述复杂得多。在我们发现这个异常事件的一刹那间，我们脑的神经和化学反应使得身体各个组织的运动都发生了重大的改变，有机体的能源使用率和新陈代谢状况也都发生了改变，我们的情绪、意识以及行动也都改变了（比如，由轻松转为紧张、由悠闲地踱步变为疾步快行等）。具体地说，人脑处理这一事件的认知活动和生命调节机制是这样的：

首先，一个陌生的环境信号输入到你的神经系统，你的上丘脑等皮层下结构被激活，早期感觉皮层、相关脑区以及边缘系统也被激活，脑开始了对这一输入的信号的加工过程。

其次，通过脑加工使得与这一信号有关的记忆或知识被各个脑区的神经表征出来：它或者是你的"痕迹"记忆中所没有"盘存"的，是陌生的表征；或者是你的"痕迹"记忆中"盘存"的——直接经验或间接经验——危险的信号（如草原或森林中的危险动物）。这一神经表征不断持续地发放，并在各处脑区传递，特别是刺激下丘脑，引起人的恐惧感。

再次，这种恐惧的情绪信号在神经回路的传递，尤其是刺激脑的最古老的部分——脑干和下丘脑中的自动平衡系统。作为生命管理的基本装置，尽管它是无意识但却是高效地与心脏、肺、肾脏、内分泌系统和免疫系统相协调，使得生命的参数保持在平衡的范围之内。这个系统一旦被激活，就会释放出一些神经递质，如甲肾上腺素能蓝斑、多巴胺等神经递质。它们弥散地向大脑皮层传递；脑皮层将接收的信号进行整合，形成一个整体场景——危险的事件。然后脑向身体运动神经发出信号，改变身体原有的行为方式——由慢行到快跑。

最后，当你离开了危险，事件成了一个故事。这个故事便以经验的方式储存于你的神经系统之中，形成了所谓的"记忆"。以后，当你再次接收到这样的数据的时候，你的"记忆"被唤醒，就会在你的脑中重构以往的意识场景，使你对事件的性质和所要采取的行动做出合理的判断。这个关于"危险动物的恐惧"就是你心理中的"生态图式"。

第四，人类心智系统中的"生态图式"解释清楚之后，现在的工作就是简单解释一下人类脑—心理系统的"生态图式"与言语活动中"生态意象"构造之间的关系。正如上面所析，人就是环境的遗产。人不仅从所属的生态环境提取生存的基本资料，而且人与环境的交互，接受环境信号的刺激，对环境信号加工、编码等认知活动，也模塑了人的意识、思想、信仰、世界观等心智模型。在人类的心智活动中，言语活动是十分重要的一种。人们不仅通过语言符号为其所栖身的生态世界的各种物象进行标示（命名），划分范畴，而且也通过语言来表达人们的生命体验。由于人类生命体验的基础场域是环境，因而，人与环境互动经验的符号化以及通过符号表达人类与环境互动的经验，便理所当然成为人类信息编码活动的"原型范畴"。检视世界各民族的语言库藏，我们不难发现，认知语言学家所说的语言的"原型范畴"，其实很多都属于生态语汇系统。如关于生态世界的基本事物的语词——山、水、花、林、鸟……关于生态世界颜色的语汇——绿、红、蓝、青、草绿、雪白等。人们在日常交流、沟通中，这些语言符号就会进入加工和编码过程。这就是信息编码环境—生态符号嵌入的最基本的认知原理。

当然，除了这种基本的认知因素，还有高层次的认知因素，这就是信息传递的"效果"方案，即为了增强输入的刺激力度，言说者刻意创造了与人们心理的"生态图式"相对应的生态意象以激活人们的想象，从而使人产生某种特殊的情感体验和心灵体验。如"七星""长白山""黑熊""海东青"等这些生态符号，在满族民众的言语记忆中，尤其是在萨满教仪式上出现，它们所激活的人们的环境记忆、大脑中表征出的意象就不仅仅是一种笨拙的动物、一只展翅飞翔的鹰和一座山峰这些普通的生态形象，它还激活了满族民众心智系统中的生态图式尤其是文化生态图式——神话想象。这就是为什么在满族萨满神歌中经常出现"七星""鹰""长白山""虎"等生态符号的原因，也是不同民族的萨满神的生态符号有别的传播心理学因素。在蒙古族萨满神歌和满族萨满神歌中都出现过"星""熊""狼"等生态符号，但它们对于蒙古族和满族民众的心理刺激是根本不同的，所激活的知识、心理图式、所产生的心理表征以及所唤起的文化回忆也是不同的。对于蒙古族民众而言，"星""鹰"是游牧生活中常见的生态事象，是游牧民族心理中基本的生态意象；还可能是游牧民族心理中的生态图式：在天苍苍、野茫茫的大草原上，仰望天上雄鹰翱翔和星斗闪烁，人们有一种家园感。但无论如何，这些生态符号都不可能激活如满族民众的那种独特体验——在满族民众的心目中，星、鹰不是一般的神，它们就是萨满师的始祖神，对这些生态符号的加工激活的是人们的文化生态图式，唤起的是一种文化神话经验。

从传播学的角度分析，编码中的生态意象还可产生一种"在场感"的效果，即通过将某种抽象、虚幻的事件置于人们所熟悉的具体的生态意象中，可使得所表达的"真理"与这种生态意象形成复杂联网而被加工成真实的体验。这就是传播生态学的创造交流场景元素或者说背景映射理论的原理。[①]美国分析哲学家W．V．O．蒯因曾说："我们对于表示物理对象的词语通常是通过对所指对象的刺激效果相当直接的条件反射习得的。关于这类物理对象的经验证据，即使不是直接的，也要比其语词只能在深层语境中习得的那些对象的经验证据更为可靠，更少怀疑。"[②]蒯因所说的"物理对象词语"虽然还不完全是我这里所说的"生态符号"，但涵括了表达生态现象的语言。当满族萨满在神歌中唱道，金钱豹神"住在长白山，从银山谷降下"；当科尔沁萨满在神歌中唱道"恶狼当坐骑，赤蛇做长鞭，疯狼当坐骑，人间摆宴席"时，这其中的一些生态意象便在人们的脑海中建构起关于"金钱豹神"和草原上牧民的神灵"宝木勒"的意象。特别是由于它有生态意象的映衬，这种表达尤其使人产生一种真实感。对现实的认知也是一种媒介效果。因为神歌中的这些符号所再现的是该族群生活中真实的物理存在——长白山、银山谷、恶狼、青蛇；而且，只有满族、蒙古族萨满的神灵才能与这些生态体发生交互。当虚幻的事物（神灵）被置放于真实的环境之中时，便使人产生了似真的幻觉。这就如同中国京剧的舞台布景艺术：茫茫林海、皑皑白雪的背景，演员在舞台上做出一个骑马的动作，人们就仿佛真的感受到他策马扬鞭在林海雪原之中，甚至产生一种被寒风劲吹的寒冷之感。这种"在场感"恰恰是集体文化记忆能够被"记住"和被"相信"的核心要素。

从文化记忆传播的角度分析，生态意象尤其是与人们心智系统中的"生态原型"相一致的生态意象构成了记忆的重要支撑和记忆唤回的重要元素。前文我曾提及这一点，记忆心理学以及古典记忆术也证明了这一点，即对那些抽象事件的记忆往往不及具体事件的记忆更稳固、更深刻。在普鲁斯特的回忆经验中，味觉可唤回过去的丰富场景；在本杰明·维乌科米尔斯基的回忆经验中，早期的童年记忆主要基于留在其照相机式记忆中的精确画面；在莫里斯·哈布瓦赫的集体记忆理论中，回忆尤其是具有神话色彩的宗教回忆要想兴盛不衰，就必须具有负载起人和地点的

---

① ［美］理查德·鲍曼：《作为表演的口头艺术》，杨利慧等译，广西师范大学出版社2008年版，第91-92页。

② ［美］W．V．O．蒯因：《语词和对象》，陈启伟等译，中国人民大学出版社2006年版，第269页。

意象，具备能够使回忆个性化的特征①；在弗洛伊德的"记忆剧场"里，"形象"与"场景"构成了记忆的重要支撑。②尽管他们所论及的并非生态意象与文化记忆的关系，但却与此密切关联。气味、画面、地点都是生态体的构成成分，环境回忆就包括这些元素。

理论分析姑且到此，下面我以两首科尔沁萨满神歌为例对上述理论做一印证。

一

鸱鹰不飞的险峰，
你沿着峭壁前行。
白羊羔荐为牺牲，
祭祀你啊吉雅其。

雄鹰罕至的山巅，
你顺着岩壁巡游。
黑山羊荐为牺牲，
祭祀你啊吉雅其。

寒爽降临的早晨，
你身披宝石斗篷，
在空旷的原野上，
杉木套杆紧握手中。

露水沾湿的夜晚，
你身披羊皮斗篷，
在辽阔的牧场上，
柳木套杆紧握手中。

---

① ［法］莫里斯·哈布瓦赫：《论集体记忆》，毕然等译，上海人民出版社2002年版，第330-331页。

② ［英］弗朗西斯·叶芝：《记忆之术》，钱彦等译，中信出版集团2015年版，第317-318页。

你把亿万畜群的烙印，
装进皮囊挂在马臀；
你把千万畜群的印记，
装进包裹系在捎绳。①

二

大雁悠扬的啼鸣声
穿越大山传及天边
前村升起的安代歌声
会被远远听清

鸿雁鸣啭的叫声，
能从芦苇荡那边传来
北村升起的安代歌声
依然声声入耳

马兰花叶把草原染成深绿
蝈蝈声遍及四方
摆好场子的村庄
挤满熙攘的人群

绿波荡漾的湖泊周围
各种水鸟的喧闹声不断
立有奈吉姆的村庄上
参加那达慕的人们一直欢笑

那座背后生长着独棵大树的
高高耸立的大山

---

① 引自陈永春：《科尔沁萨满神歌审美研究》，民族出版社2010年版，第158-159页。

是令大家喜悦的
跳安代舞的场所

那座前面有涌泉的
陡峭的山崖
会让众人欢笑的
是古时候盛大的安代舞场地①

    这两首神歌汇集了诸多描述草原生态和游牧生活的语词，如"鹞鹰""白羊羔""黑山羊""原野""套杆""羊皮斗篷""牧场""畜群""捎绳""皮囊挂在马臀""大雁""鸿雁""草原""那达慕"……它们构成了一簇意象丰富的草原"生态世界"，而草原牧民心目中的神灵吉雅其、女萨满渥都干就被符号所呈现的草原生态意象簇拥着。这个群集的生态意象输入到人们的知觉系统，激活了草原游牧民族心智系统中的文化生态图式，在人们的脑海中再度唤起这样一种熟悉、真实而又丰满的回忆形象——吉雅其坐骑骏马，身披斗篷，风餐露宿，日夜不停地手持套杆巡视在鹞鹰不飞、雄鹰罕至的山岩险峰、辽阔草原，为牧民守护着畜群；草原上的女萨满渥都干载歌载舞为草原人民祭祀神灵。特别是神歌通过将吉雅其神灵、渥都干萨满与草原生态环境融为一体的图像的创构，更激活了游牧民族对其强烈的敬爱之情，由此产生了独特的记忆效果。再如：

在太阳刚刚露脸的时候，
他把牛马赶到洒满露珠的草滩；
在星星刚刚眨眼的时候，
他把牛马平安赶回牧场。
他放牧的牛马像星星一样多，
他放牧的牛羊像罕山一样壮。②

---

① 尼玛、席慕蓉：《萨满神歌》，民族出版社2015年版，第28-29页。
② 陈永春：《科尔沁萨满神歌审美研究》，民族出版社2010年版，第154页。

在草原牧民的心中，吉雅其被视为伟大的畜牧保护神，但人们也仅仅是在萨满教文化即萨满神话学体系中形成的关于吉雅其这位神灵的知识与记忆，而缺乏对其形象特征的具体感知。这将使得对吉雅其的记忆很快会丢失。从宗教演变史和神话生态学的角度看，在多神信仰的远古时代，人类创造出了众多的自然神、氏族神、英雄神等，但随着岁月的流淌、环境的改变、人类脑神经组织的变化以及历史的变迁，一些老的神灵渐渐被新的神灵所替代而记忆边缘化或模糊化，最后完全被大脑中成千上万的神经元所埋葬，退出了人类精神世界的神殿。其根本原因就在于这些老的神灵意象遭到新的神灵意象的压抑，日渐隐退而不够鲜明，在人们大脑中的记忆痕迹也日趋被弱化，不容易被激活，也基本上很少形成表征。久而久之，这个神灵所栖息的神经元群被其他的神经元群所占据，它也就随着"家园"的消失而消失了。①吉雅其这位畜牧保护神之所以在草原人们的心目中地位显赫，记忆深刻，原因不仅在于它是草原上的畜牧保护神，还在于它不像其他神灵那样是一个很难意向的空虚意象，而是一个充实的神灵意象。因为它不仅经常出现在萨满神歌中，被语言所表达，尤其在于通过萨满神歌所构造出的生态意象——被现象学家称之为"居间阶段"的意向——而达到的直观②：在牧场上、在阳光下和星光下，一位骑着黄马、手执套杆、日夜奔波不停的畜牧保护神这样一种鲜明、丰满的形象，甚至可能稳固成这样一种记忆的意象图式：吉雅其、牧场、牧人、牛羊的一体化生态图像。这一图像的反复表征，使人们更加确信这位神灵的真实存在，其生动的畜牧保护神意象也深深烙印在草原游牧民族的神经网络和心灵世界之中。正如阿莱达·阿斯曼所说："效果强烈的图像，它们通过其印象力使人难以忘怀，因此可以作为较苍白的概念的记忆支撑。"③

按照布鲁诺的"记忆规则"，知觉的鲜明形象，"充满了动人的情感，特别是激发爱的情感，如此才有同时穿透外部和内部世界两者核心的能力。"④据此，我们也可以做成这样的推论：对于草原游牧民而言，吉雅其神灵和渥都干萨满的形象

---

① 恩斯特·卡西尔曾说：通过神的名称，该神便永久地被固定在最初创造出来的领域；但如果这个名称由于语音的变化而丧失了原来的意义或由于词根的老化而失去了与活的语言的联系，那它就会出现另一种情形：转化为其他而失去原质。[德]恩斯特·卡西尔：《语言与神话》，于晓等译，三联书店1988年版，第48页。

② [美]罗伯特·索拉可夫斯基：《现象学导论》，高秉江等译，武汉大学出版社2009年版，第38页。

③ [德]阿莱达·阿斯曼：《回忆空间：文化记忆的形式和变迁》，潘璐译，北京大学出版社2016年版，第250页。

④ [英]弗朗西斯·叶芝：《记忆之术》，钱彦等译，中信出版集团2015年版，第247页。

已经不是通过神歌语言加工而产生的临时心理表象，它已成为游牧民族心中永恒的意象图式：吉雅其、渥都干不仅是一个抽象的超自然的畜牧保护神和祭司，他们就是草原游牧民族的一员，是草原游牧民族中的英雄和道德楷模。因为他们不是在遥远的苍穹，也不是在虚幻的神话中，而是在草原游牧民族心理深层的生态图式中。尽管人们在现实生活的知觉实践中并没有接收到吉雅其、渥都干这样的客观形象输入，但由于生态符号与人们心中的生态图式这一认知背景的融合，尤其是背景凸显的认知处理使得他们由一个"神灵"和"萨满"概念变成了鲜活的存在。对于吉雅其、渥都干形象的记忆已经不是一种心理机能，而是变成了一种记忆伦理；或者说，吉雅其神灵和渥都干萨满形象的记忆已不仅仅是在神歌中、文本中、神话中，而且也烙在草原游牧民族的文化无意识中。

（4）"前历史"意象

约翰·雅克布·巴赫奥芬在解释人类的认知活动时曾指出两条不同的路径：

> 通向每个人的认识都有两条道路：一条是较远的、较缓慢的、较吃力的理解的集合；另一条是用闪电般的力量和速度走过的，是想象的道路，这些想象在看到或直接接触古老的残留物的时候被激活，不需要中间环节，就像被电击一样一下子就把握了真理。[①]

巴赫奥芬所描述的人类这两种认知道路，对我们从传播生物学原理解释萨满神歌所创造的一些特殊意象与文化记忆传播之关系提供了一个新的视度。空间-地方意象、环境—生态意象等，尽管它们为人们文化神话的复活提供了框架、情感等心智资源，但它们所形成的主要的认知模式是复活对心智系统中存储的知识、记忆、经验乃至于想象的刺激、激活而唤回记忆这样一种路线。它虽然不是巴赫奥芬所说的"较缓慢的、较吃力的理解的集合"的认知路线，但它确实需要一个"刺激—激活—整合—表征"这样一个心智运动过程。而在人类知觉的行为中，有时一些意象复活对心智的作用却不是如此，当它们呈现在人们面前的时候，人们的认知活动就像巴赫奥芬所说的那样，一种闪电般的力量和速度直击人们的心灵，心灵深处沉睡

---

① 转引自［德］阿莱达·阿斯曼：《回忆空间：文化记忆的形式和变迁》，潘璐译，北京大学出版社2016年版，第253页。

着的那些人类古老文化的残留物瞬间便被唤醒，一个神秘的幽魂顺着意象符号的空间爬出了心灵世界那个尘封的古堡，在意识空间展演着远古文化的戏剧。人类前历史时代的"记忆"再度复活。请看这样一首神歌：

像柳叶一样多的姓氏里
黑龙江同族各部哈喇集众赶来
祭祀雪神
高居九天之上的
阿布卡神母和卧勒多穹宇女神
栖于北天，统辖众星
卧勒多妈妈，尼莫妈妈啊
阿布卡格赫的助神
尼莫雪神受命从天而降
光耀闪闪
尼莫妈妈
骑着双鹿
挂着雪褡裢
惠顾人间了
噶珊兴旺安宁
河川，岭谷
万道丛林
富饶充裕

瑞雪降临了
吉祥的雪呀
幸福的雪呀
富庶的雪呀
灾难远遁
病魔驱走
兽群繁盛

瑞雪降临

无病无灾

瑞雪兆丰年

唱起乌春歌

跳起玛克辛舞

福禄来临

岁岁富裕

岁岁长寿

岁岁大喜①

这是一首满族雪祭仪式上祭祀主神尼莫妈妈的神歌。神歌用"光耀闪闪""骑着双鹿""挂着雪褡裢"这样的符号呈现了这位女神的意象。当"尼莫妈妈"的这一意象显现于人们神经屏幕上的时候，人们的心灵瞬间被激活，早已消逝的远古时代的尼莫妈妈眷顾北方初民，为人们提供生存保障、快乐福祉的形象顷刻复活了。此刻，人们的情感万分激动，亲切、感恩、崇敬等各种情感、意识齐聚心间。难怪满族尼玛查氏大萨满杨世昌在咏唱女神神歌时要端坐炕上，并用绳索将双手捆上反背着，当"妈妈耶……妈妈耶……"的咏唱响起来时，听者无不为之动容，泪水纵流。

为什么当"雪神""女神""卧勒妈妈""尼莫妈妈"的意象会有如此的心灵震撼力、记忆唤醒力？因为这些符号不是一般的指示符、再现符，也不是普通的象征符，它是北方民族从远古先人即前历史时代共同体符号系统中承继而来、由心灵深处的集体文化无意识凝结而成的符号。用维特根斯坦的话说，这是一些与原始人有"血缘关系"的符号，如"神灵""鬼魂"之类。②在全人类的符号系统中，都有这类符号。由于这些符号所表征的女神不仅是黑夜守护神，而且是原始女神，因而女神意象所激活的不仅是"女性""神灵"这些分散的想象，而是人们心灵深处的那片黑暗区域的盘存——集体文化无意识。我把神歌所构造的这些神秘的女神意象称之为"前历史意象"。它闪烁着一束从无限的远处投来的光，能够照亮人类历史最古远、人类心灵最深处的那片神秘区域，唤醒的是人类心灵之中永恒的母性的

---

① 富育光、王宏刚：《萨满教女神》，辽宁人民出版社1995年版，第127-129页。有删节。

② ［英］维特根斯坦：《维特根斯坦论伦理学与哲学》，江怡译，浙江大学出版社2011年版，第17页。

精灵。在这一光亮之下，"苦难和暴力的体验都化解成了温柔的声响以及装饰性的线条。"[1]若借鉴精神分析学大师荣格的理论，也可将萨满神歌中显现的这一"前历史"女性形象，称之为萨满神歌中北方民族"集体文化无意识意象"。据富育光、王宏刚的研究，"在萨满教的万神殿中，女神居于举足轻重的地位，甚至不少显赫的男性大神也以女神为渊薮。"[2]在萨满教祭祀仪式上，也有诸多主祭女神；在诸多萨满神歌中，女神形象也占据很大比重，如天神、地神、日神、月神、鹰神、雪神、柳神、萨满始祖神、文化英雄神等。由于这个问题十分复杂，解释起来相当吃力。为此，我们再拈取一个满族祭祀仪式作为参照。

满族的家祭仪式最主要的有两种：祭星与祭祖。祭星即祭祀满族神话中伟大的布星女神卧勒多妈妈，亦称"那拉乎"。她是一位宇宙女神，是她把闪烁的星星布满苍穹，为人民带来了光明、丰裕与安泰。富育光和王宏刚二位所著的《萨满教女神》这样记录了祭星仪式的过程：

> 满族的星祭一般是在冬季举行的。祭星坛分为两层。一层设在山坡上，一层设在山坡下。山坡上的祭坛是用洁白的冰砌成的，通往祭坛的梯子也是冰制的。祭坛的左后方有冰砌的星塔，内有长明兽头灯。星塔前竖立着冰雕成的神兽偶，称为护塔神兽。山坡下的祭坛设有供桌、神案和香草堆成的圣火堆，平地上还画出用以布列各种星图的布星区。星祭开始前，族人向祭坛敬献各种珍贵的供品，如活鹿、天鹅、鲜鱼以及祭星饽饽等。之后，萨满跳起踩牲舞，行领牲礼，再后，萨满口念颂赞词：
>
> 穹宇间，
> 星光闪烁，
> 护佑村屯丰裕、充足、安泰。
>
> 某年属某的男萨满
> 迎接那丹那拉乎，
> 请降临到萨满祭祀神堂。

---

① ［德］阿莱达·阿斯曼：《回忆空间：文化记忆的形式和变迁》，潘璐译，北京大学出版社2016年版，第260、262页。

② 富育光、王宏刚：《萨满教女神》，辽宁人民出版社1995年版，第2页。

为神事跪拜，

备好了家牲，

临降吉祥，

恩赐太平。

族人做好一切祭祀准备后，就静悄悄地等待着卧勒多妈妈的降临。傍晚，当东天边出现七女星时，主祀女萨满在神鼓声中登上了冰砌的祭星坛，点燃起冰梯两侧的九个香草堆。只见白色的烟雾冲天而上，在天空中连成一座烟桥，被称作"星桥"。……女萨满便拜星塔、拜护塔神兽、再拜四方。……接着，女萨满念诵"唤星神语"：

村屯迎请吉祥的神，

诚请那拉乎享祭肉。

在万星升起时，敬请那拉乎。

在千星中，敬请那拉乎。

在高栖云天的鹰星和布谷鸟神中，

敬请那拉乎。

择新月，在祖先众星中，

敬请那拉乎。

在远处拉出绳索，

敬请那拉乎。

在女萨满呼唤卧勒多妈妈的时候，祭星坛后的九叉高杆上升起了七女星的星灯。与此同时，山坡下祭坛内的布星区中点亮了七盏冰灯，构成了七女星图。于是，山坡上的星辰神灯、平地上的冰灯星图和天穹中的七女星座交相辉映，组成了人间、天上恢宏壮丽的景观。族人齐行叩拜礼。女萨满带领众人高呼：

女萨满：金色的那拉乎

众　人：那——拉——乎

> 女萨满：众星中的那拉乎
>
> 众　人：那——拉——乎
>
> 女萨满：万星中的那拉乎
>
> 众　人：那——拉——乎

"田野志"作者分析说：在人类拓辟洪荒时期，如何度过漫漫长夜，怎样在黑夜中不迷失方向，并抵御凶禽猛兽的侵害，人们把生活的希望与宗教的神思遐想寄托于生命的光源和庇护者。所以，能布下众星的卧勒多妈妈必然受到族人最虔诚的敬爱与膜拜。①从一般神话学理论的角度看，这种分析基本符合神话发生的逻辑。但是，符合逻辑思维的规律却未必符合人类神话创造的心灵体验的事实。以此神话发生理论为例，它难以解释这样的问题：满族的星神崇拜源于对生命的起源和庇护者的神话化，可这个星神为什么是一个女性——妈妈形象而非男性形象？看来，以常识性思维构造出来的再"完美"的理论也不过是庸俗的深渊。若要使满人卧勒多妈妈崇拜的心灵得以还原，我们需要重构神话学的理论思维。我的观点是，卧勒多妈妈并非简单的神灵，而是远古时代满族先民在与环境的相互作用中、在生存实践中所建构的一种特殊的精神范畴。若用精神分析学的理论来解释，也就是荣格所说的文化原型。按照荣格的解释："原型是一种经由成为意识以及被感知而被改变的无意识内容"，它"无时不在，无处不在"。②它是人类心理深层盘存着的由古至今远古人类心理生活遗传下来的共同的文化信息，诸如神话、宗教、巫术以及人类心理共有的"阿尼玛""阿尼姆斯"情结等。荣格告诉我们："这一系统具有在所有个人身上完全相同的集体性、普世性、非个人性本质。这种集体无意识并非是单独发展而来的，而是遗传而得的"③，也就是说，"是由我们的祖先最早的心理生活所构成的"④。正因为集体无意识是由遗传而来的，因而，在荣格看来，由于集体无意识，"人不再是截然不同的个体，他的心灵扩展并融合到人类心灵当中——不是有意识的心灵，而是人类的潜意识心灵。在潜意识心灵方面，我们是完全相同

---

① 富育光、王宏刚：《萨满教女神》，辽宁人民出版社1995年版，第101-103页。有删节。

② ［瑞士］卡尔·古斯塔夫·荣格：《原型与集体无意识》，徐德林译，国际文化出版公司2011年版，第7、36页。

③ 同上书，第37页。

④ ［瑞士］卡尔·古斯塔夫·荣格：《心理结构与心理动力学》，关群德译，国际文化出版公司2011年版，第80页。

的。"①在荣格看来，集体无意识不仅是一种客观的心理事件，而且还是人类"有意识的心理活动的母体"。它"极大地制约了意识的自由性，因为它总是试图把意识过程带回到古老的轨道上去"②。为什么在这个星球上，无论是东方还是西方，无论是传统的还是现代的，无论是高度发达的还是相对落后的文化系统都有共同的文化母题，如对神的信仰、对救世主的期盼、对英雄人物的赞颂、对魔法的迷信、对智慧老人和对小精灵的兴趣、对某些动物（如龙、蛇等）的崇拜和恐惧？此外为什么男人身上普遍拥有的女性气质和女人身上普遍拥有的男性气质？如果说心理是环境信号加工与编码的结果，可不同环境下人类拥有共同的心理内容恰恰证明了人类的某些心理内容并非后天与环境互动的结果，它们具有遗传性。荣格肯定地说，根本不存在什么所谓的"现代人"，人从某种意义上永远都是"传统人"，个体永远不会割断与他的文化原型的联系。

也正由于人类心理深层先天地存在着这一文化原型，所以，当人们知觉到与此有关的符号意象时，便如巴赫奥芬所说，心灵如闪电般被激活，瞬间产生远古文化的心理表象以及独特的情感体验。我们不妨看英国著名作家查尔斯·兰姆关于自己对这类信息知觉而激活心理深层的文化原型及其对他精神生活影响的一段记录。他描述说：在他家里，有一部斯塔克豪斯版的两卷本《圣经》，它们放在他父亲的书柜里。书中除了《圣经》故事以及教义问答的论证模式之外还有一些插图，这些图画对于孩子的想象力比任何一个文本都产生了更为深远的影响。

　　　　正是斯塔克豪斯为我装扮出了一个夜鬼，每夜坐在我的枕头上——到了夜晚（如果我胆敢使用这样一个词组），我在梦境里醒悟，发现书中描绘的景象真的是那个样子。即便在光天化日之下，我一旦想要进入我睡觉的那个房间，就不得不转过脸去，面朝窗户，背对着我的被鬼魂纠缠的枕头所在的床铺。……那张讨厌的图画给我的无数梦赋予了一种模式……在孩子们那里，制造恐怖的祸首不是书本，不是图画，也不是愚蠢的仆人的故事，它们至多只给恐怖给出一个方向。

---

① ［瑞士］卡尔·古斯塔夫·荣格：《象征生活》，储昭华译，国际文化出版公司2011年版，第36页。
② ［瑞士］卡尔·古斯塔夫·荣格：《心理结构与心理动力学》，关群德译，国际文化出版公司2011年版，第80页。

兰姆相信，心灵中那些来自远古心理的恐惧不是某些图像或故事造成的，而是事先存在的，只是从这些图像和故事中找到了它们特殊的装扮。那些在梦中"唤起"图像的力量，兰姆称其为"原型"：

> 戈耳工、许德拉，还有奇梅罗斯式的恐怖——赛拉诺和哈尔皮埃悲惨的故事——在迷信的大脑里它们可以自我再生，但它们以前就是存在的。它们是副本，是表现形式，它们的原型在我们的意识里是永恒的。[①]

按照兰姆的解释，"原型"既不是来源于具体的生活经验，也不是来源于听到的故事和看到的图画。它们在人类的"肉体尚未产生的时候"就存在了；或者说，原型是人类的遗传配置。

德国美学家里希特也曾谈到人类心灵深处的这一文化原型的存在，认为它不仅是人类灵魂的"深渊"，而且也是人的一种本能。它是人类的梦魇、恐惧感和罪疚感，对魔鬼的信仰以及神话等的源头：

> 有的时候，它在造孽深重的人面前表现为……这样一种存在，由于它的存在（而非它的行为）我们惊恐万状；这种感觉我们称为惧鬼……此外有的时候，这种精灵又自我表现为无限，于是人们就做祷告。
>
> 它第一个给了我们宗教—对死亡的恐惧—希腊的命运观—迷信，还有预言……对魔鬼的信仰……浪漫主义，就是体现精神世界的东西，以及希腊神话，它使得肉体的世界精神化。[②]

通过兰姆、里希特、荣格的描述与分析，我们得出这样的结论也许不算冒失：在人类集体的古老、深邃而广袤的心理世界中，确实存在着这样一种通过遗传而来的文化原型。由于它属于无意识的范畴，所以我们并没有注意到它的存在。然而，这些无意识心理内容在特定情境下，通过适当的符号刺激便可以复活，影响到人们的精神生活。

---

① ［英］查尔斯·兰姆：《伊利亚随笔》，姜焕文译，四川文艺出版社2013年版，第83-84页。
② 见［美］M. H. 艾布拉姆斯：《镜与灯》，郦稚牛等译，北京大学出版社2015年版，第245页。

当然，正如我在另一部书里所说的，荣格的"文化原型"理论由于缺乏充分的实证数据支持，而且其设定的范畴也过于狭窄，因而，迄今仍受到不少人的质疑，认为其不过是荣格的唯心主义心理学的表述；或用弗洛伊德的讥讽说，只是荣格"鬼魅情结"的表达。我想，仅仅依据"唯心"与"唯物"的二元思维对其进行简单的判断是不合适的。我觉得，荣格的"文化原型"说具有一定的合理性。这里我们不妨通过人类学家、心理学家、宇宙学家、神经学家、生物学家关于此问题的认识来做一论证。

在法国人类学家列维–布留尔看来，原始社会（人类学意义上的而非历史学意义上的）成员心智系统中存在着一种将万事万物超凡化的神秘的"集体表象"。按照布留尔的解释，"所谓集体表象……在该群体中是世代相传；它们在集体中的每个成员身上都留下了深刻的烙印。同时根据不同情况，引起该集体中每个成员对有关客体产生尊敬、恐惧、崇拜等感情。它们的存在不取决于每个人……它是把自己强加给这些个体中的每一个，它先于个体，并久于个体而存在。"①关于这种"集体表象"的特征与功能，布留尔告诉我们，在神秘莫测、充满各种异己力量的大自然面前，原始人"不管他们的意识中呈现出的是什么客体，它必定包含着一些与它分不开的神秘属性"②。这种神秘的集体表象并非仅仅是一种意识存在，而且也是人们日常认知活动的重要的认知元素；它参与到人们的认知活动中，使得所加工的信息都具有了神秘的色彩："知觉的整个心理过程，在他们那里也和在我们这里一样。然而在原始人那里，这个知觉的产物立刻会被一些复杂的意识状态包围着，其中占统治地位的是集体表象。原始人用与我们相同的眼睛来看，但是用与我们不同的意识来感知。"③即是说，"当原始人感知这个或那个客体时，他是从来不把这客体与这些神秘属性分开来的"④。总之，对原始知觉来说，很难存在赤裸裸的事实和实在的客体。这种思维想象到的任何东西都是包裹着神秘因素的："它感知的任何客体，不管是平常的还是不平常的，都引起或多或少强烈的情感，同时，这个情感的性质本身又是为传统所预先决定的。"⑤这也就是为什么原始人的精神世界

---

① ［法］列维–布留尔：《原始思维》，丁由译，商务印书馆1981年版，第5页。
② 同上书，第34页。
③ 同上书，第35页。
④ 同上书，第34页。
⑤ 同上书，第103页。

是一个充满了神秘的鬼怪精灵等超自然物的世界，为什么"文化原型"更多地表现为神话、宗教、魔法、精怪等神秘意象的原因所在。

英国剑桥大学著名数学家、天文学家约翰·D.巴罗从生物进化史和生命科学的角度对远古人类精神系统中存在的"文化印记"（他没有使用"文化原型"这个概念）做了分析。他认为："我们的思维和身体的复杂性，经历了漫长的细微调整，以适应外部世界以及自然界的其他居住者的特点。人类，连同人类所具有的所有喜好、理智与情感，不是从天而降，一下子就羽翼丰满出现在世间的。人类的头脑和身体，也并非没有烙上这一物种的历史印记。我们的许多能力和情感，都是针对古代环境所做的具体适应，而非某种总揽一切的智慧为顺应所有场合所做的创造。我们所具有的直觉和内在倾向，带着我们周围环境的共通特性的印记，也带有我们遥远祖先的印记。"然后，巴罗从人类的审美、宗教、居住环境、语言等不同领域向我们展示了人类的这种"内在倾向"。在他看来，人类祖先的心灵印记既可以是基因的，也可以是文化的、社会的。[①]荣格和布留尔所说的"集体无意识"或"文化原型""集体表象"这些心理内容，在作为科学家的巴罗这里，就是古人类一种经过选择而稳定下来的"进化稳定策略"。这一"进化稳定策略"已不完全是神经学家所说的大自然设计出来的"自动平衡（的生物学）装置"，而且也有我所说的"文化秩序装置"，如超自然信息加工及所产生的情绪、想象等。也正是这种"进化稳定策略"，使人类在与外部世界的互动中更具灵活性，也更具适应性。他这样写道：

> （关于神话、宗教、星相学等伪科学）我们为什么会拥有现在这些思维范畴，以及为何它们不因时间的转变而转变？其原因在于，这些范畴随着人类的大脑通过自然选择过程一起进化了。这一过程对发生了适应变化的经验进行处理，将其中最准确地塑造了隐藏在那些经验背后的真实现实的图像选择出来。[②]

到了这里，巴罗的态度终于明朗起来：神话、宗教、巫术等，为什么没有随着人类精神的进化、科学的发展而消失？为什么在现代人类身上具有普遍性？就在于

---

① [英]约翰·D.巴罗：《艺术宇宙》，徐彬译，湖南科技出版社2010年版，第2、26页。
② 同上书，第35页。

这些精神范畴以"原型"的形式在人类的大脑中盘存并随着人类精神系统的进化一起进化（即遗传）。正因为这些祖先遗传而来的精神财富，才使人类在进化过程中避免了"恐龙效应"，保持着人类与环境相互作用中的灵活性和更高的适应性，也更有利于在其经历的环境中生存。

被世界公认为神经科学研究领域之领袖的美国神经学家R. 达马西奥曾认为，"在人类意识心理的下面确实有一个地下室，那个地下室有很多层。一层是由没有受到注意的表象组成的……另一层是由神经模式和神经模式之间的关系组成的……还有一层一定和神经装置有关，这个神经装置是保持纪录在记忆中的神经模式所必需的，就是那些体现先天的和习得的内在痕迹的神经装置。"①根据我的理解，达马西奥所说的"没有受到注意的表象"这一层就是我们通常所说的个体无意识；而"先天的和习得的内在痕迹的神经装置"这一层则相当于集体无意识。在达马西奥看来，人类的全部知识都以他所说的"痕迹"形式存在的，包括先天知识和由经验习得的知识。先天知识指"从进化中遗传下来的和一出生就可以使用的记忆"。我想，这些"先天知识"不仅包括那些由自然嵌套而来的、为生存所必需的生物调节指令，如控制新陈代谢、内驱力和本能，而且也包括在生存实践中总结出来的并刻入基因组的某些精神范畴，如社会情绪、宇宙模型（善、恶、自然的、超自然的等）。②尽管他没有明确谈论人类脑中的"痕迹表征"是否有"文化原型"的内容，但我们从其关于"痕迹表征"所包括的相关内容即"先天知识"来分析，可以认为，达马西奥并没有否定人脑中的先天"痕迹"中带有某些"原型"性的东西。特别是在谈论弗洛伊德的"超我"理论时，达马西奥指出，人类心理中的一些传统和规则所蕴含的智慧，如社会传统、伦理规范，它们就是一种"痕迹表征"，这些智慧执行方式的神经表征都与先天调解的生物过程密不可分地连接在一起，即内驱力和本能联系起来。③作为一名神经科学家，达马西奥很含蓄也很谨慎，但我们从他将社会传统、伦理规范赋予"痕迹表征"之内容这一表述来看，我们可以领悟到这一点：人脑神经组织的痕迹中盘存了远古社会的传统智慧——神话、禁忌、巫术

① ［美］安东尼奥·R. 达马西奥：《感受发生的一切：意识产生中的身体和情绪》，杨韶钢译，教育科学出版社2007年版，第247页。

② 同上书，第257页。

③ ［美］安东尼奥·R. 达马西奥：《笛卡尔的错误：情绪、推理和人脑》，毛彩凤译，教育科学出版社2007年版，第100-101页。

等荣格所说的"文化原型"。完全可以想象，远古人类在与环境的相互作用中，为了更好地生存或者说执行生命的管理，不仅逐渐完善基本的生命调节装置，也通过情绪、意识体验和心理想象的方式在脑—心理系统中编码了某种宇宙秩序模型，比如喜欢、敬仰、肯定某些好的、善的环境、事件，恐惧、回避恶的环境、事件。久而久之，这种神经活动的模式化——神经元连接以及稳固的神经回路的建立——演化为神经系统的物理规律，以一种内隐记录或"痕迹"的形式刻录在人类的基因组里，并随着生物进化与种系遗传在人类脑中刻下了先天的"痕迹"。达马西奥尤其强调，"痕迹"的内容总是意识不到的，总是以潜伏的形式存在的，但是，它可以通过当前的表象来帮助对当前所感知的表象进行加工，并等待着成为一种外显的表象或活动。①这也就是说，人类大脑形成的某些神经表象，不完全源于输入的刺激，刻录于神经组织中的"痕迹"也可能参加表象加工。如果这些盘存的神经元在适当的情形下被激活，便可通过脑的映射建构起相应的表象，这些表象便具有远古文化的风格。这也可以说是人类心理深层文化原型的表达。

如果说，R. 达马西奥作为神经科学界的领袖在表述"文化原型"与生物遗传的关系时还比较含蓄的话，那么，其他神经学家对此的观点则比较鲜明。美国著名神经病学家奥利弗·萨克斯就提出了这样的观点：在强烈的神秘感和虔诚的宗教感里共同包含的神圣感，一定有其生物学的基础，它们像审美观一样是我们人类遗传的一部分。②另一位美国心理与脑研究专家迪恩·博南诺也对人脑中的"宗教"的神经机制做了分析。他分析说："首先，数百万年前，在人类大脑皮层刚开始扩展的时候，一种将问题标定为可控和不可控的倾向可能为如何使用新的计算资源提供了一种优化的方法，将想法区分为自然和超自然类别的能力对个体来说是具有适应性的，那些可以辨别可回答的问题与不能回答的问题的人，更可能将自己解决问题的能力用在能够增加和繁殖成功率的事情上。其次，……一旦有助于超自然信仰的基因进入了基因库，它们就可能被进一步地塑造和选择。因为早期的宗教为合作和利他行为提供了一个从量变到质变的突跃平台。"③虽然博南诺将远古人类超自然

① [美]安东尼奥·R. 达马西奥：《感受发生的一切：意识产生中的身体和情绪》，杨韶钢译，教育科学出版社2007年版，第257页。

② [美]奥利弗·萨克斯：《幻觉：谁在捉弄我们的大脑？》，高环宇译，中信出版社2014年版，第174页。

③ [美]迪恩·博南诺：《大脑在捣鬼：大脑"漏洞"怎样影响我们的生活》，吴越译，中国轻工业出版社2013年版，第163、158、164页。

我们一直在我们的身体深处感到一种模模糊糊的力量，一种不知是好是坏的力量的重量或蕴藏量，一种从过去永久得到的固定不变的"量子"，然而，我们也同样清楚地看到，以后的生命波浪的推进就取决于我们能否比较熟练地运用这种能了。……人类生物群的集体记忆和集体理性在不可逆转地积累着……总之系统发育和个体发生是混在一起的。遗传从细胞链转到了环绕地球的智力圈层。从这一刻起，由于这一新环境的性质，遗传最多只限于简单地传递既得的精神珍宝。[①]

作为一名优秀的古生物学家，德日进既没有哲学的形而上理念，也没有心理学的推测，他只是根据生物进化的踪迹与规律来解释人类的心智发展。他在这里所说的"从过去永久得到的固定不变的'量子'""人类生物群的集体记忆和集体理性"、从细胞链向智力圈遗传的"精神珍宝"，用荣格的理论说，其实就是人类心理深层的"文化原型"。

我想特别指出的是，我在这里对"文化原型"或"集体无意识"这一概念的理解与荣格所说的"文化原型"在内涵上稍有不同。我认为它们不仅是人类的远古意识残留物，而且也是意识机制的一种"残留物"。[②]英美两位神经学家同时又是基督徒的马尔科姆·吉夫斯、沃伦·布朗曾认为："神经元没有创造我们的宗教信仰，恰恰相反，是我们的宗教信仰解释我们的神经元感受""如果一个人没有任何宗教信仰背景，或者当下不在语义启动的宗教解释情境中，他会把同样的神经事件看作是宗教性的吗？"[③]但这样的反驳没有太大的意义。前文我所引证的兰姆的心灵体验就回应了他们的这一思想。大量的数据表明，在人类的心理生活中，即使一个不知道"宗教"为何的孩童也会时常产生"超自然"的特殊感受。原因为何？结论只可能是：在人类脑—心理系统中先验地存在着有关超自然事物的信息。生物学家恩斯特·海克尔曾指认了这一事实：

最低级的原始民族就已有对这一类自然现象进行因果解释的欲望，这种欲

---

① [法]德日进：《人的现象》，范一译，北京联合出版公司2014年版，第178-179页。

② 我在本书中对这两个概念的使用也是这种认知框架内的意义。以后除非处于特殊语境，不再特别说明。

③ [英]马尔科姆·吉夫斯、[美]沃伦·布朗：《神经科学、心理学与宗教》，刘昌等译，教育科学出版社2014年版，第101页。

望是通过遗传从其灵长类祖先那里传下来的……未开化的原始民族粗糙的宗教萌芽，部分起源于从其灵长类祖先那里遗传下来的迷信，部分起源于对祖先的崇拜、情感需要以及传统的习惯。①

也正因此，著名宗教史学家伊利亚德指出："世俗的人是由宗教的人蜕变而成的，所以他不能消灭自己的历史，也就是说，他不能彻底地消除他信仰宗教祖先的行为。"②

如果说，人类心理深层的文化原型系人类精神系统的一种客观存在，那么，我们也就可以理解，有的萨满神歌之所以能够迅速复活某些民族的文化记忆尤其是神话、宗教记忆，就在于这类神歌所创造的"前历史"意象作为一种承载着人类集体文化无意识的"神秘媒介"，不仅刺激人们脑内的"语言蓝图"，而且刺激人们的心灵深处，激活了该族群心理深层的文化无意识。当这些文化无意识形成神经表征时，人们的神话、宗教记忆便复活了。③我们还以满族"祭星神歌"所显现的"前历史"意象为例做一分析。

满族之所以崇拜星神、年年岁岁祭祀星神，并称之为卧勒多妈妈，是因为它已经不是一般的神，而是满族人心灵深处文化无意识的表达。作为生活于白山黑水的渔猎民族，满族原始先民在与险恶的自然环境交往过程中，正是天上闪烁的星斗为他们提供了漫漫长夜的明辉、途中行走的方向。星，成为满族先民的生命之光和庇护者。这一环境信息经过人们心理的神话—宗教图式的加工，形成了"星神"的文化心理。但星斗在满族先民的心中并非一般的神灵，而是与满族人祖先心灵深处的文化无意识高度关联：每当星斗高悬、明辉照地之际，满族先民的心灵世界便投射进一道特异之光，这就是那道"从无限的远处投来的光"——庇护、引导、温馨、关爱。它是远古人类心灵深处的文化原型——母亲形象的表征。也正是这种文化原型的作用，星神转变成了妈妈。这种"转变"如此符合人类心灵演进的逻辑：人类之所以喜欢创造神话，是因为它是人类童年记忆的回忆——神话本质上是人类的童话。而人类童年记忆的主题正是女性——妈妈。荣格在分析人类心理的文化原型形

---

① ［德］恩斯特·海克尔：《宇宙之谜》，袁志英等译，上海译文出版社2014年版，第265页。

② ［罗马尼亚］米尔恰·伊利亚德：《神圣与世俗》，王建光译，华夏出版社2003年版，第122页。

③ 关于人类文化无意识的复活与宗教体验的关系，较详请参阅我的新著《神圣与疯狂——宗教精神病学：经验、理性与建构》，中国社会科学出版社2017年版，第385-386页。

象时曾指出：阿尼玛（女性）、母亲形象是人类心理深层最基本的原型意象，与之相联系的象征意义是"关心与同情"，女性不可思议的权威、超越理性的智慧与精神升华，任何有帮助的本能或者冲动、亲切、抚育与支撑、帮助发展与丰饶的一切。①这也就是全世界各民族中都有女神崇拜这一文化神话的原因。如西方的大母神、中国的女娲等。

作为氏族的祭司、族群的"智者"和"文化精英"、作为一个民族"艺术家"，萨满既无神授的"神魄"，也无天生的"神通"，他只是"满族人"这个群体的一员，是荣格所说的"集体人"，"是人类无意识精神生活的媒介物和塑造者"。②因而，他在从事神歌创作以及神歌表演时也必然会受到满族集体文化无意识的影响，调集众多文化原型意象符号。"因为它不是一件外来的礼物，而是因为它是从自身之中，从心灵中的一个既意识不到、也控制不了的地方长成的。"③当他在祭祀仪式上咏唱这类神歌，当星祭仪式上萨满神歌中"卧勒多妈妈"这一原型意象闪现的那一瞬间，满族民众心理深层蛰伏的远古文化记忆便拖着长长的尾巴，从达马西奥所说的心灵底层那个"地下室"里爬了出来。这个从久远的过去爬来的世代记忆之光瞬间照亮了人们的精神世界，人们的脑海中再次涌现出远古时代人民如孩子一般偎依着母亲的怀抱里这样一种光明、庇护、亲切的意象。这一集体文化无意识的复活不仅巩固了集体记忆，而且，在与"母亲神"相遇的瞬间，也是族人"失去的痛苦"与"爱"的愉悦这一"文化乡愁"的再度体验。"一种原型的冲击之所以使我们激动——无论它是采取直接经验的形式还是通过口语来表达——都是因为它唤起了一种比我们自己的声音更强的声音，而撼动着我们的心灵。无论谁在用原始意象说话，他都是同时用上千种声音来说话；它既有迷狂性，又压倒一切，而同时他使自己想要表达的思想超越了偶然与短暂，进入了永恒的王国……并且唤起了我们心中所有那些每每使人类摆脱苦难、度过漫漫长夜的慈善力量。"④

于是众人叩拜，大声高呼："那——拉——乎——那——拉——乎——"

① ［瑞士］卡尔·古斯塔夫·荣格：《原型与集体无意识》，徐德林译，国际文化出版公司2011年版，第67-68页。
② ［瑞士］卡尔·古斯塔夫·荣格：《人、艺术与文学中的精神》，姜国权译，国际文化出版公司2011年版，第128页。
③ ［美］M. H. 艾布拉姆斯：《镜与灯》，郦稚牛等译，北京大学出版社2015年版，第223页。
④ ［瑞士］卡尔·古斯塔夫·荣格：《人、艺术与文学中的精神》，姜国权译，国际文化出版公司2011年版，第103页。

5 "卡农"格式与文化神话的恒定

萨满神歌，尤其是满族家祭神歌，不仅音声形式上具有高度的规则性、规范性、典范性，基本保持着由古至今大体不变的叙述形式和音律，而且，除了祭祀仪式之外，其他时间与场合绝对不许咏唱。"一个屯中有几个民族、几个姓氏，但祭祀时神歌一唱就分辨很真切。……凡本族萨满神歌曲调，被奉为神圣不可侵犯的神语神音，只有萨满祭祀活动中咏唱。"①特别是大清王朝乾隆十二年（1747年）颁布的《钦定满洲祭神祭天典礼》以及道光、光绪年间刊刻《满洲跳神还愿典礼》（1828年）、《恭祭神杆礼节之册》（1898年）以来，满族萨满祭祀仪式，不仅仅是宫廷、王府祭祀，而且对民间祭祀仪式上萨满咏唱的神歌都受到了严格规范。不仅严谨野祭，而且祭祀中咏唱哪些神歌、如何咏唱都做了严格规定。由此，在满族家祭仪式上，萨满神歌变成了一种高度规范化、典范化的音声形式。我们可以借用历史文献学的一个术语，将萨满神歌的这种语言体制称之为"卡农"风格。

所谓"卡农"，根据阿斯曼的考据，它的主要意义包括（1）标尺、标度、标准；（2）典范、榜样；（3）规则、准则等。②"一个被奉为卡农的文本包含了一个群体所尊重的规范性和定型性价值，即真理"③；"它的内容具有至高无上的约束力，而且它的格式也达到了极其固化的程度。它不许增加一个字，不许删减一个字，也不许改动一个字。要求后人保持文本原样的'套话'出现在社会生活中的许多方面。"例如，如实地复述一个事件（证人套话）、忠实地传达信息、一字不差地重述样本。④

在阿斯曼的记忆文化理论中，"卡农"主要是一种书写文字规范，即经典的文

---

① 富育光：《萨满艺术论》，学苑出版社2010年版，第216页。

② ［德］杨·阿斯曼：《文化记忆：早期高级文化中的文字、回忆和政治身份》，金寿福等译，北京大学出版社2015年版，第107页。

③ 同上书，第93页。

④ 同上书，第103-104页。

本规范。我在这里借用这个概念，其基本内涵相同，但所及范围不限于文字文本，如"神本子"，而是包括口述形式的萨满神歌。因此，这里的"卡农格式"不再仅指神歌的文字规则而是一种说唱风格。神歌说唱"程序严格而缜密，不能出现一丝差错，每一个动作的规程、每一个器物的摆放、每一句话语的表述加之每一个鼓点的变化等均有着严格的要求和规定"①。这就是我们这里所说的萨满神歌说唱的"卡农格式"。如乾隆三十六年（1771年）舒觉罗《祭祀全书巫人诵念全录》中的《祭佛陀妈妈神歌》就是一首典型的卡农风格的萨满神歌：

　　　　从天降临的
　　　　天仙圣母
　　　　从上降临的
　　　　荣光圣母
　　　　从海上来的
　　　　智勇圣母
　　　　治理国家的
　　　　功勋圣母
　　　　管理贤士的
　　　　明亮圣母
　　　　治理街坊的
　　　　功胜圣母
　　　　繁衍子孙的
　　　　仁德圣母
　　　　柳树枝子
　　　　子孙圣母
　　　　有礼仪的
　　　　文理圣母
　　　　在神座之前
　　　　清楚地祈告

---

① 关杰：《神圣的显现——宁古塔满族萨满祭祖仪式研究》，北京大学出版社2015年版，第150页。

哈苏里姓氏

某一姓氏

某一属相之妇

所生之子

所娶之妻

所生之重孙

所有族中人等

一心一意

同心同德

心怀虔诚

在丰裕之春

在富裕之秋之时

分摊钱财

破费工钱

买来所用小猪

祭献在天仙圣母之前吧

实为子孙圣母之恩惠

已经领受了呀

自此以后

怜悯额伦之主吧

所行之事皆落实

所去之处皆清楚呀

若行善事

恶行被阻吧

遇见好人

疏远恶人吧

在二十人之上

在四十人之上吧

差池之处

请舍弃吧

过失之处

请宽恕吧

…………①

　　按照关杰的解释："程序越严密，要求越严格，人们就会越加产生一种神秘感和神圣感，就会产生依赖感和敬畏感。"②其实，这只是萨满神歌说唱"卡农格式"建构的一个认知维度，即仪式体验方面的因素；而比这更重要的则是集体文化神话保存的恒定性、文化记忆传承的稳固性的需要。神歌作为"神语""神音"，作为与神灵沟通、向神灵奉献、祈请神灵的媒介，也可以说是萨满教的神圣文献，就如同以色列人的《圣经·旧约》、古埃及人的神庙一样。不仅其语词要庄重、典雅、规范，咏唱音律要固定、雄沉，而且每次仪式都要一字不差地重复这些语言和音律。从本质上说，这与文化生产的经济学考量无关，而是出于满族文化神话神圣性的恒定不变之考量。"神圣文献犹如一座用语言形式建构起来的神庙，神圣的东西借助声音这个媒介得到体现。神圣文献……所需要的是通过仪式来完成的背诵或念诵。"③因为只有保持它的媒介的规范性、典范性，才能使得仪式传递的信息达到"高保真"，才能确保集体文化神话的超凡性以及文化记忆传承的稳定性。如果它允许随意变化或者可以加以任意解释，那么，随着语言模型、展演模式的变化，所发生改变的就不仅仅是符号系统，而是一个集体共享的、赖以安身立命的文化神话，"现在"与"过去"就会失去希尔斯所说的"共同意识"。④

　　在这种意义上也可以这样说，满族萨满神歌语言风格的"卡农"化，即是为了制造仪式气氛的神圣感与神秘感，也是满族每一个个体身份确立、认同、巩固的媒介基础。"身份认同归根结底涉及记忆和回忆"⑤，尤其是文化记忆与回忆。而文化记忆保持清晰稳固的根本在于文化传承媒体的稳定性与恒定性。媒介的固化确保文化传统的固化与权威化。"要成为一个传统，并保持其作为传统的地位，一种思

　　①　引自赵志忠：《满族萨满神歌研究》，民族出版社2010年版，第307-308页。

　　②　关杰：《神圣的显现——宁古塔满族萨满祭祖仪式研究》，北京大学出版社2015年版，第152页。

　　③　[德]杨·阿斯曼：《文化记忆：早期高级文化中的文字、回忆和政治身份》，金寿福等译，北京大学出版社2015年版，第93页。

　　④　[美]爱德华·希尔斯：《论传统》，付铿等译，上海人民出版社2009年版，第181页。

　　⑤　[德]杨·阿斯曼：《文化记忆：早期高级文化中的文字、回忆和政治身份》，金寿福等译，北京大学出版社2015年版，第87页。

想或行动之范型必定已被人们所牢记。"①只有文化记忆的稳定与明晰，人们才可能赋予"我"以清晰的意义，才可以谈论"我们"，才能进行精神的寻根。

———————————

① ［德］杨·阿斯曼：《文化记忆：早期高级文化中的文字、回忆和政治身份》，金寿福等译，北京大学出版社2015年版，第180页。

第五章 神歌表演：

北方民族文化记忆的传播实践

在《作为文化的宗教》一文中，克利福德·格尔兹在阐释仪式时，借用了美国人类学家辛格的"文化表演"概念。在格尔兹看来，宗教仪式作为一种文化表演，"它是对宗教观点的展示、形象化和实践：它不仅是他们信仰内容的模型，而且也是对信仰内容的信仰建立的模型。在这些造型的戏剧中，人们在塑造它们的信仰时，也就获得了他们的信仰。"①在这段话中，格尔兹关于仪式表演与参与者信仰模型建构的论述并不新鲜，它已为诸多人类学家所论及；这段话的亮点是他把"表演"理解为宗教观点的"展示、形象化和实践"形式。仪式绝不单纯是一种社会行动，其实质是一个共同体文化传统、理念、习性展示和戏剧化，当然也是一种文化实践。

从传播人类学的视阈而观，作为一种表演的仪式，之所以成为共同体塑造与传播其文化的实践，并不在于表演者的"行动"，而在于仪式场域各种符号的编排与展演，是一种"媒介实践"而不仅仅是人的行为。"媒介（化）实践"是奥地利人类学家菲利普·布德卡使用的一个概念。尽管布德卡对这个概念内涵的界定还不十分科学，但我觉得它还是一个可以对仪式作为一种文化实践进行描写的比较好用的概念。我在这里移用布德卡的这个概念，做了相应的变通，主要指萨满教神歌表演仪式作为一种文化表演，其各种媒介符号与神歌语言符号的动态展演过程与形式。移用"表演美学"的一个术语来表述，即表演通过各种"物质性"，如表演者的身体、表演空间、现场氛围、声音、布景等对人的侵入使仪式变成了一个"美学事件"：观众对表演者真实形体和真实空间进行共同经历，是观众形体上，不仅是用感官而且是用整个身体的通感来完成这一经历。②"表演美学"所说的"物质性"的东西，就是我们这里所说的各种仪式符号；而这些"物质性"元素对人的"侵入"即传播人类学所说的"媒介化实践"。

---

①　[美]克利福德·格尔兹：《文化的解释》，纳日碧力戈等译，上海人民出版社1999年版，第130页。

②　[德]艾利卡·费舍尔·李希特：《行为表演美学——关于演出的理论》，余匡复译，华东师范大学出版社2012年版，第49页。

〖 1 仪式与文化表演 〗

作为北方民族萨满文化信仰的一种表达形式，一种重要的社会行动，神歌表演仪式，不是为了咏志言情，也不仅仅是对神的祭献与祈请，也不仅驱魔与招魂，它是一种文化表演。在理查德·鲍曼"表演民族志"[①]的意义上说，神歌咏唱仪式其实就是一种言说表演。无论是赞颂祈请、除魔驱邪还是氏族祭祖、文化回忆仪式的神歌咏唱，尽管仪式宗旨有别，表达的主题、符号项目配备以及表演程式有异，但它们在表演学和风格学上却有共同点，这就是它们大都遵循既定的表演规制，设计模式化的符号系统，并按照固定的程式和规范进行表演。如此，才便于后人能够记住这些"过去"和神灵，保证集体共享知识生产的连续性与稳定性。根据萨满神歌表演仪式的这一向度，我们也可用米尔顿·辛格的理论将萨满神歌唱诵活动称为"文化表演"。

按照美国人类学家米尔顿·辛格在其人类学名著《当一个伟大传统现代化的时候》（1972）中的解释，所谓文化表演，指的是处于一个社群的中心位置，并且是反复发生的一种文化事象。它们"封装"着这个群体值得关注的文化信息。通过表演，人们可以认识和接受其中所蕴含的文化观念。在辛格的"文化表演"框架中，戏剧、音乐会、故事、讲演、祈祷、仪式中的诵读、典礼、节庆等那些被我们通常归类为宗教活动、节庆仪式以及民间艺术等社区文化活动都属于文化表演。尽管辛格的"文化表演"内容有些芜杂，但我觉得这个概念对于我们解释萨满神歌的文化表演性质却十分有用。它可以帮助我们理解在北方民族文化生活中，为什么会存在着那些程式化、规范性的萨满文化仪式以及人们为何热衷于这些文化行为：它们不仅是这个群体生活世界中的重大主题——季节转换、民族历史、宗教信仰、游戏运动，而且，这种表演行为也是这一群体进行自我反思与定义的方式，是通过将"集

---

① ［美］理查德·鲍曼：《作为表演的口头艺术》，杨利慧等译，广西师范大学出版社2008年版，第103-104页。

体神话"和"历史记忆"戏剧化为社区提供文化资本，即集体文化记忆的传承及其再生产。

美国民俗学家理查德·鲍曼从表演符号学的角度对"文化表演"的特征、功能、交流元素做了进一步的阐释。按照鲍曼的表演理论，所有的表演，像所有的交流一样，都是情境性的、被展演的，并在由社会所界定的情境性语境中呈现为有意义的。在鲍曼看来，表演具有这样三个特点：首先，这些事件倾向于是有计划的，是事先被确定和准备好的；其次，它们不仅在时间上是有限定的，何时开始，何时结束都有规定，而且它们在空间上也是有限定的，也就是说，它们在一个被对象性地划分出的空间中暂时地或永久地进行展演，比如一个剧院、一块节日场地，或者一片神圣的树林；再次，文化表演中包含着高度形式化的和在艺术上精雕细琢的表演形式，以及社区中最为出色的表演者，因此这些事件通常是升华性的场合，通过对表演性展示的内在品质的现场享受，可以得到经验的升华。[①]

根据米尔顿·辛格和理查德·鲍曼的"文化表演"理论，我们可以将我们今天所见到的大部分萨满教仪式上神歌咏唱都视为"文化表演"。它们之所以被视为"文化表演"，就在于这些活动不是萨满情绪勃发的即时创作和表达，尽管野祭仪式上的神歌表演也有萨满即时创作成分，但这并非常态，而是按照一个族群的宗教信仰、集体的习俗惯制、仪式的组织规则、神歌的说唱模式而展开的表演活动，并且如鲍曼所说，这种展演可使人们获得经验的升华——神秘的宗教体验、神圣的"历史"经验，当然也可能有文化美学维度的审美经验。

如果说萨满神歌表演是一种文化表演，那么，我们也就确定了本章问题的基本路径。应当承认，语言、文字、神偶、造型艺术等，它们固然可以传播北方民族的文化记忆，但是，它们也仅仅是文化记忆传播的相应符号媒介。媒介仅仅是回忆与传播的工具系统，或者说它仅为文化记忆的存储和传播提供了物质性要素。而要使得集体文化记忆不断得以巩固，保证集体共享知识传播效果的最大化，形成稳固而坚韧的记忆，仅有承载物是不够的，还要求创造特别的文化形式使得这些符号由"死物"变成"活物"；或用阿莱达·阿斯曼的语言来表述，使之由"无人栖居"

---

① [美]理查德·鲍曼：《作为表演的口头艺术》，杨利慧等译，广西师范大学出版社2008年版，第71页。

的静态符号转变成"有人栖居"①的活性符码②。这种文化形式就是仪式上各种媒介符号的实践——仪式展演。犹太人通过逾越节家宴——表演歌曲、故事叙述以及咀嚼苦味的植物和粗糙的食物——的仪式对共同体在法老时代的苦难以及先祖建造城镇的历史进行回忆；基督教以圣餐——分食面包和葡萄酒——的仪式对耶稣为了拯救世界而献出生命的圣事进行回忆。这种活动不仅通过各种媒介符号的展演重现"往昔"，给人留下了十分深刻的印象，比起单纯的文字知觉在集体心理系统烙下的印记更深刻，可产生持久的记忆，而且由于各种媒介符号的戏剧化，其唤起的回忆也更生动，更益于集体共享知识的保存与再生产。

在阿斯曼的文化记忆理论中，仪式是文化记忆的重要载体。阿斯曼所说的"文化记忆"，不仅指集体记忆的信息的文化内涵，而且指记忆存储和传递媒介具有文化属性——仪式。对阿斯曼而言，所谓"文化记忆"，也就是通过这种仪式文化机制（不同于神经机制）存储与传播记忆。阿斯曼尤其强调：文化记忆与回忆不能缺少仪式。"文化意义的循环和再生产必须要借助外力，即，它必须要进入循环并被展演。"③虽然阿斯曼"'文化'记忆"的比喻受到了一些学者的诟病，但我觉得，其关于"集体记忆"与"文化机制"之关联的思想无疑是正确的。尤其是对于那些以口述传统为文化记忆的传播方式，对于那些缺失"圣典"和职业化僧侣团体的民族来说，信仰的巩固和记忆的传播尤其仰仗仪式这一媒介。对这些民族而言，仪式就是圣殿圣典、圣像圣物。没有仪式，神灵鬼魅不过是个体神经网络中飘浮的意象，庙宇圣地不过是历史河床沉淀的残渣，甚至于寥寥文本（如宗谱）离开集体仪式的诵读也仅仅是沉默的文字仓库。也正是仪式这种"典礼性社会交往"，把人们大脑中的神话想象、大自然的地理空间、民间工匠的作品变成了"定型性文本"，从而使那些自我定义和巩固认同的知识得到巩固和传递。

---

① ［德］阿莱达·阿斯曼：《回忆空间：文化记忆的形式和变迁》，潘璐译，北京大学出版社2016年版，第146页。

② "符码"与"符号"不同：符号可以是单一的，也可以说复合的信号体系；但符码却是复合的信号系统，它不仅包括单一的符号，如语言，而且还包括符号流动过程中的空间、服饰、声音、运动等情境信号。

③ ［德］杨·阿斯曼：《文化记忆：早期高级文化中的文字、回忆和政治身份》，金寿福等译，北京大学出版社2015年版，第148页。

〖2 表演场景：
文化记忆复活的"暖媒介"〗

阿斯曼为何强调文化记忆传播与再生产的仪式依赖性？原因就在于仪式是一种文化表演。那么，文化表演与文化记忆传播的又是什么关系呢？阿斯曼没有详述，理查德·鲍曼倒是给出了一个相当确切的阐释：表演是情境性的。所谓情境性，不仅指仪式行为总是在具体的时—空情境中展开（如中国北方民族的祭祀仪式大都在神堂、院子、西炕、敖包、节日举行），具体情境中的文化表演更容易稳固人们关于某些"过去"的记忆；而且，由于拥有具体的情境作为语境背景，也使得人们的信息接收认知域更宽阔，存储的记忆形象也更丰富、更鲜活。特别是仪式展演行为还具有艺术化特征，即它的媒介实践修辞化了，具有审美的属性。正如理查德·鲍曼所说：文化表演中的媒体通常都会实现由日常符号系统到表演符号系统的框架性转换，展现出特殊的文化风格，使得这些表达性元素组织成了审美的结构，令人获得经验的升华。鲍曼的表述虽显俗套，但他的观点是对的。于文化记忆传播而言，艺术性媒介不同于日常性媒介，它通过不同形态的感受质，如视觉、听觉、味觉、崇高或优美风格的符码演绎刺激主体的多感官知觉与多层次认知体验，既能激活具体而又活脱的回忆，又能使人产生审美体验等情感的升华，从而使得这些信息不仅以摹本的形态存储于意识空间，还可以情绪、感觉甚至于跨模态知觉等不同形态存储于大脑皮层乃至于皮层下边缘系统、丘脑、基底神经节等无意识空间，极易被其他记忆所提取，产生循环性回忆。如用库尔特·勒温的传播心理学理论来表述，鲍曼所说的"情境"构成了信息传播的"心理场"影响着人们的信息接收。[①] 我们不妨以吉林乌拉街弓通屯富察氏的祭天仪式为例证支持我们的上述观点。

---

① 汪淼：《传播研究的心理学传统》，广西师范大学出版社2014年版，第190页。

祭天活动在村外的一棵老榆树下举行。这棵老榆树是富察氏家族心目中的神树。祭天之前，在神树下堆起石头，将领牲后屠宰的猪四蹄绑好穿在一根铁杠子上，用堆好的石头架着吊起来，下面放树枝和干柴，向天神焚香磕头毕，便点起火来烤生猪。其时，人们还把早已准备好的白高丽纸剪成三角形，挂在神树上，用猪血往上泼，使得白纸染上了斑驳的红色。祭毕，人们坐在神树下，用刀叉片着已经在火中烤得滋滋作响的猪肉，烤熟一层就吃一层，在欢声笑语中分享着祭肉。这种带有原始性和野趣的祭天活动，影射了满族渔猎时代的民情风俗。①

无论是仪式祭品——"烤生猪"还是向天神行祭礼；无论是把早已准备好的白高丽纸剪成三角形，挂在神树上，用猪血往上泼，使得白纸染上了斑驳的红色，还是坐在神树下，用刀叉片着已经在火中烤得滋滋作响的猪肉，在欢声笑语中分享祭肉，整个仪式现场都不仅仅是萨满一人的表演，也不仅仅是受众被动地接收信息，而是一个丰富的情境符号，尤其是一个美学情境符号。它创造出一种"文化美学"的情境。不同于康德知性美学的"逻辑触觉"，不同于海德格尔"诗性美学"的神秘返源，更不同于神学美学的"超验"体验②，文化美学具有一种民俗文化生活的韵味，类似于巴赫金所说的"广场狂欢"。不仅它所展演的文化主题为族群所耳熟能详、喜闻乐见，而且它的媒介形态与表现风格也地方化、民族化：风趣朴俗，给人以喜庆、欢愉的审美体验。由于这种民俗文化表演、这种文化美学体验与人们参加祭天仪式的各种期望，如观看萨满神歌表演、体验传统美好、享受盛宴美味的自然接合，不仅使人对仪式所传播的信息的记忆具有生态学效度③，而且，由于它激活了人们愉快的情绪，使得人们在日常生活中心情愉快时容易提取这些记忆。④这就是萨满神歌表演之所以成为北方民族文化记忆传播媒介的奥秘：它不是静默之中的文本阅读，而是情境中的媒介表演；它不单是眼睛的史诗，还是听觉的盛宴，是人的知觉系统对仪式上的各种情境符号进行互动与统合加工。由于"情境"一词容易与"环境"相混,我将其称之为"场景"。

根据传播生态学理论,信息传播的效果如何,不仅取决于传播媒介,受传播形式的影响,而且也受到传播生态即环境的影响。传播环境亦即上文所说的传播的场景,主要指传播现场的各种自然、人文符号。我认为,传播生态不仅是信息处理的参照背景,它就是讯息的一部分,或者说是传播媒介符号系统中的一部分。传播学的"四大奠基人"之一的库尔特·勒温在传播心理学研究中曾提出"场"论,即传播的效果不但取决于媒介,还取决于媒介实践的情境,即他所谓的"心理场"。在他看来,正是传播者、受众以及传播情境的互动产生了传播的。将传播生态学与勒温的传播"场"理论用于传播人类学研究,将对我们理解萨满神歌表演的场景与文化记忆传播的关系提供相当重要的启示。

在认知心理学看来,人的信息处理过程通常可分为"积极"和"消极"两个方面。"积极过程"指的是有益于激活、唤醒、建构、强化记忆的行为。它的机制不仅包括媒介的修辞化,而且信息处理过程具有生态化特质,即它有具体的环境符号参与其中;"消极过程"指的是那些易导致记忆的碎片化、零散化的行为。前者之所以为积极过程,就在于因这个过程凹陷于具体的情境之中。这里的"情境"包括认知活动所接收到的各种环境数据,如象征符号、场景等。莫里斯·哈布瓦赫所说的通过"事件、人物和地点的具体形式"①组成的时—空框架、皮埃尔·诺拉所说的能"让时间停止……让事物的状态固定不变、让死者不朽"的"化身变形能力"的媒介形式②实质即积极的文化信息处理的符号系统。前文我曾分析过,与概念和命题即语义表征不同,情境由于其认知的生态性特征,不仅可为信息处理提供具体的背景,而且还通过时间、地点、物品、象征符号等信息刺激人的知觉系统,因而所产生的记忆更具细节性,并常常携带着情感——以心理意象和情感体验风格形成的知识表征,使得对表征的"真理"具有"鲜明、生动、深刻、情境性等特点"。③萨满教仪式表演之所以成

---

① [法]莫里斯·哈布瓦赫:《论集体记忆》,毕然等译,上海人民出版社2002年版,第329页。脑科学通过大量的实验数据也证实了这样一个道理:回忆的事件越是与具体的场景相关联,就越能引发回忆活动中尽可能多的联想,也就越可以巩固这些记忆。([英]苏珊·格林菲尔德:《人脑之谜》,杨雄里译,上海科学技术出版社2012年版,第121页)

② [法]皮耶·诺拉:《记忆所系之处》,戴丽娟译,行人文化实验室(台北)2012年版,第一卷第27-28页。

③ 杨治良等:《记忆心理学》,华东师范大学出版社2012年版,第416页。

为北方民族文化记忆传播的重要媒介，不仅在于表演仪式上的语言、舞蹈等媒介的展演，还在于仪式场景充满着诸多符号，它们构成了信息处理的"暖媒介"。

如果说认知心理学关于场景与文化记忆之关联性的解释还有些粗犷的话，那么，我再从认知神经科学的原理就场景如何对人们的信息处理活动产生影响的生物机制做一诠释。

作为神歌语言符号之外的符号，场景符号是如何介入人们的认知过程，并改变信息处理与经验建构的维度的呢？这个问题显得复杂一些，我们不妨从人类知觉行为的解释开始分析。

在感性的层面上，因为人类不是生活在真空世界，而总是凹陷于具体的情境之中，因而，人类的生命活动、知觉行为也是在特定的情境下发生。葬礼上送别时一句"一路走好"会令人觉得恰到好处；但在候机大厅和火车站分手时这句话则令人大为不悦。语言的语义没有变化，但言语发生的情境变了，人们的感受与悟知也随之发生了变化。按照认知神经科学家的观点，人类的信息加工事实上不单是对语言的概念和命题意义所进行的单项加工，尽管我们的脑—心理加工的任务是理解语言。由于人类的知觉系统是一个开放系统，神经组织是一个掠夺成性的帝国主义者，因而，言语行为场中的输入—输出关涉到的就不单是承载信息的那些符号，还包括言语信号的背景数据。这些数据通过多种渠道送达加工区加工成信息，然后脑再通过跨越不同神经元之间的信息整合而编码出信息的意义。并且，实验数据表明，脑知觉的信息越多，且系统联网程度越高，层次越高，意识水平的信息编码—解码就越确切，人的世界就越丰富。梅洛–庞蒂曾这样说过："知觉首先不是事物的知觉，而是宇宙范围内各种元素（水、空气……）的知觉，而是这样一些事物的知觉，这些事物就是各种维度，就是世界，我溜进了这些'元素'中间，于是我就在世界中了。"[①]人的世界本质上是一个生态世界，即由各种环境信息整合而成的世界。在交流过程中，也正是通过语言符号和场景符号这些感觉信息的共同加工和联网统合，人们才能够在言简义丰的语流中比较确切地理解言语的意义，才能产生"投射"与"共情"，才能形成生活世界。例如"死鬼！"这个小句，仅仅在逻辑语义的框架内我们所加工的意义是十分有限的。我们之所以能够将其编码成"打情骂俏的嬉闹""心理不满的咒骂"或"驱逐鬼怪的喝令"等意义，就在于我们在对

---

① ［法］梅洛–庞蒂：《可见的与不可见的》，罗国祥译，商务印书馆2016年版，第276页。

这个小句进行加工的过程中，将这个句子本身所负载的信息与言语发生的情境信息整合到一起展开心智计算；或者说，此时信息接收者大脑中发生的意识事件，既有语言知识—概念意义的表征，又有言语以外的知识——行为发生的情境信息的表征。这多种表征整合到一起，人才理解了这句话的确切意义。我以前曾表述过这样一种观点：作为符号动物的人类是在三维意义空间的框架内进行信息识别、加工和悟知的。这三维就是符号、情境、语境。人类的信息处理是与环境信息的知觉、感受、统合紧密联系在一起的。传统语言学的"语境"说有一种观点，认为我们在语言接受过程中，首先是理解言语的意义，然后再将这一意义与具体的语境匹配到一起，最后计算出这句话的意义。这是一种误解。其实，在我们的脑没有言语信号输入之前，它就输入了诸多情境信息，产生了诸多语境信息（认知模型），如听觉、视觉、味觉、态度、观念等。[①]当一句话出现时，人们总是把语言信息与情境信息以及语境信息整合在一起，从而编码出符号的整体信息。我们仍以人们对"死鬼！"这个小句的信息加工活动为例做一说明：如果这个句子发生在嬉戏轻松的场景（情境信息），并且听话人的心理经验中其与言说者之间是一种亲昵关系（语境），那么，当事人便可把它编码为嬉笑与亲昵的情感的表达；如果是在神秘森严的驱魔仪式上由巫师发出的话语，那么，当事人就可以将其编码为对鬼怪的喝令。关于言语行为的情境信息和语言单位的语音、语义、语法信息输入人的感觉组织，脑是如何进行分类—整合加工的神经—心理机制，目前仍有许多细节问题的解释还缺乏充分的数据，但根据近年来认知心理学和认知神经科学对人类心理加工和神经计算的建模的分析，我们大抵可以对其做出接近事实的描述。

首先，人们陷入交流行为发生的具体情境（所有交流行为都发生在具体的环境中），情境信号形成了"信息"输入的一部分，脑—心理通过对这些情境信息的加工产生了相应的心理表征，形成了一个心理空间。这个心理空间不仅仅是当事人关于情境特征、风格的基本知觉，而且也成为交流活动网络信息的一部分，可以视为人类言语信息加工工作的"情境信息模型"。

其次，言说行为发生，言语信号输入，听话者通过语言单位的声音（形式）、语义、语法的加工形成基本的意义感知——意象化的或命题式的。这个过程实际上

---

① 关于这个课题的系统研究，请参阅高长江：《萨满神歌语言认知问题研究》，吉林大学出版社2017年版，第301页。

是相当复杂的。由于单词是离散单位，它的义项是孤立的，因此，脑需要把一个个离散系统放到聚合系统——句子中进行信息统合。这种统合不像我们所想象的那种词语自主通达，而是多种心智的计算活动，包括单词与单词搭配的意义、语句的语调、项目组合的物理空间特征（句法形式）的加工；此外，言说者的手势、姿态表情等面孔信息这些副语言手段也一并进入加工行为。

再次，人们将言语信息与心智系统中长期储存的认知模型联系起来，通过语境辨析确定意义。

最后，人们将广泛分布于个神经系统中的信息——言语信息、情境信息和语境信息进行跨知觉信息整合，产生一个完整的信息涌现。认知科学家用"总括扫描"这个术语来指称这种整合过程："在总括扫描中，一个情景的不同方面，像反映到一个认知单位里，被一个接着一个地检验，数据则不断合计，扫描过程完成时所有与这个认知单位有关的方面就作为一个整体集合在观察者的头脑中，就像一个单个的'完形'一样。"①这个"总括扫描"过程，其实就是动物大脑中的各种表征的统合过程。通过这种统合，保留那些"为真"的表征，舍弃那些"为错"的表征。②

由人类信息处理这个简单模式的还原可以得出这样的结论：情境信息不是言语信息的副产品，它就是信息知觉、经验表征的一部分，决定着我们对意义的解释。"可被公开观察到的是对语句的语境性使用"③；或如理查德·罗蒂所说："参照社会使我们能说的东西来证明合理性与认识的权威性。"④

有人可能会反驳说，这不是事实。一个简单的句子加工竟然要投入如此多的神经资源、心智资本，发生如此复杂的神经心理活动，那么，我们一生什么也不能做，就只能"玩"语言了。好吧。我在对这一问题进行分析时也感到我的想法很奇怪，我甚至怀疑是不是我的大脑出了问题。但我还是不会改变我的思想。如果需要我说出理由，我只能说："对不起，没有理由。"高级灵长类动物在亿万年的生物进化选择过程中产生出来的大脑信息处理的工作模型就是这样的。我们脑系统中的很多神经元就是这样工作的。它们不服从理性的控制。它们有它们自己的基因使命

---

① ［德］弗里德里希·温格瑞尔、［德］汉斯-尤格·施密特：《认知语言学导论》，彭利贞等译，复旦大学出版社2013年版，第205页。

② 表征统合不可能进行信息加工程序的描述。人类信息处理的真实情形是不存在这样时间上的先后顺序的，而是大脑的并行加工或"混沌性工作"。

③ ［美］唐纳德·戴维森：《真理、意义与方法》，牟博译，商务印书馆2012年版，第86页。

④ ［美］理查德·罗蒂：《哲学与自然之镜》，李幼蒸译，商务印书馆2003年版，第162页。

和乐趣，我们只能顺其自然。用心理学家爱利克·埃里克森的观点说，这是人类的一个"特殊能力"。[①]事实上不只人类这种高级动物，一些低级动物的信息处理也是这样一种"情境信息+信号信息"的统合模式。狗、猫、鸟在荒郊野外听到高分贝的物理声响会立即警觉起来或逃离这里，但在城市广场上却不会如此。因为这些声音"危险"的信息已经被广场上各种声音的情境信息过滤掉了。

场景与信息传播的生态原理解释清楚之后，下面我就以此为理论模型对萨满神歌表演仪式发生的场景及对文化记忆传播效果的影响做一分析。

（1）时—空场景

从认知科学的角度说，人类记忆的基本信息都是关于世界知觉经验即时空经验的存储与编码。空间给动物以生存的方位感，而时间则给动物以生命的节奏感——"生物需要将它们的活动与周围世界同步，同时要控制体内各种过程的时机，使之正确有序地发生。"[②]空间感与时间感甚至刻入了动物的基因之中。作为人类知觉经验存储的记忆，基本都以具体的时—空为框架进行存储和调取。尤其是作为集体共享假设的文化记忆，因其内容大都超越了"当下与日常"，缺乏生态根基，因而更需要根植于具体的时空情境之中，重建"真理"的生态基础。文化神话只有附体于具体的时空情境，才便于以"曾经"的感觉为人们所接受，并使得这种"历史"被确信。

宗教史学家伊利亚德告诉我们，宗教文化与世俗文化的根本区别，就在于宗教文化总是通过特定的方式将时间与空间神圣化，从而赋予世界与生命"非凡"的意义。这基本符合事实。作为一种非共时现象的宗教，它必须通过某一空间与时间的符码化被引入现实领域并使现实超凡化。这一"神圣"生产的原理，同样适合北方民族的萨满教。首先，萨满教大都按自然节律形成相应的节日庆典。如前所述，从民俗发生学的视角观察，最早出现的节日是岁时节日。它的发明初衷并非为了创构一个与日常时间相对的非凡时间，而是为了对时间之流进行切割标段，从而使得绵延、混沌的时间之流节奏化、人们的生产生活秩序结构化。但是，随着节日的循环和文化想象的扩张，神话、传说、运理等植入节日并对节日的内涵进行再生产，此时，节日就不再仅仅是自然时间的节奏符号，而是成为"日常的"和"神圣的"

---

① [美]爱利克·埃里克森：《游戏与理智：经验仪式化的各个阶段》，罗山译，世界图书出版公司2017年版，第26页。

② [英]罗素·G. 福斯特、利昂·克赖茨曼：《生命的季节：生生不息背后的生物节律》，严军等译，上海科技教育出版社2016年版，第37页。

世界的划分，当然也成为人们与神灵、祖先等非共时存在相遇与沟通的时间，如满族的春节、清明节、端午节、中元节、中秋节以及各种神灵、英雄、圣贤诞辰日等。它们与日常时间划出了一个清晰的时间界域：在这些时刻，神（自然神、英雄神等）、祖、鬼等这些非共时存在被引入共时域，或者说日常生活中这些缺席的不在场者被召唤在场。"节日不仅仅是对一个神话事件（因而也是宗教性事件）的纪念，它也又一次地现实化了这种神话事件。"①非共时者的显现化，不仅是在日常时间之流中切分出一个超凡的时段，也不单纯是如理查德·鲍曼所说的"为文化表演提供了理由"或为使得日常世界发生某种"震撼"，即"以意义瞬间来点缀人类生活"②，其重要意义在于这一"梦幻时间"不仅奠定了"可唤醒的过去"，而且也联结着"未来与希冀"：通过在民俗节日中的萨满文化表演，通过萨满以戏剧的形式表演北方民族往昔的情景和境遇，重新"体验"过去的时光，使得那些在日常世界中遭到压抑、边缘化或已缺席了的"过去"的记忆再次被唤醒、被召回、被展现，氏族、家族"历史"中的"黄金时代""英雄创举""开宗立业"之宏伟图像重新浮上精神的地平线，并通过往昔的超凡之光映射当下，日常世界"瞬间闪耀／它们被神圣的光焰点燃"。③此刻，节日时间不再仅是自然节奏的重复，而是变成了人类体验"双重时间"的生命戏剧。"节日的所有参与者……从自己的历史中走出来……重新回归到原初的时间。"④特别是北方民族民俗文化节日庆典的宏大性、展演性，不仅使得这种回忆以阿比·瓦尔堡所说的"集体图像记忆"⑤的形式而展开，而且由于展演的美学意象，激活了人们的情感，使得这种回忆如列维·斯特劳斯所说，"即便神话的历史是虚假的，它至少以纯粹的和更具标志的形式同样表现了某一历史事件的特征"，"逻辑偶然性和情绪波动双重性的非理性嵌入合理性之中"⑥，使得记忆更具历史感。

其次，萨满教仪式也通过具体的空间符号传播集体文化记忆。作为一种民俗宗

① ［罗马尼亚］米尔恰·伊利亚德：《神圣与世俗》，王建光译，华夏出版社2003年版，第40页。
② ［美］理查德·鲍曼：《作为表演的口头艺术》，杨利慧等译，广西师范大学出版社2008年版，第92页。
③ ［德］荷尔德林：《如同在节日的日子……》，《荷尔德林诗集》，王佐良译，人民文学出版社2016年版，第302页。海德格尔阐释道："欢庆是那种日子的异乎寻常的东西的开放，这种日子不同于日常生活的无光彩的灰暗，乃是光亮的日子。"（［德］海德格尔：《荷尔德林诗的阐释》，孙周兴译，商务印书馆2004年版，第122页）
④ ［罗马尼亚］米尔恰·伊利亚德：《神圣与世俗》王建光译，华夏出版社2003年版，第45页。
⑤ 见［德］阿斯特莉特·埃尔：《文化记忆理论读本·前言》，余传玲等译，北京大学出版社2012年版。
⑥ ［法］列维·斯特劳斯：《野性的思维》，李幼燕译，商务印书馆1987年版，第276、277页。

教，萨满文化信仰基本由三种文化系统构成：观念、仪式、象征。信仰系统主要包括神灵、祖先、鬼怪、巫；仪式系统包括各种祭祀、庆典以及巫术活动；象征系统则包括神系、自然物、地理情境等。这三种系统均都被安置于符号化的空间（包括将某些空间转换成可触可及的地点）结构之中。如神灵信仰，无论是天神、地神等自然神还是圣贤神、英雄神，大都联结着具体的地理空间背景，尽管有的空间显得比较空虚。如，大多数神灵祭祀以氏族为主体，以家庭为中心，地理空间在家宅、西炕、院内；鬼灵祭拜和巫术仪式作为人类学家所说的"集体灵魂"运动，"无法在抽象的层次上开花结果"，必须借助环境提升其奥秘和魔法的效力，因而它总是发生在十字路口、墓地、门槛、灶边等这些具体空间。①在象征系统中，某些自然地理由于被附身了某些神话、鬼话而成为哈布瓦赫所说的"传奇地形"，即所谓的"圣山""圣水""圣地"：在满族人的"人文地理学"观念中，长白山就属于圣山，"江心岛"也成为海祭圣地。这并不奇怪，在民俗信仰中，神圣事件，灵性物的发生地、栖息地就是"神圣空间"。这是一种世界性现象。②甚至荒郊野外的老树怪石、废墟洞穴等也都因猫头鹰的静穆哲思、狐狸的孤独徘徊而成为善男信女朝圣与拜谒的地方。

对萨满文化信仰的观念、仪式、象征三种表象符号的空间依附分析，我们还可以捕捉到这样一个信息，即北方民族的民间信仰并非有些学者所说的是一个故事散漫无序、句法繁复多元的文化神话，而是具有一个视角和情节都比较固定的框架，这就是家庭这个场所。在一个缺失"神圣"与"世俗"之明晰分别的世界里，北方民族家庭这个空间以难以想象的方式浸透了"神圣"的成分。在观念系统层面，祖先崇拜自不必说，即使是神灵崇拜也基本是以家庭为中心的，如天神、地神、星神、动物神就是家神；在仪式系统层面，很多仪式庆典都是以家庭为空间展开的，如星神祭、动物神祭、祖先神祭以及各种人生礼仪。在象征系统层面，诸多符号亦与家庭密切关联，如文字系统（家谱）、空间符号系统即家庭某个位置（如满族人的西炕）的圣化。对于北方民族而言，"家"不仅仅是一个养育自己的社会学单位，也不仅仅是一套纵横交织的亲属关系网络，真正活跃于人们大脑中"家"的表征的是栖居着某些神灵的空间、放置着"祖宗匣子"的地方、浸入了某种情感的场所。人文地理学家段义孚曾言，我们之所以对家形成依恋，就在于我们的家庭记

① ［法］马塞尔·莫斯、昂利·于贝尔：《巫术的一般理论·献祭的性质与功能》，杨渝东等译，广西师范大学出版社2007年版，第91、59页。

② ［美］杰克·大卫·艾勒：《宗教人类学基础》，刘勇等译，民族出版社2017年版，第97-99页。

忆并非整幢房屋，而是可以看到、触到、闻到的部分空间及装饰物品。①正是通过"家"这一"心理地理"空间意象的浮现，人们的记忆被一次次唤醒，回忆的图像也从家庭延展到集体的"过去"这一广阔的场面。我们不妨以满族人祖先崇拜仪式为个案做一分析。

祖先崇拜仪式的意义一向被学者们解释为"慎终追远"的伦理叙事和祈望庇佑后代的宗教社会学形式。我觉得，这仅仅是满族民众祖先崇拜的心灵维度之一。此外，这种仪式也是维系家庭记忆，促进自我概念的保持，从而形成一个跨时空的、清晰的自我同一感的文化认知方式，就像荣格在波林根的仿古塔楼里所产生的对列祖列宗生活的回忆以及由此而产生的自我同一感一样。②而崇拜仪式以及对"祖先生活"的回忆则是以"家"这一空间意象为媒介的。祖先，对于满族家庭集体记忆来说，不是一个远逝的幽魂，也不是一个与"我"生物性连接的心理图式，它就是家庭中某一具体的空间——西炕，那里放置着祖先的"魂魄"，如"祖宗匣子"。正是"西炕"这一家庭空间维系着家族的祖先记忆以及集体知识。

我们再以科尔沁博治病仪式为例对传播的生态学原理做一验证。

据陈永春的田野记录，科尔沁博行博仪式一般都在晚上进行。行博时，萨满要穿好全套法服，手持神鼓由外边从厨房进入场子。仪式场子中摆好香案；在炕上放置香案（八仙桌或小炕桌）并点燃明烛，宝剑供于两边，摆设一只装着炒米的升（一种量具），插上一束香，献上糕点之类；再放置一只小铁盒，内装粮食和鸡蛋，然后放入翁衮，供上三盅酒。萨满的这些行为情境，已为人们建构了一个象征世界。在这里，通过上香和供酒、供食物等建构出一个想象的神圣空间。

然后萨满开始请神。神坛设好后，病人坐在炕上，萨满开始作法，击鼓并向四面八方行拜礼，然后诵唱，或与"帮博"（萨满的助手）一边答唱，一边行进，祈请神灵：

　　　　鸿雁的坐骑们，

　　　　向祖先祈祷，

　　　　哲嘿哟，哲嘿哲！

---

① ［美］Tuan Y F.Space and Place: The Perspectives of Experience[M].Minneapolis: University of Minnesota Press,1999.P44.

② ［瑞士］古斯塔夫·卡尔·荣格：《荣格自传：回忆·梦·思考》，刘国斌译，上海三联书店2009年版，第200-201页。

天上的神龙，

降临在树上，

哲嘿哟，哲嘿哲。

花衣服的徒弟，

向神灵祈祷，

哲嘿哟，哲嘿哟！

各方的神灵，

请快降临，

哲嘿哟，哲嘿哟！

十万精灵，

九道关的霸主，

哲嘿哟，哲嘿哲！

请降临附体吧！

为我们驱魔，

哲嘿哟，哲嘿哲！

这时，有的还需要赶紧向地上撒灰、烧香。萨满则直奔神堂而来，迎接神的人们前呼后拥。萨满走到屋的中央。请神时科尔沁萨满要向他所信奉的一些神灵鬼怪逐一击鼓颂唱媚舞，以示作为弟子的忠诚。请神时，无论是萨满还是病人、观众都要保持安静，并受仪式气氛的影响，不知不觉融进了神歌所唱的虚拟神灵世界，表现出超常的虔诚神态，屏气恭请想象中的神灵的降临。

经过长时间的歌舞祈祷，诸神都唱遍，萨满的情绪逐渐激昂，舞蹈也越发狂热。这时，"帮博"开始向萨满敬酒，萨满的情绪异常激动，神鼓声、神镜的击撞声、"帮博"的伴唱声，形成急骤的"交响乐"，萨满开始"呼日特纳"，即神灵开始渗入他的身体。于是，萨满更加疯狂地旋舞跳跃，并开始抽搐，口吐白沫，双眼只见白眼仁；时而暴烈狂躁，时而悲怆凄凉；最后突然奔向门外，做扑倒搏斗动作。这便是"敖日希呼"，表明神灵附体了。神灵附体后，萨满由"帮博"扶掖着，他仍前仰后合，全神贯注于他的精神世界中。"帮博"扶他在神像前坐下，向他敬酒，并且询问一些困惑的问题，同时请他进行占卜。①

虽然调查者对科尔沁博行博过程的心理变化、族人精神状态的变化的解释并不成功，但这个案例的写实却为我们提供了科尔沁博行博仪式的生态意象。这个仪式的情境信息如此丰富，其对参加者的心理刺激以及对仪式信息加工、体验的影响可想而知。我们不妨具体分析一下。

科尔沁博的治病行博仪式通常都在晚上举行。晚上举行治病仪式，不是因为这段时间属于劳动之外的闲暇时间，人们能够不受条件限制而参加仪式，而是一种仪式心理学的计算。综观世界上各民族的巫术仪式，几乎都选在晚上这个特殊的时间而举行。弗里茨·格拉夫对古希腊、罗马的巫术研究发现，古代的巫师举行仪式所选择的时间通常是在新月之时和太阳升起之前②；马塞尔·莫斯在《巫术的一般理论》这篇论文中也告诉我们，举行仪式的时间和地点有严格的规定，而且有些仪式只能在夜间或者在夜间的某几个小时当中举行，比如在深夜。③按照传统的巫术理论，白昼与黑夜不仅是生与死的象征，而且也是自然世界和超自然世界的分别：白昼是世俗生活的时间，夜晚则是精灵鬼怪出没的时间。因此，在夜晚举行巫术仪式（除祭祀太阳神仪式外），人们更能与精灵鬼怪进行交流，产生神秘的体验。但从认知心理学的原理分析，夜晚人们认知活动的理性化程度较弱、感性化更强一些，因而更能产生异常的感觉体验：首先，在夜晚，人们的视力受到相应的限制，视觉信号的输入更少，大脑加工信号的广度受到了削弱，这样，人们就可以把注意力集中到眼前的事件上来，从而使得对这些信号的加工凝聚更多的心理资源，即心理学家所说的把外部刺激（感觉）和内部刺激（思维）的光亮变暗，使人们感兴趣的刺激发光，被强化的焦点增强了人们对有趣刺激快速反应的可能性④；其次，根据上述原理，在夜晚，人们接受的视觉信号变少了，人们将注意力集中于当下的仪式环境——熊熊的篝火、闪闪的烛光、各种奇形怪状的神偶以及萨满师的服饰、动作与语言，这些新奇而不断变化的信号刺激，使人的生理和心理都在高度唤醒的阈限上，更能激活人们的兴奋、激动、想象等情绪反应和认知行为。此时，不仅仪式上萨满发出的每一个信号都可能被深加工，召

① 陈永春：《科尔沁萨满神歌审美研究》，民族出版社2010年版，第209-211页。
② [瑞士]弗里茨·格拉夫：《古代世界的巫术》，王伟译，华东师范大学出版社2013年版，第122-126页。
③ [法]马塞尔·莫斯、昂利·于贝尔：《巫术的一般理论·献祭的性质与功能》，杨渝东等译，广西师范大学出版社2007年版，第58页。
④ [美]斯滕伯格：《认知心理学》（第三版），杨炳钧等译，中国轻工业出版社2006年版，第53页。

唤着人们的萨满文化记忆，而且，由于情绪的影响，也使得这种记忆更牢固。

根据认知心理学理论，由于这些生态信号激活了人们的情绪，这种情绪参与人们的信息加工活动，会产生一种"情绪依存性记忆"："我们记忆中存储的知识像一个网状结构，通过概念节点相连，概念的激活可以从一个节点向另一个与之相关联的节点扩散。"这也就意味着，"在某种情绪下进行编码的事件容易在同样的情绪状态下被提取出来"①。在"情绪依存性记忆"的这一认知模型平台上，我们也可以得出这样的结论：由于人们通过萨满的仪式展演所存储的记忆属于"情绪依存性记忆"，因而，当人们再次经历这种情绪感受时，存储的那些记忆就会再次被唤回。如用认知心理学的一个记忆理论模型来解释，这种"情绪依存性记忆"也可谓一种"闪光灯记忆"：对某种事件的记忆如此强烈，以至于个体可以生动地回忆它，犹如它被永久地呈现在屏幕上一样。在《认知心理学》一书中，斯滕伯格这样解释了"闪光灯记忆"：

> 闪光灯记忆——对某件事情的记忆如此强烈，以至于个体可以生动地回忆它，犹如它被永久地呈现在屏幕上一样。……某段经历的情绪强度可能会增加我们回忆这一特定经历的可能性，而且（比回忆其他经历时）更激动或许更准确。……闪光灯记忆或许显得感知觉丰富……更有可能成为会话交谈的主题，或者甚至是静静反思的主题，那么可能在每一次回忆这段经历的时候，我们都组织并构建我们的记忆，以至于我们回忆的准确性降低了，而回忆的知觉生动性却随着时间的流逝增加了。②

也正是萨满教仪式上各种自然、人文生态符号所创造的"闪光灯记忆"，使得人们日后不仅能够牢记而且更能生动地回忆萨满跳神仪式的现场情境。"闪光灯记忆……如同照片一样，任我们随时随地、随心所欲地提取信息"③，从而使得萨满"跳神""来神""神通"等这些萨满文化记忆根深蒂固地盘存于北方民族的心灵世界。

（2）文化场景

萨满神歌表演仪式场景对仪式参与者情绪的激活以及形成意向化的回忆行为，与仪式场景的各种符号对人的知觉的刺激关系特别密切。这些符号包括萨满师穿戴

---

① ［加］齐瓦·孔达：《社会认知》，周治金等译，人民邮电出版社2014年版，第143、142页。
② ［美］斯滕伯格：《认知心理学》（第三版），杨炳钧等译，中国轻工业出版社2006年版，第158-159页。
③ ［荷］杜威·德拉埃斯马：《记忆的风景》，张朝霞译，北京联合出版公司2014年版，第260页。

的具有神圣象征意义的神帽、神服、法裙以及手持的神鞭、腰上悬挂的神镜、举行仪式的时空环境、仪式现场的神偶、神图等。如神装神帽，按照萨满教文化的象征系统，神帽上的各种装饰都是一个个具有神圣意义的符号，法裙也不是一件普通的服饰，而是萨满祖师郝伯格泰博的象征，穿上它萨满就有了神通，可以飞天；腰上悬挂的神镜也不是一般的美容镜而是神灵的象征，戴上它能够驱逐恶魔，保护萨满；神鼓不仅是萨满神歌表演的乐器，而且还是萨满的神骑、神笔的象征。这些场景符号的输入与参与者心智系统中储存的（文化）认知模型、与萨满神歌的神词形成统合，更容易激活人们产生萨满与神灵沟通（神灵在萨满的祈请下降临、附体）的兴奋情绪与神秘体验。由于情绪与情境的共同作用，人们对这一文化表演的记忆更深刻，产生的回忆也更丰富。

我们先来看一个满族萨满教表演仪式。

> 石克忒力氏神堂的西炕上设大神案，上悬大幅影像，上面画有先辈萨满神的神位影像，两侧有灵禽神兽，下部两侧有先人站冰、过火的图画。大神案披红、黄、绿三色彩带，神案前按序排列了几十位瞒尼的神偶。屋外院里也有升斗桌，桌南有一面绘有飞虎神的大旗，升斗桌两厢，绘有鹰、蟒、蛇、雕、狼、虫、虎、豹的八面旗帜。萨满在升斗桌前放众多的野神——鹰神、雕神、卧虎神、金钱豹神、金炼火龙神、蟒神、黑熊神、水獭神等；以及诸位瞒尼神，如巴图鲁瞒尼、多壑洛瞒尼、玛克依瞒尼、朱禄瞒尼等；萨满还要请五位太爷（即萨满神），在祭礼中，凡野神没有歌唱，完全用各种舞姿来表示动物神祇的雄姿和伟力，如放"卧虎神"，萨满不仅模仿虎的呼啸、腾跃，而且表现母虎嬉戏虎仔（小男孩儿扮）的动人场景；放"金钱豹神"，萨满则如豹奔突，并在黑暗中吹火喷火；放"蟒神"，萨满穿上"蟒式"坎肩，仰卧在升斗桌前，双手抱胸，鼻子上横着一根点燃的香，在鼓声和吟诵声中，如蟒蛇向神堂蠕动；放"黑熊神"则似黑熊的蹦跳、爬行，毕肖其拙劲、可爱的神态；放"水獭神"，萨满用马叉奋力搅动盆中清水，水花四溅，砂石随出，跳出活鱼数尾，再现水獭捕食场面，等等。[①]

其实，这个萨满神歌表演仪式的情境叙事还省略了许多细节，很多微细的数据

---

① 王宏刚、富育光：《满族风俗志》，中央民族学院出版社1991年版，第133-134页。

被剪裁掉了。但仅从民俗学者如此简淡的描写中，我们也可以感受到整个仪式场景的主体风格——神圣性，如"神堂""大神案""神像""神偶"以及神案披覆的红黄绿三色彩带、屋外院里的升斗桌、"飞虎神大旗"以及绘有鹰、蟒、蛇、雕、狼、虎、豹、虫图案的八面大旗等。这些场景符号在萨满神歌表演之前就已经输入到仪式参与者的知觉系统，并被加工成一幅神圣的意象。此时，人们似乎感受不到是生活在凡俗世界中，而是生活在一个与神灵共在的"超凡"场域。它构成了库尔德里所说的媒介实践的"阈限性"特征——去日常化而超凡化。①它建构了受众仪式信息接收的"心理场"基础。尤其是萨满在仪式上随着所请的各种动物神灵的降临而跳起模仿各种动物行为的舞蹈——虎的呼啸腾跃、豹的奔突喷火、蟒的尾曲蠕动、熊的蹦跳拙劲……这些动感形象与神偶、神案、五虎大旗等场景符号相互映射，被人们进行统觉整合，在人们的心中建构起一个丰富的意象形态，形成了一个丰满的萨满文化网络系统。如果我们再把此时萨满的形象信息——面花、神帽、神服等——也纳入"场景符号"加工的框架之中，那么可想而知，此时人们脑海中的"神圣"意象该有多么丰富。从认知心理学的原理分析，命题与意象的综合加工，对大脑的激活区域更广泛，神经网络连接更丰富，至少从"大脑拓扑学"的角度看，它可能激活左右脑、新皮层以及边缘系统。也正是这样的脑—心理加工模式，我们不难想象，此时仪式参与者所形成的精神体验已经不仅仅是"跳神"的兴趣，而且还伴有强烈的情绪感受，如惊怵、敬畏、激动、迷狂等；或如鲁道夫·奥托所说的"令人畏惧的神秘"②。当大脑在这些意象和情绪背景下进行信息处理时，就会对记忆、知识表征、想象等产生重要的影响："情绪会改变一系列特性的真正意义"——"当表征情感状态如愉快情绪的结点被激活时，激活扩散到了与表征这种情感状态有联系的其他的人、物或事件的结点中。"③正是神歌展演仪式场景的这些符号构成了信息处理的"暖媒介"，使得萨满神歌表演仪式更具文化回忆的召唤力，因为它们已将人们的认知系统加热了，即产生一种"暖认知"效应。

神歌表演仪式的文化场景除了仪式现场的布景外，还有出现在仪式现场的"实物"符号。这里所谓的"实物"，我指的包括氏族祖先、圣贤、英雄以及萨满祖师

① ［英］尼克·库尔德里：《媒介仪式：一种批判的视角》，崔玺译，中国人民大学出版社2016年版，第36-37页。

② ［德］鲁道夫·奥托：《论"神圣"》，成穷译，四川人民出版社1995年版，第15页。

③ ［加］齐瓦·孔达：《社会认知》，周治金等译，人民邮电出版社2013年版，第183页。

留下的遗物，如衣服、器具、工艺品等。氏族尤其是萨满群体保存的先人遗物，如祖先最早用过的一块斗兽砺石、最早在火祭中残留的兽骨、最早立舍用的基石、最早御雪用的破碎鬃皮、与喇嘛斗争的法器等。这些实物不仅仅是一种物质实体，更是一种精神实体，即通过赋予这些物件的"历史"以特殊含义，它们由一般"器物"变成了罗兰·巴尔特所说的"能指符号"，起着一种"迷人的作用"——"人们可以不断地把意义纳入这种形式中"①，成为共同体繁衍、发展历史的叙事。在某些节日里举行仪式，仪式现场展现和展演这些物件，受众知觉所激活的不是其作为一种文物的文化经济学意识，而是"看到祖上使用过的器具，人们会在记忆中重温它们过去的使用者的生活"②，并涌动着一种或自豪或感慨的情感。它把人的精神带回到往昔岁月，并通过"过去"的光芒照亮当下的自我（认同）。

（3）圣地风景

英国历史学家西蒙·沙玛在其鸿篇巨制《风景与记忆》一书中，通过大量史料为我们详细呈现了人类所生存于其中的某些特殊地理环境如何因人们文化心理的作用而成为神秘的风景，如树、石、水、河流等，以及这些风景如何维系与传播一个共同体的文化记忆这一传播文化现象的。在沙玛看来，无论是故土之思还是家乡之念以及身份的认同，一旦缺失特定的地理风景传统的神秘感，缺乏具体的情境，它们摄人心魄的魅力就会大打折扣。③确实如此，对于集体共享知识的文化记忆而言，无论是记忆还是回忆，都离不开那些具有神秘色彩的具体情境，尤其是那些被赋予神圣意蕴的"地方"，即所谓的"圣地"。圣地作为一种融自然地理与人文地理为一体的风景，不仅为集体文化记忆提供基本框架，而且，由于那些地方栖居着神灵、圣徒、祖先，印刻着一个集体文化神话中的"历史足迹"，因而它变成了一个"记忆之所"，更容易激活人们关于那些"过去"尤其是文化神话的回忆。就如同澳大利亚土著文化记忆的"神圣地形"，不同部落在居住的空间到处留下了祖先图腾的记号，于是，这些空间在这些土著人那里便成了一篇族裔文化神话的文本，通过那些符号的阅读，关于祖先的神话记忆被一次次唤醒。哈布瓦赫在《福音书中圣地的传奇地形学》中也论及"圣地风景"的集体记忆功能："要想使基督徒关于基督的回忆兴盛不衰，就必须有负载起人和地点的意象，具备能使回忆个性化、能

---

① [法]罗兰·巴尔特：《罗兰·巴尔特文集》，李幼燕译，中国人民大学出版社2008年版，第73页。

② [美]爱德华·希尔斯：《论传统》，付铿等译，上海人民出版社2009年版，第185页。

③ [英]西蒙·沙玛：《风景与记忆》，胡淑陈等译，译林出版社2013年版，第15页。

够得以持续的那些特征。借助这些地方，不管其中有没有超自然的方面，都能够在想象的世界里得以再现。"①检视世界宗教文化传播史，我们不难发现，无论是佛教、伊斯兰教还是基督教乃至一些土著宗教，都表现出对"圣地"的高度重视，并创造了众多具有独特宗教信息的"神圣地理"——地方。这正是基于宗教文化记忆保存与传播的宗旨。

作为北方民族的氏族宗教，萨满教尽管没有先知、圣徒的踪迹与墓地这类基督教文、伊斯兰教文化意义上的"圣地"，但其信仰文化仍与自然地理高度关联着。在萨满教看来，他们所崇拜的神灵就在具体的山峰、河流、树林之中。于是，这些地方便成了萨满教的"圣地"。"任何一个神灵认为可居住的地方……水域、山丘、河流、洞穴都是圣地，……人类通过关注发生在当地的某项历史事件或者通过将精神力量或者重要性传递当地的方式，也可能创造出一个神圣空间"，即圣地。②其祭拜活动也根据仪式主题的不同而选择不同的"地理空间"。例如，满族人的"祭坛选址十分严肃，必须选择氏族生息、繁衍代表性典型胜境，山清水秀，空气清幽，鸟鸣兽肥、花香沃野之所，是处献牲随取随有，是人神同娱的宝库"③。再如，满族人祭祖的"圣地"是家中的西炕，祭天仪式在索罗杆下，山祭则"选取山势陡峭、苍松翠柏绵延如海以及动物生息之处为祭坛，河祭则选址于江河水深流急的江心岛，雪祭在江畔冰雪覆盖的旷野搭建雪山做祭坛，星祭仪式则由萨满率领族人来到族村西面的老树（神树）下面举行。

依据萨满学者对北方民族对"圣地"的解释，北方民族的祭祀仪式之所以精心选择山顶、岛屿、雪地、老树、西炕为"圣地"，是因为这里乃众神降临人间的"地方"，也是人神交往的非凡之所，因此，在这里祭献神灵、咏唱神灵最容易被神灵接收到，与神灵交流的效果也最佳。从萨满文化"圣地学"的视角看确实如此。比如，祭天、祭星通常以老树下为圣地，所以选择如此地方，就在于在北方民族的萨满教信仰中，宇宙被分为上、中、下三层甚至于五、九、十七、三十三层，神灵栖居于最高处，祖先神灵安住于"九天神楼"。族人若想追念祖先，唯有登高造访神楼，才得以会见祖先之尊荣。故人们通过想象，幻想找到一条"通天路"而实现与祖先的相会。于是，那些参天古树便成为"通天树""神树"，也被称为

① [法]莫里斯·哈布瓦赫：《论集体记忆》，毕然等译，上海人民出版社2002年版，第330-332页。
② [美]杰克·大卫·艾勒：《宗教人类学基础》，刘勇等译，民族出版社2017年版，第98页。
③ 富育光：《萨满艺术论》，学苑出版社2010年版，第274页。

"宇宙树""生命树""萨满树"。在这种地方举行祭祀，也最能实现与祖先交会的目的。不过，我还是认为，这仅是"萨满文化圣地学"创造的一个认知维度，除此之外，更主要因素的还在于，这些"圣地"其特殊的文化意义已经使其成为非一般的地理学空间，而是成为人文地理学家所说的"地方"，成为唤回人们对祖先等众神灵回忆的活性媒介。巍峨参天的古树直插云霄，使人联想到天上"神楼"的祖先；高大的（由"神树"转换而来的）"神柱"，特别是其上精致雕刻的虎、鹰、蟒、熊以及日月星辰等图案[①]，更能激活族人对天上的祖先以及众神灵的记忆，再辅以上面雕刻的各种动物、日月星辰图案和文字，使得这些"地方"成为对那些远逝的"神灵"神秘招魂的媒介：这些自然"树"和文化"柱"构成了记忆的生动意象和信息细节。我们不妨再以满族祭祖的圣地——西炕——这一"地方"的集体文化回忆传播功能做一诠释。

满族关氏祭祖仪式均于居室的西屋举行。其基本程序为：先将氏族的祖先神画像请出来，挂于屋内的西墙上，在画像前摆上供桌，上摆供品；然后由女萨满诵唱神词，跪拜；完毕，之后再诵唱第二段神词，点燃三支香插到香炉中；此时萨满再诵唱神词。

为什么在西炕祭祖？这对于氏族的文化记忆传承有什么作用呢？据关杰的记载，关于林大萨满如此说：

> 满族人以西为大，祖宗被供在西墙上，因为满族人的根在西方。在远古时代，本族人发源于西方的阿尔泰山支脉以北，是贝加尔湖以西的南通古斯人。在新石器时代晚期，满族人为了生存，逐渐经额尔古纳河沿黑龙江东进到黑龙江下游两岸定居下来。[②]

这就是满族关氏以西炕为祭祖"地方"的文化历史学理据。无论满族关氏的

---

① 达斡尔族虔诚供奉"霍卓日·巴日肯"（祖神）。神形是以刻巨木为偶像，后来，渐用桦皮、布帛、毛头纸剪成人形为偶像。族人每隔三年要举行隆重的斡米南仪式。在斡米南仪式的跳神地点，族人要竖起两根丈余长的桦树，叫作"博迪·托若"，即通天的宇宙树，所有神灵和祖先神全通过这棵神柱达到人神沟通的理想境地；所有参加祭祀活动的人边唱边舞，将全部的祈祷和祝愿都倾注在祭天神柱上。朝鲜族祭祀仪式也竖立神杆，上写"天下大将军""地上女将军"字样，神柱上还插有翱翔的神鸟。（参见富育光：《萨满艺术论》，学苑出版社2010年版，第287、289页）

② 关杰：《神圣的显现——宁古塔满族萨满祭祖仪式研究》，北京大学出版社2015年版，第171页。

根是否在西方，在氏族繁衍、发展的历史上是否发生过先祖率领族人由西向东迁徙这样的历史事件，这些都不重要，重要的是通过赋予"西方"这个空间以特殊的文化意义，使"西炕"成为一块神圣的"地方"，族人就能记住自己的根。①在节日里，人们在这里祭祀、跪拜、上香，听着老萨满敲出的"老三点"鼓声以及空旷悠远的神歌咏唱，这时，西炕不仅把人们带进空旷遥远的萨满神歌意境之中，而且通过西炕这一"地方"符号，将人带入神歌所叙述的"历史"之中，祖先的灵魂再次复活，后人与先人跨越千百年的历史时空隧道重新相聚在一起。"西炕就是他们的"圣地"，西炕就是满族人的天地相接之处，满族人的仪式活动均围绕着这个"圣地"进行，因为有这样的圣地，一切不洁净、污秽均可被荡涤干净。这是与天相接的地方，这是与祖先相连的地方，这是满族人能够回到宇宙中心的通道，这是满族人的一个久违了的全新世界。"②这一解释虽有些玄学化，反而削弱了解释的科学性，但它却开启了我们的这样一种思路：萨满教仪式活动的"地方"——无论是满人的"西炕"还是鄂伦春人的"神杆"或者是蒙古族的"敖包"，它们作为"圣地"，作为神歌表演的神秘风景，起到了将人们的记忆由"语义记忆"过渡到"情境记忆"的作用。不仅使得人们的记忆更细微、更坚韧，而且其传播能量更大更远，产生了如库尔德里所说的"媒介朝觐"效果，即这些普通的地理空间成为人们向往的地方，因而也成为文化记忆稳固的纽带。③

（4）图像场景

前文已述，萨满教的图像符号很多，诸如神偶、神像、神图、神装图案。鉴于有些符号与我们这里所讨论的神歌表演关系不大，故不做介绍。这我们只就神偶、神图、神装图案这些图像符号与神歌表演的文化记忆传播功能做一分析。

① 神偶

所谓"神偶"，主要是指那些由萨满用木材、鹿皮、树根等物质制作的表象符号。它们代表着某种神灵，承载着北方民族文化记忆的信息，是萨满教灵物崇拜观念的集中体现，也是萨满文化传播重要的符号媒介。"北方萨满教所崇拜与信仰

---

① 民族学家已指认了这一事实：族裔历史是一种文化发明和文化创造，如神话和传统、风俗和习惯、语言和象征等。参阅[英]安东尼·D.史密斯：《全球化时代的民族与民族主义》，龚维斌等译，中央编译出版社2002年版，第74-76页。

② 关杰：《神圣的显现——宁古塔满族萨满祭祖仪式研究》，北京大学出版社2015年版，第205-206页。

③ [英]尼克·库尔德里：《媒介仪式：一种批判的视角》，崔玺译，中国人民大学出版社2016年版，第87页。

的神偶，不论其形态、内容、种类等等都是世界其他民族所无法比拟的……形态百怪、不下数百种之多，而且信仰的人也是非常普遍的，是一个部落和一个民族共同体世代信仰的宗教内容之一。"[①]

如果大致勾勒一下轮廓，萨满教的神偶，包括祖先神偶，通常用树根制作而成，象征着族群的根系、发祥地（也有的用木材制作）；动物神灵神偶，如野猪神、鹿神、鹰神等。这类神偶多用木材制成，具有象征的特征，如鹰神神偶，制成飞翔的鹰的形象；治病神偶，如治疗中风、腰腿痛、惊吓与疯癫、天花病等疾病的神偶。

这些神偶，除少数为萨满本人秘藏，只待特殊仪式上展示外，大多数都在氏族集体仪式上展现，平时则供奉在萨满或族人家里或由萨满随身携带。作为一种神圣而又神秘的偶体符号，其生产的过程十分隆重，如我们前面所介绍的大萨满野外栖息产生"神偶灵感"的过程，故一当确认便不得随意丢弃，并要按时举行仪式祭祀。特别是在一般的萨满教仪式上，都要供奉它。如此，它"完全赋有了某一祖先神灵重生的同等效力和作用——就像祖先仍活在族人中，与阖族同乐"[②]。可以这样说，神偶实质成为受众神歌信息加工的"象形文字"。

② 神图

神图作为一种形象的造型符号，通常在萨满教仪式上悬挂。它构成了萨满教仪式风景的一部分，也是萨满神歌信息传递的另一种"象形文字"。如吉林九台满族石姓在举行"放大神"仪式时，就悬挂这种"大神案子"。它用白布绘制，上绘六座神楼，最高者为"白山主"神楼；下边五座神楼，端坐着石姓第一至第五辈太爷，即死后成神的萨满。神案的背景是长白山，神鸟栖于神树上，此为石姓神灵栖居之地，也是石姓祖居故地。神案上的虎、熊、野猪、豹、蟒、鹰等动物形象栩栩如生，它们都是石姓世代敬奉的动物神。神案上还绘有石姓萨满神话故事，如石姓大萨满石殿峰"钻冰眼"的传说故事。

③ 神装

在北方民族萨满教的重要仪式上，萨满的神歌表演通常都要着装，如身穿神服，头戴神帽，足蹬神靴，肩搭披肩，腰缠神影，手拿神鞭，面带玛虎（面具）

---

① 富育光：《萨满教与神话》，辽宁大学出版社1990年版，第309-310页。

② 同上书，第309页。

等。《满洲跳神发微》云："萨满跳神，必着神装，宏达神威，示敬诚也。"这里所说的"神装"，指的就是神服、神帽、神靴等跳神装束。按照富育光先生的观点，氏族萨满乃人神中介，是神的忠实仆使，身着特形的神服，即转换了原来世人的身份，俨如神祇临坛，成为众神来到世间的代表，所有言行举止，都是代神传谕。[①]亦因此，对于氏族成员而言，神服、神帽等神装不仅是表演者神事活动的装饰，以"示敬诚"，而且它们也具有某种象征意义——象征着神祇的形象，是"无声的神""通天通灵的神"，具有无比崇高的尊贵地位。

不过，从神歌信息知觉的意义上说，萨满神歌表演的神装标配，其意义不仅仅是"宏达神威"，象征神祇临坛，增加神事活动的神秘气息，彰显萨满的神通，我也把它视为萨满神歌表演信息系统的一部分。这些随所祭神灵之不同而装、绘、绣有各种饰物、图画、贴花的神装，其实就是族众接收萨满神歌信息的"象形文字"。正是通过这些"象形文字"意象的刺激，人们关于某位神灵的记忆以及关于萨满"神通"的知识被刻写于心灵深处。例如：神服上的图画、刺绣，通常都以所祭神灵，如鹰、虎、豹、鹿等为主题，色彩斑斓，形象夸张。可以说，此时的神服已经不再是一件表演的服装，而是成为神灵的符号，甚至可以说是一部"神谱"。当萨满咏唱起祭神的神歌时，这些图案就如同象形文字一样将神歌的信息细节化、意象化，使之成为萨满文化记忆传播的形象媒介。再如，萨满所戴的神帽，它与神服交相辉映，不仅"塑造了神圣的威严和不可征服的气势"，而且，它也传递着北方民族的萨满文化知识，唤起人们关于祭司"超级生灵"的萨满文化记忆。按照萨满教观念，"宇宙中陡然出现的吉凶信息，要通过萨满先天后天磨炼而来的特异功能——萨满感应区敏锐捕捉。萨满感应的信息渠道……传讲在脑窍，即头顶，在幻觉中听视。萨满神帽相当于一棵顶天立地的神树，枝干与天通。而且，萨满还相信神帽上宿栖着为萨满迅捷接收信息波的许多小动物，如蜥蜴、雀、蛇以及狡黠的动物狼、猞猁、豺子的小雕像和皮骨等。只要有神祇或其他异兆出现，都马上通过神帽传递于萨满神帽上的精灵和肩鸟，迅传萨满感应，使萨满永立不败之地。"甚至一些老萨满传言：神帽即使放在大神案上不戴，也常听见神帽上的铃嘤嘤有声，有信息传来。[②]由这些萨满神帽的神话可见，萨满神帽上的各种造型符号同样是萨满文化记忆传播的象形文字。尤其是萨满玛虎，

---

① 富育光：《萨满艺术论》，学苑出版社2010年版，第149页。
② 同上书，第177-178页。

无论是祖先面具、星神面具、禽兽虫鱼面具、魔鬼面具还是汉军萨满的"赶鬼"面具，都以其栩栩如生、色彩斑斓的形象成为人们萨满神歌信息解读的"象形文字"，唤醒人们对祖先、神灵等萨满文化的记忆。

作为萨满神歌表演的造型符号，萨满神装图案是如何通过其特异的形象符号激活人们的认知活动，对族人的文化记忆产生影响的？多少年来萨满学研究对之一直语焉不详或罕有涉猎，现在我准备从社会认知理论的视角对此做一探索。

族人对萨满神装图案这一神歌表演数据的信息加工、编码，影响人们对神歌信息的感知，影响着人们的神歌信息认知，这并非臆想。我早期的民俗生活经验以及近年来的田野经验支持了我的这一思想。在中国北方民族的日常生活和游艺生活中，在人们闲暇时的歌唱中，一些比较通俗、具有较强娱乐色彩的神歌也经常在儿童的游戏活动中、在人们闲暇时的歌唱中、在民间艺人的表演中被非萨满所诵唱。比如在东北，很多成年人都会哼唱几首神歌；东北地方戏"二人转"的曲目中，"神调"也是民间艺人经常演唱的，尽管"二人转"的"神调"经过民间艺人的改编，与萨满神歌有一些差异，但其曲调、戏文以及表演风格与萨满在神事活动中所唱诵的神歌颇为相似，或者说，它就是萨满神歌民俗化、民间艺术化的变文形式。此外，在东北民间社会流行的民间曲艺"太平鼓"，其中一些唱词、唱腔甚至艺术表演的道具、艺人的装饰与满族萨满"跳太平神"仪式上的神歌表演也有很大的相似性。但为什么普通民众、民间艺人的诵唱就不会激活人们神圣、神秘的体验，唤起萨满文化记忆而仅仅是一种游戏的快乐的游戏体验呢？表演环境当然很重要。除此之外，表演者的形象则是一个十分重要的因素。正如民俗经验告诉我们的：因为他们不是"大神"！这种简单的民俗心理用认知科学的原理来表述，就在于人们在他们身上加工不出萨满教神灵之神威、萨满师"通天通灵"的超凡信息。用社会认知科学的理论来解释，亦即与人们在两个歌唱主体的身上加工出不同的符号信息。

社会认知是近年来认知科学领域崛起的一门新科学。它研究的主要课题是，人们如何形成、解释、记忆、使用社会世界中的信息，人们如何利用自己的社会知识对社会事件和他人展开认知活动，形成心理表征和基本印象。早期的社会认知研究主要是在社会心理学理论框架内展开的。近年来，随着认知神经科学的快速发展，尤其是社会神经科学的异军突起，社会认知理论研究将传统的社会心理学研究方法与社会神经科学的实证研究结合起来，不仅使得其研究方法更具科学性，而且视阈也得到了拓展，成为解释人们的社会知识与认知行为之关系的一门显学。

按照社会认知理论的基本观点，人们的认知活动，无论是关于社会事件的解释、评价与情感还是关于他人的印象、人格等认知，不仅受到我们心智系统中认知模型的影响，诸如我们大脑中相关概念的激活及其长期通达所构建的知识表征、我们所获得的经验对我们关于社会事件及他人的推理的影响、我们的记忆与情绪如何参与我们的社会认知活动而影响我们对于社会事件及其他人的评价，等等，而且也受到我们的面孔识别、形象知觉等感性活动的影响，如相貌、服饰等。尤其是社会认知理论关于"暖认知"的研究，为我们认识人类的社会信息加工及其意义建构开启了一个新的视窗。所谓"暖认知"，指的是在社会信息加工过程中，我们的动机和情感对我们判断的影响：它们可能影响到我们运用一个判断的概念、信念和规则——我们特别喜欢那些与目标和情绪一致的概念、信念和规则——并且会影响我们信息加工的方式。心理学家爱利克·埃里克森甚至认为：面对面的现象能够令人想起一些宗教形象，这很可能是个体信仰发生学的基础。[①]总之，人类的形象知觉是一种十分复杂的心理活动，人们的社会知识、记忆、印象、经验、情感（神秘感与神圣感）等都通过理性和非理性或者说意识和无意识的方式参与其中，进而影响我们的信息加工过程、方式、结果，从而产生心理、观念和行为的某种偏向。

根据社会认知理论的这一原理，我们也就可以理解为什么神帽神服的造型符号在族人的神歌知觉中具有重要影响，理解神歌展演中神帽神服上的造型符号对集体文化记忆传递的意义之原理了。萨满的面孔等形象特征本就给人以一种"非凡"之感，而在仪式上，萨满身着神装，无论是神服上的神灵图案，还是神帽时的象征装饰，乃至神靴、神影、玛虎，不仅使得萨满的形象增添了几分神秘、威严、超凡的色彩，而且，这些具有"象形"色彩的符号更使得人们关于萨满"通神通灵"知识的编码更加具体、更加鲜活。尤其是萨满的神歌诵唱，由于经过特殊的训练，不仅嗓音洪亮——萨满们（无论是主祭萨满还是裁利）"都极注意和重视修炼自己的音色、声区、声线，而且极度重视发声艺术。……直接扩放法，用喉扩、胸扩，某些时候又间习鼻扩来巧妙完成声运动作。"[②]这使得萨满的神歌咏唱声音更加非同寻常，确实给人一种"神之声"的感受——而且对动物神灵之声的逼真模拟，就如同为这些象形符号配上音效，使之声形并茂，互相映射，使得人们极易产生神灵临场的神秘体验。

---

① ［美］爱利克·埃里克森：《游戏与理智：经验仪式化的各个阶段》，罗山译，世界图书出版公司2017年版，第32页。

② 富育光：《萨满艺术论》，学苑出版社2010年版，第205页。

3 萨满"神唱"：
肉身介质的"现场感"

作为拥有复杂心智系统的高级动物，人类并非仅仅生活在系列"在场"的周围世界中。人类其实是通过现象学家所说的"意向"生活在"缺席"而又"在场"的世界中。按照现象学理论，人的生活世界围绕着各种各样的"缺席"①，这些"缺席"通过认知者的意向活动可以使其成为"在场"。我这里所说的萨满"神唱"就具有这种功能：萨满通过拟声、拟剧以及特殊的"喉音"等咏唱方式，将某些非共时、不在场的生命与事件共时化、具象化，使受众产生一种如闻其声、如临其境的真实感，产生丰富的想象，从而在脑海中表征出该事物的具体形象。也正因为萨满在仪式上神唱的这种特征，创造出了传播学家所说的"现场感"。

至少从认知效果理论分析，通过这种"神唱"所创造出的鲜活体验具有如下两个方面的传播效果。

（1）认知表征由一般的命题形式转化为意象形式。前文已述，意象与命题是两种不同的知觉表征：前者是立体的、形象的，后者是平面的、抽象的；前者激活的是人的想象力，后者激活的是人的推断力。亦因此，无论是"肉身化"符号还是拟音、拟剧化说唱，其所创造出的意象所产生的认知体验更为强烈，并且常常伴随情感的体验。

（2）传播者通过模仿方式，将有生命力事件的生命行为向无生命力事件进行投射或对缺席事物的形态进行模写，使得空虚意象转化为充实意象，即"缺席者"在场化，不仅使得人的认知活动趣味化，而且也增加了认知表征的生动感。

将以上两点整合到文化记忆传播效果分析上来，也可以这样说，仪式上萨满的

---

① ［美］罗伯特·索拉可夫斯基：《现象学导论》，高秉江等译，武汉大学出版社2009年版，第37页。

"神唱"所创造的意象不仅可使得人们对接收的信息的存储更具生动感，因为人们记忆的不是抽象的命题和枯燥的语义，而是具体的形象，并且是具有故事性、真实性、情感性的形象，而且在文化回忆行为中，它还可唤回人更加具体、更加鲜活的回忆形象，因为被记忆的事件已经生命化、有血有肉了。

为了表述的简洁、方便起见，我将仪式上萨满的"神唱"表演形式分为三种，它们是象似化、拟剧化和肉感化。

（1）象似化

语言、音乐符号的结构与人类生命结构的"象似性"问题是认知语言学、符号学颇感兴趣的一个课题，但也是迄今为止研究得很不深入、思想分歧很大的课题。正如我在其他著作中所分析的那样，认知语言学把语言研究的重点聚焦于"体验"的层面，凸显语言结构与身体体验之关系，但也正是由于它的这一"体验"视角，使得其关于语言认知规律的研究具有高度理想化的色彩，很多语言现象的解释都显得十分牵强，给人一种明显的"知识论"而非"体验论"的感觉。语言的"象似性"理论也是如此。我确实承认，人类语言表达式中的"小狗汪汪地叫着""风吹得呼呼的好吓人"这样的句子与人类的"象似"认知高度关联，但是人类的"心理经验—语言表达"这一认知模式并非认知语言学所推论的那样是无限开放的。例如，认知语言学所说的"象似"，无论是数量相似性、顺序象似性还是标记象似性[①]，或国外一些学者所谓的"象似邻近""象似顺序"和"象似量原则"的理论，在很大程度上是逻辑建构主义而非心理体验主义的知识总结，或者说是知识论的而非实在论的。例如，认知语言学家举出这样的例句：

> 他打开瓶子给自己倒了一杯酒。
> ★他给自己倒了一杯酒打开了瓶子。
> 著名的美味的意大利腊香肠比萨饼。
> ★意大利美味的著名的比萨饼。

对上面这两组句子，认知语言学家解释说，它们只有第一句是可以接受的，因为它们符合自然时间的顺序和遵守了象似邻近原则——关系近的成分必须靠近放在

---

① 王寅：《认知语言学》，上海外语教育出版社2007年版，第552-562页。

一起。①但我们看到，这种解释与其是解释语言与现实世界的对应关系，不如说是强硬地为这个"象似原则"建构理据；或者说通过对语言现象的逻辑演绎而为象似理论进行建模。这里的"自然顺序""邻近原则"其实是学者们对认知语言学理论的一种知识建构。在汉语的表达式中，我们不也听到这样的句子吗？"意大利的美味，著名的比萨饼。"②我并不反对语言认知问题研究的哲学假设和推论，但如果依照"象似"理论的这种推论，我们就可以把所有的语言现象都解释为"象似性"原则的表现。由于本书不是认知语言学理论的专题性研究，我不打算介入这些讨论之中。我想申明一点的是，既然我们把"象似"现象作为人类语言认知现象来研究，那么，无论是对其原理还是原则的解释，都要立足于"认知"的坚实地基上而不是建构的逻辑模态上。除此之外，有的学者还把长句与短句的使用、语词的排列顺序这类语言现象也解释为"象似"性认知原则，我觉得也令人不大容易接受，即使扩展大脑模型或展开想象也有认知困难。我赞同有的学者的观点："认知语言学家应该更进一步思考实验数据与语言结构及行为分析的关系。"③

最早较为系统地论说符号"象似性"（象似符）的是美国哲学家皮尔斯。在皮尔斯的符号分类体系中，符号被分为三类，它们分别是象似符、指示标记符和规约符。在"象似符"这个框架中，皮尔斯又分别划出映像、拟象、隐喻这三种象似性。按照皮尔斯的解释，所谓的像似符是指这样一种符号："它仅仅借助于自己的品格去指称它的对象。"④由此我们可以理解，皮尔斯符号学所谓的"象似符"就是认知语言学家所说的语言的"象似性"。尽管皮尔斯对像似符的解释更多地指向了语言的"象似性"这种品质，用皮尔斯的话说，这类符号是一种"再现体"："它的再现品质是它作为第一位的第一性"⑤，也就是符号的映现性，但他也解释了"拟象"现象。其实，在认知语言学这里，语言的"象似性"内涵也基本是皮尔斯所说的"映像"和"拟象"现象，即语言形式不仅在一定程度上可以反映客观外界的事物（映象），而且还反映了人们对世界的体验感知和认知方式——语言形式是基于人们的经验方式、

---

① ［德］弗里德里希·温格瑞尔、汉斯-尤格·施密特：《认知语言学导论》，彭利贞等译，复旦大学出版社2013年版，第342—343页。

② 可能认知语言学处理的样本更多的是形态型语言而不适应于分析型语言，如汉语。

③ ［德］德克·盖拉茨主编：《认知语言学基础》，邵军航等译，上海译文出版社2012年版，第291页。

④ ［美］皮尔斯：《论符号》，赵星植译，四川大学出版社2014年版，第51页。

⑤ 同上。

认知规律、概念结构的。①比如，认知语言学家认为，句子成分和现实世界之间可以建立起一对一的对应关系，如感叹词；句法结构可以直接反映现实结构——语法象征着人类在身体构造和动作的约束下所体验和感知的现实。②

品味皮尔斯的符号学和认知语言学的"象似性"理论，我们可以发现，语言"象似性"理论并非哲学、认知语言学的新发明，它具有古典语文学和传统心理学的思想渊源。直接地说，语言"象似性"理论的思想资源，可以追溯到冯·洪堡特的"民族精神—语言"论那里。洪堡特在论及语言的发生与民族心灵（精神）之关系时这样写道：

> 语言不是活动的产物，而是精神不由自主的流射；不是各民族的产品，而是各民族由于其内在的命运而获得的一份馈赠。……最初，当语言和歌唱自由自在地诵流而出之时语言依照共同作用的各种精神力量的热烈、自由和强烈的程度而构造起来。③

洪堡特虽然没有使用"象似"这个概念，也没有像认知语言学家那样毫无隐讳地论说句子成分或句法结构与人们认知活动的对应性，但他们所谈论的语言的发生与人类思想活动的内在关系，就是认知语言学理论所解释的"语言经验—现实经验"之象似性这一经验事实。美国哲学家乔治·桑塔亚纳早在一百多年前也以诗人哲学家特有的敏感和直觉向我们揭示了人类语言或言语与人们认知活动的相似性的这一特点。只不过桑塔亚纳没有使用"象似"这个概念，而是用"象征"这一概念指涉这一事实：

> 语言的各个构成成分都（不仅）是象征性的。各语言成分的屈折也（仅仅）是表征性的，因为在对各种被描述的事件进行分类时，时态标明了所描述事件展开过程中各个不同的重要状态。④

---

① 王寅：《认知语言学》，上海外语教育出版社2007年版，第509页。
② 同上书，第525页。
③ ［德］威廉·冯·洪堡特：《论人类语言结构的差异及其对人类精神发展的影响》，姚小平译，商务印书馆1999年版，第21页。
④ ［美］乔治·桑塔亚纳：《艺术中的理性》，张旭春译，北京大学出版社2014年版，第68页。

在桑塔亚纳这里，语言现象与心理经验的象似关系通过"象征"基本统一起来。

离开"象似性"理论的讨论，下面我们进入萨满的象似化神唱传播效果分析上来。所谓"象似化"，我指的是神歌表演过程中萨满通过某些特殊的衬音或虚词这些符号的嵌入，再现萨满神灵在场的画面，给人以酷真的感受。根据我对萨满神唱象似化表演符号的分析，萨满神唱主要是通过一些模拟音、象征音的运用——通常是用于神歌的起始或尾句——来创造这种仿真效果。

萨满神唱中的模拟音、象征音的运用，从修辞学的角度分析，就是那些被称为拟声修辞的言语手段。所谓拟声（拟声词或声音象征），也就是在语言活动中，为了更加鲜明形象地表征某种事物，言说者采取模拟事物声音的形式来形成表达式。从认知人类学的角度看，拟声符号本来就是人与自然交互对自然现象心理加工的产物，如流水的声音被我们加工成"哗啦哗啦"的意象以及符号形式；风吹的声音被我们加工成"呼呼"或"飕飕"的意象和符号形式等。在人类自然语言中的，这类符号很多。这并不奇怪，因为人类自然语言就是人类经验的表达。语言系统中的拟声词都是人类与世界交互的知觉经验表征化、概念化的结果。语言发生学关于语言起源的"感叹说""拟声说""声像说""喘息说"等，其实就是根据人类与世界相遇所发生的认知行为及其语言表征总结出来的。J. G. 赫尔德曾说："在我们的自然中潜藏着多少种感觉，也就有多少种语言表达。"[1]话说得虽然有些夸张，但并非全没道理。因而，在言说过程中使用拟声化符号，就可重新刺激人们曾经的经验。萨满神唱拟音符号的运用正是基于这一认知原理。富育光先生曾分析满族萨满神歌表演中"遮"字音的象征意义时这样写道：

> "遮"字音，是萨满调中普遍常用的古声韵，又是象征音、模拟音，表示萨满神附后在宇宙中魂魄翱翔的过程，也象征寻游探索的心理意念，像小花丛中群蜜蜂飞着鸣叫寻找花蜜一样。噢、啊、喔、哦、耶、啰、哈、遮、呀单音词节，都是萨满神祭中常用的单音字……起着召引听众、控制场地、创造气氛、确定调门、发人联想等多方面的神奇效果。[2]

---

① [德]J. G. 赫尔德：《论语言的起源》，姚小平译，商务印书馆2014年版，第7页。
② 富育光：《萨满艺术论》，学苑出版社2010年版，第206页。

确实，"噢、啊、喔、哦、耶、啰、哈、遮、呀"等这些单音节词，从语义学和句法性的角度审视，它们并不表达什么词汇意义和语法意义，但它们却有认知意义：它们创造了一种幻象。这种幻象可使人们的大脑表征出神灵的形象。再如：

> 北方茂密的森林里，
> 哲哲哲，哲珠嘿，哲一，哲一。
> 有宝贵的沉香树，
> 哲哲哲，哲珠嘿，哲一。
>
> 树上有鸟的窝巢，
> 哲哲哲，哲珠嘿，哲一，哲一。
> …………
> 祈请尊贵的鸟神，
> 哲哲哲，哲珠嘿，哲一，哲一。
>
> 你叫一声，
> 能响彻云霄，哲一，哲一。
> 比最好听的歌儿，
> 还要美好，哲一，哲一。
>
> 请你张开火红的翅膀，
> 请你张开嘴儿鸣叫，哲一，哲一。
> 飞到这里来吧，
> 这里有红血的佳肴，哲一，哲一。[①]

通过"哲""哲一"这些拟声词，不在场的鸟神之形象栩栩如生地在人们的脑海里浮现出来。

这种象似化神唱还有一种形式，即声音模拟。它是萨满神歌区别于其他民间

---

① 引自陈永春：《科尔沁萨满神歌审美研究》，民族出版社2010年版，第165-166页。

信仰仪式上神辞咏唱的最鲜明的特征。所谓声音模拟，指的是在祭祀仪式上尤其是野祭仪式上，萨满在祈请动物神灵降临与附体之后，会逼真地模拟所降神灵的声音（及其场景的声音）。尽管此时动物神是缺席的，但通过萨满的声音模拟，则激活了人们的记忆与想象，从而使人产生该动物神灵的具体形象的表征。我们来看富育光先生对此的一段描述：

> 萨满古祭中，许多即兴神词神歌，增删自如，但每祭中之声响模拟，却绝不可删减。声音模拟是萨满传统古祭中，又区别于一般宗教信仰的一大特点，充满粗犷、豪放的野性行为和思维。萨满祭祀中的拟声音态，如风声、鸟飞翔声、波涛激浪声，又如仿虎啸、豹吼、鹰雕厮叫、熊与野猪殴斗声，必能引起祭祀现场的共鸣，群情共奋，达到高潮时萨满与族众此起彼应，同声模仿。萨满仿学的动物，因祭俗不同，还有如乌鸦、鹿羔、天鹅等的叫声，甚至在奥米那愣祭礼中，小萨满"是夜将伴先生萨满（萨满师父）作鹤鸣鸟嘈声，从者和而笑之"。萨满拟声，不是简单的仿学，而且必须是求真、求声音相像方可。①

确实如此，本书作者曾几次参加萨满野祭仪式，每次都被萨满对自然事件的声音模拟所折服。不过，我还是想提出一点不同想法，萨满的声音模拟绝不单纯是口技表演，也不仅仅是为了求得表演效果，其还具有激活族人神秘体验的因素，即通过绘声绘形地模拟自然事件的声音，实质创造了一种仿真意象，这一意象则将神灵、神秘事件的空虚意象转化为充实意象，即人们通过对模拟声音符号的加工，使得那些非共时、虚幻的神灵现场化、实在化，从而实现仪式现场由凡俗时空向超凡时空的转换——在萨满的祈请下，神灵已经降临现场。它不仅可以衬显萨满的神通与神威，而且也可在受众的心灵世界刻下更持久的神灵形象记忆。特别是由于这种记忆是以具体鲜活的形象存储于人的心智系统的，因而，它的稳固性于复活性也超越于其他记忆。马塞尔·普鲁斯特的记忆体会使我们更加深刻理解了这种"拟音"表演于文化记忆传播的意义：

> 我们每每竭力回顾往事，总是枉然，即便使出全部智力也徒劳无益。往事

---

① 富育光：《萨满艺术论》，学苑出版社2010年版，第207页。

不在智力的范围内，也非智力所及，而隐藏在某个我们猜想不到的物件之中，隐藏在这类物件赋予我们的感觉之中。[①]

（2）拟剧化

我们先来看两个例子。

一

长生天的气力里，

腾云驾雾飞行吧，

广阔大地保佑里，

直指天涯启程吧。

赤色天的气力里，

腾云驾雾飞升吧，

苍茫大地有脉络，

沿着脉络循行吧。

沉沉酣睡者门前，

你可隆隆地驰过，

警犬凶悍的人家，

你要悄悄地远躲。

草原上莫停留，

走路莫走人行道，

荒塚野径任你走。

山林中莫盘旋，

大树上莫留宿，

走路莫走人行道，

你等自有翁衮路。

醉者要搀扶，

盲者要引路，

---

① ［法］马塞尔·普鲁斯特：《追忆似水年华》，沈志明译，上海译文出版社2009年版，第45页。

弱者应等候，

跛者须照顾。

游者快招回，

落伍者要收留。①

二

啊哈咳，

我本安居山崖，

弟子为何祈祷，

莫非请我赴宴，

还是有难相告？

啊哈咳，

我在山中安居，

为何响起法鼓，

莫非邀我赴宴，

还是求我相助？②

这两首神歌都是通过修辞学所说的"比拟"符号创构拟剧效果的，但二者又略有不同。第一首神歌通过萨满与虚拟神灵的对话——对神灵返回的嘱托的言说——形成了戏剧化表演。这种拟剧表演如"沉沉酣睡者门前，你可隆隆地驰过，警犬凶悍的人家，你要悄悄地远躲。草原上莫停留，走路莫走人行道……"言辞恳切，反复叮咛，可以想象，在受众那里，此时心智系统表征的已经不是"把神灵送走"这样一个仪式活动程式的知识框架，或者说这些符号激活的已经不是人们关于萨满师跳神活动之程式的工作记忆，而是充满了丰富意象：萨满对着即将返回的神灵感激不尽，恭恭敬敬，语重心长，似乎一对老友在分手之际的亲切嘱托。第二首神歌通过将人类的生命特征（语言、心理、情感、行为）投射到一个没有人类生命特质的

---

① 陈永春：《科尔沁萨满神歌审美研究》，民族出版社2010年版，第87-88页。

② 同上书，第76页。

动物——请来治病的神灵身上，并通过对白的方式询问萨满祈请之事由，也产生了拟剧效果。这种表达方式最大的特征就是它如戏剧一样，通过使某物直接模仿人的语言与行为等而将其由虚幻的存在而转化为真实的存在。戴维斯在解读亚里士多德《诗学》的模仿理论时曾说，模仿……要求悬置我们自己的现实感，我们得以进入那个被表现的世界。如果我们真的进入那个世界，那就不再是一种表现，而变成了现实。①确实如此。此时虽然仅是萨满在唱神歌，但人们脑海中表征出来的却是一个真实的神灵在说话的形象。这种通过拟剧形式将空虚的神灵形象在场化的认知效果更为明显：在这种言语形式的刺激下，人们的神话情感与想象完全被激活，产生了一个有血有肉的真实的神灵在场的心理意象。

从文化记忆传播的角度分析，神唱这种拟剧化有它独特的价值，而不仅仅是修辞学所说的"化抽象为具体"这种沟通形象性的问题。我打算从两个方面论证这一点。

首先，由这种拟剧化构造出来的意象可以激活人们生动鲜明的心理意象。我在前文曾说过，信息输入—加工过程中所形成的认知表征，基本上可以下面两种模式表达出来：词语的形式，是一种意义较为抽象的表征；意象的形式，具有细节性知觉的图像性表征。这两种表征以哪种形式激活在很大程度上取决于信息接收者所加工的信号形式。一般来说，以陈述性知识或命题形式输入的数据，激活的大都是人的词语或抽象意义的表征；而以形象性信号形式输入的则激活了具体的意象表征。从意识活动这个层面说，我们不能说哪种激活与表征更好，但从"传播效果论"的角度分析，概念或符号形式的表征较之具体意象的表征其传播效果要弱一些，因后者通过意象加工会形成具体、细腻、生动的形象，使得信息更容易长久存储。前面列举的两首神歌，前一首给人以生动的视觉感，后一首给人以生动的听觉感，也许还不止于单纯的听觉，可能还有视、听觉混合一体的知觉体验——看到神灵一边走来一边询问这样一种综合性的形象感知。在认知风格上，形象知觉有着比抽象意义知觉更为具体和细节性的感受，因为意象加工可以使人捕捉到更具体、富于动感性的信息，甚至可以表征出大脑之外根本不存在的事物。这一点对于宗教文化传播尤为重要。在加工模式上，命题加工可能要由左脑来进行，但意象加工可能是半球的交互加工。不同脑区的交互合作对于精确的计算会有干扰，但对于获得更细致、更生动的表征则更有利，更容易在大部分脑区存储。

---

① [美]戴维斯：《哲学之诗——亚里士多德〈诗学〉解诂》，陈明珠译，华夏出版社2012年版，第32页。

其次，拟剧化表达所构造的这种仿真意象还会使人产生一种更为真实的感受，这尤其有益于文化记忆的巩固。尽管在北方民族的心智中，萨满教的神灵作为一种民俗或宗教知识已植入人们心理的文化模型甚至于"自传式自我"之中，但是，在神事活动中，无论是对神灵"神格"的感知还是对神灵形象的回忆，仅仅依靠神歌的陈述性语言来刺激人们的知觉显然是有限的。要使人们体验到神灵的真实降临与仪式现场的非凡，就需要创造生动似真、意象丰富的符号刺激人们的知觉产生想象，使人形成一种似真似幻的体验。这也就是在放大神仪式上萨满在请动物神灵降临附体后会模仿动物的行为特征跳动物舞蹈的一种认知背景。通过对这一认知规律的体悟，也使我们明白了这样的道理：仪式上萨满神唱之所以十分注重拟剧化，是因为通过这种的方法，将现场的空虚意象转化为实在意象，激活人们奔放的想象，推动人的意向行为的延展，从而使其由抽象的"观念神灵"化为栩栩如生、可以直接感知的"血肉神灵"。这种转化不仅是一个表达艺术的问题，它可以产生一种令人眩晕的认知效果：不仅人神之间的分离由这种拟剧化所构造的意象弥合了，而且人们所唤起的神灵回忆也完全具象化、感性化了，类似于萨满跳的虎、豹、熊、鹿神之舞。

（3）肉质化

从"身体现象学"的视角看，人类的肉身不仅是生命的基石，也是灵魂的驻地，梅洛–庞蒂形象地表述为"灵魂是身体的凹陷"。[1]身体的这一属性，使得其成为人类文化经验存储与流转的活的媒介。它不仅通过烙印其上的某些历史印记和修辞[2]方式，而且通过将分化于其物理、化学成分中的知觉、经验的"喉音化"实现生命体验由私人领域（意识）到公共领域（语言）的脱胎换骨，传播并创造着鲜活的文化记忆。在传播媒介学的意义上也可以说，共同体的知识传统，尤其是文化记忆，通过肉身化的符号进行传递，已经成为人类回忆文化的一种模态。身体犹如一张画满了各种符号的羊皮纸，通过那些或深或浅或动或静或"冷"或"热"的踪迹的阅读，不仅可唤醒记忆而且还使得回忆"血肉丰满"。肉身的这一文化记忆传播媒介功能，在北方民族的民间信仰萨满教这一文化形态中表现得尤为凸出。

我在这里之所以使用"肉身符号"而不使用"音声符号"这一概念来描述萨满教

---

① ［法］梅洛–庞蒂：《可见的与不可见的》，罗国祥译，商务印书馆2016年版，第298页。

② 这里的"修辞"不是语言修辞学的含义，而是指体态变化的技艺。

仪式上的神歌咏唱，并非故弄玄虚和语言炒作，而是因它们有不同的所指。按照有的学者对"音声"这一概念的界定，其不仅包括仪式中的音乐因素，而且包括了其他非音乐的但是具有音乐的属性特质的声音因素。[①]由此可见，音声符号属于一种"准音乐"符号，人们对它的知觉属于音乐知觉，如旋律、节奏、器乐声音等。但"肉身符号"不是，我赋予这个概念的内涵是：这是由传播者（表演者）的血肉之躯爆发出来的声音，人们对它的知觉不是声乐器乐知觉，而是对感性的生命的知觉。例如，在萨满教仪式上，萨满在神歌演唱过程中会发出某些特殊的声音。这些声音不属于歌词语义的一部分；人们听到这些声音也不会产生有些学者所说的萨满音乐的知觉反应，而是对一个活生生的血肉之躯的知觉。它虽然不是认知心理或逻辑知觉的反应，但这种感性、自然、真实的声感，更能拓展人们的想象域；它虽然不是一种语音，但这些声音却创造了神歌展演"现场直播"的效果，就像萨满神歌咏唱时的鼓声、铃声一样。特别是因给定的文化语境——历史的证人、神性的人格与仪式情境（如萨满的"法阳阿"，即具备神格与人格为一体的"魂魄"与骨风）——被赋予了神歌表演者，使得这种声音此时已经不是一般性的音声符号，而是有血有肉鲜活而非凡的声音。这些裹挟着萨满的颤声，带着萨满血肉的喉音，创造了一个特异的"媒介事件"：人们在萨满的这些"肉身符号"中与萨满教的那个神秘世界相遇。

在萨满神歌展演中，这种肉身符号主要表现于满族祭祖仪式上萨满发出的远古喉音——"鄂——啰——"之音。我们不妨看富育光先生对满族祭祖仪式上萨满发出的这种肉身之音的描述。在满族祭祖仪式上，仪式执行人大萨满在仪式结尾会发出的一种动力性、震撼性很强的、附带"鄂啰"字音的声音，即被称为满族神唱的"鄂啰三声"：

> 满族杨姓萨满杨世昌，在祭神树时率众跪拜供桌前，它跪后站起，手捧酒盅，双手平端，然后随着口中呼唱"额——啰——啰"的单句咏唱，围神树环绕奠酒，然后再跪，族众举杯同吟"额——啰——啰"，洒酒于地，跪拜再起。神树祭在"额——啰——啰"中结束。杨姓祖居乌苏里江中游一带，属东海窝稽部林中人后裔。杨世昌咏唱很有功夫，将简单的声调充满深情地揉入抑扬顿挫之中。

---

① 杨玉成：《蒙古族科尔沁萨满仪式的象征及其音声》，萧梅主编：《中国民间仪式音乐研究·东北卷》，文化艺术出版社2014年版，第106页。

唱得既洪亮肃穆，又缠绵动听，表示了林中人后世子孙对养育本氏族的原始祖
居地的崇仰思慕深情。①

富育光认为，"鄂啰啰"与"乌离离"等拖音一样，"是萨满祭歌中的献俎敬
意吟词——它不是虚词，而是无字的声调。萨满祭咏时要有节律地咏唱或咏念，拉
着长音，其调悠扬、深厚，情真意切，祈请降临神堂的祖先神祇尽情享用供品，礼
遇不周敬望宽恕"②。另一位学者关杰则从仪式展演的视角对萨满发出的这种声音
的意义进行了诠释："这不仅带来了仪式场域的震动，带来仪式参加者的激动和兴
奋，而且，察玛那颤抖的声音表现，给仪式带来了独特的神秘感"：

> 它以低沉、雄浑，带有些许颤音的形式直面神圣本身（天神或祖先）。……
> 将一种独有的情境表现出来，即由远渐进的逼近感、层层递进的急促感、步步
> 为营的神秘感、力量不断递增的动力感等，外加察玛独有的音色和带有远古喉
> 音特色的声音衬托，将仪式带入一种空旷、悠远、内动力驱使和向前跃进式的
> 总体风格氛围，达到一种独具魅力的效果。……通过一定时间的走向，通过声
> 音的连续呈现，将那个隐藏在背后的"努曼"（天神）形象部分地或单面地展
> 示出来。③

我认为，富育光、关杰的解释基本是合理的。不过，我想补充一点，萨满在
仪式上如此咏唱，发出的如此喉音，并不仅仅是为了"仪式场域的震动"，也不仅
仅是表达对祖先的敬意，更为仪式、为神唱营造出一种"现场直播"的效果："鄂
啰三声"这种空旷致远的声音，激活了人们心灵深处的萨满文化记忆，构造出遥远
世界满族先祖或天神的意象，使得那些潜伏在人们心灵底层的、被日常生活压抑的
文化想象重新复活，祖先或天神仿佛就在现场，人们触手可及。在"这一瞬间感受
到了那个最内在的、动力性的本质力量，这个声音就是在这种力量的激动下发出
的"。"那个最内在的、动力性的本质力量"不仅激活了表演者亢奋的情绪，这种
情绪与神秘想象共同作用使其发出了这样一种声音，而且，这种"非凡""真实"

---

① 富育光：《萨满艺术论》，学苑出版社2010年版，第206页。

② 同上书，第207页。

③ 关杰：《神圣的显现——宁古塔满族萨满祭祖仪式研究》，北京大学出版社2015年版，第225页。

的肉身符号也激活了受众的神秘想象，使人产生一种"真实"的通灵体验。

不过，我还想补充一点的是，仪式上萨满发出的这种声音，仅靠情绪与观念激发是不够的，它还有萨满平时所进行"神唱"的肉身机能的训练之功。也正是这种"神唱"训练，使得仪式上的萨满咏唱已经不再属于人类的自然之音，而是混合着历史与神话意象之音，理所当然它也被族人视为"神之声"。这一从遥远的"他乡"传来的玄妙之音再现着满族"悠远的星光古洞生活"，人们循着声音的痕迹走进那个"有血有肉"的非凡"往昔"。①这种"肉体音声"知觉所烙印的记忆的心灵深度、所唤回的回忆意向显然是文本阅读、档案查阅以及图像观看所无法比拟的。传播学理论十分重视传播效果的"现场感"，但人们的视野主要聚焦于"空间"在场感，而忽视了媒介所创造的事件的"在场"与在场者互动这一十分重要的传播心理学现象。

---

① 我在拙著《萨满神歌语言认知问题研究》第七章中系统讨论了面孔加工对认知行为的影响。请参阅高长江：《萨满神歌语言认知问题研究》，吉林大学出版社2017年版，第337-340页。

4 萨满舞蹈：
超自然"力"的幻象体验

萨满神歌展演的各种媒介对文化记忆传播效果的影响，除了仪式上萨满的"神唱"之外，还有另一种媒介符号刺激所产生的生物调节形式，它们同样通过语言符号之外的辅助性媒介符号刺激人们的感官，激活人们的情绪，影响人们的认知模式而对文化记忆产生深刻影响。这就是与萨满神歌表演形影不离的萨满舞蹈。从民俗文化学的意义上说，谈论萨满神歌表演本离不开萨满舞蹈，人们常用"萨满歌舞""狂歌漫舞"来形容萨满的跳神仪式。可见，萨满神歌表演与萨满舞蹈是不可分的。不过从神歌表演与文化回忆关系研究的角度而言，神歌分析主要是时间知觉分析，但舞蹈分析却是空间知觉分析。也正由于人们所接收的两种"信息"的物理形式不同，所以，我更倾向于把萨满舞看作萨满神歌表演的辅助性媒介符号而非人们所理解的"媒介主体"。其实，萨满舞蹈于文化记忆传播的功能如同鼓、铃等乐器一样，通过萨满疯狂的形体符号刺激人们的感官，产生有机体分子生物水平的反应——情绪激越。由于这种情绪可以蔓延到大脑活动的全过程，包括高级神经活动过程，如语言认知、推理判断，从而影响人们对神歌的知觉加工和对记忆的调取。萨满舞蹈也可以说是文化记忆的"闪光灯"，不仅它所激活的情绪使得受众对该形象的记忆更生动、更深刻，而且，当它再次亮（舞）起时，那些存储的形象瞬间便会显现在大脑神经屏幕上，尤其是在有些仪式上，萨满与族众共同舞动，可谓真正的"互动共享"。因萨满舞与神歌体验之关系本身就很复杂，而我又坚持萨满舞在神歌体验活动中的分子生物水平的调节功能，与多年来人们关于萨满舞的认识反差过大，这里我不得不花费更多的精力来解释这个问题。

为了把萨满舞与神歌信息传播效果之关系解释清楚，此处我将这个专题分为两个方面分别讨论：一是萨满舞的仪式体验及其对族人认知活动的影响；二是萨满舞表演是如何辅助仪式的文化记忆传播的。

在未正式讨论这两个问题之前，我需要先来做一项基础性工作，就是对"情绪"略做解释。

当我说萨满舞所激活的情绪反应属于有机体分子生物层面的事件时，可能会招来一些反驳。在很多人看来，情绪是人类的一种心理感受；并且，它是理性的，是我们可以通过意识控制的。其实，这种认识并不十分正确。从神经生物学的原理看，情绪并不是发生在心理水平上而是发生在生物水平上。它不过是有机体通过对环境信号和内环境信号加工所产生的基本生物反应。当然，我这样说并不意味着人类的情绪都是简单的生物反应而与心理无关。人类的一些高级情绪，如审美愉悦、道德崇高等确系心灵活动的结果。这里我只是针对人类的基本情绪而言。其实，不仅是人类，一些动物甚至于低等动物，如苍蝇等也有情绪反应；而一些与人类近亲的动物，如猩猩、猴子等则具有较为复杂的"社会情绪"。想一想狗在遭到主人的呵斥后那困窘、尴尬的表现状态、猴王走在猴群前面昂首傲慢的姿态，我们就会对情绪的生物属性更加理解。

也正因为情绪是一种简单的生物反应，因而，它也不可能绝对是理性的，完全是心理控制的产物。确实，我们可以有意识地控制自己不要轻易愤怒，不要喜形于色并且也可能做到，但更多的情形则是，在某一天、某一时刻，莫名其妙地我们的情绪会低落或兴奋；某些感觉输入会令我们无意识地或愤怒或哀怜；有时我们想让自己尽可能高兴却怎么也高兴不起来……也正因此，提高人类的精神生活水平，促进理性意识的增长，提升人类情绪控制的能力，对人类生活的幸福十分重要。

作为一种生物反应，情绪不仅会引发我们愉快或痛苦的身体感受，而且，它也会参与到我们的意识活动，影响我们的认知行为，不仅仅是记忆、注意、推理活动的方向，还有这些活动过程的心灵状态，并通过这种心灵状态而影响对加工数据的体验。后面我会具体分析这一影响过程。

关于情绪我就解释到此。现在我就回到关于萨满舞的问题上来。

第一，萨满舞的"发生学"问题。

有人认为，萨满跳神仪式上的狂歌漫舞是萨满情欲的一种发泄形式，即萨满师对族群文化象征、神圣自我意识、神人中介身份等这些文化心理所压抑的人的自然情欲的一种表达与释放。我在前文也指认过这一事实，但我觉得还不完全是这样。在我看来，萨满在舞中的感受更主要的还是一种神秘之"力"的感受，即萨满通过舞蹈感受到个体的身体摆脱了物理世界的束缚、感受到超凡自我的能量，并由这种感受而产生狂喜体验。仪式现场受众的体验也同样如此，是对超自然存在的"力"的体验。尤其是在与萨满的共舞中，这种"力"的体验会导致情绪的迷狂。

什么是舞蹈？美国艺术哲学家苏珊·朗格一语道出了其本质：舞蹈是力的幻象世界的创造。[①]就舞蹈本身而言，舞蹈确实是身体的物理之力的呈现，但舞者对"力"的感受却不是物理学的而是心灵学的：这是对"自由意志力的主观经验，对异己的、强迫性意志的顽抗的主观经验。对生命的意识、对生命的感觉，甚至对接受印象、理解环境、顺应变化的能力的意识，是我们最直接的自我意识。这就是对力量的感受"[②]。美国音乐史、舞蹈史学家库尔特·萨克斯如此说道："人类渴望跳舞，因为跳舞的人能够获得一种魔力：处在狂喜状态的人体为情感征服而遗忘一切，变成了只是灵魂上的超人力量的一种承受器。灵魂使加速运动的肉体摆脱掉自身的负重产生快感与欢乐。"[③]我相信萨克斯的分析是正确的。一切舞蹈皆为迷狂，一切舞蹈皆创造狂喜，无论是古代舞蹈还是现代舞蹈。也正是"在狂舞时，人类架通了这个世界与另一个世界之间的鸿沟，进入神鬼的领域。当他入迷而丧魂失魄时，会打破尘俗的锁链，颤抖抖地觉得自己与所有的外界和谐共处。"[④]只有当舞者感受到了超越此岸与彼岸之界隔的"力"的存在，他才能进入一个神秘的领域，进入狂想的世界。尤其是萨满之舞，无论是将其视为萨克斯所说的"形象型舞蹈""痉挛式舞蹈"还是民俗学者所说的"模仿动物精灵之舞"，其舞动的心灵感受都是狂喜的情感体验（而非美感体验），因而也是对神圣之"力"的狂喜体验。也正是由于萨满对其所拥有的"神力"的感受，才创造了萨满师的舞动激情和受众对神灵之"力"的"神秘"体验。

在传统的萨满文化研究中，萨满跳神仪式上表演的"萨满舞"一直被视为一种艺术形态，被看作北方民族民间艺术的最高境界，是人类的"艺术之母"；萨满就是氏族的舞蹈艺术家。法国学者芬代森曾认为，萨满就是"医者、诗人、舞蹈家和哲学家"[⑤]；安德烈斯·洛梅尔在《萨满，艺术的开端》中则认为人类"艺术家的

---

① [美]苏珊·朗格：《感受与形式》，高艳萍译，江苏人民出版社2013年版，第80页。

② 同上书，第181页。

③ [美]库尔特·萨克斯：《世界舞蹈史》，郭明达译，上海音乐出版社2014年版，第27页。

④ 同上书，第2页。

⑤ 见郑天星：《国外萨满教研究概况》，《世界宗教研究》，1983年第3期。

最早类型是萨满"①；有的学者甚至认为，萨满与众不同之处就在于他有特殊的思维——艺术思维。②当然，人们并非乱贴标签，其中最主要的理论地基是美国著名人类学家、曾任美国人类学学会会长的弗朗兹·博厄斯在《原始艺术》一书中提出的观点：萨满艺术——造型、歌舞等——可以作为艺术品来理解。在《原始艺术》一书的开篇，博厄斯就向我们展示了他的艺术观：人类普遍具有艺术表现的需求，甚至可以说原始社会的人们比文明社会的人对于美化生活的需求更为迫切。博厄斯这一奇怪的言论源于他对"生活的技艺"和"生活的艺术"这两种不同的生活实践之差异的模糊，更源于他对艺术本质的无知。他分析说：

> 世界上任何民族，不论其生活多么艰难，都不会把全部时间和精力用于食宿上。生活条件较丰实的民族，也不会把时间全用于生产或终日无所事事。即使最贫穷的部落也会生产出自己的工艺品，从中得到美的享受，自然资源丰富的部落则有充裕的精力用以创造优美的产品。

他甚至认为：

> 人类的一切活动都可以通过某种形式具有美学价值。简单的一声呐喊、一句话，并不一定有美的成分；即使具有美的成分，也是偶然现象。由于激动而做出粗暴的、无节制的行动，追逐猎物时奋力的奔跑以及日常工作中的各种动作，这一切只能反映感情，部分的是为了实际的需要，并没有直接美的感染力。劳动产品也是如此。拥有其随意涂抹，把木材或骨头随意切碎，或把石头凿成薄片，其结果并不一定是美观的，也未必能赢得人们的欣赏。然而，这一切都可能具有美学价值。身体或物体的有节律的动作、各种悦目的形态、声调悦耳的语言，都能产生艺术效果。人通过肌肉、视觉和听觉所得到的感受，就是给予我们美的享受的素材，而这些都可以用来创造艺术。人的嗅觉、味觉和触觉的感觉，例如混合的香气、一顿美餐，如果能刺激人的感官，使之产生快感，也可以称之为艺术品。③

---

① 见朱狄：《原始文化研究》，三联书店1988年版，第345页。

② ［苏］E．B．列武年科娃：《论萨满其人》，转引自吉林省民族研究所编：《萨满教文化研究》第二辑，天津古籍出版社1990年版，第66页。

③ ［美］弗朗兹·博厄斯：《原始艺术》，金辉译，贵州人民出版社2004年版，第1页。

若依博厄斯的这一逻辑，这个世界上一切有机体所有的生命活动，都可以是一种审美活动，其结果都可以产生艺术品，其经验都可以视为艺术经验。如此，也就没有艺术与非艺术、美感经验与一般生活经验的区别，也就等于取消了艺术。关于情感表达及其技巧与艺术表现的区别，我更赞同恩斯特·卡西尔的观点：沉湎于表露情感或具有表达这些情感的无与伦比的熟练技巧，只是情感主义而不是艺术。假如一个艺术家不是沉湎于对它的材料的直觉之中，不是沉湎于对声音、铜或汉白玉的直觉之中，而是沉湎于自己的个性之中，假如他感到自己的快乐或津津有味地欣赏"悲哀的乐绪"，那他就成为一个感伤主义者而不是一个艺术家了。[①]对于"萨满舞"的理解也同样如此。在我看来，萨满舞并非如有的学者所说，是萨满的艺术心灵的结晶。那么，如果说萨满之舞不是源于其艺术心灵，那它又是如何发生的呢？我认为，萨满舞的发生有两个精神原型：生态原型和文化原型。为了把这个问题解释清楚，这里我们先从"萨满舞"的表现形态入手展开分析。

什么是萨满舞？

我们首先来看民族学者们对满族萨满舞的一段描述。

萨满舞经历了漫长的年代，不断地演变与发展，但始终保持着较为原始的表演形态，其基本特征是"喝喝咧咧似喊似唱地说着唱、唱着说、乐中舞、舞中歌"地将说、唱、乐、舞紧密地结合在一起的萨满歌舞形式。

满族跳神放"巴图鲁瞒尼"神时，萨满手持三股钢叉横举向"七星斗"朝天三拜，随后"旋迷蹈"飞转，紧接着便是英姿焕发地在"快五点""碎点"等鼓声中旋转起舞。……在跑碎步的同时，萨满双手在身前不停地耍着钢叉，有时偶尔把钢叉向前猛刺一刺，口中喊出"呵"或"哈"声……萨满的双手还在头上、身旁、身前不停地舞着三股钢叉。

在萨满跳神中，有大量的模仿动物的舞蹈。其中如"鹰神"。萨满表演鹰神的舞姿，双手拎着由神帽牵拉下来的两条飘带，一会儿做扑翅的动作，一会儿又平展双翅迎风翱翔，借以渲染雄鹰展翅万里、搏击长空的宏大气势。……放"金钱豹神"舞蹈，萨满模仿金钱豹的动作爬行到神堂，用火筷夹起正在燃烧的火炭放入萨满口中，萨满模仿金钱豹的动作，边舞蹈，并不时吹喷口中的

---

① ［德］恩斯特·卡西尔：《语言与神话》，于晓等译，三联书店1988年版，第172-173页。

炭火，发出时明时暗的光亮。①

　　这就是被称为萨满"舞蹈艺术"的萨满舞。根据苏珊·朗格艺术哲学理论，舞蹈为一种"虚幻的力"的表现。纯粹的舞蹈确实是一种"虚幻的力"的表现：它不仅通过虚幻的姿势表现一种自由的力量，也通过物质化身体的"力"象创造出一个令人心醉神迷、美轮美奂的虚幻世界。"舞蹈的虚幻世界从不接纳自然状态的材料，不接纳物或事实。虚幻形式必须是有机的和自律的，是与现实性相分离的。无论何物——人舞蹈，便受到激烈的艺术转变：它的空间是造型性的，它的时间是音乐的，它的主题是幻想的，它的动作是象征的。"②或如维格曼所说："最微小的细节都在述说着颤动的、有生气的整体，它们呼唤着观念。"③然而，我们在萨满舞中却感受不到这种"虚幻的力"，而只是感受到了一种"物理的力"，即对自然力的模仿力。这里我们不妨以富育光先生对萨满舞形态的模仿描写为样本做一分析：

　　　　萨满模拟造型与舞蹈，分为人神、动物神、禽鸟神、鱼神、虫神……植物花卉神、宇宙物质与宇宙幻化神（如山、川、石、洞、星、云、雷、电等神话中的宇宙幻化神）……模拟古代叱咤雪原，危及人类生存安全的鹰、虎、豹、野猪、狼及蟒蛇、猛兽、毒虫的声形动态和它们的拟人心理。用舞蹈形式刻画它们觅食、蹭痒、晒阳、昵崽、吼啸、酣卧、惊视、狂驰、缓行、腾跳、思慕、怜爱、嬉耍等动势与心态表象。为展现古人心中竭诚颂赞的动物神威形态，在舞态中丝毫不许带有蔑贬的情调。思慕对人格神祇舞态塑形，也十分注意"三扮"：如神魔精灵的两性声态、动态、走态、笑态、怒态、闹态、望态，以各种造型独自特有的个性、嗜好、体能等，都在萨满紧张短促的迷痴、咏唱中巧妙糅合，自然舒展……④

　　可见，这里没有任何舞蹈艺术或舞蹈美学的理念，它仅仅是为了表现动物的神态和萨满的神灵信仰而舞，尤其是在跳大神达到痴迷阶段的"狂舞"。如果按照库

---

① 张佳生主编：《满族文化史》，辽宁民族出版社1999年版，第466、469、471页。
② ［美］苏珊·朗格：《感受与形式》，高艳萍译，江苏人民出版社2013年版，第209页。
③ 同上书，第112页。
④ 富育光：《萨满艺术论》，学苑出版社2010年版，第247页。

尔特·萨克斯的舞蹈分类理论，这乃是一种与人体活动不协调的舞蹈——纯痉挛式舞蹈：跳舞者"都会进入角色，他们再现人物、动物、鬼怪、神灵时能控制住自己的身体，变成所再现的动物、鬼怪或者神灵。他们的动作必须像所扮演的角色……他就是这个角色。"①尽管萨克斯套用荣格的"心理类型学"理论来解释这种舞蹈行为的心理属性并不成功，但他对这种舞蹈表达的主体精神性态的描写及其性质的断言还是恰当的。总之，无论是称其为"痉挛式舞蹈"还是称其为"形象型的舞蹈"，我们都可以对其进行这样的定位：萨满舞并非是在艺术心灵或审美理念作用下产生的造型艺术。对此，富育光先生的表述可谓坦率而又凿实："萨满舞蹈，不是萨满刻意的舞蹈，实际是萨满跳神行为的外在情感祖露，是各民族萨满在祝祭等神事活动中，萨满（亦包括参祭族人）为达到某项神事目的，而显现出来的各种舞拜姿态与动作。"②

当然，我们也可以说，"痉挛式舞蹈"也是舞蹈，但它并不是作为艺术类型中的舞蹈。就像生物学家把蜜蜂的飞行称为舞蹈一样。在《艺术人类学》一书中，我曾指出："艺术是人类通过想象与游戏的方式达到对世界的重新创造。"③苏珊·朗格在其《感受与形式》中认为，艺术就是"人类感受的符号形式的创造"："这种表现形式的创造就是动用人的最高技巧服务于他最高的思想能力——想象力——的创造性过程。"④哲学家乔治·桑塔亚纳也这样写道：艺术"超越肉体，将世界变成一种与灵魂相契的刺激物……它所提供的愉悦比感觉更轻盈活泼，更熠熠生辉，更令人欣喜沉醉。"⑤尽管我们的表述句法形式不同，但基本思想是一致的，即我们都强调艺术的"创造"性内涵。如果按照我们的这一艺术判断标准，可以说，把萨满舞诠释为艺术学意义上的艺术形式是不恰当的，因为我们从萨满之"舞"中既没有看到我所说的"想象力的发挥"及其"对世界的重新创造"，也没有看到朗格所说的"人的最高技巧的发挥"和"想象力的创造"。萨满之"舞"仅仅是根据他所要表达（不是"表现"）的内容把它们模仿出来。从舞蹈美学的视角来观察，如果说"每支舞蹈都是一首诗，而大都是朦胧诗。它明明发生在人人熟知

---

① ［美］库尔特·萨克斯：《世界舞蹈史》，郭明达译，上海音乐出版社2014年版，第60、62页。
② 富育光：《萨满艺术论》，学苑出版社2010年版，第241页。
③ 高长江：《艺术人类学》，中国社会科学出版社2010年版，第20页。
④ ［美］苏珊·朗格：《感受与形式》，高艳萍译，江苏人民出版社2013年版，第38页。
⑤ ［美］乔治·桑塔亚纳：《艺术中的理性》，张旭春译，北京大学出版社2014年版，第11页。

的肢体上，然而在这物理实在的肢体上却表现着一种形而上学的内涵；舞者成为另一世界的哲学家，他写出的是另一种形而上学的哲学"①，那么，"萨满舞"则是一份动物声形的象形文字，一种形而下的肢体动感。用库尔特·萨克斯的舞蹈理论来概括，这种"形象型舞蹈"的"基本形态由外向型心理状态形成的，信任自己的感觉，信任自己的预感，信任自己强有力的四肢，信任自己能把形而上学的东西变成物质的力量"②。萨满自己对其"舞"之理念的陈述为我们的上述讨论做了结论："萨满从不认为是舞蹈，而是萨满心理符号与情感的神秘语言。"③

其次，从舞者此时的精神性态分析，我们会更加坚信，萨满神事活动上的舞蹈亦非民族艺术理念的传达与表现。根据我在前文对萨满个人生活史及精神特质的分析，无论是朝鲜族巫堂还是满族、鄂温克族萨满，抑或蒙古族博，很多人都患有某种精神疾患，即人们所说的"巫病"或"萨满病"。也正因为他们的这一精神特质使得他们在进入跳神这一神圣而又神秘的情境时，环境信号激活了其大脑中的超自然神经元共同体而产生了神秘的宗教情感体验。当这种神秘体验达到高潮时，萨满往往会失去清醒的意识而狂歌漫舞。萨满学者白翠英在描述科尔沁博神舞之状时这样写道："科尔沁博……在行博时向诸神祈祷完毕，经圆形调度定点旋转数十圈，戛然变换舞步，击鼓激昂，以致迷狂。歇斯底里般地旋舞跳跃，使博痉挛性地颤抖，吐白沫，翻白眼，奔向门外，扑倒在地（防止摔伤，要有两人拦截）。苏醒时，他们的人格幻化为神格，表现出神灵附体的动态调整。"④虽然这个表述有问题，但这不是我关心的。我们关心的是萨满行博过程中如此的意识性态是否会以艺术的理念与标准进行舞蹈。显然，此时的萨满已经心智混乱或堕入迷狂状态。认为这种意识状态下的狂歌漫舞系艺术心灵的表达，这听起来令人觉得很奇怪。对此，富育光先生做了一个很好的诠释：

在北方诸民族中，萨满舞蹈是萨满和氏族成员共同虔诚努力与准备、共同组创出来的外在形态表现。萨满教极为重视萨满行祭中的动态，这就是萨满的祭舞。用各种舞姿表象祭拜者的心理意识，是一切宗教行为特有的现象。特别

---

① 吕艺生：《舞蹈美学》，中央民族大学出版社2011年版，第90页。
② ［美］库尔特·萨克斯：《世界舞蹈史》，郭明达译，上海音乐出版社2014年版，第60-62页。
③ 富育光：《萨满艺术论》，学苑出版社2010年版，第243页。
④ 白翠英：《旋转与科尔沁博的迷狂》，转引自白庚胜、郎樱主编：《萨满文化解读》，吉林人民出版社2003年版，第498页。

是原始宗教，这种表现形式尤为赤裸、具体而普遍。之所以如此，是人类的生产能力相对低下与薄弱，无力抗衡自然界的各种生活重压，产生出来的心理扭曲的自慰自安手段。……人们的情感随周围的狂热和心理催化，也会立即诱生各种难以抑制的癫痫和歇斯底里状态，如呼喊、狂跑、跳跃、蹲颤、手舞足蹈、秽语怪态等，形成萨满祭祀中精神心理的高潮阶段。这便是……"萨满感应"的一种表现形式，也正是萨满舞蹈形成的真正动因。①

如果"萨满舞"不是萨满师的艺术心灵或审美理念的表现，那么，其舞之造型技艺尤其是惟妙惟肖地模仿某些动物精灵之样态的技艺又源于何呢？我的观点是：此乃萨满师心中的生态原型和文化原型的表达形式。下面我就展开我的观点。

首先，我先从生态心理学层面解释一下生态原型与萨满舞之关系。

说到这个问题，会令我们想起近年来较为流行和时髦的一种理论——舞蹈生态学。舞蹈生态学的基本观点是："环境的特点限定了舞种形、功、源的可能范围，即是说，舞中的发生、发展不论有多少偶然的因素，也无法超出环境为之提供的综合条件。"②根据舞蹈生态学的理论，可以这样理解，不仅萨满舞的形、功、源取决于环境，而且不同民族萨满舞的不同风格也由环境所塑造：满族、鄂温克族属于北方游猎民族，游猎生产生活环境培育了游猎民族粗犷、豪放的民族心理与审美个性，因而其萨满舞也必然表现出这种民族审美文化的个性——不仅是民族审美心理的自然流露，而且唯其如此才能与民族的审美心理相契合，从而产生宗教心理效应；而朝鲜族则是一个农业民族，农耕文明的生产生活方式培育了朝鲜族内敛、稳健、细腻的文化心理，其巫堂舞的表现风格也正是朝鲜族文化心理的传达。

不难看出，舞蹈生态学对民族舞蹈风格发生的环境机制的解释确实是一个简明而可用的模型。不过，按照我的理解，舞蹈生态学理论仍有很多问题。其中较为明显的是它更多地关注人文环境而很少关注自然环境。如，研究者甚至认为，舞蹈生态学"应把舞体生存的社会文化环境作为直接的考察对象，而自然环境则放在间接的地位来考察"③。如此，所谓的"舞蹈生态学"不过成为"舞蹈文化学"的另一种版本。此外，舞蹈生态学对环境与不同民族舞体风格之关系的解释也具有较浓的

---

① 富育光：《萨满艺术论》，学苑出版社2010年版，第242页。
② 资华筠、王宁：《舞蹈生态学》，文化艺术出版社2012年版，第107页。
③ 同上。

直观性色彩，而实证性分析则显得薄弱。比如，生态环境，无论是自然生态还是人文生态是如何作用于族群和个体的心理而形成舞体经验和审美心理的？当人类的躯体、感觉组织与环境发生交互时，环境信号又是如何被人们的心智系统所加工并影响人们的舞蹈风格的？据我对近年来发表的舞蹈生态学著述的考察，我觉得这些问题远非当下的"舞蹈生态学"所能解决的。我认为，舞蹈生态学要想获得科学的解释能力，不仅不能只在"文化生态"这个层面游弋，而且不能仅在表象的层面建构理论。它需要整合生态心理学的理论资源。

生态心理学的基本思想是：人类的生命运动尤其是心理活动的"生态"意向，与人类在长期的同环境的交互中于脑及心智系统中建构起来的生态无意识或"生态原型"密切相关。就"萨满舞"这种具体的舞体行为而言，不同民族的萨满之所以形成不同的舞体风格，虽然不排除其追求"自我价值实现的体验"之心理图式作用的因素，即通过跳神狂舞展现其"神性""神通""神力"这一特异的生命形态，故在跳神活动中，萨满不仅要尽情表演，而且还要满足族众的认知需求，力求与民族文化心理相匹配，但更重要的因素则是萨满脑—心理系统中"生态无意识"的表达。所谓"生态无意识"，我在前文已做了详细的解释。有的学者把它的内涵解释为："埋藏在每一个人的'本我'之中，是人类在与自然相处中不断相互认同、相互融合的结果，是将人类的道德情感扩展到自然万物之上而对周围的自然环境产生一种与生俱来的情感倾向。"①我觉得这是对人类心灵系统中的生态无意识的一种误解，尤其是将它解释为"人类的道德情感的扩展"是很有问题的。近年来我曾不止一次地阐述这一点，作为人类心理深层对某种生态体的无意识偏好情绪，与个体的伦理意识关系不大，更多属于种系进化史上自然选择的结果，即人类在与其所生存的生态环境长期相互作用的过程中，由于某些生态信号的反复输入—刺激以及脑对这些信号的反复加工而在脑—心智系统中形成的环境印记——神经模块和心理图式。这种"印记"通过生物基因遗传的方式在种群中代代相传，构成了种群大脑神经组织和心理系统中先验的生态图式。在地理人学的意义上，正是地理环境对人的身体的影响并延伸到心智系统，产生了人类独特的精神地理模型。如神话个性、生态美学等。

当然，我也承认，把人类脑—心智系统中的"生态原型"完全归结为大脑与心

---

① 吴建平、侯振虎主编：《环境与生态心理学》，安徽人民出版社2011年版，第76页。

理的物理学事件，确实具有物理主义的有限性。事实上，仅有物质化的脑神经元共同体以及物理化的神经运动还不够，人类脑和心理系统中的"生态原型"的形构尽管以脑为底层物理学，但这个脑必须是心理水平的脑，也就是神经科学家所说的拥有"自我感"的脑。英国哲学家C. 麦金说得好："大脑是一种生物建筑，它建材的心理性传递给整个大脑。"①按照神经学家R. 达马西奥的观点，所谓的"心理水平的脑"，实际上即"自我"，包括"核心自我"和"自传式自我"。在分子生物即细胞水平上，"自我"以生命管理的神经计算形式对环境信号加工；在心智水平上，"自我"又通过心理图式影响着对环境信号的加工。个体的感觉系统每天接收各种各样环境信号，只有那些被"自我"所关注，激活"自我感"的环境信号才能被加工、编码，产生神经表征和意识经验。那么，人类每天接收大量的环境知觉，为什么只有某些环境信号激活了"自我"，为"自我"所关注而其他的则没有呢？这是一个相当复杂的问题，解释清楚需要一本书，这里我只能做一简要概述。环境信号能够被"自我"所关注主要有两个因素：一是它们与人类的生命管理需要相一致；二是它们能够激活个体的心理经验（我的过去、现在与未来）。比如，一个在长白山区生活的儿童，每天都接收到森林中各种树的信号，但唯有白桦树的意象构成了他心理的生态原型，因为首先，白桦树激活了他的"核心自我",满足了他管理生命的需要——提供遮阴、避雨、温暖；其次，白桦树激活了他的"自传式自我"——白桦树下是他的家，那里发生了很多与他有关的故事。这样，每当白桦树的意象输入以及加工时，他都产生了特殊的感受与心理体验。

　　"生态无意识"的产生机制解释清楚了，但它离萨满舞②之关系的解决还有一段距离：萨满之舞与一般的民间之舞不同，它是神灵降临、附体后之舞。那么，萨满的脑与心智系统中的这些环境印记是如何与某些神灵联系在一起的呢？坦率地说，这个问题既不是生态心理学也不是宗教心理学所能解决得了的；至于近年来有人提出的"宗教神经科学"或"神经宗教学"也缺乏令人信服的证据支持其种种假设。当然，我也没有能够解决这个问题的信心。不过，我们可以做出一种或多或少有根据的推想。我的观点是：随着古人类脑—心理系统中的生态原型的建构，其

---

　　① ［英］C. 麦金：《神秘的火焰：物理世界中有意识的心灵》，刘明海译，商务印书馆2015年版，第82页。
　　② 我认为，在研究萨满舞时，我们应该区分开发生学意义上的巫舞和文化学意义上的巫舞这两种不同层面的巫舞形式：前者指的是原始情境下巫舞的发生；后者指的是通过萨满文化传承而来的巫舞，即巫师通过拜师学艺获得的巫舞技艺。我们这里讨论的仅限于前一种巫舞。

脑—心理系统中的另一种生态模型也开始形成，这就是"生态神话"模型，即"万物有灵"观念。当人们心理的"生态原型"表象融入了"神话"想象时，某些生态体便具有了"神圣"的维度。这可能就是远古人类自然崇拜形成的心灵轨迹，也是不同民族萨满教都有自己特殊的动植物神灵体系的原因。我们就以上文的"孩子—白桦树"为例：当萨满教的万物有灵观念成为孩子心理的生态神话图式后，每当孩子进行"家""保护神"的心理加工甚至在无意识状态中的心灵运动时，由于其脑首先表征的就是白桦树的生态图式，于是，白桦树便成为那个孩子心中的"树神""保护神"。

诚然，正如有的学者所说的那样，萨满舞也有其他舞蹈艺术所不具备的特征，这就是它对动物精灵动作的模拟惟妙惟肖，酷似真实，如"蟒神舞""熊舞"等。然而，这恰恰说明了萨满舞不是一种真正的艺术，或者至少可以说萨满在舞蹈之时并没有什么艺术精神或美感这种人类高级精神体验，而不过是其脑—心理系统中两种"原型"发放通过身体表达出来。

第二，作为神歌辅助性符号的萨满舞蹈文化记忆传播功能问题。

萨满舞蹈是一种空间性的造型符号，萨满神歌是一种时间性的音声符号。它们分别作用于人的不同感觉器官，通过不同的感觉通道输送到大脑信息加工区，产生不同的神经表征。那么，萨满舞蹈是如何影响人们对萨满神歌表演的体验而对文化记忆的传播产生影响的呢？这是一个十分有趣的问题，也是一个相当复杂的认知心理学与传播心理学问题。

从萨满师表演体验这个角度看，这不是一个难题。在跳神进入一定阶段时，萨满师载歌载舞，口中呼喊，手舞足蹈；尤其是当萨满师跳神达到高潮，疯狂旋转而导致意识混乱时，此时的歌舞基本一体化了，萨满就会将舞蹈——无论是旋转还是模仿动物的奔腾跳跃——之"力"的感受体验为他所唱诵的神歌的祈请——降神、附体——的力量。可以说，神歌此时已经不再是一种音声系统，也不再是一种普通的符号形式，而是变成了具有某种神秘力量的符号。正是这种神秘的符号能够把"神灵"呼唤而来，附体于身，他才能够拥有如此的狂歌漫舞之力。这一点在野祭仪式上的萨满神歌唱诵表现得尤为明显。科尔沁博在请神灵附体的时候，一边跳舞，一边唱《请神灵附体神歌》：

　　　哲嗟，洪格日啊，咳，

哲嗟，洪格日啊，咳，
哲嗟，洪格日曲调唱起来，敬请，
哲嗟，洪格日啊，咳呀。

各个处所的神灵们，
哲嗟，洪格日啊，咳，
哲嗟，洪格日啊，咳，
眼观六路的神灵们，
哲嗟，洪格日啊，咳呀。

各个神殿的神灵们，
哲嗟，洪格日啊，咳，
哲嗟，洪格日啊，咳，
耳听八方的神灵们，
哲嗟，洪格日啊，咳呀。

守护牲畜的神灵们，
哲嗟，洪格日啊，咳，
哲嗟，洪格日啊，咳，
是我们供奉的偶像，
哲嗟，洪格日啊，咳呀。

保护草原的神灵们，
哲嗟，洪格日啊，咳，
哲嗟，洪格日啊，咳，
是我们敬拜的偶像，
哲嗟，洪格日啊，咳呀。

…………

什么时候拯救？

哲嗟，洪格日啊，咳，

哲嗟，洪格日啊，咳，

祈求您保佑，

哲嗟，洪格日啊，咳呀。

什么时候附体？

哲嗟，洪格日啊，咳，

哲嗟，洪格日啊，咳，

企求您保佑，

哲嗟，洪格日啊，咳呀。

我之所以引用了如此长的一段神词，就是要说明一个道理：神歌与舞蹈，甚至与音乐已经一体化了。这首神歌语义简单，句式轻快，用大量的呼喊语句"哲嗟，洪格日啊，咳"重复排列，前呼后应。当萨满经过请神、娱神阶段的狂歌漫舞已经达到情绪亢奋的精神状态时，此时唱诵的这首神歌就已经不是在传达什么信息，而是在强化神灵附体的精神体验了。

对于萨满仪式活动在场的族众而言，萨满之舞又是如何强化他们对萨满神歌的体验，进而强化他们的萨满文化记忆的呢？这个问题分析起来要比前一个问题困难得多。我准备从情绪感受的视角做一分析。

无论是满族、蒙古族还是鄂温克、赫哲族的萨满舞，尽管都具有鲜明的民族性和地域性，但几乎都可以用劲爆、火热、激烈来概括。如驯鹿鄂温克人的萨满之舞，脚步动作有力踏地，节奏明快，并在助手或旁边伴唱的人的帮助下迅速翻转身，身体挺直，与地面形成45度角，且节奏激烈，表达粗犷。[1]满族萨满舞的主要特征是"旋迷蹓"：萨满在"碎点""快五点"的鼓声中飞快地旋转起舞；同时还有"跑碎步""舞钢叉"——萨满双手不停地舞耍钢叉，有时偶尔把钢叉向前猛然一刺，口中喊出"呵"或"哈"声，其舞蹈给人一种火爆、刚劲、粗犷的感受。[2]

---

① 卞丽娜：《驯鹿鄂温克人文化研究》，辽宁民族出版社2006年版，第253-254页。

② 张佳生主编：《满族文化史》，辽宁民族出版社1999年版，第469页。

即使是萨满舞中较为温和的赫哲族萨满舞，也体现出火爆、热烈、粗犷的风格。例如，萨满在表演与摄魂的鬼怪展开的"夺魂战"舞蹈时，大喊大叫，身体剧烈颤抖、摆动，猛烈地击鼓，其状态令人恐怖；有时萨满手拿神杖或神刀，在病人身上乱刺以示赶鬼，并打开房门在屋内乱刺乱砍。①尤其是蒙古族萨满，可以说将萨满舞火爆、热烈、激越、狂野的舞风推到了极致。科尔沁博神舞的核心动作是踏地旋转——歇斯底里般地旋舞跳跃，痉挛性地颤抖。白翠英这样描述说：科尔沁博神舞就是表现"旋转动力的神化和塑造形象的神力"；有的博甚至达到旋转起来见鼓不见人、见镜不见人，使场的空间存在都凝聚在来神的一个点上；还有的博可左右交替旋转两千圈，并且借助神鼓、法裙、神镜的惯力和威力所展开的交替自转、绕中心轴转而营造出上天入地的他界神游的境界。②

从仪式信息接收的认知过程这一角度看，萨满舞可谓族人通过仪式符号互动唤起萨满文化记忆的"闪光灯"。尤其是那些激烈、火爆、狂野的视觉符号，萨满疯狂旋转、昏迷的视觉意象对在场者的感官刺激根本不是有人所说的"艺术"或"美感"这样的感受，而更多的则是激活了人们的紧张、亢奋、惊悚、神秘的感受。特别是科尔沁博疯狂旋转的视觉信号输入，经过人们高层心理图式即蒙古族萨满教文化所赋予的"旋转"的神圣意蕴——"神界之门只能旋转着出入，附体神魂只能旋转着来去，灵巧轻盈、行神如空、如气如虹的旋动本能来自神的启示、神的力量及神气的导引"③——的加工，更可能激活人们亢奋、惊悚、神圣而又神秘的情绪。前文我曾简略谈过，情绪是动物在环境信号刺激下所产生的一种身体反应。作为一种生物调节活动，它的功能不仅仅是引起我们或哭或笑或愉快或不快的感受，在人类的生命管理中也执行着十分重要的功能，如身体健康与疾病，都与情绪的激活状态及表达状态有关。在认知活动中，情绪也参与我们的认知过程，并影响着我们信息处理的方式及结果——影响我们对他人面孔的加工、影响我们对信息的编码、影响我们的记忆质量和回忆方向。社会认知理论提供的实验告诉我们，在回忆往事的时候、在信息加工过程中，我们的情绪导致自己提取与情绪一致的记忆：在愉快的时候更可能提取愉快的记忆；在悲伤的时候，更可能提取悲伤的记忆——当表征情感状态，如愉快情绪的结

---

① 舒景祥主编：《中国赫哲族》，黑龙江人民出版社1999年版，第417页。
② 白翠英：《旋转与科尔沁博的迷狂》，转引自白庚胜、郎樱主编：《萨满文化解读》，吉林人民出版社2003年版，第499页。
③ 同上。

点被激活时，激活扩散到那些与表征这些情感状态有联系的其他的人、物或事件的节点中。①我们每个人都有这样的认知经验：当我们处于某种情绪状态时，这种感受会影响到我们对此状态下进行加工的人或事件的体验。比如：当我正在聆听柴可夫斯基的《意大利随想曲》时，我的大脑不仅在提取以往那些光明、愉悦、轻快的故事的记忆，而且我正在进行的认知活动也具有轻松、愉快的特征。②这也就是为什么社会认知理论会称"情绪"为"暖认知"因素。因为我们在认知活动发生之前，我们的认知机制已经被情绪"温暖"了，带有了某种倾向性。其实，人类对某些社会事件、群体、他者的偏见以及刻板印象，很多情况下并不完全是理性判断和推理的结果，很大程度上源于情绪对社会认知活动的无意识影响。

人们对萨满教仪式所产生的神秘的体验，固然与仪式符号的倾泻程度、质感以及语境有关、与表演者的形象特质等有关，但毋庸置疑，与萨满歌舞激活的族众的情绪状态更有关系。前文已述，在一些族群和社区中，萨满教仪式不仅是该共同体的民族文化盛宴，也是族人领略萨满的"神性"、感受萨满的"神通"、体验萨满的"神力"的空间，很多人是带着兴奋、激动、紧张、敬畏的情绪进入这一场域的。这一背景情绪已经使人们的认知活动具有了某种倾向性。而仪式表演场域的神圣环境，各种神秘、神圣的象征符号输入又不断地刺激着人们大脑的情绪执行区。尤其是萨满跳神达到高潮时发出的狂歌漫舞、旋转昏迷的信号，其刺激力更强，更使得人的这种激动、兴奋与紧张的情绪不断被升华、被扩大。此乃真正的伯洛所说的"皮下注射"③当人们带着这种情绪进行萨满神歌加工时，就仿佛梦幻中听到来自神秘的灵界的声音。在这种认知情境下，萨满神歌的每一个词、每一个句子、每一种语调都在情绪的影响下产生了神奇的刺激力。此时，人们不再是观看一个痴迷亢奋的萨满载歌载舞，也不再是萨满教仪式的在场者，也不在社会中。人们的自我意识被这些舞乐声象的"魔弹"炸开了一个缺口。在这缺口开敞的瞬间，古老的萨满文化、氏族神圣的"过去"等记忆拖着长长的尾巴爬了出来，成为人们精神地平线的一道神秘风景。

① ［加］齐瓦·孔达：《社会认知》，周治金等译，人民邮电出版社2013年版，第183页。
② 一个日常化的例子是：当我们在做家务时，会播放一些轻音乐，这会消除我们的疲惫感和厌倦感。法兰克福的马尔库塞曾抗议一边聆听巴赫的音乐一边在厨房里劳作，认为这会消解音乐的"对抗性力量"。在艺术哲学上他是对的，但从艺术心理学的角度审视，他却是不明智的。
③ 汪淼：《传播研究的心理学传统》，广西师范大学出版社2014年版，第39页。

5 神鼓腰铃：
传播生物学的"魔弹"效应

萨满的神歌仪式表演，除了舞蹈符号，还有另外两种特殊的符号——神鼓和腰铃。它们不是有人所说的神歌唱诵的伴奏乐器，而是真正的"魔弹"，通过刺激受众的分子生物系统而达到"皮下注射"的传播效果。

（1）萨满神鼓

萨满在神歌表演中，有一种十分重要的伴奏乐器，这就是"神鼓"，亦称"萨满鼓"。神鼓，它不仅是萨满神歌表演的打击乐器，用来增强表演的伴音效果，如旋律、节奏感等，更重要的，在萨满文化"神话"中，它也是十分重要的法器——是邀请神灵、呼唤神灵、象征神灵运动的重要器物。因此，萨满跳神表演离不开神鼓。

那么，在跳神表演中，萨满鼓的功能到底是什么？鼓的敲击对于仪式信息的传播到底有何意义？迄今为止，人们思考与论述最多的主要还是神鼓的象征意义这一层面。刘桂腾就是这样理解的。在他看来，"萨满通过'鼓语'实现人与神的对话"[①]。在《萨满鼓专论》一文中，他进一步发挥了他的这一思想："萨满相信萨满鼓具有无比神奇的魔力。正是萨满赋予萨满鼓以丰富的象征意义，萨满鼓声具备了与神灵沟通的功能。萨满及其信仰者相信鼓语具有通神的作用，认为萨满具有非凡、超人的无穷魔力，萨满鼓的力量使得信众对其法术充满信任并赢得了族人的尊敬。"[②]不难发现，刘文对萨满神鼓传播价值的分析主要还是在心智水平这个层面展开的，即神鼓被萨满教文化赋予的象征意义所引发的人们的神秘想象。另一位学者关杰比刘桂腾走得还要远些，她从鼓的来源与文化神话的角度把神鼓的意义概括为：

---

① 刘桂腾：《中国萨满音乐文化》，中央音乐学院出版社2007年版，第330页。

② 刘桂腾：《萨满鼓专论》，转引自萧梅主编：《中国民间仪式音乐研究·东北卷》，文化艺术出版社2014年版，第446-447页。

"神鼓"分得了神树的属性，其制作材料本身就具有生命的力量和动力，就此也就决定了萨满为什么能够乘着神鼓飞翔的神话，为什么其敲击的声音能够撼天动地？因为它是力量的传导器，是能够翱翔天界的驾乘之物，是能够通过鼓语将天之信息传递给人类的特殊的音乐语言，是能够将人类带入宇宙中心的引领导向，更是给人带来力量、带来自由、带来希望和美好的象征之物。[①]

在这里，萨满鼓的非凡意义已经不再限于与神灵沟通的超凡媒介这一层面，而是被其赋予了一层"工艺文化心理学"的意蕴："神树—神鼓"。对萨满鼓在仪式中的这一象征意义的认知，富育光先生也做了认定。在《萨满艺术论》中，他如此解释了萨满鼓的这种功能：

> 神鼓的声音，象征着宇宙的变化和呼吸的声音。神鼓又象征承载着宇宙万物的广宇，海涛，风雷，闪电，以及宇宙和世界变幻、生命的孕生和死亡，全部囊括和演绎在小小的圆形神鼓上面。所以，萨满将神鼓赋予了极其神秘而崇高的神性。[②]

总之，正是萨满文化赋予了萨满鼓以神话象征之意蕴，因而，仪式上的鼓声才可引发人们的神秘联想、产生独特的精神体验，这就是萨满学者们公认的结论。

我并不完全怀疑神鼓在萨满、信众心目中超凡的象征意义以及由此而产生的神秘联想，但我还是认为萨满仪式表演中神鼓敲击的重要认知价值不仅在于它的象征意义所激活的人们的萨满神话想象，还在于神鼓敲击所发出的物理音响刺激人最基本的分子生物组织反应，激活了人的情绪机制，从而通过情绪活动对萨满神歌的信息加工过程进行调节，影响人们的认知方向和力度。尽管萨满在仪式活动上敲击的鼓声拥有某种象征意义，但我相信它象征意义的刺激能量与其物理信号能量是互为作用的，有时甚至后者更强一些。

其实，检视人类仪式文化史，尤其是原发宗教仪式，都有击鼓这一行为。击鼓发声

---

① 关杰：《神圣的显现——宁古塔满族萨满祭祖仪式研究》，北京大学出版社2015年版，第209页。
② 富育光：《萨满艺术论》，学苑出版社2010年版，第194页。

的神经生物学功能也为一些学者所察觉。赫克斯利指出："敲鼓、舞蹈和歌唱这一套活动，不仅能影响内耳，而且实际上旨在尽力分割清醒知觉与其身体组织的关系。"①德沃拉考斯在一篇论文中分析道："鼓的音乐比任何其他器乐与由听觉产生的情绪的基础联系得更紧，它本身就足以颠覆人类感觉的全部范围。"②罗德尼·尼达姆在《敲打与过渡》一文中也分析了巫师行巫过程中敲击的鼓声对人的生理以及心理的影响：

> 器乐产生的回响……不仅是审美上的也有肉体上的影响。经受这些影响可以多少是有意识的，但无论如何是不可避免的。这些声音划分出不同强度的音符，它们的效果在下述范围内变化，即造成从感到痛苦的有机体分裂到下意识的一阵毛骨悚然，或者其他的身体反应有助于有意识地从感情上欣赏这些声音。③

学者们所说的"分割清醒知觉与其身体组织的关系""颠覆人类感觉的全部范围""下意识的一阵毛骨悚然"，其实就是在描述鼓声对有机体的分子生物系统产生的强烈刺激反应。当然，人类学家对巫师行巫过程中鼓声的神经—心理刺激影响效果的解释还仅仅是描述性的；即使是分析性文字也主要是直觉性的。对于作为田野学术的人类学而言，描述与直觉的方法并无不妥，但它无法科学地解释这一神经心理现象发生的底层机制。下面我将结合我在拙著《萨满的精神奥秘》一书中与此有关的分析从神经生物学的原理对此做一深度诠释。

萨满仪式表演过程中神鼓的敲击是如何影响萨满以及族众对神歌的认知体验，进而对集体文化记忆的传播产生影响的呢？简言之，就是鼓发出的强烈物理音响不仅使人产生了萨满与神沟通的神秘联想，而且也形成了对人们大脑神经系统的刺激，从而激活了脑的边缘系统，产生了强烈的情绪反应。此处我们不妨就在场者（萨满与受众）的意识、心理变化与鼓的敲击之关系做一分析。

萨满鼓作为"神鼓"，一直被北方各民族萨满作为神事活动的主要法器，其实并不完全是有些学者所说的萨满文化的"鼓神话"传统问题。我以为，它和萨满跳神时所需要的意识状态的调节有着深层关联。也就是说，萨满跳神能否进入"出

---

① 史宗：《20世纪西方宗教人类学文选》，金泽等译，下卷，上海三联书店1995年版，第683页。
② 同上书，第676页。
③ 同上书，第679页。

神"状态，往往与萨满鼓的敲击及其发出的声音对神经组织的刺激有着十分密切的关系。萨满教神事活动现场的经验告诉我们，在跳神过程中，震天震地的鼓声、刷刷作响的铃声，构成了对萨满及族众听觉器官进行强烈刺激的集束"魔弹"。刘桂腾的观察也向我们报告了这一点："依姆钦（手鼓）和西沙（腰铃）配合演奏，创造出神秘、空幻，使人神情迷离的氛围和非人间的仙境。在这种氛围中，似乎有一种难以名状的强烈情绪在萨满的心中悦动并统摄整个身心，一股汹涌的狂潮，迫使他不由自主地向天界升腾。萨满的这种心理体验，并非个人独享，而是伴随着铃、鼓、歌、舞爆发出来，由辅祭者（裁力）传达、解释给他人，进而实现了由个人体验向社会群体体验的转化。"①萨满的情绪、意识的"神情迷离""难以名状"这种"反应"到底是源于萨满鼓的象征意义所激活的想象之结果还是物理声响刺激之结果？我认为这两方面的因素都存在，而不仅仅是前者。尤其是鼓声，它不仅将整个仪式推入到神圣而又神秘的境界，激活了人们脑神经回路中的萨满教意识，更是对萨满及族众神经组织产生强烈刺激的信号。这些强烈的信号通过神经元的突触在其他神经元的细胞体上高频发放、节奏性燃烧以及对其他神经元的抑制，尤其可能导致人们意识的恍惚而进入"出神"境界（这也是一些萨满及族人在仪式上癫痫发作和情绪失控的主要的神经生物学原因）。这使我想起摇滚乐表演的现场意象：伴随着披头散发的摇滚乐手声嘶力竭的喊叫以及重金属音乐的咆哮，观众也都陷入了狂热的精神状态。我觉得这其中的原理与萨满跳神仪式现场的"疯狂"场面是相似的。英国精神分析学家乔治·弗兰克尔曾这样分析摇滚乐令人迷狂的心理机制：

> 他们（摇滚乐手）向清晰的语言宣战，退回到前语言（pre-vevbal）时的咿呀乱语，借助这种声音的不可解读性，他们……展示出一种无法理解的神秘。正是在这种前语言沟通的神秘中，在不加限制的自我表达领域中，他们才将得到拯救。肆意的表现婴儿般的幼稚，屈服于性欲与攻击、叛逆与破坏的不加限制的反射，所有这些活动向他们打开了一扇大门，让他们能够体会到被封锁的生命力和活着的感觉……噪音扎进大脑的感觉。②

---

① 刘桂腾：《中国萨满音乐文化研究》，中央音乐学院出版社2007年版，第125-126页。
② ［英］乔治·弗兰克尔：《文明：乌托邦与悲剧——潜意识的社会史》，褚振飞译，国际文化出版公司2006年版，第184、185页。

我没有仔细思考摇滚乐与萨满跳神之间是否具有一种表演艺术的"谱系学"联系，但我觉得，萨满神歌仪式表演与摇滚乐表演过程中促使当事人的意识与心理变化的神经生物学机制应该具有相似性：不是弗兰克尔所说的"前语言的神秘"将人导入狂热，而是它们的重金属声音及其强烈的节奏符号——如摇滚乐记者尼克·科恩所说的"全部只是嘈杂的喧闹和疯狂的气氛。的确，只有节拍，只有用力捣碎、挤压和捶打的节拍，像受了惊吓的野兽狂奔。没有了言辞，迷失了歌，只剩下混乱和美丽的杂乱无章。你被淹没在噪音之中"①——对人脑的强烈刺激所导致的意识混乱而爆发出的动物般的狂谵。由此我们可以得出这样的结论：神鼓作为仪式的一种符号，之所以成为仪式与神歌信息传播的媒介，不在于其的神话信息的传输，而在于其的物理声响对人的知觉系统的刺激。这种刺激起到了受众仪式信息接收的强化作用。

　　民族学者孟慧英的田野观察发现，在跳神仪式上，萨满鼓的工作状态与萨满的精神状态或者说意识状态是紧密关联的。她这样描述道：

　　　　轻重缓急的鼓声常常说明某种萨满精神或行为的状态：鼓声剧烈时多是在萨满请神之初，或在萨满即将进入昏迷之前，或在萨满神灵与侍神人交流的昂奋之时等；当鼓声节奏鲜明，轻重相间，富于技巧的时候，萨满多是在做仪式规范的基本表演；当鼓声微弱，时隐时现，甚至停止之时，萨满一般在进行祈祷、倾诉或与侍神人在进行对话，或处于昏迷的边缘。侍神人在萨满昏迷状态中，还以各种鼓声与他交流，防止萨满由于失神而出现意外。②

　　对孟文的田野志按内容进行一下分解，我们可以看到，萨满鼓的工作状态与萨满的意识状态的变化之间至少有三个不同层面的联系。

　　首先，鼓声节奏鲜明、富于表演技巧时，此刻，鼓声是一种规则性的物理信号。这一技巧性的信号输送到萨满的脑神经系统，激活他的"自传式自我"，唤起其跳神仪式的工作记忆。此时，萨满的"自传式自我"是十分清晰的。他会根据他的记忆播放"脑中的电影"，在神经屏幕上显现萨满教跳神仪式上神歌表演的基本

---

　　① 转引自[英]乔治·弗兰克尔：《文明：乌托邦与悲剧——潜意识的社会史》，褚振飞译，国际文化出版公司2006年版，第184、185页。
　　② 孟慧英：《中国北方民族的萨满教》，社会科学文献出版社2000年版，第238页。

情景。由于这是仪式的开始，他的意识保持清晰，表演必须规范，否则就会被人们视为萨满技艺不精，从而也没有人相信他具备与神沟通的能力。

其次，鼓声微弱，时隐时现时，萨满此时多在进行祈祷、倾听或"处于昏迷的边缘"。这段文字为我们描述了此时萨满所显现出的两种不同意识状态。一方面，萨满的"自传式自我"仍是清醒的，他仍在按照一个职业萨满的程序性知识、工作记忆进行工作——祈祷与倾听。如果这时鼓声过于剧烈，就会扰乱萨满的意识，他的工作记忆就会混乱，表演的歌舞就会不合程式甚至于不知所云，族人们就会怀疑他的神力与"神通"，因此鼓声必须是微弱的。同时，这一"微弱"的鼓声又与萨满"倾听"样态的"显象修辞"密切联系在一起，因为按萨满鼓之神话，鼓声是神灵降临的象征，所以萨满此时意在表现"倾听"神灵降临的踪迹。这其实是萨满的一种"表演修辞"——这种"倾听表演"象征着已通过神鼓将神灵邀请而来。此刻若鼓声剧烈，也同样会影响他的修辞效果。另一方面，处于此种鼓声环境下的萨满"已处于昏迷的边缘"，出现了意识的变化。我们需要对这个表述进行细致的分析。这个表述存在着知识性错误。一般来说，"昏迷的边缘"也就意味着当事人处于即将进入昏迷而又没有昏迷的意识状态。如果说，神经生物学水平上的昏迷是一种意识现象，是发生在大脑神经组织中的生物事件，那么，此时萨满脑中的神经系统到底发生了什么，即使通过脑呈像技术也未必能够说清楚。尽管你、我、他都可以体验到同一种鼓声，但我们每个人只会产生只符合我们自己独特的"自我"角度的那种体验，形成某种情绪和感受及其意识；即使此时你能够看到我的大脑神经组织的活动模式，并根据这种神经活动模式描述出我此时的意识体验，但是，你所看到的仅仅是我的大脑的这坨肉；你所描述的"我的意识"仍是根据你自己的体验数据所做出的"准反射"。正如神经学家告诉我们的："你能体验到一些与我的体验高度相关的事情，但这是一种不同的体验。当你看到我的脑活动的时候，你并没有看到我所看到的东西。正如我看到我所看见的东西一样，你看到的只是我脑活动的一部分。"①尽管在理论上说，依据人类共有的"心理理论"（共情），即根据当事人所显现出来的行为特征，我们可以推测他人的意识与心理状态。因此，我认为说"我们观察到了'某人即将出现昏迷'"是在说没有意义的话。（甚至于我自己

---

① ［美］安东尼奥·R.达马西奥：《感受发生的一切——意识产生的身体和情绪》，杨韶钢译，教育科学出版社2007年版，第235页。

也难以感知到这一点。我会说"我即将昏迷"这样的语言吗？）当然，孟先生可能是根据萨满所呈现的精神样态做出的推断，或这里所说的"昏迷"不是神经生物学意义上的"昏迷"，而是萨满文化表演意义上的"昏迷"，即萨满此时在表演着意识恍恍惚惚的戏剧，在向族众传达一种潜信息：神灵即将降临附体。若是这种情形，那就不属于萨满昏迷的意识状态研究而属于萨满昏迷术研究。我姑且按前一种状态来分析。如果说此时的鼓声微弱、时隐时现，而萨满已处于"昏迷的边缘"，那么，这就意味着经过一段的声音刺激，鼓声已经开始干扰萨满的大脑与意识的正常活动。

再次，激烈的鼓声响起，发生在萨满即将进入"昏迷"状态或萨满神灵与侍神人亢奋交流之时，这说明在激烈的鼓声的强刺激下，萨满神经元群的正常连接受到干扰乃至于阻断。此时，萨满的"自传式自我"已解体，他的行为、语言已不再受意识的控制；而伴随着剧烈的鼓声的刺激萨满发生了"昏迷"。我这里所说的萨满"昏迷"，属于神经生物学意义上的昏迷，不仅完全丧失意识，甚至发生生命体的分子生物系统的变化，如痛感的消失、躯体的失认等。这种昏迷就是剧烈的鼓声信号对萨满神经系统物理运动的干扰和摧毁。这不难理解。在大多数情况下，我们的脑不仅在接收和处理来自环境的数据，也接受来自肌肉、骨骼、皮肤状态的信息。剧烈的鼓声首先通过萨满的听觉器官进入大脑。由于信号过于强烈，在血液中流动的化学成分可以直接刺激到脑干、下丘脑某些区域中的神经元。一般情形下，如果这些化学成分的浓度在大脑知觉处理可接受的范围内，不会产生什么异常情况；但如果浓度太高（如"大分子"），这些神经元就会产生超乎寻常的反应，并将这种反应释放出来的神经递质，如多巴胺、去甲肾上腺素、血清素等化学物质运送到大脑皮层和基底神经节等广大的脑区，就会对大脑皮层的神经元活动产生影响——引起亢奋或者狂躁。这里我们想特别提醒人们注意的是，剧烈的鼓声不仅通过萨满的听觉器官产生大分子化学信号刺激其脑神经系统，而且还可能通过其物理震动刺激萨满的骨骼、皮肤尤其是平滑肌。由于平滑肌在人类身体的各个血管中，它主要通过收缩和扩张来调节血压循环——升高或降低血压，从而影响内脏。这些身体组织信号也同样可以传送到中枢神经系统，对人的神经和意识活动产生影响。一个松鼠"震动"的实验例子说明，即使松鼠的听觉能力丧失，但将其身体置于封闭的容器之内，然后敲打容器，不到30分钟，松鼠就会昏迷甚至死亡。这就是剧烈的声音信号刺激其平滑肌，平滑肌向大脑皮层释放了大量的化学信号导致的昏迷；或这些强烈的信号损毁了平滑肌而破坏了心脏所导致的死亡。神经生物学的证据还告诉我们，人脑中有一种特殊的神经递质——谷氨酸。这一化学物质分布于脑的各个部分，其主要功能是可以兴奋另外一些神经细胞。如果脑神经受到强烈的信号干扰，它就会向周围的神经元释放出过多的谷氨酸，从而导致这些神经细胞过度兴奋躁狂。萨满在鼓声的刺激下狂歌漫舞不知疲倦，就与这时其大脑神经组织的兴奋有关：这是"努曼在这一内在力量的激发、诱导、启示下生成的，察玛只是在这样一种特殊的力量的启动下，在下意识间顺其自然地发出那应该发出的声音、打出那应该打出的节奏，这里没有察玛的创作要素于其中，有的只是察玛的瞬间感受和被激起的力量表现"①。"下意识间顺其自然地发出……声音""察玛的瞬间感受和被激起的力量表现"，也就是萨满在情绪以及神经递质的作用下所爆发出的灵感和力量。

最后，萨满昏迷时侍神人运用鼓声与他交流，防止出现意外。这其中的原理可做如下解释：剧烈的鼓声扰乱了萨满脑神经系统的连接，如果不进行适当的输入调节干预，萨满大脑的神经网络就可能崩溃，长时昏迷不醒而失去意识。这时，在萨满的神经系统尚未完全崩溃、处于轻度"昏迷"之时，向其脑输入相应的鼓声信号，这些感觉输入不仅以适度的物理能量调节着萨满的脑干和下丘脑脑区，从而使其核心意识保持在可"唤醒"②的状态之内，而且侍神人敲出的这种鼓声作为跳神活动中规则性的节奏与音量，当它们输入萨满的大脑，可以使其混沌的大脑物理空间获得重组，促使神经联接正常，从而意识得以恢复，并且也可能重新激活萨满的"工作记忆"，回到跳神现场。

也许有人会质疑我上面的分析：如果萨满此时已经丧失意识，出现昏迷，侍神人的"工作鼓声"萨满如何能够感受到？又如何激活他的"工作记忆"？我在前文曾讨论过这个问题，现在我再重申一次：此时的萨满虽然丧失了意识，但他还有心灵；他的意识解体了，但他的心灵还在工作。侍神人敲出的规则性的鼓声输入他的大脑，虽然不能被动态核心加工成意识，但大脑的其他脑区（大脑神经系统是一个冗余系统）以及心灵可以加工这些数据，复活他的工作记忆。

退一步说，即使此时的萨满没有被鼓声刺激得丧失心智，但鼓声对其分子生物系统的刺激尤其是边缘系统的刺激则可能激活其强烈的情绪反应。神经科学家的研

---

① 关杰：《神圣的显现——宁古塔满族萨满祭祖仪式研究》，北京大学出版社2015年版，第229页。
② 这里的"唤醒"是神经学语言，指的是脑自主神经系统信号的出现。

究告诉我们："一些理性的失误不仅是由于原始计算过程的失误，还由于受到了顺从、服从、维护自尊等生物内驱力的影响，这些经常都表现为情绪和感受"，"情绪是一种简单或复杂的心理评价过程。"①认知学家则把情绪称之为"暖认知"因素，即我们在认知活动发生之前，情绪就将我们的认知机能以及认知行为"温暖"起来：判断和决策会被愿望和情绪"加热"了。②这不仅可以改变主体的认知模式，还可以改变其行为模式。萨满跳神、载歌载舞的不知疲倦、激情四射，就与其活动中鼓声所激活的情绪有关。我们不妨来看关杰提供的一个例子：

> 一位察玛说："我整天抽烟，嗓子不好，祭祀时根本唱不出调子的高度，平时腿又不好，但是非常奇妙的是，当我走进祭祀场地，穿上萨满的服饰，拿起鼓槌击鼓跳神——诵唱神歌时，全然像是换了一个人，顿觉精神饱满、神清气爽、力量充沛，不仅歌声高亢充满气势，而且击鼓的力量也越击越旺。嗓子清爽通透，毫无阻隔，击鼓有力，腿脚灵活，之后腿也不再痛了。"③

我想，萨满精神饱满、力量充沛，不仅有神鼓的象征意义所激活的想象迸发出力量的因素，更有鼓声激活的情绪所释放的力量的因素。正是鼓声激活了情绪，激发了想象，才使萨满神鼓的声音成为一种杀伤力无穷的"魔弹"，并将受众带入魔幻体验之中。

（2）萨满腰铃

腰铃作为法器也作为乐器对萨满跳神中的仪式表演以及致使萨满"昏迷"行为的发生的神经生物学原理与鼓相同。只不过从物理能的角度分析，铃声毕竟不如鼓声那么猛烈，对人的知觉组织的刺激也不如鼓强烈。因此，它的刺激倒可能是物理性与语义性的互动形式。有的研究者曾指出："铜铃虽然不能奏出旋律性较强的乐曲，但其音响所构成的音声环境，很可能在仪式活动用作祭祀者的施法工具，从而产生沟通天地人神的效应。……铜铃发出的音声具有娱乐性，不如说它更具有神圣性或神秘性。

---

① ［美］安东尼奥·R. 达马西奥：《笛卡尔的错误：情绪、推理和人脑》，毛彩凤译，教育科学出版社2007年版，第152、112页。

② ［加］齐瓦·孔达：《社会认知》，周治金等译，人民邮电出版社2014年版，第192页。

③ 关杰：《神圣的显现——宁古塔满族萨满祭祖仪式研究》，北京大学出版社2015年版，第195页。

铜铃的音声产生了神圣而神秘的非音乐性和语义性的符号功能。"① 显然，这一理解还停滞在铃的象征意义层面。关于铃的情绪调节功能，我觉得富育光先生的分析更客观一些："事实上萨满系上既沉重又震耳欲聋的腰铃，起着使萨满自己和参祭族众心情振奋、精神昂扬、驱眠忘睡，尽快进入神迷情态的作用。"②

当然，上述对神鼓的敲击与腰铃的撞击所发出的物理声响对仪式在场者分子生物系统的刺激而使其产生神秘的体验乃至于进入"出神"的分析还是一种单一的模式，即由下而上的知觉反应形式。按认知心理学的一般原理，人们对刺激的知觉与加工形式不单是自下而上的，也是自上而下的。人们的心理图式、知识以及期望等都会影响对感觉数据的加工。这也就意味着，神鼓、铜铃的"象征意义"这类情境信息（邻近刺激）在鼓声、铃声这些感觉信息还没有达到人的感觉感受器之前就已经形成了。它们构成了认知主体对鼓声、铃声知觉、加工的高层认知模型。但这并不意味着人们对鼓声、铃声的接收没有生物调节的因素。我的观点是，我们对这个问题的分析应体现"生态模型"的研究范式，即萨满跳神仪式上的鼓声、铃声是作为"认知模型"还是作为"认知情境"来使用的？如是前者，鼓声与铃声的知觉及其反应是自上而下的，那么所有活动都是在工作记忆的框架内展开的，属于"昏迷"技艺展演；若是后者，则更多的是自下而上的知觉加工，鼓声、铃声通过刺激有机体的感觉感受器而产生分子生物学水平的生物调节，从而影响人们的意识—心理性态的变化以及认知活动。

通过前文我们对萨满神歌仪式表演之符号系统对文化记忆的影响的分析，我们基本可以进一步做出这样的推论：通过萨满神歌表演仪式传播集体文化记忆这类传播活动并不完全是心智活动的结果或者说受意识控制的活动。尽管人类大脑中的信息加工区主要在新皮层中，但信息加工过程中人类生命系统的最基本层面——分子生物组织的状态，如激活程度、反应模式等，也同样渗透到仪式信息加工过程之中，并影响人们的知识编码和记忆存储。如果用大脑神经物理学或大脑拓扑学的理论来表述，也就是人类的信息处理工作，尽管发生在新皮层（新哺乳动物脑）的神经空间，但它却未必完全是新皮质运动的结果，脑的边缘系统（古哺乳动物脑）乃至于最古老的生物脑（爬行动物脑）也参与其中。这些脑区的唤醒、激活所释放的神经信号弥散上传，扩散到前额皮层以及脑的大部分区域，从而影响人们的信息处

---

① 高贺杰：《音声视角下的萨满服研究——以两次鄂伦春萨满仪式音声个案为例》，转引自萧梅主编：《中国民间仪式音乐研究·东北卷》，文化艺术出版社2014年版，第329页。

② 富育光：《萨满艺术论》，学苑出版社2010年版，第192页。

理过程。例如，人类最基本的生物本能——基本欲望（饥饿、性等）、基本情绪（恐惧与快乐等），它们不仅是有机体细胞水平的生物反应，而且如我在上面所分析的那样，它们同样是人类认知行为的调节机制。作为人类认知活动底层的大脑物理学，其可以影响甚至于左右认知活动的方向与结果。著名神经科学家R.达马西奥曾提出过"躯体标识器"的假设。在达马西奥看来，这个"躯体标识器"就是一套生物神经机制：前额皮层的神经系统。它不仅是"自动化预测限制系统"，而且还是一种"偏向装置"，将我们的认知行为导向某个方向。[①]

在神经生物学的水平上，通常所说的分子生物系统指的是由基因遗传而来的最基本的生命组织，如细胞、皮肤、血液、骨骼、神经元、脑干等。生命活动所产生的最简单的人与其他动物共有的生物调节的刺激—反应，如看见食物产生食欲、遇到危险产生恐惧等，就是由这些生物组织执行的；或用神经科学家的理论来表述，由"原始自我"（我称之为"生物自我"）和"核心自我"[②]来执行，由动物最基本的生物调节系统来执行，如神经组织反应、身体的化学反应（血流动力学）。这种原始而简单的生物调节活动不仅使生物具备了最基本的感受体验，如（快乐与痛苦的）情绪感受，而且它还会影响有机体的高级生命活动，如知识生产与精神体验等。R.达马西奥的研究向我们显示，情绪体验虽是动物最基本的生物调节反应，但它不仅在人类最基本的生命管理活动中发挥着重要功能，而且在人的认知活动中也具有十分重要的调节意义："当情绪过程导致基底前脑、下丘脑以及脑干中的神经核团分泌某些化学物质时，以及随后导致了将那些物质传输到其他几个脑区时，与认知状态有关的变化就会产生。当这些神经核团在大脑皮层、丘脑以及基底神经节中释放出神经调节物质时，它们会引起脑功能发生重大改变。……最重要的包括：（1）诱发某些特殊行为（例如结合、养育、玩耍以及探索）；（2）正在进行的身体状态加工中的某些变化……（3）认知加工模式的某种变化……"[③]在《笛卡尔的错误——情绪、推理和人脑》一书中，R.达马西奥就情绪对认知活动的影响做了较具体的论述："自动化躯体标识器机

---

① ［美］安东尼奥·R.达马西奥：《笛卡尔的错误——情绪、推理和人脑》，毛彩凤译，教育科学出版社2007年版，第139、144页。

② 美国著名神经科学家R.达马西奥这样解释了这个脑或"自我"："原始自我是一系列相互联系和暂时一致的神经模式。这些模式在脑的多种水平上，每时每刻表征着有机体的状态。"（［美］安东尼奥·R.达马西奥：《感受发生的一切：意识产生中的身体和情绪》，杨韶钢译，教育科学出版社2007年版，第134页）

③ ［美］安东尼奥·R.达马西奥：《感受发生的一切：意识产生中的身体和情绪》，杨韶钢译，教育科学出版社2007年版，第217页。

制及其所依赖的生物内驱力会令个体对客观事实产生强烈偏向，或者对工作记忆等决策的支持机制造成干扰，从而对某些情境下的理性决策产生不利影响。"①这使人们联想到我在前文所论及的"暖认知"现象。"暖认知"这个隐喻所传递的信息，即我们理性的认知活动会被某些非理性的因素，如动机、情绪所"暖"化。由于它的无意识特征，我们并没有注意到这种影响，因而也不会怀疑我们的认知结果。

关于个体的"生物自我"与认知偏向的这种关系，不仅在神经科学领域受到了认知科学家的格外关注，也通过哲学家、艺术家的生命实践活动与理性反思获得了回应。马克思在《1844年经济学—哲学手稿》中曾做了一个简洁的表述："忧心忡忡的、贫穷的人对美丽的景色都没有什么感觉。"②忧郁的背景情绪下当然不会加工出愉快的环境经验。有机体的"生物自我"与认知活动的这一高度关联性，中国作家张贤亮在小说《绿化树》中也做了相当细微而又绝佳的描述。小说的主人公章永璘在饥饿的痛苦情绪感受下阅读马克思的《资本论》所产生的认知扭曲的描写，可谓为我们形象而深刻地展现了一幅"生物自我"与人的认知活动之关系的精神图像。小说这样写道：

> 对于我来说，休息最大的痛苦是没有吃的。平时干活的时候，饥饿还比较好忍受，什么活都不干，饥饿的感觉会比实际的状态更厉害。我完全相信卓别林的《淘金记》中困在雪山上的那个饥饿的淘金者，会把人看成是火鸡的幻觉。那不是天才的想象，一定是卓别林从体验过饥饿的人的嘴里得知的。当我看到"商品是当作铁、麻布、小麦等等，在使用价值或商品体的形态上，出现于世间"这样的句子，我的思想就远远地离开了这句话的意义，只反复地品味着"小麦"这个词。我的眼前会出现面包、馒头、烙饼直至奶油蛋糕，使我不住地咽唾沫。那个句子的后面，又出现了以下的列式：

$$
\left.\begin{array}{l}
1\ 件上衣 = \\
10\ 磅茶叶 = \\
40\ 磅咖啡 = \\
1\ 卡德小麦 =
\end{array}\right\} 20\ 码麻布
$$

---

① [美]安东尼奥·R.达马西奥：《笛卡尔的错误——情绪、推理和人脑》，毛彩凤译，教育科学出版社2007年版，第152页。

② 马克思：《1844年经济学—哲学手稿》，人民出版社2005年版，第87页。

"上衣""茶""咖啡""小麦"，这简直是一顿丰盛的宴席！试想，穿着洁白的上衣（不是围着破网套），面前摆着祁门红茶或巴西咖啡（不是空罐头桶），切着奶油蛋糕（不是黄萝卜），那真是神仙般的生活！我也有着华丽的想象。这种想象力会把我经历、看过、读过的全部盛大宴会场面都综合在一起，成了希腊神话中忒勒玛科斯的大宴会："安静地吃吧，我不会让任何人来妨碍你！"这时，不但各种各样食物多彩多姿的形象诱惑我离开《商品的拜物教性质及其秘密》，而这冬日的沉寂而寒冷的空气中，不知从哪里会飘来时而浓烈时而清淡的肴馔的香气——我脑子里想到什么，就会有什么味道。这香味即刻转化成舌尖上的味觉，从而使我的胃剧烈地痉挛起来。[①]

与普鲁斯特的"无意识心理学"相比，张贤亮的"饥饿心理学"毫不逊色。分子生物反应虽是生命的底层机制，然而它却是生命高层机能的基础。挖掉了这个基础，就如同高楼大厦挖空了地基一样。

个体分子生物系统反应与认知活动之关系的原理解释清楚之后，下面我就具体分析在萨满神歌表演仪式上，在场者（萨满以及族人）的"生物自我"是如何被激活并参与到人们对神歌的认知活动之中，从而为文化记忆的传播提供"传播生物学"支持的这一复杂问题。

根据我的理解，在萨满神歌表演仪式中，萨满之所以会发出击鼓、撞铃、跳舞等这些声像符号，目的是对仪式参与者的"生物自我"产生强烈刺激，激活人们的精神体验，从而巩固仪式信息的记忆。当然，很多学者会不同意我的观点，对于他们来说，仪式表演中的鼓声、铃声以及萨满舞蹈并非一种物理信号，而是一种文化（萨满教）和艺术符号。因而，它们的传输所产生的刺激—反应不是人的分子生物系统而是心智系统，是高层次的精神感受而非分子生物水平的感受（如有人所主张的那样，萨满的歌与舞是萨满与族人的艺术与审美意识的表征）。但我不同意这种观点。我坚持认为，萨满舞以及萨满歌舞的伴奏乐音——鼓声与铃声——首先是刺激人的感官，激活的是人的"生物自我"而非"认知自我"或"文化自我"[②]，即

① 张贤亮：《感情的历程》，作家出版社1985年版，第76-77页。
② 当然，如何判定这类知觉信号的性质以及其所产生的"刺激—反应"水平，还与神歌演唱过程中人们的心理情境尤其是意识状态有关。对作为一种"文化表演"的神歌表演的体验可能会与人们的艺术与审美反应有关。

它们通过作用于人的分子生物系统而首先引起脑、身体的物理/化学反应（而非心灵反应），进而调节人们的认知行为，影响着人们对仪式信息的加工，从而影响人们的文化回忆行为。我一直强调这一点，萨满教仪式尤其是神歌表演之所以成为北方民族文化记忆传播的重要媒介，不仅在于仪式上萨满神歌的"神词"负载的神话信息可唤起人们集体共享知识的记忆，更在于其展演过程中与神词语义信息交相呼应的其他符号对认知活动的调节、引导作用。也正如我们所看到的，萨满等神歌表演并非单纯的咏唱神调，而是融歌、舞、乐为一体的表达形式，是语言、音乐、舞蹈为一体的时—空交融的声像符号体。它不仅可以刺激人们的情绪活跃，对信息处理进行"加温"，而且还令人产生神秘的体验。强烈的情绪与神秘的体验共同作用，使得人们进入一种意识飘浮状态。"理性自我"和"跳神活动"这些意识结构被撕开一个裂口，"神灵降临"和"萨满神性"等这些神秘的体验顺着这一洞口下降到灵魂之中，盘存成为永恒的记忆。如果借鉴文化记忆理论名家阿莱达·阿斯曼的一个术语，也可将神歌展演过程中的舞乐声象这些仪式符号对人们文化记忆的这种影响称之为一种"冥忆"——这是一种"被动的、接收的、神秘的"记忆与回忆。它发生在这样的灵魂状态下：

        ——克服重力，失去清醒的意识，过渡到一种飘浮的状态，
        ——放松，灵魂扩张到极致，
        …………①

---

① ［德］阿莱达·阿斯曼：《回忆空间：文化记忆的形式和变迁》，潘璐译，北京大学出版社2016年版，第114-115页。

主要参考文献

《 1 传播学、人类学及文化记忆研究 》

［德］杨·阿斯曼：《文化记忆：早期高级文化中的文字、回忆和政治身份》，金寿福等译，北京大学出版社 2015 年版。

［德］阿莱达·阿斯曼：《回忆空间》，潘璐译，北京大学出版社 2016 年版。

［德］哈拉尔德·韦尔策编：《社会记忆：历史、回忆、传承》，李斌等译，北京大学出版社 2007 年版。

［法］莫里斯·哈布瓦赫：《论集体记忆》，毕然等译，上海人民出版社 2002 年版。

［以］ 阿维夏伊·玛格利特：《记忆的伦理》，贺海仁译，清华大学出版社 2015 年版。

［英］西蒙·沙玛：《风景与记忆》，胡淑陈等译，译林出版社 2013 年版。

［荷］杜威·德拉埃斯马：《记忆的风景》，张朝霞译，北京联合出版公司 2014 年版。

［美］爱德华·希尔斯：《论传统》，付铿等译，上海人民出版社 2009 年版。

［美］段义孚：《空间与地方：经验的视角》，王志标译，中国人民大学出版社 2017 年版。

［美］费·金斯伯格、里拉·阿布–卢赫德、布莱恩·拉金：《媒体世界：人类学的新领域》，丁惠民译，商务印书馆 2015 年版。

［美］詹姆斯·W. 凯瑞：《作为文化的传播》，丁未译，华夏出版社 2005 年版。

［英］丹尼斯·麦奎尔 、［瑞典］斯文·温德尔：《大众传播模式论》，祝建华等译，上海译文出版社 1987 年版。

［英］尼克·库尔德里：《媒介仪式：一种批判的视角》，崔玺译，中国人民大学出版社 2016 年版。

［英］戴维·克劳利 、保罗·海尔：《传播的历史：技术、文化与社会》，董璐等译，北京大学出版社 2011 年版。

［美］卡尔·霍夫兰、欧文·贾尼思、哈罗德·凯利：《传播与劝服：关于态度转变的心理学研究》，张建中等译，中国人民大学出版社 2015 年版。

［英］杰克·古迪：《神话、仪式与口述》，李源译，中国人民大学出版社 2014 年版。

［美］克利福德·格尔兹：《文化的解释》，纳日碧力戈等译，上海人民出版社 1999 年版。

［英］维克多·特纳：《象征之林》，赵玉燕等译，商务印书馆 2012 年版。

［英］莫里斯·布洛克:《人类学与认知挑战》，周雨霏译，商务印书馆 2018 年版。

赵静蓉：《文化记忆与身份认同》，三联书店 2015 年版。

2　萨满文化研究

［美］米尔恰·伊利亚德：《萨满教：古老的入迷术》，段满福译，社会科学文献出版社 2018 年版。

富育光：《萨满艺术论》，学苑出版社 2010 年版。

富育光：《萨满论》，辽宁人民出版社 2000 年版。

富育光、王宏刚：《萨满教女神》，辽宁人民出版社 1995 年版。

孟慧英：《寻找神秘的萨满世界》，西苑出版社 2004 年版。

孟慧英：《中国北方民族萨满教》，社会科学文献出版社 2000 年版。

乌丙安：《萨满信仰研究》，长春出版社 2014 年版。

郭淑云：《原始活态文化：萨满教透视》，上海人民出版社 2000 年版

关　杰：《神圣的显现——宁古塔满族萨满祭祖仪式研究》，北京大学出版社 2015 年版。

刘桂腾：《中国萨满音乐文化》，中央音乐学院出版社 2007 年版。

赵志忠：《满族萨满神歌研究》，民族出版社 2010 年版。

陈永春：《科尔沁萨满神歌审美研究》，民族出版社 2010 年版。

尼玛、席慕蓉：《萨满神歌》，民族出版社 2015 年版。

黄任远、黄永刚：《赫哲族萨满文化遗存调查》，民族出版社 2009 年版。

吉林省民族研究所编：《萨满教文化研究》（第二辑），吉林人民出版社 1990 年版。

白庚胜、郎樱主编：《萨满文化解读》，吉林人民出版社 2003 年版。

乌丙安：《中国民间信仰》，上海人民出版社 1995 年版。

白翠英等：《科尔沁博艺术初探》（通化市文化处内部资料），1986 年版。

3　民俗与民族艺术研究

［美］理查德·鲍曼：《作为表演的口头艺术》，杨利慧等译，广西师范大学出版社 2008 年版。

［美］库尔特·萨克斯：《世界舞蹈史》，郭明达译，上海音乐出版社 2014 年版。

［美］苏珊·朗格：《感受与形式》，高艳萍译，江苏人民出版社 2013 年版。

金东勋、金昌浩：《朝鲜族文化》，吉林教育出版社 1990 年版。

卞丽娜：《驯鹿鄂温克人文化研究》，辽宁民族出版社 2006 年版。

张佳生主编：《满族文化史》，辽宁民族出版社 1999 年版。

舒景祥主编：《中国赫哲族》，黑龙江人民出版社 1999 年版。

王宏刚、富育光：《满族风俗志》，中央民族学院出版社 1991 年版。

汪力珍：《鄂温克族神话研究》，中央民族大学出版社 2006 年版。

萧梅主编：《中国民间仪式音乐研究·东北卷》，文化艺术出版社 2014 年版。

4　认知、记忆与心理分析理论研究

［美］安东尼奥·R.达马西奥：《感受发生的一切：意识产生中的身体和情绪》，杨韶钢译，教育科学出版社 2007 年版。

［美］安东尼奥·R.达马西奥：《寻找斯宾诺莎——快乐、悲伤和感受着的脑》，孙延军译，教育科学出版社 2009 年版。

［美］安东尼奥·R.达马西奥：《笛卡尔的错误：情绪、推理和人脑》，毛彩凤译，教育科学出版社 2007 年版。

［美］杰拉尔德·埃德尔曼：《第二自然：意识之谜》，唐璐译，湖南科学技术出版社 2012 年版。

［美］葛鲁尼加等：《认知神经科学：关于心智的生物学》，周晓林等译，中国轻工业出版社 2013 年版。

［美］斯滕伯格：《认知心理学》（第三版），杨炳钧等译，中国轻工业出版社 2006 年版。

［美］克里斯托弗·科赫：《意识与脑》，李恒威等译，机械工业出版社 2015 年版。

［美］马克·约翰逊：《发展认知神经科学》，徐芬等译，北京师范大学出版社 2007 年版。

［美］J. 瓦西纳：《文化和人类发展》，孙晓玲等译，华东师范大学出版社 2007 年版。

［英］C. 麦金：《神秘的火焰：物理世界中有意识的心灵》，齐明海译，商务印书馆 2015 年版。

［加］齐瓦·孔达：《社会认知》，周治金等译，人民邮电出版社 2013 年版。

［德］德克·盖拉茨主编：《认知语言学基础》，邵军航等译，译文出版社 2012 年版。

［德］弗里德里希·温格瑞尔、汉斯－尤格·施密特：《认知语言学导论》，彭利贞等译，复旦大学出版社 2013 年版。

［美］考勒斯：《心理语言学》，张瑞岭等译，人民卫生出版社 2012 年版。

［美］斯蒂芬·克莱恩、罗莎琳德·桑顿：《普遍语法探究》，李汝亚译，商务印书馆 2015 年版

［瑞士］卡尔·古斯塔夫·荣格：《心理结构与心理动力学》，关群德译，国际文化出版公司，2011 年版。

［瑞士］卡尔·古斯塔夫·荣格：《荣格自传：回忆·梦·思考》，刘国斌等译，上海三联书店 2009 年版。

［瑞士］卡尔·古斯塔夫·荣格等：《潜意识与心灵成长》，张月译，上海三联书店 2009 年版。

［美］埃利希·弗洛姆：《被遗忘的语言》，郭已瑶译，国际文化出版公司2011年版。

［美］爱利克·埃里克森：《游戏与理智：经验仪式化的各个阶段》，罗山译，世界图书出版公司2017年版。

［美］奥利弗·萨克斯：《幻觉：谁在捉弄我们的大脑？》，高环宇译，中信出版社2014年版。

［英］弗朗西斯·叶芝：《记忆之术》，钱彦等译，中信出版集团2015年版。

张亚林主编：《高级精神病学》，中南大学出版社2007年版。

5 宗教人类学

［瑞士］弗里茨·格拉夫：《古代世界的巫术》，王伟译，华东师范大学出版社2013年版。

［法］马塞尔·莫斯、昂利·于贝尔：《巫术的一般理论·献祭的性质与功能》，杨渝东等译，广西师范大学出版社2007年版。

［英］维克多·特纳：《象征之林》，赵玉燕等译，商务印书馆2012年版。

史宗主编：《20世纪西方宗教人类学文选》（上、下卷），上海三联书店1995年版。

6 古生物史与环境史研究

［法］德日进：《人的现象》，范一译，北京联合出版公司2014年版。

［美］保罗·贝尔等：《环境心理学》（第5版），朱建军等译，中国人民大学出版社2009年版。

［美］J. 唐纳德·休斯：《世界环境史：人类在地球生命中的角色转变》，赵长风等译，电子工业出版社2014年版。